BIBLIOTHÈQUE ÉCOSSAISE
Dirigée par Keith Dixon

LA MAISON SUR LA FALAISE

DU MÊME AUTEUR

CHEZ LE MÊME ÉDITEUR

Sombre avec moi, 2019

L'Ombre de la toile, 2020

L'Ange déchu, 2021

Coupez !, 2022

Chris BROOKMYRE

LA MAISON SUR LA FALAISE

Traduit de l'anglais (Écosse)
par Céline Schwaller

Éditions Métailié
20, rue des Grands Augustins, 75006 Paris
www.editions-metailie.com
2024

Titre original : *The Cliff House*

ISBN : 979-10-226-1363-7

Pour Fiona Brownlee

JEN

Elles étaient sur l'île depuis moins de cinq heures et déjà tout partait en vrille.

Une brise pénétrante soufflait alors que Jen se trouvait devant la maison, ce qui lui rappela que même si le calendrier indiquait fin juin, c'était encore l'hiver sur cette île écossaise perdue à la limite de l'Atlantique.

Elle ne vit aucun signe de Samira. Celle-ci avait dit qu'elle sortait prendre l'air mais, vu son état, il était plus probable qu'elle soit partie vomir. Il s'avérait que sa future belle-sœur était une grande gueule acariâtre qui ne tenait pas l'alcool, mais c'était le cadet de ses soucis.

Jen jeta un coup d'œil en direction de la maison où elle voyait les autres à travers les immenses fenêtres du salon. Aucune ne parlait. Tout ce bazar avait été une idée stupide, et elle avait été idiote de s'être laissé embarquer là-dedans.

Le fait que Zaki, son fiancé, l'ait vivement encouragée dans cette voie n'avait pas aidé. Elle s'était demandé si c'était parce qu'il avait de grands projets pour son enterrement de vie de garçon durant ce week-end. Dans ce cas, ceux-ci ne s'étaient pas concrétisés.

Elle l'imaginait chez eux, en train de s'ouvrir une canette et de s'installer confortablement devant la télé. Elle aurait préféré être là-bas. Tout à coup, elle avait juste envie d'être avec Zaki, et rien que Zaki. C'était bon signe, non ?

Puis elle se rappela où ils en étaient restés.

Elle lui avait pour ainsi dire avoué qu'elle ne lui faisait pas confiance. Ce n'était pas sorti de nulle part ; cette méfiance formait un bruit de fond dans leur relation depuis le début. Mais le fait qu'elle le lui ait dit ouvertement le matin où elle partait pour son week-end d'enterrement de vie de jeune fille était un sacré signal d'alarme.

Il s'était montré secret ces derniers temps, fuyant et évasif. Quelques semaines plus tôt, elle l'avait soupçonné d'avoir fouillé dans le tiroir de sa table de nuit. Il ne manquait rien, mais elle avait eu cette impression que les choses qui s'y trouvaient n'étaient plus tout à fait à leur place. Et puis, la semaine précédente, dans le dossier Mes Documents de l'ordinateur de Zaki, elle avait trouvé un scan de son passeport. Zaki n'avait pas de mot de passe pour son ordinateur, chose qu'il avait présentée comme un signe d'ouverture, mais elle s'était dit que cela lui garantissait également qu'elle *croyait* avoir accès à tout.

Et, la veille au soir, il avait refermé son ordinateur juste au moment où elle entrait dans la cuisine, tentant de paraître désinvolte mais obtenant seulement l'effet inverse. Elle avait aperçu ce qui était à l'écran. Zaki répondait à un mail provenant d'un compte identifié uniquement sous le nom de grimpox02@vapourmail.com. Jen avait cherché le nom du domaine et découvert que celui-ci était spécialisé dans les adresses électroniques à usage unique. Mais, plus troublant encore, elle s'était connectée ce matin pendant qu'il était sous la douche et n'avait pu retrouver le mail reçu ni la réponse qu'il avait rédigée. Elle avait vérifié la boîte de réception, les archives et les dossiers envoyés. Il n'y avait rien. Il avait effacé toute trace.

C'est pourquoi, lorsqu'il avait émergé de la salle de bains, elle lui avait posé directement la question.

– À qui est-ce que tu écrivais hier soir ? C'est qui, grimpox02 ?

– Tu n'as pas à t'en faire pour ça.

Il avait tenté de prendre un ton dégagé, même s'il savait sans doute que c'était inutile.

– Si ce n'est rien, pourquoi tu l'as effacé ? Oui, j'ai regardé. Tu as aussi vidé la corbeille. Ça fait beaucoup de manipulations pour rien.

Cela avait semblé le mettre en colère, même s'il avait tenté de le cacher en prenant un air blessé.

– Pour l'amour du ciel, Jen, il faut que tu te détendes. Tout le monde ne joue pas un rôle tout le temps.

– Alors pourquoi est-ce que tu ne me le dis pas ?

– Peut-être parce que je préférerais que tu me croies sur parole. Je pourrais te prouver que tu n'as pas à t'en faire pour ça, mais on ne serait pas plus avancés pour autant, si ?

– Je saurais la vérité. Ce serait déjà ça.

Il avait semblé exaspéré.

– Tu saurais la vérité, mais tu ne me ferais toujours pas confiance. C'est ça le problème, pas le fait que j'efface des mails ou qui est grimpox02.

C'est le moment où elle aurait dû dire qu'elle lui faisait confiance, même s'ils savaient tous les deux que ce n'étaient que des paroles en l'air. Mais elle avait compris qu'ils avaient dépassé le stade des faux-semblants, et Zaki avait mis le doigt sur le problème.

Il avait fixé le plafond, comme pour y chercher de la force, et quand il l'avait regardée à nouveau elle avait vu de la frustration dans ses yeux.

– J'aimerais pouvoir dire que je ne peux pas épouser quelqu'un qui ne me fait pas confiance, mais la triste réalité, c'est que je t'épouserai quand même. Mais *toi*, tu ne devrais pas épouser quelqu'un en qui tu n'as pas confiance. Et tu n'as jamais eu confiance en moi.

Cela lui avait fait mal de l'entendre dire ça, car c'était la vérité, et il était encore plus douloureux d'en envisager les conséquences.

Elle avait fini par dire quelque chose de conciliant.

– On devrait prendre le week-end pour en parler. Je vais annuler le voyage.

– Non, avait répondu Zaki. Tu devrais profiter de ce week-end pour prendre du recul, t'amuser. Ça te permettra peut-être de voir les choses sous un autre angle.

– Je n'ai pas besoin de voir les choses sous un autre angle en ce qui nous concerne. Je trouve qu'on forme un super couple. C'est juste que…

– Pas en ce qui nous concerne, Jen. En ce qui *te* concerne.

Il avait raison. C'était son problème à elle. Elle ne lui avait jamais fait entièrement confiance, et cela découlait de sa peur insurmontable qu'il soit trop bien pour être vrai.

Tout le monde ne joue pas un rôle tout le temps, lui avait dit Zaki. Mais c'était justement ce qu'aurait dit un homme qui jouait un rôle, et elle s'était déjà fait avoir par un tel homme.

Mais Zaki *était* différent. Elle devait l'accepter. Il tenait à payer leur lune de miel, ce qui, elle le savait, était sa façon à lui de lui montrer qu'il n'avait pas l'intention de profiter d'elle. Malheureusement, cela signifiait qu'ils ne passeraient que quelques jours sur l'île de Skye au lieu de s'offrir le voyage de luxe qu'elle aurait volontiers financé, mais il était important de lui laisser ce plaisir.

Elle avait *envie* de lui faire confiance. Là, debout devant la maison de Clachan Geal, elle aurait voulu pouvoir lui dire ce qu'elle ressentait, lui confier ses idées et ses opinions sur tout et tout le monde. N'était-ce pas là le but du mariage, du couple : d'avoir quelqu'un à qui on pouvait tout dire en sachant qu'il le garderait pour lui ?

Mais il s'agissait pour l'instant d'un débat stérile car on était vendredi soir et l'hélicoptère ne devait pas revenir avant le lundi. Avant cela, le seul autre moyen de quitter l'île était le bateau de leur hôte, Lauren. Jen devrait faire contre mauvaise fortune bon cœur. L'alcool et ce déferlement d'agressivité avaient peut-être évacué certaines des tensions sous-jacentes, et tout n'était peut-être pas perdu pour ce week-end.

Quant au mariage auquel il devait servir de prélude, c'était une autre affaire.

Jen prit une autre bouffée d'air frais, l'aspirant comme si celui-ci avait miraculeusement pu la dégriser, puis elle monta les marches du perron. Elle tendait la main vers la poignée de la porte lorsqu'elle entendit le hurlement.

DIX HEURES PLUS TÔT

– Alors, ce voyage ? Affaires ou loisirs ?

Le chauffeur de taxi paraissait enjoué. Jen prit cela pour un bon présage. Elle n'était pas superstitieuse, mais on tombait parfois sur ce pauvre bougre intarissable dont la conversation tournait entièrement autour des diagnostics de cancer des passagers précédents. Il était venu les chercher une fois, elle et les enfants, alors qu'ils partaient pour Majorque, et il avait plu pendant tout le séjour. Elle était convaincue qu'il leur avait porté la poisse.

– Week-end d'enterrement de vie de jeune fille… incroyable, non ?

Jen ne put retenir un petit rire. Elle avait du mal à y croire elle-même. Comment s'était-elle laissé convaincre d'organiser un truc pareil ? L'idée semblait être passée toute seule d'une vague intention à une réalité imminente.

– Argh. Attachez vos ceintures. Qui est-ce qui se marie ?

Il lui fallut une seconde de plus que nécessaire pour répondre à cette question. Elle allait devoir faire attention si elle ne voulait pas avoir à répondre à des questions plus délicates.

– Moi.

– Ah, super ! Félicitations !

– Merci, répondit-elle, même si elle se disait intérieurement : ne parle pas trop vite, on n'a pas encore franchi la ligne d'arrivée.

– Vous allez où ? Prague ? Barcelone ? Budapest ?

– Clachan Geal. C'est au sud de Barra.

– Ah, d'accord. J'ai du mal à m'imaginer des stripteaseurs et des boîtes de nuit là-bas.

– Non. On est toutes un peu trop vieilles pour ça. C'est juste une réunion entre copines.

Elle vit le reflet du chauffeur dans le rétroviseur, et leurs yeux se croisèrent brièvement. Il l'inspectait, estimant son âge et bien plus encore, soupçonna-t-elle.

– C'est la première fois, ou vous connaissez déjà ?

Elle savait qu'il ne parlait pas de Clachan Geal.

– La seconde.

– Ouais, pareil pour moi. La première a duré moins de deux ans. Pour la seconde, on approche des trente. On ne connaît rien à rien quand on est jeune.

C'est rien de le dire, pensa-t-elle.

– Depuis combien de temps vous êtes divorcée ? demanda-t-il.

– Je ne le suis pas.

Il sembla mettre un moment à comprendre ce que cela impliquait.

– Oh. Désolé.

– Ne le soyez pas. Je ne l'ai pas été.

Elle le vit réagir par un haussement de sourcils. En fait, sa propre véhémence l'avait elle aussi surprise, de même que sa candeur.

– Vous êtes veuve depuis combien de temps, alors ?

– Théoriquement, trois ans.

– *Théoriquement ?*

– C'est à ce moment-là qu'il a légalement été déclaré mort. Il avait disparu depuis sept ans. Mais je ne peux pas dire que je l'aie vraiment cherché.

Le chauffeur sourit. Soit il comprenait ce qu'elle ressentait, soit il faisait semblant pour assurer son pourboire.

– Ça veut dire que vous avez touché l'assurance-vie ?

Elle s'esclaffa.

– Il aurait fallu qu'il paie les primes avant de disparaître.

– Ah ouais, il était comme ça ?

Non, se dit-elle. Ça, ce n'était qu'une infime partie de la réalité.

– Vous vous êtes déjà demandé ce qui se passerait s'il revenait ? Ce serait un peu gênant, si c'était au mariage. "Que toute personne ici présente ayant une raison valable de s'opposer à ce mariage parle maintenant ou se taise à jamais." – "Salut, chuis pas mort !"

Jen ne put s'empêcher de rire. Il y avait de nombreux soucis qui l'empêchaient de dormir, mais le retour de son mari n'en faisait pas partie.

Le prix de la course avait été de quarante livres. Le trajet jusqu'à l'aéroport en coûtait normalement trente-six ou trente-sept. Lorsqu'elle l'interrogea à ce sujet, le chauffeur lui affirma que c'était le tarif standard, et c'est à ce moment-là qu'elle se souvint que le taxi appartenait à une autre compagnie. Jen paya et lui laissa un pourboire, mais il était trop tard. Cette remarque avait laissé un sentiment d'amertume, et c'était sa faute. Encore. Cela valait-il vraiment la peine de gâcher l'ambiance pour trois livres ? Surtout maintenant qu'elle avait tout cet argent à la banque ?

Tout le monde ne joue pas un rôle tout le temps.

Elle s'efforça de chasser sa contrariété alors qu'elle entrait dans le terminal et prenait l'escalator en direction des contrôles de sûreté. Même si elle ne faisait qu'un saut de puce jusqu'aux Hébrides, quelque chose dans cet endroit faisait ressurgir en elle un goût de l'aventure qui remontait à l'enfance.

Alors qu'elle déposait ses affaires de toilette dans un bac, son regard fut attiré par la valise ouverte de la femme qui passait au guichet voisin, dans laquelle se trouvait une boîte rose et bleue reconnaissable entre toutes. L'étiquette disait "Tout en Douceurs" : l'assortiment de quatre pâtisseries produites par l'entreprise de Jen.

"Exquises Douceurs" avait vu le jour sous la forme d'une unique boutique installée dans la grand-rue de Bothwell pour s'étendre quelques années plus tard à deux points de vente supplémentaires à Glasgow et Édimbourg. Les emplacements avaient été choisis de façon stratégique afin de développer la notoriété de la marque, mais le véritable succès commercial était dû aux noms de ses produits. Toutes les variétés de douceurs que vendait Jen portaient une étiquette avec un jeu de mots idiot. Douceurs d'Âme, Démarrage en Douceurs, Quelques Grammes de Douceurs dans un Monde de Brutes. Et elle passait rarement à côté d'une référence puisée dans les chansons ou les séries en vogue, comme dans le tube de Nekfeu : "D'où Sors-Tu Tes Douceurs Tuent."

Une fois la marque établie, Jen s'était concentrée sur le développement de la production, proposant ses produits dans les supermarchés au lieu de se cantonner à sa seule chaîne de salons de thé. C'est à ce moment-là que les gros bonnets étaient venus frapper à sa porte. Elle avait conclu un accord l'année précédente pour vendre son entreprise, même si elle demeurait à la tête de celle-ci.

Elle sentit gonfler quelque chose en elle. Si elle prenait un chauffeur de taxi enjoué pour un heureux présage, alors il s'agissait là d'un signe des cieux. Et Dieu sait qu'elle avait besoin d'être rassurée. Elle réunissait six femmes venues de périodes complètement différentes de sa vie, certaines par amour et nostalgie, d'autres par idéalisme, les dernières par obligation. C'était un diagramme de Venn dans lequel elle était le seul point où les cercles se recoupaient. Beaucoup d'entre elles ne se connaissaient pas, l'une d'elles ne connaissait personne, pas même elle, une autre la détestait très probablement et les deux dernières se détestaient de manière indiscutable. Ce n'était pas comme si quelque chose risquait de mal tourner. Qu'est-ce qui pouvait mal tourner ?

Jen supposait qu'elle serait la première car elle était censée retrouver Samira, sa future belle-sœur, qui devait arriver par un vol en provenance de Londres. Mais alors qu'elle émergeait du labyrinthe du duty-free pour pénétrer dans les salles d'embarquement, elle aperçut Helena devant elle. Celle-ci traînait devant la boutique Jo Malone comme si elle craignait de ne pouvoir se réfréner si elle en franchissait le seuil.

Jen lui avait proposé de passer la prendre en taxi, mais Helena avait tenu à y aller de son côté. Elle n'avait pas insisté. Helena se montrait méfiante ces derniers temps, ce qui ne lui ressemblait pas. Elle était en général tellement candide qu'il lui arrivait d'en dire trop, comme c'est le cas lorsque des années de maternité ont totalement anéanti votre sens de la vie privée, de la dignité et de la discrétion.

Elles étaient toutes les deux devenues mères à peu près en même temps, et à présent elles étaient toutes les deux confrontées au syndrome du nid vide. La différence c'était que, contrairement à elle qui y avait vu l'occasion d'un nouveau départ, Helena semblait focalisée sur ce qui touchait à sa fin. Même si, pour être honnête, le fait que son mari l'ait quittée n'avait pas aidé les choses.

Helena semblait perdue dans ses pensées, et elle ne la vit pas arriver. Jen mit ses mains en porte-voix autour de sa bouche.

– Ding-dong. Passagère Eckhart, l'embarquement pour le prochain vol à destination de FIESTA ISLAND va commencer porte numéro…

Helena fit un pas vers elle et la serra dans ses bras.

– C'est toi, Dunne ? demanda-t-elle.

– Non, moi c'est Pâté de sable.

C'était une blague entre elles qui remontait à leurs années d'école, au jour où elles s'étaient rencontrées en sixième. Elles s'étaient retrouvées assises côte à côte au moment des inscriptions car leurs noms de famille se suivaient dans l'ordre alphabétique : Michelle Cassidy, Jennifer Dunne, Helena Eckhart. Mais en dépit du fait qu'elles se connaissaient depuis tout ce temps, Jen et Helena ne s'étaient jamais considérées comme étant des meilleures amies. C'était en grande partie parce que Helena connaissait Michelle depuis la grande section de maternelle, de sorte que lorsque Jen les avait rencontrées, elles formaient déjà un tout. Il était impossible d'être aussi proche d'Hel ou Shell qu'elles ne l'étaient l'une de l'autre, même lorsqu'elles étaient brouillées pendant quelques jours. Ni même lorsqu'elles étaient brouillées depuis dix-sept ans.

– Alors, comment va la splendide future mariée? Tu comptes les jours qui te restent avant de devenir Mme Hussain?

Jen mit un peu trop longtemps à répondre, et Helena le remarqua.

– Quoi? demanda-t-elle. Il y a quelque chose qui ne va pas?

– Oh, rien. Juste un peu nerveuse. J'ai peur que ce soit trop beau pour être vrai.

– Ça, c'est *bon* signe, lui assura Helena. C'est mieux que te demander si tu n'aurais pas pu trouver mieux.

Jen ne savait pas trop si Helena faisait allusion à ce qu'elle pensait de son mari maintenant qu'ils étaient séparés, ou à ce que Neil avait peut-être pensé d'elle avant.

– Tu es prête pour ce week-end? demanda Jen, désireuse de s'éloigner du sujet des ex et (éventuels) futurs maris.

– J'ai hâte.

Helena semblait sincère; ou du moins faire un véritable effort pour donner le change. Il est plus facile de voir si quelqu'un fait semblant quand on le connaît depuis toujours. Ou alors, c'est qu'il ne ressent pas tant que ça le besoin de cacher la vérité.

Elles se regardèrent dans les yeux un instant, le temps de reconnaître qu'il était raisonnable de ne *pas* être prêtes pour ce week-end.

– Faut se marrer, bon sang, dit Jen.

– Faut se marrer, bon sang, répondit Helena. À quelle heure doit atterrir l'avion de Salena?

– Samira. Dans une demi-heure environ.

– Et à quelle heure arrivent Nicolette et…

À ce moment-là, le téléphone de Jen sonna. Elle sourit et brandit l'appareil, montrant un message de Kennedy, leur prof de tennis. *Ici le sergent Timing de la brigade Fiesta. Les recrues doivent se présenter à la table 13 du Caledonia Bar.*

– Elle a pu venir, alors, dit Helena.

Jen ressentit une vague de soulagement. Elles avaient reçu un message WhatsApp de Kennedy la veille avec un selfie posté depuis les urgences. Elle s'était tordu la cheville pendant un match. Elle leur avait promis qu'elle serait quand même du voyage, mais Jen n'avait pu s'empêcher de s'inquiéter. Elle savait que Kennedy était le ciment nécessaire à la cohésion du groupe.

Jen et Helena traversèrent d'un pas vif la salle d'embarquement jusqu'à l'endroit où elles virent Kennedy et Nicolette leur faire signe. Le pied gauche de Kennedy était coincé dans une botte orthopédique, un truc en plastique encombrant qui ressemblait à une chaussure de ski. Elles étaient assises à une table sur laquelle étaient posés une bouteille de Prosecco et cinq verres. Elles s'étaient souvenues que Samira devait également les rejoindre, ce qui était attentionné, mais la vue des cinq verres lui rappela une autre réflexion préoccupante que Zaki lui avait faite la veille au soir.

– Ne laisse pas trop boire Samira. Déjà en temps normal ça ne lui réussit pas, et ce sera la première fois qu'elle pourra se lâcher depuis une éternité.

Elles échangèrent des bonjours excités : quatre personnes qui jouaient au tennis ensemble deux fois par semaine et qui faisaient comme si elles ne s'étaient pas vues depuis des mois. On aurait dit que tout le monde se glissait dans la peau de son personnage, mais il y avait quelque chose d'amusant dans cette complicité mutuelle.

– Comment va cette cheville ? demanda Jen.

– Elle n'est pas cassée. Ça, c'est juste pour que ça ne s'aggrave pas. J'ai le droit de l'enlever, genre si on me le demande dans l'avion, mais je ne suis pas censée prendre appui dessus sans mon attelle.

Il n'y eut pas d'embrassades, ce qui soulagea vaguement Jen. Si votre relation n'a pas atteint ce stade alors que vous vous connaissez depuis plus d'une dizaine d'années, comme c'était le cas avec Nicolette, cela aurait paru bizarre de commencer du jour au lendemain. Quant à Kennedy, eh bien, elle ne serrait jamais personne dans ses bras. Même lorsqu'elles étaient de sortie, elle se montrait pétillante mais pas tactile. La seule fois où Jen l'avait vue avoir un contact physique direct avec quelqu'un, c'était lorsqu'elle corrigeait sa position pour lui apprendre à servir. Cela se remarquait peut-être d'autant plus que Kennedy était beaucoup plus jeune que les autres, vingt-cinq, trente ans tout au plus, et Jen avait l'impression que cette génération recourait plus volontiers aux marques d'affection physiques.

La jeune femme portait un bas de survêtement et un t-shirt ordinaire, mais elle parvenait malgré tout à avoir l'air habillée. Certaines personnes ont ce don, une grâce naturelle qui leur donne de la classe quoi qu'elles portent. Michelle l'avait toujours eu.

Nicolette était super glamour, bien sûr, mais contrairement à Kennedy son apparence indiquait que beaucoup de préparation et d'efforts avaient été nécessaires pour arriver à ce résultat. Paul, son mari, lui avait dit qu'une fois Nicolette avait annulé un match parce qu'elle n'avait plus de fond de teint.

Ce qui était plus surprenant, c'était de voir à quel point Helena s'était pomponnée pour l'occasion. Elle paraissait plus élégante, plus jeune, même. Helena faisait souvent un peu mémère et débraillée, mais elle avait cassé sa tirelire pour s'offrir une nouvelle garde-robe. Si cela s'était produit six mois plus tôt, Jen se serait dit que c'était en réaction au départ de son mari, mais elle soupçonnait qu'une transformation aussi récente avait été motivée par des raisons différentes. Helena avait quelque chose à prouver, et Jen savait à qui.

– Maintenant que Jen est là, le week-end a officiellement commencé, annonça Kennedy en prenant son sac posé par terre. Il est donc temps de mettre ça.

Elle sortit un stock de t-shirts rouge vif enveloppés dans de la cellophane. Les yeux de Jen se tournèrent aussitôt vers Nicolette pour voir l'horreur se peindre sur ses traits à la vue de cet article immonde qui allait massacrer sa tenue si soigneusement choisie. Elle portait un chemisier de soie violet, les trois boutons du haut défaits de façon à révéler un décolleté dont la surface avait été calculée au centimètre près.

Kennedy en brandit un, montrant d'abord le dos, où l'on pouvait lire : "La dernière folie de Jen." Puis elle le retourna pour montrer le devant : "Faut se marrer, bon sang !"

C'était une de leurs rengaines au tennis, quelque chose que Jen disait quand quelqu'un prenait les choses trop au sérieux. Son premier amour avait été Kevin Costner, au début des années 1990. Et c'était une de ses répliques dans *Bull Durham* : "Ce sport est fait pour se marrer, OK ? Faut se marrer, bon sang !"

– Enfilez-moi ça, ordonna Kennedy en les distribuant autour de la table.

– On est obligées ? protesta Nicolette. Ça fait un peu cliché, et ce n'est vraiment pas ma couleur.

– Pas d'exception, rétorqua Kennedy.

– Arrête de nous soûler, Nicolette, dit Jen. On sait que tu n'as pas envie de cacher tes meilleurs atouts, mais soyons honnêtes, on a toutes suffisamment vu tes nichons pour pouvoir les dessiner de mémoire.

– Je veux juste en avoir pour mon argent, se justifia-t-elle, mettant en avant les atouts en question. Ces nichons m'ont coûté plus cher que ma première voiture, ils font tourner plus de têtes qu'elle ne l'a jamais fait, et j'espère atteindre un meilleur kilométrage avec eux.

Néanmoins, Nicolette accepta le vêtement qu'on lui tendait et tout le monde enfila son horrible t-shirt.

Elles firent tinter leurs verres et Jen but une gorgée de Prosecco, ressentant les bulles, la brûlure et l'euphorie d'une façon qui lui parut d'autant plus intense qu'il n'était encore que onze heures du matin. La discussion se mit bientôt à couler en même temps que le mousseux, même si Jen jetait de temps en temps un œil sur le tableau des départs.

Son regard fut brièvement attiré par un écran de télévision montrant un bâtiment qu'elle se rappelait avoir vu à Barcelone, son dernier voyage à l'étranger avant la pandémie. D'après les sous-titres qu'elle parvint à glaner, il s'agissait d'un scandale de corruption impliquant "les Kardashian catalans", après quoi son intérêt faiblit.

C'est alors qu'elle remarqua une jeune femme hésitant au bout de leur table, comme si elle avait attendu une pause dans la conversation pour poser une question. Elle affichait un sourire timide, impatiente mais craintive. Jen mit un moment à comprendre qu'il s'agissait de Samira. Elle n'avait vu que quelques photos d'elle, des photos centrées sur les jumeaux qui venaient de naître.

Jen l'avait toujours imaginée petite car Zaki parlait toujours d'elle sur un ton protecteur. Elle avait six ans de moins que lui et avait passé la trentaine depuis peu. Cependant, Jen ne s'attendait pas à ce qu'elle soit aussi menue en vrai. La jeune femme semblait mesurer un mètre cinquante et peser quarante-cinq kilos toute mouillée. Elle était l'avocate en interne d'une société de production pour la télé, et elle jouissait d'une réputation de rottweiler, de sorte que Jen savait qu'il ne fallait pas faire de suppositions en se basant sur sa douceur apparente. Cependant, elle avait également l'air crevée, et Jen savait en revanche qu'elle pouvait sans problème faire des suppositions de ce côté-là. Samira ne travaillait pas pour le moment, elle était en congé maternité depuis cinq mois suite à la naissance des jumeaux, et elle n'avait pas la vie facile.

C'est Zaki qui avait demandé, limite insisté, pour que Jen l'invite à son enterrement de vie de jeune fille. C'était de toute évidence afin qu'elles puissent faire connaissance, mais surtout pour accorder une pause à cette pauvre fille. Jen avait accepté de bonne grâce. Ce qui l'inquiétait plus, c'est ce que ressentirait Samira sachant qu'elle ne connaissait absolument personne, sans parler du fait qu'elle allait se retrouver parachutée au milieu d'un groupe de femmes (Kennedy mise à part) d'une quarantaine d'années. Malgré tout, Samira ne s'était pas fait prier, semblant presque fondre en larmes au téléphone tant elle lui était reconnaissante.

– Bon, les filles, je vous présente Samira, annonça Jen.

– Comment tu as fait pour nous trouver ? demanda Nicolette, une référence facétieuse aux t-shirts.

Kennedy en tendit un à Samira, qui l'enfila vaillamment. Elle sembla disparaître à l'intérieur. Helena fit glisser un verre de mousseux dans sa direction alors que la jeune femme s'installait à côté de Jen.

– Oh, non merci, mais ça fera sûrement plaisir à quelqu'un d'autre, dit Samira en prenant délicatement le verre par le pied pour le repousser. Je n'ai quasiment pas bu une goutte d'alcool depuis des mois et il faut que je me surveille. Je ne tiens déjà pas l'alcool en temps normal.

Jen était heureuse de voir que la demande de Zaki était devenue superflue. Elle l'avait trouvée un peu injuste car la dernière chose dont elle avait envie pendant son week-end d'enterrement de vie de jeune fille, c'était d'être responsable de quelqu'un d'autre.

Jen fit les présentations, Samira serrant la main ou adressant un signe en retour selon qui se trouvait à sa portée.

– Et on est toutes là ? demanda-t-elle.

– Pour l'instant, répondit Jen. On retrouve Beattie à Barra. Elle a un bateau et elle se rend là-bas par la mer depuis sa maison de vacances sur l'île d'Islay.

– Pourquoi est-ce qu'elle ne va pas jusqu'à Clachan Geal ? voulut savoir Helena.

– Je ne sais pas. Elle n'avait peut-être pas envie de manquer notre arrivée en grande pompe.

– Et qu'en est-il de notre invitée de marque ? demanda Samira avec une curiosité qui poussa Jen à se demander si c'était la présence de Michelle qui l'avait en partie incitée à venir.

– Elle fait une espèce de retraite spirituelle sur l'île de Rùm. Elle a dit qu'elle affréterait un bateau pour faire la traversée depuis là-bas.

– Mais elle vient, c'est sûr ? l'interrogea Kennedy. Elle paraissait inquiète plutôt qu'excitée. Dans son cas, ce n'était pas tant qu'elle avait hâte de rencontrer Michelle mais plutôt qu'elle s'était particulièrement investie dans les efforts que Jen avait déployés pour la faire venir.

Jen connaissait Kennedy depuis moins d'un an mais, par certains côtés, celle-ci était devenue plus une coach de vie qu'une coach de tennis. Après tout ce qui lui était arrivé, Jen avait des problèmes d'estime de soi, ce qui expliquait pourquoi elle avait hésité à ennuyer Michelle avec son enterrement de vie de jeune fille. Kennedy l'avait aidée à comprendre que même si Michelle était célèbre et qu'elles ne s'étaient pas vues depuis longtemps, cela ne voulait pas dire que sa vieille amie ne ferait pas un effort pour participer à un événement aussi exceptionnel que celui-ci. Elle se disait sans doute que si Michelle ne venait pas, l'estime de Jen s'en trouverait encore diminuée et ses propres conseils ainsi que sa positivité se verraient mis à mal.

– Je n'en suis pas certaine, lui répondit Jen. Rien n'est jamais sûr à cent pour cent avec Michelle.

– Oh, elle sera là, affirma Helena. Elle n'a pas confirmé juste parce qu'elle sait que tout le monde se montre d'autant plus reconnaissant quand elle arrive. Art de la mise en scène classique.

– Je préfère ne pas faire de suppositions après ce que Michelle a traversé ces derniers mois, répondit Jen. Elle pourrait ne pas avoir envie de se retrouver au milieu d'un groupe de gens.

– Pourquoi, qu'est-ce qui lui est arrivé ? demanda Samira. Je n'ai jamais été vraiment au fait des potins.

– Mais Jen a dit que tu travaillais pour la télévision ? s'étonna Nicolette.

– C'est vrai, ce qui explique pourquoi je suis devenue experte dans l'art de filtrer les conneries du showbiz. Ça, plus le fait d'être perdue au pays des bébés depuis cinq mois.

– Elle était en désintox ou en thérapie, quelque chose comme ça, lui apprit Nicolette. Tout est parti de sa sextape.

– Quelqu'un a piraté le cloud de Michelle et a posté des photos et des vidéos explicites sur Internet, expliqua Jen.

– Merde. Il me faudrait bien *toutes* les drogues disponibles plus une thérapie après ça, répondit Samira.

– Dans mon cas, je serais juste surprise qu'on trouve des images sur un support plus récent que du Super 8, plaisanta Nicolette.

– Comment elle est ? demanda Samira. Est-ce qu'il y a quelque chose à savoir à l'avance ?

– Ça dépend à qui tu demandes, répondit Helena d'un air malicieux.

– Ah, c'est vrai, réagit Kennedy avec un petit rire de commère. Elle a fait un sale coup aux filles de son groupe, non ? Elle a accepté un contrat solo très lucratif tout en leur disant qu'elles pouvaient rester pour l'accompagner. Ça a dû être tendu.

Jen donna un coup de pied à Helena sous la table pour l'inciter à cracher le morceau avant que quelqu'un n'en dise trop.

– Je peux pas dire que ce soit mon souvenir préféré du showbiz, lâcha Helena.

Kennedy et Samira eurent l'air perplexes, Nicolette étonnée. Cette dernière avait au moins fait le rapprochement mais avait du mal à accepter l'explication.

– Helena faisait partie de Cassidy, clarifia Jen. C'était la guitariste.

– Oh mon Dieu ! s'exclama Kennedy, l'air embarrassée. Je suis vraiment désolée, je ne savais pas.

– C'est pas grave. En général, je n'aime pas en parler, mais c'est un peu inévitable ce week-end.

Jen se dit que cette explication était plus destinée à Nicolette qu'aux autres. Elles se connaissaient depuis pas mal d'années et Helena n'avait jamais fait allusion à cet épisode plutôt croustillant de son passé.

– Il faut que je regarde ça sur Internet, dit Samira. Tu es dans les vidéos ?

– Non, s'il te plaît. C'était il y a longtemps. Tu me reconnaîtrais à peine. Et, comme Kennedy l'a souligné, ça ne s'est pas bien terminé.

– Est-ce que ça veut dire qu'on va être dans l'Équipe Helena ou dans l'Équipe Michelle d'ici la fin du séjour ? demanda Samira, un soupçon de délectation dans les yeux. Jen reconnut un goût pour l'espièglerie à laquelle Zaki ne l'avait pas préparée.

– Non. Absolument pas, répondit Helena. Ce week-end est entièrement consacré à ma plus vieille copine, Jen, du coup je vais faire en sorte de bien me tenir. N'oubliez pas… – elle passa la main sur le slogan de son t-shirt – faut se marrer, bon sang !

– Faut se marrer, bon sang ! répondirent-elles en chœur, certaines en levant leur verre comme s'il s'agissait d'un toast.

– Prenons une photo ! dit Nicolette.
– Je vais la prendre, proposa Kennedy.
– Non, je vais faire un selfie. Il faut que tout le monde soit dessus.

Elles se tassèrent toutes autour de la table en adoptant des poses disgracieuses. Nicolette mit un temps fou à prendre la photo. Elle prétendait vouloir s'assurer que tout le monde était bien dans le cadre, mais Jen savait qu'elle n'appuierait pas sur le bouton avant d'apparaître sous son meilleur angle.

Et, bien sûr, quand Nicolette la montra aux filles, elle était dans une posture élégante alors que toutes les autres semblaient là par hasard. Le visage de Kennedy était en partie caché par son verre, mais personne n'eut le courage d'en faire une autre.

– Celle-là aussi serait merdique, déclara Kennedy. Je suis maudite quand il s'agit de photos. J'ai toujours les yeux fermés, je regarde du mauvais côté ou quelqu'un a le doigt sur l'objectif.

Jen regarda le tableau des départs et vit que leur vol était appelé. Une petite voix dans sa tête lui demanda si rater l'avion serait aussi terrible que ça, mais elle l'ignora.

Le groupe réagit avec une obéissance surprenante, et les filles se levèrent aussitôt pour prendre leurs sacs. La seule retardataire fut Nicolette, qui remarqua qu'il restait un verre presque plein sur la table.

– Kennedy, tu as à peine touché à ton mousseux.
– Trop occupée à bavarder, comme d'habitude, répondit-elle en souriant.
– T'en fais pas. J'ai prévu ce qu'il faut pour le vol, lança Nicolette avec un clin d'œil.

Elles se dirigèrent vers leur porte d'embarquement, Kennedy assez alerte malgré sa chaussure de ski. Jen se dit qu'elle battrait n'importe laquelle d'entre elles en simple, même avec son attelle.

Sur leur gauche, on voyait des passerelles et des avions à travers les vitres. Jen remarqua un jumbo d'Emirates à côté d'un 737 de la British Airways. Plus elles avançaient sur la passerelle, plus les avions étaient petits.

Nicolette commença à distribuer un assortiment de mignonnettes qu'elle avait dû prendre au duty-free.

– Je ne pensais pas qu'il y aurait un service à bord d'un zinc comme ça, expliqua-t-elle.

Jen accepta une bouteille de gin Stirling. Une fois encore, Samira refusa.

– Je ne supporte pas toujours très bien l'avion. Je voudrais pas risquer d'être malade.

Sa camarade de la génération Y, Kennedy, refusa elle aussi. Juste les vieilles pochtronnes, alors.

Au moment où elles arrivaient au bout du couloir vitré, Jen vit Samira regarder par la fenêtre puis vérifier sa carte d'embarquement. Elle se dit que les mots "vol assuré par Loganair" avaient dû prendre tout leur sens pour la jeune femme lorsqu'elle remarqua le nom imprimé sur le petit appareil.

– Vous vous fichez de moi.

– Bah, t'en fais pas, la rassura Nicolette. On sera sur la plage avant que tu t'en rendes compte.

– Tu crois qu'il va faire assez chaud pour aller à la plage ? demanda Samira d'un ton sceptique.

– Non, répondit Jen, c'est *l'avion* qui atterrit sur la plage.

Samira écarquilla les yeux, puis elle se tourna vers Nicolette.

– Finalement, je vais prendre cette mignonnette. Et celle de Kennedy aussi.

HELENA

Alors que l'hélicoptère s'élevait au-dessus de Barra, Helena s'aperçut qu'elle sentait plus son mouvement que celui de l'avion pourtant minuscule qu'elles venaient de quitter. Le tangage et le lacet de l'appareil lui semblaient plus immédiats, précédés par la verticalité du décollage, lequel lui avait paru étrange sans l'accélération qui allait avec. Elle était heureuse qu'il n'y ait pas de vent. La température extérieure avait été agréable, ce qui n'est jamais garanti lorsqu'on se trouve aussi loin au nord.

Elle balaya la cabine du regard. Tout le monde se souriait dès que l'appareil s'inclinait et elles ressentaient le moindre mouvement dans leurs tripes. Helena était quasiment certaine qu'elles étaient toutes aussi terrifiées mais faisaient mine de s'amuser, ce qui semblait être un leitmotiv approprié pour le week-end à venir.

Elle jeta un coup d'œil à Beattie, qu'elle connaissait depuis l'école primaire, et qui arborait la même expression aigrie et désapprobatrice depuis trente ans. Cela ne tenait pas tant au fait que Beattie avait passé la cinquantaine mais plutôt qu'elle avait été une de ces femmes *nées* avec l'air d'avoir cinquante ans.

On dit qu'il faut garder ses amis près de soi et ses ennemis encore plus près, mais que Jen ait invité son ex-belle-sœur à son enterrement de vie de jeune fille lui semblait un peu excessif. Comme c'était à l'évidence une manière implicite de lui demander sa bénédiction pour son nouveau mariage, Jen lui offrait la possibilité de la lui refuser de façon évidente. Il s'était peut-être écoulé suffisamment de temps pour que l'amertume de Beattie s'estompe, mais Helena n'en était pas convaincue. Elle, plus que quiconque, était bien placée pour reconnaître une personne réticente à passer l'éponge. Jen ferait bien de surveiller ses arrières.

Assise près de la fenêtre, Samira regardait les vagues en dessous avec l'air d'avoir la nausée. Helena était assise en face d'elle, Beattie à sa gauche. Le niveau sonore était tel qu'il était difficile de parler à quelqu'un en dehors de ce périmètre. Jen était installée juste à côté de Samira mais Nicolette lui parlait déjà à l'oreille.

– On est sans doute moins près des vagues qu'il n'y paraît, assura Helena à Samira.

– C'est juste qu'elle a l'air froide et impitoyable, répondit-elle. C'est bizarre, mais je me sentirais plus en sécurité en flottant sur l'eau plutôt qu'en volant au-dessus comme ça.

– Je te comprends, dit Beattie. Un bateau, c'est *fait* pour être sur l'eau. Tandis que si ce truc la percute…

Elle eut un frisson.

– Pourquoi est-ce que tu n'es pas venue jusqu'à Clachan Geal en bateau, alors ? demanda Helena.

Beattie parut brièvement sur la défensive, puis son expression s'adoucit.

– Nulle part où s'amarrer. Il y a une jetée près de la maison, je crois, mais elle est petite, juste pour déposer et récupérer des gens. Je ne pouvais pas mouiller là-bas parce que ça aurait gêné. Mais c'est sûr, j'aurais *préféré* prendre mon bateau.

– Avant, je n'avais pas souvent peur, dit Samira. Mais maintenant je suis obsédée par l'idée qu'il ne doit rien m'arriver à cause des jumeaux. J'espère que ça ne va pas durer.

Helena et Beattie échangèrent un regard, un instant de complicité.

– J'ai bien peur que si, ma belle, répondit Beattie. Il y a une chose qu'on ne te dit pas quand tu deviens mère, ou même grand-mère, c'est qu'on voit des dangers potentiels partout, et ton état de vigilance ne s'arrête jamais.

Samira jeta un coup d'œil à Helena comme pour demander une seconde opinion, mais elle ne frappait pas à la bonne porte.

– J'attendais avec impatience le moment où je n'aurais plus besoin de mettre des caches en plastique sur les prises électriques et des loquets de sécurité sur les placards de peur qu'ils boivent de la Javel, lui dit-elle. Mais d'un coup ils traversent la route tout seuls, ils prennent le bus pour aller en ville, et avant que tu t'en rendes compte, ils apprennent à conduire. Mais voilà le hic. Tu deviens une personne tellement différente que tu ne te rappelles plus qui tu étais avant leur arrivée – et après ils foutent le camp.

Samira rit, même si Helena n'avait pas uniquement dit cela à titre de plaisanterie.

Comme elle était tournée vers l'avant, elle fut la première à voir qu'elles approchaient de Clachan Geal. Elle avait lu sur le site qu'il s'agissait d'un mot gaélique signifiant "pierres blanches", et elle avait vu des photos d'une plage de sable que des eaux turquoise venaient lécher sous un ciel bleu limpide. Elle ne voyait rien qui puisse correspondre à cette description sur la côte sud, principalement grise et rocailleuse. La plage devait être au nord, dans la baie où se trouvait la maison.

En dessous, elle vit un bateau qui filait vers une crique. C'était un Zodiac équipé d'un moteur hors-bord, une seule personne à bord habillée tout en noir. Il s'agissait sans doute d'une combinaison de plongée ou d'un imperméable, mais depuis l'hélico on aurait dit le commando d'intervention britannique ou quelque chose comme ça.

– Je pensais qu'on allait être toutes seules ici, dit Nicolette sur le ton qu'elle aurait employé pour se plaindre qu'il y avait des enfants dans la piscine réservée aux adultes de son hôtel.

– Les gens adorent explorer toutes ces petites îles, répondit Beattie. Ce n'est pas comme si on pouvait les en empêcher. Au moins, celui-ci a l'air de savoir ce qu'il fait. Vous seriez étonnées d'apprendre combien de personnes finissent par avoir besoin d'être secourues parce qu'elles vont fureter sans consulter les cartes avant.

– On dirait quelqu'un qui aime les sports extrêmes de plein air, remarqua Samira. Un de ces mecs qui te prennent la tête en te racontant les endroits reculés et inaccessibles où ils ont dormi sous une pauvre tente de rien du tout. Il a sûrement hâte de se vanter d'avoir joué à Bear Gryllsing sur une île écossaise isolée et inhabitée. Il va être dégoûté quand il s'apercevra qu'il y a un manoir avec son propre spa et un parcours de golf à six trous.

Le manoir s'appelait également Clachan Geal, construit pour être une sorte de refuge par un aristo de l'époque victorienne. C'était Nicolette qui avait partagé un article là-dessus sur Whatsapp, un reportage sur Lauren Combe, la promotrice immobilière qui en était la propriétaire. Celle-ci s'était spécialisée dans la rénovation et la revente de maisons mais, dans ce cas, elle avait conservé la propriété. À l'ère d'Airbnb, elle avait compris qu'elle possédait un bien unique alliant la splendeur d'une demeure historique au luxe haut de gamme sur ce qui était effectivement une île privée.

Les photos qui illustraient l'article montraient une piscine à débordement chauffée ainsi qu'un jacuzzi encastré dans une terrasse carrelée surplombant une plage sauvage. Toutes les chambres étaient décorées de façon individuelle avec un juste mélange de traditionnel et d'ultra-moderne. Lits à baldaquin et lits traîneaux, baignoires sur pieds et cabines de douche équipées de colonnes d'hydromassage, télés 4K et fibre optique haut débit. Le seul bémol, c'était qu'il n'y avait pas de réseau mobile, mais cela était présenté comme un avantage. Si vous ne pouviez pas laisser le monde extérieur derrière vous dans un endroit comme celui-ci, vous étiez fichu.

Compte tenu de l'emplacement isolé, il était particulièrement difficile d'imaginer plus belle image du luxe. Et c'était pour cette raison que ce lieu était réservé jusqu'à la fin des temps et s'avérait être d'un attrait irrésistible pour les séjours d'entreprise, les photos de mode et, à l'occasion, les mariages de célébrités. C'était le genre d'endroit qu'Helena n'aurait jamais imaginé visiter en un million d'années. Mais là, Kennedy avait eu vent d'une annulation : une relation du tennis qui connaissait quelqu'un qui connaissait quelqu'un. Et même si cela lui revenait plus cher que si elle avait emmené tout le monde en avion à New York pour le week-end, Jen avait sauté sur l'occasion, se sentant en fonds après la vente de son entreprise.

Elles n'avaient cessé de poster des trucs là-dessus, comptant les jours restants avec beaucoup plus d'impatience que pour le mariage proprement dit. Aucun intérêt d'aller dans un endroit aussi chic et aussi incroyable si on ne pouvait pas s'en vanter sur Facebook avant et inonder Instagram de stories une fois sur place.

En plus de la piscine, du spa et du terrain de golf, il y avait un parcours de santé et un gymnase. Il fallait prévenir Lauren à l'avance si on souhaitait la venue du jardinier ou la présence d'un coach sportif. De même, il pouvait y avoir du personnel sur place si on le demandait, sinon ils préparaient tout à l'avance et vous laissaient entre vous. Il était possible de louer la maison sans recourir aux services d'un traiteur, mais Jen avait choisi d'avoir un chef cuisinier privé à leur disposition.

Et puis, bien sûr, il y avait le transfert en hélicoptère, destiné à vous donner l'impression d'être des VIP avant même d'avoir posé le pied sur l'île.

Helena se rappelait être montée dans un hélicoptère une fois, alors qu'elles participaient à un festival de musique en Allemagne. Elles n'étaient pas exactement en haut de l'affiche – elles étaient programmées à seize heures –, mais c'était quand même sur une des scènes principales. L'hélicoptère avait été réservé par la maison de disques pour les transporter depuis la ville voisine où elles logeaient et ainsi éviter les embouteillages autour du site du festival. Ceci en dépit du fait que leur deuxième album n'avait pas déchaîné les foules. À l'époque, elle se rappelait avoir pensé que c'était un signe de la confiance à long terme du label envers le groupe. Elle avait compris plus tard que cela avait en fait pour but de passer de la pommade à Michelle avant qu'elle se lance en solo.

Elle sentit l'hélico descendre, ce qui signifiait que le vol touchait heureusement à sa fin. En bas, elle aperçut une rangée de petits cottages en ruine et se demanda s'ils avaient été habités; se demanda quel genre d'existence misérable on avait pu mener ici à l'époque.

L'hélicoptère vira à nouveau, retournant vers le large. Ce n'était pas encore le bout du tunnel, songea Helena. Le pilote faisait le tour du manoir pour leur offrir une vue d'ensemble de la propriété depuis les airs, avec ses tours et ses créneaux, le dôme en verre de son jardin d'hiver, ses allées et ses terrasses, ses jardins et son aire d'atterrissage.

Alors qu'elles entamaient leur approche finale, deux femmes sortirent par la grande porte. Par élimination, Helena put identifier la brune comme étant Lauren, leur hôte. En effet, même depuis cette hauteur et cette distance, elle reconnut la blonde qui se trouvait à côté d'elle comme la diva connue par des millions de personnes sous le nom de Mica, mais qui avait autrefois été pour Jen et elle Michelle Cassidy.

Helena sentit quelque chose remuer dans ses tripes, et ce n'était pas à cause de la descente verticale de l'hélicoptère. Lorsqu'elle avait affirmé d'un air confiant que

Michelle serait là, cela avait été un peu comme quand Neil prédisait une défaite pour son équipe adorée des Rangers. C'était comme un pari d'assurance au blackjack. Elle avait espéré avoir tort.

Helena s'était souvent demandé ce qu'elle ressentirait en présence de Michelle après tout ce qui s'était passé entre elles. Maintenant que le moment était venu, elle se souvint que l'avoir en face d'elle n'était pas le plus dangereux. C'était quand vous aviez le dos tourné qu'il fallait vous méfier.

Nicolette commença à retirer ton t-shirt rouge. Elle avait accepté de le porter pendant tout le voyage mais maintenant que l'hélico atterrissait, elle avait à l'évidence décidé qu'elle était à nouveau libre de montrer son chemisier et son décolleté de créateur.

Helena avait jadis été intimidée par la confiance que Nicolette avait dans son physique. Elle-même avait eu une forte poitrine dès l'âge de quatorze ans, ce qui en grandissant s'était avéré être la source d'une attention non désirée et d'une gêne douloureuse. Elle entendait encore un type de l'A&R* parler du succès de Mica et lui dire que si elle avait défait quelques boutons dans leurs vidéos, Michelle et elle formeraient maintenant un duo pop. Elle avait bien fait de ne pas lui éclater la tête.

Passé un temps, cela l'avait ennuyée de voir à quel point Nicolette pouvait être prétentieuse mais ça, c'était avant. Même si elle ne pouvait pas feindre devant quiconque d'être heureuse de revoir Michelle, elle n'avait pas menti en disant à Jen qu'elle attendait ce week-end avec impatience. Parfois, lorsque vous avez un secret, vous vous sentez vulnérable. Vous avez peur de ce que vous pourriez perdre, peur de ce que tout le monde pourrait

* Artists and Repertoire : division d'un label discographique responsable de la découverte de nouveaux talents ou de groupes à qui proposer un contrat. (*NdT*)

découvrir. Mais ce qu'Helena avait appris dernièrement, c'était qu'être la seule à connaître un secret vous conférait du pouvoir sur tous ceux qui ne le connaissaient pas.

LAUREN

Regarder l'hélicoptère approcher était d'habitude le moment où Lauren pouvait commencer à se détendre, assurée d'avoir fait sa part. Au moment où les clients posaient le pied sur le sol, tous les préparatifs nécessaires étaient en général achevés, ce qui signifiait qu'elle pouvait se contenter de les accueillir à Clachan Geal avant de les laisser entre eux. C'était souvent ce qu'ils voulaient : sentir que l'endroit leur appartenait entièrement, sans personne pour les observer, sans personne pour les juger.

Parfois, elle quittait l'île moins d'une heure après leur arrivée, surtout quand ils avaient réservé pour le week-end. Elle ne se berçait pas d'illusions et savait que sa fille Darcy n'avait plus besoin d'elle pour préparer le repas ou s'assurer qu'elle était au lit à une heure raisonnable, mais Lauren était malgré tout toujours impatiente de la retrouver.

Pas aujourd'hui, cependant. Ce week-end, elle les observerait en toute discrétion, depuis son appartement privé à l'intérieur de la maison.

Darcy était avec son père ce week-end, même si ce n'était pas la principale raison qui avait poussé Lauren à rester sur place. Parfois, elle avait comme un pressentiment, un picotement lié à un sixième sens. Ce n'était jamais vraiment parce qu'elle craignait que les occupants saccagent la propriété, mais il y avait des occasions où elle se sentait mal à l'aise, et le fait qu'il s'agisse d'un week-end d'enterrement de vie de jeune fille avait dû inconsciemment déclencher des signaux d'alarme. Lauren savait que ses clientes n'avaient pas vingt et un ans et qu'elles n'allaient pas se torcher à la vodka bon marché, et elle n'avait donc pas à s'inquiéter que quelqu'un vomisse dans ses jardinières ou finisse noyé dans le jacuzzi. Néanmoins, un groupe de femmes de plus de quarante ans qui faisaient la bringue sans surveillance pouvait représenter un danger pour elles-mêmes de façon moins prévisible. Elle voulait être sur place au cas où il faudrait éteindre le feu, même si elle espérait que ce ne soit pas au sens propre.

Alors qu'elle se trouvait devant l'entrée principale aux côtés d'une femme dont elle possédait tous les albums, Lauren dut admettre que, possiblement, l'autre raison qui la poussait à rester était simplement qu'elle avait envie de passer un peu de temps en compagnie de Mica. Elle n'était pas insensible au fait d'être présentée à certaines des célébrités qui venaient sur son île, de les voir apprécier l'environnement qu'elle avait si amoureusement créé et de les entendre la complimenter sur ses goûts. Pour une nénette qui avait grandi en foyers d'accueil et en HLM, il n'y avait aucune honte à vouloir côtoyer les stars.

Michelle était arrivée à bord d'une vedette Quicksilver deux heures plus tôt, les cheveux protégés du vent par un foulard, les yeux abrités des embruns par des lunettes de soleil. Elle ressemblait à une vedette du cinéma italien des années 1960 arrivant à Sorrento, et Lauren soupçonnait qu'elle le savait. Elle s'était attendue à voir débarquer une garde rapprochée ou au moins un assistant personnel ; si ce n'était pour tout le week-end, au minimum le temps de déposer ses bagages ainsi qu'une liste d'instructions comprenant l'heure à laquelle on viendrait récupérer Mme Cassidy. Au lieu de quoi il n'y avait eu qu'elle et le type tout tordu qui pilotait le bateau.

Lauren était presque certaine qu'elle venait de l'île de Rùm, plus précisément du Centre de retraite spirituelle Askival, ce qui était le nom discret d'un centre de désintoxication et de thérapie de plus en plus prisé par des clients très en vue en raison de son emplacement, loin des regards indiscrets et des téléobjectifs.

Elle était plus grande que Lauren ne l'avait imaginée. D'après les vidéos qu'elle avait pu voir, elle se l'était représentée comme une femme de petite taille, mais elle voyait maintenant que tout était une affaire de proportions. La chanteuse était en fait grande et filiforme, athlétique même. Si elle n'avait pas su qui c'était, Lauren aurait pu la prendre pour une sportive de renom.

Le Sealine de Lauren était amarré à la jetée, se balançant dans le sillage du Quicksilver qui mettait les gaz pour repartir. Elle se rappela le moment où elle avait compris que les bateaux seraient son principal moyen de transport pour faire la navette jusqu'à son nouvel investissement. C'était la seule chose qui lui avait fait craindre d'avoir commis une erreur car elle s'était rendu compte qu'elle devrait soit rester dépendante d'autres personnes, soit apprendre à piloter son propre bateau. Aucune de ces deux options ne lui avait paru attrayante.

Elle avait été terriblement angoissée la première fois qu'elle était venue ici en bateau toute seule. Désormais, elle ressentait à peu près la même chose en prenant la barre de son F42 qu'en prenant le volant de sa Tesla.

Lauren avait accueilli la déesse en bas du chemin de gravier qui menait à la maison.

– Madame Cassidy, bienvenue à Clachan Geal.

Sa posture exprimait une certaine assurance. Une femme avec une haute idée de son importance, comme disait une de ses connaissances.

– Madame *Michelle* Cassidy, avait précisé Lauren en faisant mine de lire les informations sur son iPad. Vous êtes Mica, c'est ça ?

À nouveau, ce sourire forcé.

– C'est ça.

– Je trouve préférable de mettre les choses au point dès le départ, expliqua Lauren. Nous recevons beaucoup de visiteurs très en vue, et j'ai appris que la fausse pudeur pouvait avoir ses écueils. Je cache très mal mon jeu et je suis facilement éblouie par les célébrités, mais tout cela va de pair avec un sain respect des limites.

– Ça peut être un numéro d'équilibriste pour les deux parties, avait répondu Michelle. Celle-ci semblait à l'aise, ce qui avait contribué à la détendre aussi. C'était un don qu'elle était capable de reconnaître. Cette assurance et cette prestance, elle se demandait si elles venaient avec le succès ou si le fait de les posséder aidait le succès à venir.

– Comment se fait-il que vous connaissiez Mme Dunne ? demandait à présent Lauren tandis que l'hélicoptère survolait la maison, le pilote leur offrant une vue d'ensemble plongeante sur les lieux.

– Oh, Jen et moi étions à l'école ensemble, répondit-elle, cette fois-ci avec un sourire plus chaleureux. On ne se voit pas assez souvent, vous savez comment c'est. La vie se met en travers de votre chemin. Mais il faut faire un effort pour un événement comme ça, surtout que je ne suis pas sûre d'être libre pour le mariage proprement dit. Les répétitions pour la tournée commencent la semaine prochaine.

Elle ajouta cela comme si une explication avait été nécessaire, puis fronça les sourcils comme si elle pensait *a posteriori* que celle-ci n'était pas très bonne. Peut-être que venir à un enterrement de vie de jeune fille qui ne rassemblait que sept participantes était plus facile que de débarquer à une fête gigantesque organisée dans un hôtel rempli d'inconnus, et les répétitions étaient une couverture pratique.

– Alors ce week-end va ressembler à une réunion en miniature d'anciennes élèves ?

– Mon Dieu, non, répondit-elle, le soulagement évident dans son rire. Je ne connais que deux des autres invitées. Mais je suis ici en tant que Michelle, la copine de Jen, alors pas de conneries liées au showbiz.

Lauren acquiesça, même si elle ne savait pas trop ce que la chanteuse voulait dire.

– Est-ce que c'est plus facile de socialiser avec des gens qui vous connaissaient avant que vous deveniez célèbre ?

– C'est possible. Mais cela dit, avoir une personnalité publique peut parfois être un bouclier. Si je réponds à des questions sur ma vie de chanteuse, ça signifie que personne ne cherche à s'immiscer dans ma vie réelle. Vous voyez ce que je veux dire ou j'ai l'air d'une pétasse en disant ça ?

Lauren regarda la mer, à la fois menace terrifiante et barrière protectrice.

– Il n'y a pas si longtemps, je n'en aurais pas eu la moindre idée mais, il y a quelque temps, il y a eu des reportages sur moi et sur cet endroit dans deux ou trois magazines, et ça m'a donné un aperçu de ce que ça devait être. J'ai reçu beaucoup de demandes de renseignements professionnels suite à ça, ce qui est génial, mais ça a également soulevé… de l'intérêt malvenu.

Michelle hocha la tête, un sourire complice amer au coin des lèvres. Lauren eut l'impression d'avoir décrit un grain léger à un marin qui avait doublé le cap de Bonne-Espérance.

– Tout ce que je fais, c'est chanter et danser, reprit Michelle. Comment est-ce que ça peut énerver les gens ? Avant, je me posais la question. Il arrive un moment où vous comprenez que votre principale faute, c'est d'exister en tant que femme. Il faut garder à l'esprit que ça n'a rien de personnel. C'est juste la haine irrationnelle de pauvres types tristes et en colère qui s'égosillent dans le vide.

C'étaient les paroles pleines de sagesse de quelqu'un qui avait sillonné les mers les plus difficiles, mais elles n'étaient pas aussi rassurantes que Michelle l'aurait voulu. Ce qui troublait Lauren, c'est que la haine qui transpirait dans les messages qu'elle avait reçus n'était pas totalement aléatoire ou irrationnelle. Et, bien que Clachan Geal n'ait pas été l'endroit le plus accessible, si quelqu'un voulait mettre à exécution une menace de mort en ligne, il saurait exactement où la trouver.

Le pire, c'est qu'elle ne pouvait dire à personne qu'elle avait été prise pour cible, car elle aurait été obligée d'expliquer pourquoi.

Elle entendit la porte s'ouvrir derrière elles et vit qu'il s'agissait de Joaquin, le chef cuisinier que Jennifer Dunne avait embauché, venu s'assurer qu'elle était bien arrivée. Lauren le vit détailler discrètement Michelle de la tête aux pieds, puis vit celle-ci le détailler à son tour avant qu'il ne retourne à l'intérieur. Elle croisa le regard de Michelle qui lui retourna un sourire, sachant qu'elle s'était fait prendre en train de reluquer le cuisinier. Lauren ne savait pas comment étaient ses desserts, mais ses clientes seraient bien servies question plaisir des yeux.

Elle ne l'avait pas reconnu. Parfois, lorsque les gens insistaient pour prendre leur propre chef cuisinier, il s'avérait que c'était un des types qui figuraient sur sa liste. Pas celui-ci, cependant, car il n'y avait pas que son nom qui sortait du lot. Joaquin Hernandez était bâti comme un boxeur, avec des traits ciselés surmontant un corps musclé. Quand Lauren l'avait vu descendre du bateau, elle s'était demandé s'il avait été engagé comme strip-teaser. C'était avant de le voir soulever une caisse de provisions.

Quand Joaquin avait ouvert la porte d'entrée, Lauren avait entendu de la musique dans le couloir, audible alors que l'hélico était sous le vent, virant au-dessus de la baie. L'espace d'un instant mortifiant, elle avait cru reconnaître le dernier album de Mica, qu'elle avait mis la veille sur Spotify. Heureusement, ce n'était pas le cas, mais cela souleva un point important.

– La maison entière est équipée de haut-parleurs connectés, expliqua-t-elle à Michelle. Ça veut dire que Mme Dunne ou n'importe qui peut mettre ses propres playlists dans les pièces communes mais, dans le cas contraire, le système diffusera par défaut des morceaux aléatoires basés sur les listes des anciens occupants. Je le mentionne au cas où vous voudriez que je vérifie ce qui a des chances de passer ; vous savez, que je m'assure qu'il n'y ait pas de morceaux à vous si vous trouvez ça gênant.

Michelle eut un léger haussement d'épaules, même si elle sourit pour montrer qu'elle appréciait sa proposition.

– Ça m'est égal. Je ne suis pas une de ces artistes qui font des chichis quand il s'agit d'écouter leurs propres chansons. Parfois, il peut y avoir une certaine fraîcheur à les entendre dans un contexte différent.

– Alors, on peut laisser ça au hasard ?

– Absolument. Enfin, ça paraîtrait louche si *aucune* de mes chansons ne passait en l'espace de trois jours. Même si Jen m'a peut-être bannie de sa playlist.

Son sourire suggéra qu'elle pensait cela hautement improbable.

L'hélicoptère ralentit pour passer en vol stationnaire puis descendit doucement jusqu'à l'aire d'atterrissage. Les deux femmes restèrent où elles étaient, regardant le pilote sécuriser les pales avant d'ouvrir la porte.

Lauren jeta un coup d'œil à Michelle pour voir sa réaction, être témoin de l'instant où quelqu'un apercevait de vieilles amies alors que celles-ci émergeaient sur les marches.

Elle vit un sourire d'anticipation, mais une lueur d'autre chose, aussi : de l'inquiétude. De la méfiance, même.

Michelle se tourna vers elle, affichant à nouveau ce sourire forcé.

– En fait, en ce qui concerne la musique. Pouvez-vous veiller à ce qu'il n'y ait pas de Cassidy ? En particulier… vous savez.

Elle savait.

– Vous en avez marre de l'entendre, celle-ci ?

– Si on veut.

NICOLETTE

Nicolette laissa la brise jouer un moment sur son visage, savourant la sensation d'être de retour sur la terre ferme. Au cours des semaines précédant le voyage, tout le monde avait posté des messages pour dire à quel point c'était un sérieux bonus, l'idée d'arriver en hélicoptère synonyme de glamour et de luxe, mais pour Nicolette ce n'était pas l'association qui lui venait en premier à l'esprit. Bien sûr, sa première fois à bord d'un tel appareil avait effectivement été glamour et luxueuse, un transfert privé aux Maldives au début de sa lune de miel. Personne n'avait eu besoin de lui dire à quel point descendre d'un Sikorsky pour aller à votre hôtel peut vous donner l'impression d'être exceptionnel, contrairement au fait de descendre d'un autocar affrété par Tui avec la voix faussement enjouée de l'accompagnateur qui résonne encore à vos oreilles. Mais la seconde fois avait créé une association radicalement différente avec ce moyen de transport.

À côté d'elle, tout le monde semblait si déterminé à sortir de la petite cabine et à prendre les bonnes valises qu'il fallut un moment avant que quelqu'un ne remarque qui les attendait devant la maison.

– Oh mon *Dieu* ! s'écria Jen, excitée. Soulagée aussi, peut-être. Elle avait agi comme si elle se moquait de savoir si sa célèbre meilleure amie allait venir, mais Nicolette pensait qu'elle cherchait seulement à se prémunir d'une déception.

– Je te l'avais dit, lâcha Helena d'une façon qui ne suggérait pas vraiment qu'elle était ravie d'avoir vu juste.

Nicolette était encore en train de digérer la révélation sur le fait qu'Helena avait fait partie du groupe de Mica.

Qu'Helena avait fait partie d'un groupe tout court. Elle savait qu'elle était prof de musique, mais si quelqu'un lui avait demandé d'imaginer quel genre de musicienne elle avait été dans sa jeunesse, elle l'aurait vue comme une de ces excentriques qui jouent dans un orchestre, dont les mères n'ont pas la télé et les habillent comme des attardées mentales.

En revanche, un seul regard sur Michelle Cassidy en chair et en os et vous n'aviez aucun doute sur le fait qu'elle était une vedette. Elle se tenait au bout du chemin dans un tailleur-pantalon blanc, affectant une pose étudiée et cadrée devant la maison comme si elle sortait de la pochette d'un album. Les dirigeants de la maison de disques savaient ce qu'ils faisaient. Entre le marketing et les processeurs audio, ils pouvaient aujourd'hui faire une star de n'importe qui, mais certaines personnes étaient plus à la hauteur, et Michelle en faisait partie.

C'était quelqu'un qu'on imaginait instantanément en haute définition, une machine à faire du vent lui soufflant dans les cheveux tandis que cinq types balèzes se tortillaient derrière elle dans un parfait ensemble. Même si, dernièrement, il était difficile de ne pas l'imaginer aussi à quatre pattes avec un type particulièrement baraqué derrière elle. Parce que bien sûr, Nicolette avait regardé la vidéo. La rançon du succès. Michelle aurait dû considérer cela comme un *gage* de célébrité, en fait. Parce que, aujourd'hui, vous n'êtes personne si vous n'êtes pas quelqu'un d'assez important pour qu'on vous pirate votre iCloud et que le monde entier vous voie en gros plan avec une bite dans la bouche.

Jen lâcha sa valise à roulettes et parcourut les derniers mètres à toute vitesse, Michelle sautillant dans sa direction dans le même temps jusqu'à ce qu'elles se jettent dans les bras l'une de l'autre et s'étreignent vigoureusement.

– Oh, mon Dieu, Michelle, je suis tellement contente que tu sois venue !

– Barbara ! Je n'aurais raté ça pour rien au monde.

Barbara ? se demanda Nicolette.

– C'est tellement bon de te revoir. Tu es magnifique.

– Cela va sans dire, répondit Michelle à mi-chemin entre la plaisanterie et l'affirmation. Jouant la carte de l'autodérision mais donnant en quelque sorte l'effet inverse.

Au fil des années, Nicolette avait souvent entendu dire que Jen était amie avec Mica, mais elle avait toujours supposé qu'il s'agissait d'un lien ténu. Maintenant qu'elle les avait vues ensemble, cela prenait tout son sens. Jen avait toujours eu une certaine énergie. C'est comme ça qu'elle avait bâti son entreprise : c'était quelque chose d'inné, quelque chose qu'elle dégageait. S'il y avait eu un mot pour définir le contraire de démuni, c'est ce qui l'aurait qualifiée, cet esprit entreprenant. Nicolette s'en était rendu compte pour la première fois au tennis. Quand vous perdiez 1 à 5, la plupart des filles du groupe – elle y compris – étaient heureuses de perdre le point suivant pour passer à un autre set, ou pour passer à un café et un siège confortable, car finalement quelle importance ? Jen était du genre à voir encore la possibilité de rattraper le coup à la balle de set, et si elle parvenait à retourner la situation dans ce second jeu, vous sentiez l'énergie changer de camp.

Elles rompirent leur étreinte à contrecœur, des larmes se formant dans les yeux de Jen, puis Michelle se tourna pour accueillir les autres, regardant d'abord Helena.

Il n'y a pas eu d'étreinte entre elles, remarqua Nicolette, et il y avait beaucoup de choses derrière les sourires polis qu'elles ont échangés.

– Helena. Ça fait longtemps. Comment tu vas ?

– Bien. Et toi ?

– J'ai pas à me plaindre.

En regardant ce petit échange inconfortable, elle fut frappée par le sacrifice qu'Helena faisait pour Jen. Cela ne devait pas être facile pour elle de passer du temps avec quelqu'un qui l'avait larguée sur la route de la gloire et de la fortune. Mais s'il y avait bien un rôle pour lequel Helena était taillée, c'était celui de l'amie fidèle. Elle était un soutien indéfectible dans la vie. C'était peut-être le rôle qu'elle avait autrefois tenu auprès de Michelle, et à présent elle le jouait pour Jen. Nicolette se disait qu'Helena avait besoin de se trouver un but maintenant que son mari l'avait quittée et que ses filles grandissaient.

– Je te présente mon amie Nicolette, dit Jen. Nicolette, voici ma vieille amie Michelle.

Michelle lui serra la main tout en l'observant.

– Oh, ouah, ça vient de chez Reiss ? demanda-t-elle en identifiant précisément son chemisier violet. La boutique de Princes Square ?

– Tout à fait, confirma-t-elle, se délectant de l'approbation de la chanteuse.

– Nicolette travaille chez Reiss, ajouta Jen. Dans le design.

– Ah, ouah !

– C'est plus le côté design du marketing, précisa Nicolette.

La première fois qu'elle était allée à Princes Square, elle avait une dizaine d'années et le centre commercial venait d'ouvrir. Elle se rappelait avoir pensé que c'était l'endroit le plus glamour et le plus sophistiqué du monde, et qu'y travailler devait être incroyable car on pouvait y être tous les jours. C'était à peu de choses près ce qu'elle avait jadis pensé du métier d'hôtesse de l'air.

– J'adore, reprit Michelle en caressant le tissu. Je regrette juste de ne pas avoir les courbes qu'il faut pour montrer mon décolleté. Et je comprends pourquoi tu ne le caches pas sous un de ces t-shirts rouges. Ce serait un crime.

– C'est ce que j'ai essayé d'expliquer, répondit Nicolette. Les t-shirts sont l'œuvre de Kennedy.

– Et voici Kennedy, dit Jen.

La jeune femme resta en retrait un instant alors même que Michelle lui tendait la main, se balançant d'un pied sur l'autre comme si elle avait peur de s'approcher. Il était inhabituel de la voir faire preuve d'un tant soit peu d'humilité. Pendant un instant de tension, Nicolette craignit même qu'elle se mette à pleurer.

– Pour l'amour du ciel, Kennedy, ne fais pas ta timide, lança Jen. C'est juste ma copine Michelle. Ce n'est pas comme si c'était Serena Williams. Elle est seulement chanteuse.

Jen et Michelle échangèrent un regard entendu. Nicolette jeta un coup d'œil à Helena pour observer sa réaction, mais celle-ci regardait le chemin en direction de la femme qu'elle reconnut comme étant Lauren Combe, qui venait les saluer.

Kennedy porta une main à son visage et essuya bel et bien une larme, même si celle-ci semblait désormais trahir son embarras. Elle renifla puis s'avança pour saisir la main tendue de Michelle.

– Désolée. Je vais me reprendre. Je ne suis pas comme ça d'habitude.

– Qu'est-ce que tu t'es fait au pied ?

– J'ai marché sur une balle en faisant un smash.

– J'espère que tu as remporté le point, au moins !

Kennedy secoua la tête puis s'écarta avec l'air d'avoir envie qu'un trou s'ouvre dans le sol et l'engloutisse. Samira s'approchait derrière elle, Beattie fermant la marche.

Samira était une petite créature délicate serrée dans un jean skinny et un caraco Karen Millen. Jen avait grondé Nicolette parce qu'elle voulait montrer son décolleté, mais elle remarqua que Samira s'était elle aussi rapidement débarrassée du t-shirt d'enterrement de vie de jeune fille. Jen leur avait dit qu'elle l'avait invitée parce que sa future belle-sœur était lessivée à force de rester coincée chez elle avec ses jumeaux mais, pour Nicolette, la jeune femme ne semblait pas avoir été enceinte au cours des dix dernières années.

Il y avait quelque chose de fourbe chez Samira, se dit-elle. Elle avait fait toute une histoire pour prendre ces mignonnettes mais Nicolette ne l'avait finalement pas vue en boire une. Vu son petit gabarit et sa remarque sur le fait qu'elle ne tenait pas l'alcool, Nicolette se serait attendue à ce que cela lui fasse de l'effet. Mais bon, tout le monde est différent.

– Je suis un peu plus calme que Kennedy, dit Samira à Michelle, mais c'est parce que tu m'impressionnes carrément moins.

Elle ajouta un petit rire à la fin de sa phrase. Cela ressemblait à de l'humour grinçant, une façon de dédramatiser la réaction de Kennedy, mais il y avait quelque chose d'irréfléchi dans la façon dont les mots étaient sortis, ce qui poussa Nicolette à reconsidérer la question de savoir si Samira s'était finalement bien tapé ces mignonnettes.

L'expression qui se peignit sur le visage de Michelle fut celle de quelqu'un qui n'avait d'autre choix que de rire à cette plaisanterie. C'était aussi la rançon du succès : feindre d'être bon joueur quand les gens allaient trop loin parce que le retour de manivelle était trop brutal si vous leur disiez d'aller se faire foutre.

– Je te présente Samira, dit Jen.

– Ta future belle-sœur, déclara Michelle.

Nicolette détecta-t-elle une légère pause avant la réponse de Jen ?

– C'est la petite sœur de Zaki, répondit celle-ci. Au lieu, par exemple, de répondre par un simple "oui".

– *Beaucoup* plus petite que Zaki, ajouta Samira.

– Et tu as des jumeaux.

– Où ça ? – La jeune femme regarda autour d'elle en feignant la panique. – Pas pendant ce putain de week-end, non. C'est tout l'intérêt.

Michelle la détailla un instant, curieuse.

– On s'est déjà rencontrées ?

– Je ne pense pas. C'est sans doute parce que tous les gens basanés se ressemblent. – Elle laissa passer suffisamment de temps pour qu'un début de mortification se fasse sentir avant de préciser qu'il s'agissait là aussi d'une plaisanterie. – Je suis l'avocate de *Sunrise*. Je devais sans doute traîner en arrière-plan un jour où tu étais dans le canapé. On aurait eu peu de chances d'être présentées, sauf si tu avais dit quelque chose qui soit passible de poursuites judiciaires.

– Ça doit être ça, convint Michelle. Elle conserva son sourire mais affichait une expression méfiante.

Nicolette partageait son sentiment sur ce point. Elle avait déjà vu des gens comme Samira, qui feignaient l'étourderie et l'indifférence mais qui dans le même temps observaient tout et archivaient les moindres détails pour s'en servir plus tard. Elle avait eu la même impression avec son frère. Ce n'était pas vraiment le genre de chose qu'elle allait confier à Jen, surtout ce week-end, mais il y avait chez Zaki quelque chose qui ne lui inspirait pas confiance.

Michelle se tourna enfin vers Beattie.

– Beattie, ça fait une éternité.

– Michelle. Heureuse de te voir aussi en forme.

Il y avait une nuance de compassion dans l'attitude de Michelle, comme si celle-ci avait tenu compte du chagrin de Beattie. Nicolette n'avait pas compris qu'elles se connaissaient. Si elles avaient fréquenté les mêmes cercles d'amis à l'adolescence, Michelle avait dû connaître Jason, le défunt mari de Jen, et par son intermédiaire Beattie.

À ce moment-là, Nicolette comprit que le ton de Michelle ne cherchait pas seulement à attester du fait que le frère de Beattie était mort. Il attestait surtout de ce qu'on avait révélé à son sujet au fil des années depuis qu'il avait disparu.

– Et, les filles, je vous présente Lauren, notre hôte, dit Michelle. Lauren avait tranquillement attendu à l'écart pendant qu'elles se disaient bonjour.

Nicolette remarqua la façon dont Michelle l'avait jouée, présentant Lauren comme la propriétaire des lieux mais se comportant comme si c'était *elle* qui avait été l'animatrice du week-end. Cela lui rappela la remarque d'Helena sur le fait qu'elle avait un don pour être le centre de l'attention.

Lauren les précéda sur la courte distance qui les séparait de la maison sur un chemin en ardoise passant entre deux pelouses entretenues. Elle portait un ensemble blazer et pantalon en lin de chez Jacquemus, que Nicolette reconnut grâce au feed Instagram de leur hôte. C'était celui qu'elle préférait quand il y avait une célébrité dans le groupe. Elle en arborait un légèrement plus sobre de chez Low Classic lorsqu'il s'agissait de personnel d'entreprise de haut niveau, et portait un ensemble Nanushka en similicuir quand elle avait affaire à une société technologique branchée.

Lauren s'arrêta juste devant l'entrée principale et leur tendit à chacune une carte blanche.

– Je vous ai attribué des chambres pour éviter les disputes, mais vous êtes libres d'échanger ou de négocier. Je peux vous faire visiter plus tard si vous le souhaitez, ou vous pouvez simplement explorer à votre guise. J'imagine que vous voulez sans doute déballer vos affaires et vous installer d'abord.

Nicolette regarda sa carte. Sa chambre s'appelait Glenmorangie. Un coup d'œil aux autres lui permit de voir qu'elles portaient toutes des noms de whiskies. La carte indiquait également le réseau wi-fi “clachangeal1”, mais pas de mot de passe, même si elle ne voyait pas pourquoi il y en aurait eu un. Personne ici n'allait s'en servir sans autorisation.

– Votre chef, Joaquin, a tout installé et il est en train de s'affairer en cuisine. C'est aussi un mixologue averti, d'après ce qu'il m'a dit, et il vous servira des cocktails dans le salon à partir de dix-huit heures.

"Si vous avez besoin de moi, je serai dans mon appartement privé, dans la tour nord. Je suis entièrement à votre disposition, alors n'hésitez pas à demander si vous avez besoin de quoi que ce soit. Sinon, je m'efforcerai d'être invisible, car je veux que vous ressentiez la véritable essence de l'expérience Clachan Geal : un splendide isolement."

Beattie s'accordait une visite tranquille des lieux quand elle aperçut Helena et Samira au bout du couloir. Celles-ci se dirigeaient vers l'escalier, toutes deux vêtues de peignoirs moelleux et de chaussons en éponge.

Jennifer lui avait dit d'apporter un maillot de bain, ce à quoi elle lui avait répondu en privé "Laisse tomber". Elle n'était pas très enthousiaste à l'idée de se balader presque nue devant des femmes plus jeunes, et n'étaient-ce pas toujours les plus jeunes et en meilleure forme qui suggéraient de telles activités ? Mais, après réflexion, elle avait changé d'avis. Elle avait l'habitude de porter un uniforme pour accomplir un travail et, à cet égard, ce vêtement lui rappellerait constamment son but. Elle n'était pas ici pour s'amuser. Elle était en mission.

Elle avait supposé que les deux femmes se dirigeaient vers l'extérieur pour se rendre à la piscine mais, quand elle revint dans sa chambre, depuis sa fenêtre qui donnait sur la terrasse, elle ne vit là-bas que Kennedy en train de faire des longueurs. Ses mouvements de bras étaient élégants, ses mains projetant à peine une éclaboussure lorsqu'elles fendaient l'eau. Son attelle était posée au bord, à côté de sa serviette. De toute évidence, elle était du genre à pratiquer toute forme d'exercice mis à sa disposition, ce qui l'amena à se demander comment cette jeune créature pleine d'énergie pouvait avoir envie de passer un week-end entier avec toutes ces femmes d'âge mûr. On lui avait dit que Kennedy allait sur ses trente ans, mais elle semblait infiniment plus jeune qu'elle-même ne s'était jamais sentie à cet âge-là. Lorsqu'elle avait atteint la trentaine, elle avait eu ses trois enfants, dont l'aînée avait déjà sept ans. Beattie se dit que cela reflétait le fait que Kennedy avait atteint le même stade sans avoir à assumer de véritables responsabilités. Sans parler du fait que ne pas avoir d'enfants et gagner sa vie en faisant quelque chose d'aussi frivole qu'enseigner le tennis signifiait qu'elle n'avait jamais vraiment eu à grandir.

Alors qu'elle approchait de ce qui semblait être le spa, elle remarqua qu'une odeur aromatique flottait dans le couloir. En fait, la première installation sur laquelle elle était tombée s'était avérée être la salle de sport où, à première vue, il semblait y avoir plusieurs femmes habillées de façon identique en train de soulever des poids, comme s'il y avait eu un cours.

Il lui avait fallu un moment pour comprendre que l'image n'était que la silhouette de Michelle reflétée dans les miroirs qui tapissaient trois des murs. Le quatrième était entièrement vitré, y compris la porte. Michelle tenait les poids le long de son corps et exécutait des mouvements lents, parfaitement équilibrés et réguliers.

La chanteuse lui avait adressé un sourire, la saluant avec l'haltère qu'elle tenait dans sa main droite. Beattie avait supposé que leur interaction n'irait pas plus loin, mais Michelle avait ensuite soigneusement posé les poids sur le sol et mis ses écouteurs dans sa paume en se dirigeant vers la porte.

– Je voulais te demander, comment s'en sort Kathleen ? J'ai entendu dire qu'elle avait eu un bébé, j'ai l'impression que c'était le mois dernier, mais j'imagine que...

– Xander. Il a presque deux ans, lui avait répondu Beattie, souriant à la seule pensée du petit bonhomme, le plus jeune de ses petits-enfants.

– Et comment va Kathleen ? Qu'est-ce qu'elle fait, maintenant ? À moins qu'elle soit femme au foyer ?

Kathleen était son aînée. Michelle l'avait gardée à une époque.

– Elle est pharmacienne, au Wishaw General Hospital. Elle a repris un mi-temps.
– Son mari est médecin là-bas, non ?
– Michael, oui.
Beattie l'avait regardée. Michelle avait quarante-deux ans mais, de l'avis de tous, elle faisait plus jeune. La biologie n'y était pas pour grand-chose, mais il y avait des solutions de nos jours ; encore plus qu'à l'époque où Michelle était née.
– Et toujours pas l'intention de te poser ?
– Peut-être quand j'aurai grandi, avait répondu Michelle. Cela ressemblait à une réponse du type "Mêle-toi de tes affaires".
Pour Beattie, il était assez égoïste de la part de Michelle de ne pas avoir l'intention de donner des petits-enfants à ses parents après tous les efforts et l'acharnement dont ils avaient fait preuve pour l'avoir. Elle avait assurément gagné suffisamment d'argent pour ne pas avoir besoin de continuer à faire ça. Ce n'étaient que des chansons pop, pour l'amour du ciel ! Mais bon, Dieu la garde, Michelle n'avait toujours pensé qu'à elle.
Beattie l'avait connue avant sa naissance. Dans un sens, elle pouvait dire qu'elle l'avait connue avant même sa conception.
Michelle était ce qu'on appelait autrefois un bébé éprouvette. Parmi les premiers, en fait. La famille de Beattie connaissait ses parents, Tom et Gwen. Ils habitaient dans la même impasse, juste en face du rond-point avec son remblai herbeux et son panneau JEUX DE BALLON INTERDITS superflu. Elle se rappelait avoir entendu sa mère compatir sur le fait qu'ils essayaient d'avoir un bébé et qu'ils n'y arrivaient pas. C'était avant qu'elle n'ait été en âge de comprendre pleinement la mécanique de la chose. Puis il y avait eu des discussions passionnées sur la possibilité d'avoir un "bébé éprouvette", ce qui semblait être un processus stressant et

incertain, et dont le processus lui échappait encore plus. Par conséquent, l'image de l'éprouvette proprement dite avait renforcé dans sa tête l'idée que Michelle était un nourrisson particulièrement fragile. Michelle n'était pas fragile, cependant. Ce qu'elle était, c'était précieuse.

Elle avait été accueillie comme une princesse dès sa naissance, élevée avec l'impression d'être aimée du monde entier. Ce n'était pas seulement à cause de la façon dont ses parents la traitaient, mais parce que tout le monde en faisait toute une histoire. Les gens étaient vraiment contents pour eux et ils s'intéressaient plus au développement de Michelle qu'ils ne l'auraient fait pour n'importe quel autre enfant. Cela avait été vrai pour elle, en tout cas. Elle tendait l'oreille chaque fois qu'elle entendait dire à quel point Michelle était petite, et toute la famille s'investissait dans ses progrès parce qu'elle s'était auparavant investie dans le combat de Tom et Gwen pour l'avoir.

Jason, le frère de Beattie, était né à peu près à la même époque, à peine quelques semaines plus tôt, et à ses yeux leurs destins avaient toujours semblé entremêlés. Jason aussi était un enfant particulier. Leurs parents avaient trois filles, dont elle était l'aînée. Puis, cinq ans après la naissance de la troisième, un fils était arrivé.

Au fil des années, Beattie avait souvent entendu les gens dire que Jason était gâté mais, de son point de vue, ce que ces commentaires malvenus semblaient critiquer, c'était simplement que Jason était satisfait de son sort. Non seulement il avait deux parents qui l'adoraient, mais aussi trois grandes sœurs qui se disputaient son attention. Par conséquent, il avait grandi avec une haute estime de soi, et apparemment beaucoup de gens n'aimaient pas ça.

C'était un enfant populaire, beau et sûr de lui, un garçon qui aurait toujours le choix entre les filles, mais il n'y aurait jamais personne susceptible de rivaliser avec

Michelle. Ils s'étaient connus dès le berceau, de sorte qu'il y avait eu quelque chose d'à la fois inévitable et, pour Beattie, de profondément satisfaisant à les voir former un couple lorsqu'ils avaient été en âge de s'intéresser à ce genre de chose.

Et puis il s'était produit un événement qu'elle n'avait tout simplement pas vu venir. La famille de Michelle avait déménagé l'été où Jason et elle avaient eu quinze ans. Tout cela avait paru très soudain, et il semblait y avoir quelque chose là derrière dont personne ne parlait. En rapport avec le boulot de Tom, en avait-elle déduit, ce qui avait eu des implications sur leur emprunt immobilier.

Beattie savait que c'était idiot de se tourmenter avec ce qui aurait pu être, mais elle ne pouvait s'empêcher de penser que Jason serait encore en vie si la famille de Michelle n'était pas partie. Ils étaient faits l'un pour l'autre. Ils étaient faits pour être ensemble.

– Tu as des photos ? demanda Michelle. De Xander ?

– Des tonnes. Mais mon téléphone est à l'étage.

– Bien sûr. Tu allais au spa. Mais on a tout le week-end.

C'était la façon de Michelle de la congédier poliment.

Beattie poursuivit dans le couloir, appréciant l'épaisseur de la moquette sous ses pieds maintenant qu'elle portait des chaussures plus légères. Elle se perdit dans le plaisir simple de cette sensation : la texture luxuriante, la vivacité des couleurs, la pure opulence de l'espace. Cependant, elle invita ce faisant cette petite voix intérieure réprobatrice, celle qui lui rappelait qu'elle ne méritait pas de tels plaisirs personnels.

Pas après ce qu'elle avait fait.

NICOLETTE

La chambre de Nicolette se trouvait au premier étage, avec une vue donnant sur la baie à travers une fenêtre composée de six petits carreaux. Juste devant celle-ci trônait une baignoire sur pieds, en complément de celle de la salle de bains. Cet endroit se situait à cet échelon du luxe qui frôlait la décadence, ce qui était l'échelon auquel Nicolette aspirait depuis toujours en matière de logement. La tentation était grande de remplir la baignoire tout de suite et de s'asseoir dedans pour contempler la mer, mais elle était nerveuse après avoir été enfermée dans le turbopropulseur puis dans l'hélicoptère. Elle avait envie de se délecter de cet endroit, pas de se cacher dans un coin – certes généreux – de celui-ci.

Elle flâna dans l'escalier pour redescendre, remarquant que la moquette était assortie au papier peint Farrow & Ball qui s'élevait des plinthes à la corniche, le tout complété par les motifs en filigrane gravés en noir sur fond or des radiateurs Paladin en fonte.

Lorsqu'elle était petite, elle rêvait de pouvoir entrer dans les images des catalogues. Aujourd'hui, elle avait l'impression d'y être parvenue.

Il y avait de la musique partout, dont le son la suivait où qu'elle aille, mais pas de manière intrusive. Elle ne voyait pas les haut-parleurs, et elle devait l'écouter depuis une bonne trentaine ou quarantaine de secondes avant de s'apercevoir qu'il s'agissait de *la* chanson des Manic Street Preachers. Celle dont tout le monde essayait ostensiblement de la protéger, les gens se précipitant pour changer de morceau chaque fois que ce titre passait quand elle était là, ce qui ne faisait qu'attirer davantage l'attention sur ce fichu truc. C'était un soulagement de se trouver dans un environnement où le fait que cette chanson passe pouvait sembler fortuit.

Elle sortit de la maison, descendant suffisamment le chemin pour pouvoir apprécier pleinement la demeure et son site. Le domaine était beaucoup plus impressionnant dans la réalité que n'auraient pu en rendre compte une infinité de photos Instagram, peu importe à quel point celui qui les postait était célèbre. Même des photos prises par un professionnel ne pouvaient rendre justice aux abords de la maison où s'encadrait une fontaine à trois étages entre quatre colonnes romaines, sans parler de l'odeur de la mer, de la caresse de la brise et de la façon dont la lumière tombait sur les tours de pierre avec ce ciel pommelé derrière elles.

L'autre qualité que l'on se devait d'apprécier par soi-même était le calme, chose dont elle n'avait pas pu profiter en arrivant avec les gens qui parlaient et l'hélicoptère qui redécollait. Seule entre les pelouses, elle entendait le clapotis des vagues en bas de la côte. Ce bruit avait quelque chose d'apaisant, donnant une impression de distance par rapport à la vie quotidienne ; le genre de calme dont on jouit rarement dans le monde moderne. Elle comprit à ce moment-là qu'il y avait une différence entre le calme et l'immobilité.

Les premiers jours de la pandémie, elle avait été déstabilisée par l'absence du bruit de fond permanent de l'autoroute, un ronronnement qu'elle n'avait jamais vraiment remarqué avant qu'il ne soit plus là. Chaque bruit qu'elle-même faisait semblait se répercuter de façon désagréable, résonnant d'une manière qui lui donnait l'impression que la maison était vide. Que sa vie était vide.

Elle poursuivit tranquillement son tour de la propriété, passant devant le jardin d'hiver. Elle remarqua un quad garé n'importe comment sur le côté, ce qui ne faisait que souligner l'absence de tout autre véhicule. Un bâtiment moderne sans parking : quand était-elle déjà allée dans ce genre d'endroit ?

Contournant la base d'une des tours, Nicolette vit Jen, téléphone à la main, en train de regarder la bâtisse derrière elle et de prendre des photos.

– Qu'est-ce que tu en dis ? demanda Jen. Tu crois que ça fera l'affaire ? Tu penses qu'on va pouvoir supporter ça quelques nuits ?

– C'est incroyable, non ? répondit Nicolette. La moitié du plaisir de séjourner dans un endroit pareil était de s'émerveiller de sa chance avec les autres.

– Comment est ta chambre ? demanda Jen.

– Spectaculaire. Il y a une baignoire devant la fenêtre. Et la tienne ?

– Magnifique. Mais ce n'est pas seulement la chambre, c'est l'ambiance générale, expliqua Jen en désignant la mer et l'île qui les entourait. J'ai l'impression de respirer pour la première fois depuis je ne sais pas combien de temps.

Nicolette trouva cette remarque étrange pour quelqu'un qui attendait de façon imminente le bonheur nuptial. Mais la période précédant un mariage est toujours stressante, et même les préparatifs pour ce week-end d'enterrement de vie de jeune fille n'avaient pas dû être exempts d'angoisses.

– Et ta copine Michelle a pu venir, remarqua Nicolette, offrant une explication au fait que Jen soit capable de respirer plus librement.

Jen hocha la tête.

– J'aurais parfaitement compris qu'elle ne puisse pas. Je crois qu'elle affronte des choses difficiles, du coup j'apprécie qu'elle ait fait l'effort, d'autant que se retrouver avec les idiotes que nous sommes n'est pas forcément ce dont elle a besoin en ce moment.

– Peut-être que se retrouver avec sa plus vieille amie du monde réel est exactement ce qui lui faut, suggéra Nicolette.

Jen lui adressa un sourire reconnaissant.

– Peut-être.

– Et Helena ? Franchement, je n'étais pas du tout au courant. Tu crois que ça va aller pour elle ?

– Bah, c'est peut-être aussi ce qui lui faut. C'était il y a longtemps, et on n'a qu'une vie : il ne faut pas la gâcher en restant fâché. D'après moi, on a sans doute tous fait quelque chose qui a blessé quelqu'un, même si ce n'était pas notre intention. Si on pense qu'on mérite d'être pardonné, on devrait être prêt à pardonner à celui ou celle qui nous a blessé.

– C'est très philosophique, Jen.

– Je te dis, c'est cet endroit.

À ce moment-là, une porte s'ouvrit sur le côté de la maison et Nicolette resta bouche bée en voyant sortir un Adonis tatoué portant une planche à découper chargée d'un assortiment d'agrumes pressés. Il arborait le traditionnel pantalon à carreaux des chefs cuisiniers et un t-shirt moulant, les manches serrées autour de ses biceps tendus.

– En parlant de la vue… dit Nicolette.

Jen et elle échangèrent un regard. Elles étouffèrent un petit rire jusqu'à ce qu'il retourne à l'intérieur, puis elles se lâchèrent.

– Bon sang. C'est le cuistot ? demanda Jen.

– On se fiche de ce qu'il y a au menu, répondit Nicolette. Pour ma part, c'est *lui* le menu. Et je suis volontaire pour goûter tous les plats.

– Ouais, c'est ça, répondit Jen. Elle coula un regard dans sa direction pour s'assurer qu'elle plaisantait.

La possibilité de dire quelque chose comme "Quelle sauce pour la dinde ?" l'effleura, mais Nicolette la laissa passer. Elle ne pouvait pas faire ça à Jen ce week-end.

Ce n'était pas le moment de vivre quelque chose de réel. Elle n'était pas certaine d'avoir ce genre de relation avec Jen de toute façon. Elles jouaient seulement au tennis ensemble. Mais elle ne s'était confiée à personne, et c'est pour cela que ça la rongeait de l'intérieur. Elle ne s'imaginait pas l'affirmer directement, déclarer à haute voix qu'elle était sûre à cent pour cent que Paul, son mari, avait une liaison.

En dehors de toute autre considération, elle ne supporterait pas la compassion. Jen ferait preuve d'un étonnement gratifiant, mais cela ne ferait qu'accentuer son humiliation. Jen pensait sûrement qu'un type comme Paul devait savoir qu'il ne faisait pas le poids et qu'il ne ferait certainement rien susceptible de tout faire foirer. Quand on a épousé quelqu'un qui s'inquiète de ne pas être à la hauteur, on s'imagine qu'il se montrera reconnaissant, mais dans la pratique on doit sans cesse gérer son insécurité.

Tandis que Nicolette retraversait la maison, elle se sentit moins à l'aise dans son environnement, les motifs assortis des murs et du sol lui semblaient à présent d'une uniformité oppressante. Elle avait soudain moins l'impression d'être entrée dans un catalogue que d'être prisonnière à l'intérieur.

Elle sentit ses poils se hérisser sur sa nuque, et cela lui sembla beaucoup plus intense qu'un malaise irrationnel ordinaire. C'est ce que les gens veulent dire lorsqu'ils affirment avoir senti quelqu'un marcher sur leur tombe.

On a sans doute tous fait quelque chose qui a blessé quelqu'un, même si ce n'était pas notre intention, avait dit Jen en parlant d'Helena et Michelle. *Si on pense qu'on mérite d'être pardonné, on devrait être prêt à pardonner à celui ou celle qui nous a blessé.* Cet argument aurait dû la rassurer, mais il laissait des zones d'ombres. Des zones bien plus sombres.

Et si on en avait *eu* l'intention ? Et si on ne méritait pas d'être pardonné ?

Il y avait quelque chose que Nicolette avait essayé d'occulter à l'approche de ce week-end. Étant arrivée et ayant pris possession de sa chambre sans y accorder la moindre pensée, elle avait cru l'avoir neutralisé. Cela s'était produit longtemps plus tôt, s'était-elle rassurée, et si ça avait dû lui retomber dessus, ça aurait déjà été le cas à l'heure qu'il était. Mais alors qu'elle pénétrait dans le hall d'entrée, elle se rendit compte que, que quelqu'un ait été au courant ou pas, elle était piégée pour les trois nuits à venir dans cette maison, piégée sur cette *île*, avec quelqu'un qu'elle avait blessé.

MICHELLE

Michelle venait de passer le coin et d'arriver sur la terrasse quand elle vit Jen venir de la maison, enveloppée dans un peignoir de bain et serrant une serviette de toilette, animée de la même intention qu'elle. Cela attira son regard et l'empêcha de voir tout de suite qu'il y avait déjà quelqu'un dans la piscine, en train d'exécuter un crawl parfait. L'attelle en plastique posée à côté de la piscine lui indiquait qu'il s'agissait de Kennedy, la jeune femme qui avait eu un comportement bizarre quand elles avaient été présentées.

La nageuse leva la tête en arrivant au bout, remarquant l'arrivée de Michelle. Elle sortit de l'eau aussitôt et s'empressa de se sécher avant de remettre son attelle et de s'en aller en boitillant sans dire un mot. De toute évidence, et malgré ses intentions, elle n'avait pas réussi à se reprendre.

Michelle n'était pas déçue. Certains fans pouvaient être bouleversés en sa présence, ce qui était préférable à ceux qui se montraient trop familiers et s'imaginaient que vous alliez devenir les meilleurs amis du monde. Lorsqu'on rencontrait le public, il y avait une pression pour paraître terre à terre. Les gens voulaient croire qu'être une star était un rôle, un personnage qu'on incarnait sur scène. C'est pour cette même raison qu'ils aimaient les concours de talents : ils avaient envie de croire que n'importe qui pouvait faire ça. Michelle savait que de moins en moins de gens en étaient capables et, pour eux, c'était se montrer terre à terre qui était un rôle.

– Désolée pour Kennedy, s'excusa Jen. En temps normal, c'est elle qui a le plus la tête sur les épaules.

Je savais qu'elle était excitée de faire ta connaissance, mais je n'avais pas réalisé *à quel point*. Je me demande maintenant si elle n'est pas partie parce qu'elle a vraiment fait pipi dans la piscine. J'espère qu'elle va bientôt se calmer, parce que je compte sur elle pour empêcher que le malaise s'installe et que l'ambiance devienne électrique ce week-end. Elle est capable de s'entendre avec n'importe qui : c'est ça, son super-pouvoir.

– Elle me rappelle quelqu'un, dit Michelle. Je me creuse les méninges pour tenter de savoir qui.

– Je vois ce que tu veux dire. Rien que sa façon de bouger. Je pense parfois à Saoirse Ronan, mais ce n'est pas tout à fait ça.

– Quel est son nom de famille ? Ou Kennedy, c'est son nom de famille et…

Jen eut l'air vaguement embarrassée.

– En fait, je n'en sais rien. C'est terrible, non ? Je l'ai enregistrée dans mes contacts sous le nom de Kennedy, prof de tennis. Je crois que j'ai créé son contact le jour où elle est arrivée. L'ancien prof s'était fait virer pour usage inapproprié de l'ordinateur, et je ne veux *pas* savoir ce que ça impliquait. Quoi qu'il en soit, il arrive un moment au-delà duquel tu ne peux plus demander parce que ça t'obligerait à admettre que tu l'ignorais pendant tout ce temps.

– Et si je me renseignais à ta place ? Je ne la connais pas, du coup je peux lui poser la question.

– Tu es du tonnerre.

Michelle rit. Elle n'avait pas entendu cette expression depuis une éternité. Autrefois, elles adoraient employer le vocabulaire venant de vieux livres pour enfants comme *Malory Towers* et *The Twins at St Clare's*. C'était l'ambiance qu'elle avait cherché à recréer en appelant Jen "Barbara". Ce surnom remontait à la sixième. Il y avait une vieille chanson de Lloyd Cole que son père aimait bien, intitulée "*Jennifer She Said*". Helen et elle chantaient le refrain “Bah-bah-ra-ra-ra-ra” chaque fois que Jen entrait dans la pièce.

Bon sang. Helena.

– Alors, tu as envie de nager, demanda Jen, ou tu préfères t’asseoir dans un des jacuzzis pour taper la discute ?

Une semaine plus tôt, la réaction instinctive de Michelle aurait été de sauter dans la piscine et de faire une centaine de longueurs, même si elle n’avait pas souvent l’occasion de passer un moment de cette qualité avec une vieille amie. Cela avait complètement transformé sa vision des choses de se dire qu’elle avait fait tous ces efforts afin d’être en parfaite forme physique juste pour qu’un million de branleurs la regardent nue sans son consentement.

– Le jacuzzi me paraît divin.

Jen suspendit son peignoir à un crochet et entra dans l’eau chaude, appuyant sur un bouton pour activer les jets. Elle paraissait en pleine forme. Michelle avait entendu dire que son fiancé avait sept ans de moins qu’elle. Ça paraissait logique. Il faudrait un type plus jeune pour suivre le rythme.

Jen n’était pas quelqu’un qui faisait plus jeune que son âge ; plutôt quelqu’un à qui il avait fallu toutes ces années pour s’épanouir. C’est ce que se disait Michelle en tout cas. Cela lui donnait bonne conscience de penser que Jen ne gardait pas trop de cicatrices.

Elle s’assit en face de Jen et frémit en sentant les jets la marteler. Elle ne pouvait pas vraiment qualifier cela de plaisir simple, mais elle savait parfaitement qu’elle ne prenait pas assez souvent le temps de se baisser pour sentir le parfum des roses.

– Ça, c’est la belle vie, dit-elle.

– Je pensais que tu avais la belle vie tous les jours, répondit Jen pour l’asticoter.

– Je n’aurai pas beaucoup de temps pour ce genre de chose une fois que la tournée aura commencé, crois-moi.

J'ai devant moi des semaines de répétitions et ensuite des mois de spectacles. Et, comme si ça ne suffisait pas, un de mes musiciens s'est cassé trois doigts en faisant un putain de match de cricket. Bon, les remplaçants ne sont pas difficiles à trouver en termes de compétences techniques, mais c'est l'alchimie, sur scène et en dehors. Il ne faut pas se planter.

– Je suis sûre que ça va aller. Tout ce que tu touches se transforme en or. Tu en es où, niveau succès, aujourd'hui ?

– Eh bien, je ne pense pas qu'Adele ait du souci à se faire tout de suite, mais j'ai en fait assez de succès pour gagner de l'argent grâce à Spotify, ce qui n'est pas rien. Alan, mon manager, m'a dit que l'équipe d'Ellie Goulding me citait comme exemple pour savoir vers quoi elle devrait tendre, mais c'est peut-être juste sa façon polie de me dire que je me fais vieille.

– Je crois avoir lu un article qui disait que tu avais fait fortune dans le Bitcoin ou un truc comme ça...

– Non. J'ai déjà une fortune, tu te souviens? Et quand c'est le cas, tu peux parier sur certaines choses. Mon geek de conseiller financier n'arrêtait pas de me bassiner avec ça, alors j'ai investi un demi-million là-dedans il y a quelques années. Maintenant, ça en vaut environ cinq fois plus, apparemment.

Elle laissa échapper un rire mélancolique.

– Fut un temps où une somme pareille aurait changé ma vie. Maintenant, je donnerais dix fois ça pour revenir un an en arrière et dire : "En fait, ne nous filmons pas en train de faire ça."

Jen tendit la main et lui pressa l'épaule. C'était un petit geste mais il lui fit autant de bien que la moitié de la thérapie et du soutien psychologique qu'elle avait reçus.

– Je tiens à te le redire, Michelle, merci beaucoup d'avoir pris le temps de venir ce week-end. Je comprends que ce n'est peut-être pas facile pour toi et Helena d'être ensemble. Il n'y a pas de plus grand sacrifice qu'une femme puisse faire que de tolérer une garce qu'on ne peut pas encadrer pour faire plaisir à une vieille amie.

– Je n'ai pas dit que je ne pouvais pas l'encadrer.

– Je ne parlais pas de toi.

Michelle l'éclaboussa en guise de réprimande amicale.

L'expression de Jen se fit sincère.

– Blague à part, je pense vraiment que c'est plus difficile pour Helena.

– Je sais qu'on me présente comme la méchante dans ce conte.

– Ce n'est pas une question de reproche, Michelle. C'est plutôt comme s'il y avait eu une gagnante et une perdante dans cette histoire, et il est assez évident de savoir qui est qui.

Michelle acquiesça, parvenant à une décision. Elle ne voulait pas gâcher l'atmosphère détendue, mais elle savait qu'Helena avait dû donner à Jen sa version des événements à plusieurs reprises et qu'elle-même ne pourrait jamais donner la sienne si elle attendait le moment idéal.

– Dans ce cas, je pense que je suis la seule à ne pas voir ça en termes de gagnante et de perdante. Parce que je sais qu'Helena considère sans doute ça comme quelque chose qu'elle a perdu ou quelque chose que je lui ai pris, mais le fait est que ce n'était pas quelque chose qu'elle désirait autant qu'elle veut bien le prétendre. Tout le monde met du cœur à l'ouvrage dans les bons moments, sur le chemin de la gloire. Quand tu es en train de promouvoir un second album que personne n'achète, de jouer des chansons que le public n'a pas envie d'entendre, c'est une autre histoire. C'est à ce moment-là qu'Helena a commencé à se demander ce qu'elle faisait dans des hôtels d'autoroute minables en Belgique.

– Je crois que c'est ce qui s'est passé après qui lui est resté un peu en travers, répondit Jen d'un ton malicieux pour faire comprendre à Michelle qu'elle n'allait pas pouvoir vider son sac sans rencontrer une certaine résistance.

Tant mieux, se dit celle-ci, car c'était la partie que Jen avait besoin d'entendre, la partie que personne d'autre ne semblait comprendre.

– Ce que je veux dire, c'est que j'ai emmené Helena faire un voyage qu'elle n'aurait jamais osé entreprendre toute seule. Mais je ne pouvais pas l'emmener plus loin. Elle n'est pas amère parce que j'ai continué en solo. Elle est amère parce que c'était une option pour moi mais pas pour elle.

Jen n'avait pas l'air entièrement convaincue.

– Helena sait qu'elle n'était pas faite pour être l'attraction vedette, répondit-elle. Mais je crois qu'une partie de son amertume vient du fait qu'elle pense avoir contribué à te permettre d'en arriver là.

Michelle regarda la mer et s'autorisa un sourire en coin.

– Helena s'entraînait plusieurs heures par jour depuis l'âge de cinq ans et elle pensait que c'était la voie du succès. Elle ne pouvait pas concevoir que, parfois, une seule chanson peut te propulser beaucoup plus loin que tous les autres facteurs combinés. Que malgré tous ses efforts pour perfectionner son art, on jouait devant des salles blindées parce qu'on avait repris un obscur morceau écrit dans les années 1980 par trois mecs chevelus originaires de Motherwell, un morceau qui ne les avait pas propulsés au même niveau. Il n'y a aucune logique ni raison à ça.

– "Mécanique d'horlogerie et potion magique" ? demanda Jen en citant une phrase de cette chanson-*là*. Celle qu'elle ne chantait plus jamais.

– Arrête. Mais la principale raison pour laquelle je n'éprouve qu'une compassion limitée pour Helena, c'est qu'en fin de compte elle a eu ce qu'elle voulait. Au fond d'elle, Helena voulait être une maman de banlieue et enseigner la musique. Si elle a envie de m'en vouloir jusqu'à la fin de ses jours, c'est son problème. Cette amertume est à sens unique. Et j'ai la conscience tranquille.

Sur ce point-là au moins, se dit Michelle.

Elle décida de changer de sujet, interrogeant Jen sur la vente de son entreprise. S'il y avait bien une chose qui témoignait des qualités de Jen Dunne, c'était qu'elle avait réussi à créer un business florissant tout en élevant deux ados toute seule. Michelle tenait déjà à ce qu'elle lui raconte tout, mais pour l'heure cela l'aidait à noyer ce qui s'insinuait dans son esprit.

En dépit du luxe des lieux, elle se sentait étrangement exposée et vulnérable. La pire chose qu'elle avait ressentie lorsque les vidéos et les images avaient été mises en ligne n'était pas de la honte ou de l'embarras ; c'était la haine indéniable, le plaisir que des gens avaient à l'humilier. Très vite, elle était passée du stade où elle se demandait pourquoi des individus lambda la détestaient à celui où elle se demandait si des gens qu'elle connaissait la détestaient aussi.

À l'époque où des informations sur la véritable nature du défunt mari de Jen avaient fait surface, Michelle s'était dit que son amie lui reprocherait peut-être de ne pas l'avoir prévenue. C'était elle qui l'avait connu en premier, après tout. Ils n'étaient que des gamins de treize, quatorze ans, mais malgré tout...

Beattie, surprotectrice et indulgente avec son petit frère, avait toujours exprimé son scepticisme concernant tout ce qui avait été révélé après la disparition de Jason. Pour tous les autres, la seule chose qui demeurait un mystère était de savoir si c'était un de ses associés de la pègre ou un de ses collègues ripoux de la police qui l'avait fait disparaître.

Pour la défense de Beattie, Jason avait toujours été plus largement perçu comme un individu heureux, le genre de mec dont la présence ne manquait jamais de remonter le moral à tout le monde, de sorte que les gens avaient du mal à l'imaginer autrement. Être dans ses petits papiers semblait un tel privilège que cela avait toujours fait oublier à Michelle combien il était effrayant de ne pas l'être. Malgré la peur qu'il pouvait lui inspirer, quand l'orage était passé elle éprouvait cette glorieuse sensation de lui avoir fait plaisir, ou qu'il lui avait pardonné, ce qui la poussait à s'interroger sur ce qu'elle avait pu mal faire. Tout cela n'était qu'une autre façon de dire qu'elle avait toujours fait ce que Jason voulait parce qu'elle avait eu peur des conséquences si elle ne le faisait pas.

Enfin, jusqu'à ce qu'elle s'aperçoive que faire ce qu'il voulait pouvait aussi avoir des conséquences effrayantes.

Avec le recul, elle s'était souvent dit qu'elle aurait dû avouer à quelqu'un qu'il lui faisait peur, mais c'était facile après coup. Quand vous avez quatorze ans et que votre petit copain est manipulateur et autoritaire, on ne peut pas s'attendre à ce que vous prédisiez précisément ce qu'il va devenir. Cela ne l'empêchait pas de se sentir coupable, malgré tout, ou de craindre que Jen ne lui en veuille de lui avoir caché certaines choses.

C'était dans ces moments-là qu'elle devait se souvenir que ces choses-là *étaient* encore secrètes. Mais l'origine de la peur qu'elle avait éprouvée toute sa vie était que rien ne reste secret pour toujours.

Beattie franchit une lourde porte en bois pour entrer dans un espace qui semblait appartenir à une autre maison, peut-être à un autre pays. Les murs étaient couverts de minuscules carreaux verts qui scintillaient en réfléchissant un millier de LED incrustées dans le plafond tandis que tout autour d'elle planait un son ambiant, un son qui n'était ni tout à fait de la musique ni tout à fait autre chose.

Elle entendait également une conversation, des rires polis, et sentait la chaleur qui attendait de l'envelopper monter de la vapeur, du bois, d'une compagnie agréable. Elle était à nouveau tombée dans une embuscade, confrontée à un contraste, sachant qu'ailleurs une autre femme était assise dans une maison vide, brisée à tel point qu'elle ne pourrait jamais redevenir elle-même.

Elle suivit les voix et ouvrit une porte en verre dépoli pour entrer dans ce qui n'était ni un sauna ni un hammam, agréablement chaud plutôt que d'une chaleur oppressante. De l'eau ruisselait le long des murs, s'écoulant dans des rigoles à rebord sur le sol. On aurait dit une pluie douce, et il flottait dans l'air le parfum qu'elle avait senti à l'extérieur.

Helena et Samira étaient assises l'une en face de l'autre, sirotant quelque chose dans des gobelets en carton. Beattie avait remarqué un distributeur rempli d'eau aromatisée au concombre à côté de la porte sous un écriteau exhortant les utilisateurs à rester hydratés.

Elles lui adressèrent toutes deux un sourire amical lorsqu'elle passa la tête par la porte. Beattie recula pour accrocher son peignoir avant de pénétrer entièrement à l'intérieur.

– C'est magnifique, risqua-t-elle en prenant place à côté de Samira.

– N'est-ce pas? répondit Helena. Je pourrais m'endormir, sauf que c'est presque plus agréable que le sommeil. On ne pourrait pas se sentir plus détendu en étant réveillé.

– Le simple fait de ne pas entendre pleurer à proximité suffit à me détendre ces derniers temps alors ça, c'est au-delà de l'extase, intervint Samira.

– Tu le mérites, lui dit Beattie. On le mérite toutes, ajouta-t-elle, se fondant dans l'esprit du moment.

Helena eut un sourire qui semblait traduire de la sollicitude. Beattie savait ce qui allait suivre. C'était ce qu'il y avait de plus dur dans cette histoire. Tout le monde savait. Tout le monde s'inquiétait. Tout le monde posait des questions.

– Et tu vas bien? J'ai appris, pour l'accident.

– Ça va. Le seul impact durable, c'est les flash-backs occasionnels de la peur que j'ai ressentie, sachant que Xander était à l'avant.

– Qu'est-ce qui s'est passé? demanda Samira.

– Beattie a eu un accident de voiture il y a quelques semaines. Un piéton a déboulé juste devant elle, complètement défoncé. Son petit-fils aussi était dans la voiture.

– Heureusement, je doute que le bout'chou se soit rendu compte de grand-chose.

– Mais le piéton est mort, ajouta Helena.

– Mon Dieu. C'est vraiment terrible pour toi. Alors, la police est intervenue? Ça n'a pas dû être facile, en plus de tout le reste.

– Ça n'a pas été une expérience inoubliable, en effet, mais le principal, c'est que Xander n'ait rien eu. Tout le reste n'a été que… des désagréments.

Samira sembla l'examiner attentivement pendant un instant, comme si elle essayait de rassembler les pièces du puzzle.

– Désolée, dit-elle, j'essaie de raccrocher les wagons, là, j'en suis encore à tenter de me rappeler qui est qui.

– Moi, c'est Beattie, lui rappela-t-elle.

– Et redis-moi, comment est-ce que tu as connu Jen ?

Beattie dut attendre une seconde de trop pour répondre, suffisamment pour qu'Helena ne craigne un début de malaise, car elle intervint et répondit à sa place.

– Le défunt mari de Jen était le petit frère de Beattie.

C'était du Helena tout craché. Sensible. Une fille gentille. Beattie la connaissait depuis qu'elle avait cinq ans. Sa mère était professeur de musique et, pour finir, c'était ce qu'elle aussi était devenue. Beattie avait toujours entendu de la musique quand elle passait devant la maison des Eckhart, quelqu'un qui répétait un morceau ou sa mère qui donnait des leçons. Helena avait commencé par le piano mais s'était prise de passion pour la guitare. Elle avait toujours été une gamine appliquée et travailleuse, timide et silencieuse aussi. Beattie avait été stupéfaite en apprenant qu'elle faisait partie d'un groupe de pop et qu'elle donnait des concerts. Cela ne l'avait pas surprise, en revanche, qu'elle n'ait pas fait long feu dans ce métier et qu'elle se soit rabattue sur quelque chose de plus raisonnable en se casant et en fondant une famille.

– Jen est… Ah, je vois, dit Samira. C'est chouette que vous soyez restées proches, ajouta-t-elle.

Il s'agissait d'une déclaration neutre en apparence, jusqu'à ce qu'on envisage la question implicite : pourquoi ne l'auraient-elles pas été ?

On pouvait lire de la compassion sur le visage de Samira, ce qui indiquait qu'elle connaissait la réponse. Et dans cette expression de pitié, Beattie vit la raison pour laquelle elle était venue ici. C'était le même regard que Michelle lui avait adressé quand elle était descendue de l'hélicoptère. Il ne disait pas *Je suis désolée pour ton frère*. Il disait *Je suis désolée pour ta honte*.

Beattie dut répondre avant qu'une pause plus longue ne devienne suspecte.

– C'est la famille, non ? dit-elle. Jen et moi, on est les tantes de nos enfants respectifs.

Beattie dissimula ses véritables sentiments derrière un sourire. Certaines attitudes lui restaient en travers de la gorge et elle étouffait à l'idée d'être apparemment ici pour fêter le futur bonheur de Jen. Mais c'était une occasion, une mission d'infiltration.

Samira semblait être une jeune femme brillante. Beattie se demanda si elle l'était assez pour voir sous la surface la vérité concernant la personne que son frère avait l'intention d'épouser. Parce que les gens n'avaient entendu que la version de Jennifer Dunne.

Après l'avoir épousée, Jason avait changé. Beattie ne doutait pas qu'il s'était écarté du droit chemin et avait fait des choses qu'il n'aurait pas dû faire, mais personne ne s'était jamais demandé dans quelle mesure Jen n'était pas celle qui l'avait entraîné là-dedans.

Personne ne pourrait lui faire croire qu'il n'y avait pas tout un tas de cadavres qui pourrissaient dans les placards de cette famille. Le père de Jennifer avait commencé en tenant un petit pub à Airdrie, le genre d'endroit où le videur vous fouillait pour trouver des armes et, s'il n'en trouvait pas, vous en donnait une avant de vous laisser entrer. Comment était-il passé de ça à une énorme boîte de nuit à Hamilton en seulement quelques années ?

Jen prétendait que Jason avait dealé de la drogue dans cet établissement, comme si elle et son père n'avaient pas été au courant. Beattie comprenait comment ces choses-là fonctionnaient. Avoir un policier impliqué était une partie indispensable de l'opération.

Jen avait également dit à tout le monde qu'il avait volé de l'argent dans la caisse de la boîte de nuit. C'était marrant qu'elle n'en ait jamais soufflé mot à qui que ce soit avant que Jason ne soit plus là pour se défendre.

Tout à coup, il était devenu le bouc émissaire idéal, non seulement pour elle, mais pour tout un tas de gens : autant pour les gangsters que pour les flics véreux.

Jen avait prétendu que, les premiers jours après la disparition de Jason, des personnes peu fréquentables des deux côtés de la loi l'avaient activement recherché, toutes pensant qu'il faisait profil bas pour leur échapper. Cela semblait être une telle insulte vis-à-vis du frère qu'elle connaissait que Beattie avait mis du temps à comprendre que sa colère face aux mensonges que les gens racontaient l'avait empêchée de voir une réalité beaucoup plus sombre.

Ici, maintenant, c'était sa chance de mettre tout cela en lumière. Jen avait rassemblé ses amies les plus proches dans ce petit endroit isolé. Malheureusement, celles à qui elle avait le plus de chances de s'être confiée étaient également celles qui étaient susceptibles d'être les plus loyales. Mais quand l'alcool coulait à flots et que la socialisation se confondait facilement avec l'intimité, les gens pouvaient baisser leur garde. Des secrets de toutes sortes pouvaient être dévoilés au cours d'un week-end comme celui-ci, pour peu de créer les bonnes conditions.

Pour peu de donner aux gens la bonne motivation.

Kennedy semblait presque engloutie par le canapé, son pied gainé de plastique touchant à peine le tapis quand elle était appuyée contre le coussin du dossier. Des rires flottaient dans la pièce, un air de gaieté alimenté par la variété de cocktails que le chef cuisinier avait laissés sur le buffet. Il leur avait détaillé sa sélection, expliquant deux ou trois petites choses sur chaque mixture avant de s'excuser de ne pouvoir servir des boissons à la demande car il devait préparer le repas. Il leur avait promis à la place, avec son fort accent anglais, ce qu'il avait qualifié de "surabondance", leur soufflant la réponse prévisible de "C'est ce qu'on verra."

Kennedy avait remarqué les regards insistants qu'il s'était attirés lors de sa brève présentation. La plupart des filles s'étaient contentées de lui jeter un coup d'œil discret quand elles pensaient qu'il regardait ailleurs. Nicolette avait été moins subtile, le reluquant comme une chouette aurait reluqué un mulot.

Il les avait quittées au moins une heure plus tôt, et elles en étaient presque toutes à leur deuxième cocktail, certaines à leur troisième. Kennedy sirotait toujours son premier, buvant une gorgée de temps en temps mais le laissant la plupart du temps hors de sa vue sur la table d'appoint à côté du canapé. Rester ostensiblement sobre pendant un week-end d'enterrement de vie de jeune fille, c'était inviter une question à laquelle il ne pouvait y avoir qu'une seule réponse plausible. Si elle devait en arriver là, elle laisserait faire les choses, mais elle préférait éviter le sujet et il semblait y avoir suffisamment de distractions.

Elle était assise à droite de la cheminée sur l'un des trois canapés installés en fer à cheval autour d'une table basse en bois flotté qui soulignait la proximité de la mer. Un regard à travers l'une des trois grandes fenêtres offrait une vue sur le littoral, où l'on imaginait facilement trouver du bois rejeté par les vagues. La vue englobait également la terrasse et la piscine à débordement, la jetée qui se trouvait derrière invisible en raison de la pente.

De la musique était diffusée par un système de haut-parleurs si bien intégrés qu'ils étaient invisibles. Kennedy ne voyait littéralement pas d'où venait le son, même si elle voyait ce qui passait sur un hub USB posé sur une table à côté de la fenêtre. Les titres défilaient sur un minuscule écran LCD : "*Crash*", des Primitive Painters, venait de laisser la place à "*Celebrity Skin*", de Hole.

– Kennedy, c'est toi qui as fait cette playlist ? demanda Nicolette sur un ton exprimant la désapprobation.

Elles lui avaient toutes donné leur identifiant sur Spotify pour lui permettre de savoir ce qu'elles écoutaient en temps normal, et Kennedy leur avait également demandé des suggestions susceptibles d'avoir une signification particulière pour Jen.

– Non, répondit-elle. Lauren a dit qu'on devait y avoir accès mais apparemment le système ne reconnaît pas mon appareil. Ou alors il prime sur ma playlist et continue de diffuser ce qu'on entend. Je peux appeler Lauren pour lui demander ce qui se passe.

– Ce n'est vraiment pas grave, dit Jen. On ne va pas la déranger pour si peu. Quoique si ça devient de la jungle non stop…

– Ou du jazz expérimental, intervint Michelle en revenant du buffet avec un autre mojito. Elle s'assit à côté de Kennedy, à la place laissée vacante par Beattie qui venait de quitter la pièce, vraisemblablement pour se rendre aux toilettes.

Kennedy ressentit cette étrange intensification des sens, une perception aiguë de la présence de Michelle qui ne se produisait pas avec les autres. Elle tenta de se souvenir qu'elle avait vingt-sept ans et qu'elle n'était plus une ado prépubère, mais cela se retourna contre elle car cela ne fit que souligner que la musique de Michelle l'avait accompagnée pendant une grande partie de sa vie. Ses chansons semblaient avoir mûri parallèlement à sa propre évolution, des tons pop joyeux de Cassidy qui avaient allégé la morosité de son adolescence aux méditations en mode mineur qui formaient la bande son plus sophistiquée de l'âge adulte.

Elle se rappelait encore où elle était et ce qu'elle avait ressenti la première fois qu'elle avait entendu "*She Knows*". Ce n'était pas seulement le tube ; tout le premier album éponyme de Cassidy avait été un baume pour cette âme esseulée dans le dortoir impitoyable de la Logiealmond Academy, dans le Perthshire. Elle avait été envoyée en pension par des parents qui, en réalité, ne voulaient pas d'*elle* ; ils voulaient simplement pouvoir se considérer comme un père et une mère.

– Alors, Kennedy, dit Michelle, c'est un prénom, un nom de famille, un surnom ?

Kennedy but une gorgée de son cocktail. Une seule n'allait pas lui faire beaucoup de mal, et elle avait besoin de se détendre un peu.

– En fait, c'est mon deuxième prénom, mais je le préfère. Personne ne m'appelle par mon vrai nom. Quand je l'entends pendant un événement officiel, il me faut toujours une seconde pour comprendre qu'il s'agit de moi.

Ce qu'elle ne dit pas, c'est qu'elle avait commencé à utiliser son deuxième prénom uniquement parce qu'il sonnait un peu comme Cassidy.

– Et c'est quoi, ton vrai prénom ? voulut savoir Michelle. Elle coula un bref regard en direction de Jen, partageant quelque chose qui échappa à Kennedy.

– C'est Kathleen Boniface, répondit Nicolette en faisant cette intervention impromptue avec une espièglerie qui frisait la malice. J'ai trouvé une photo de toi sur un site web qui datait du début des années 2000.

En entendant ce nom prononcé pour la première fois depuis des années, Kennedy ressentit une onde de choc involontaire qui se transforma rapidement en colère à l'idée que Nicolette avait fouillé dans son passé. Elle le cacha derrière un rire forcé.

– En fait, non. C'est Fiona Gilmour. Fiona Kennedy Gilmour.

L'expression de Nicolette devint un mélange de confusion et de scepticisme, comme si elle pensait qu'elle la taquinait. Elle leva son téléphone et afficha la photo dont elle parlait. Celle-ci montrait Kennedy à l'âge de quatorze ans. L'image était granuleuse et de faible résolution, le scan d'un portrait, mais il aurait été difficile de convaincre quelqu'un que ce n'était pas elle.

– Où as-tu trouvé cette monstruosité ? demanda-t-elle en feignant simplement la pudeur. Elle pensait avoir réussi à tout effacer.

– Je parcourais des vieux sites de tennis. J'avais prévu une sorte de quiz pour ce week-end, mais je n'ai pas réussi à trouver des photos de tout le monde. Tu dis que ce n'est pas toi ?

– Non, c'est bien ma photo, mais ce n'est pas la bonne légende. Kat Boniface et moi, on jouait en double à l'époque et les gens mélangeaient sans arrêt nos noms sur les trucs administratifs.

– Oui, les gens se plantent tout le temps dans les formulaires d'inscription, intervint Helena. La remarque semblait s'adresser à Michelle, mais celle-ci l'ignora.

Nicolette sembla croire à cette explication, cependant.

– Alors tu as participé au Junior Tour ? demanda Michelle, qui semblait sincèrement intéressée.

Kennedy dut se rappeler que l'intérêt de Michelle n'était pas différent de celui des autres.

– C'était comment ?

Comme l'internat, mais en itinérant. Cela servait le même but : avoir quelqu'un d'autre que ses parents comme responsables. Mais elle avait beaucoup appris pendant ces années : à se fondre dans la masse, à se débrouiller, à présenter un visage affable à des gens qui ne s'intéressaient pas véritablement à elle.

Elle ne dit rien de tout cela, bien sûr.

– Dans l'ensemble, c'était amusant, mais le niveau était vraiment élevé, et je n'étais pas tout à fait assez bonne. En fait, j'étais loin d'être assez bonne.

– Tu connais quelqu'un de cette époque qui est devenu célèbre ? demanda Nicolette.

– Elle n'a peut-être pas envie de parler de quelque chose qui n'a pas marché.

Cette remarque venait d'Helena. Kennedy se dit que celle-ci s'adressait autant à Michelle qu'à Nicolette.

– Je ne cherche pas à remuer le couteau dans la plaie si elle ne veut pas, se justifia Nicolette. Mais si je suis à deux doigts de connaître Emma Raducanu, j'aimerais bien le savoir.

– En fait, reprit Michelle, moi j'aimerais surtout en savoir plus sur le promis de Jen.

Kennedy se demanda si le fait que Michelle tienne à changer de sujet était par considération pour elle ou si elle n'avait effectivement pas beaucoup entendu parler de Zaki. Elle semblait de toute évidence avoir compris qu'elle n'était pas très à l'aise pour parler de ses ambitions avortées, chose que Nicolette aurait été ravie d'ignorer.

– Il est super beau, s'enthousiasma Helena. Je veux dire, vraiment. Il est jeune, il est élégant, charmant. C'est comme si Dieu l'avait envoyé à Jen pour compenser… – Elle s'interrompit, s'apercevant soudain que Beattie était de retour dans la pièce.

Helena avait l'air un peu pompette, mais elle n'était pas la seule. Personne n'avait mangé et les cocktails continuaient de disparaître. Kennedy surveillait le verre auquel s'était attaquée Samira, posé sur une table d'appoint à l'autre bout du canapé d'en face. Samira ne cessait de gesticuler en parlant, et elle voyait déjà le verre se renverser.

– Vous vous êtes rencontrés comment ? demanda Michelle.

– C'était dans un salon professionnel de restauration, répondit Jen. Je l'ai vu sur un stand, où ils faisaient la démo d'un système d'extraction, en train de parler au commercial. Je n'avais pas besoin d'un nouveau système de ventilation, alors je ne vais pas faire comme si je n'y étais pas allée parce que j'avais vu ce mec super canon. Un début peu prometteur, je te l'accorde, mais voilà où ça nous a menés.

– Et quels sont vos projets pour votre lune de miel ? voulut savoir Michelle.

Jen eut une expression étrange, comme si elle éprouvait des regrets ou craignait que les filles ne se fassent une fausse idée sur la question.

– Rien de fou. Les affaires de Zaki sont un peu mouvementées en ce moment, alors on va juste passer quelques jours sur l'île de Skye. On prendra des vraies vacances en automne.

Kennedy regarda Jen devant cette magnifique toile de fond, encadrée par le buffet et la cheminée comme si elle avait posé pour un portrait. Il était difficile de comprendre comment quelqu'un qu'elle ne connaissait pas sept mois plus tôt pouvait tenir une si grande place dans sa vie. Elle aurait vraiment dû s'y être habituée maintenant.

À une époque, elle avait été jalouse des amitiés des autres, s'imaginant qu'elle-même ne pourrait jamais en lier. Il lui avait fallu un certain temps pour comprendre qu'elle s'était simplement trompée sur leur nature, les voyant de l'extérieur et les pensant plus solides. Côtoyer Jen lui avait appris qu'il y avait une énorme différence entre une personne ouverte et une personne confiante. Vous n'aviez pas besoin de faire confiance à quelqu'un, ou qu'il vous fasse confiance, pour être son ami. Jen ne faisait confiance à personne.

D'après l'écran LCD, les haut-parleurs invisibles diffusaient l'intro de "*Goodbye Earl*", des Chicks, "*Messages*" d'OMD venant de se terminer.

– On ne vient pas de l'entendre, celle-là ? demanda Samira. Et celle d'avant ? – Elle gesticula à nouveau et cette fois-ci renversa son verre. Heureusement, il ne restait plus que des glaçons.

Kennedy profita de l'occasion pour se lever et offrit d'aller lui en chercher un autre.

– Peut-être de l'eau gazeuse ? suggéra-t-elle.

– Putain, non, répondit Samira en riant.

Kennedy remarqua que Jen regardait sa montre, se demandant sans doute quand on allait les inviter à passer à table.

Nicolette revint des toilettes et se plaça entre Jen et Michelle, mais pas avant d'avoir pris l'un des derniers cocktails.

Après avoir posé le nouveau verre de Samira sur la table d'appoint, Kennedy se percha à l'extrémité du canapé d'en face, à côté de Beattie et d'Helena, qui semblaient s'être installées le plus loin possible des personnes qu'elles souhaitaient éviter, respectivement Jen et Michelle.

– Alors dis-moi, Michelle, demanda Nicolette, à ton avis, quel film sur l'industrie musicale reflète le mieux la réalité ?

– Je peux te dire ce que j'aime, répondit-elle, mais d'après ma propre expérience je ne peux pas dire qu'il y en ait un qui reflète particulièrement la réalité. Mon préféré reste *Bodyguard*, sans doute à cause de l'âge que j'avais la première fois que je l'ai vu, et c'était en VHS. C'est dire si ça date. Avec Jen et Helena, on a dû le regarder une centaine de fois à l'époque. On aimait toutes Kevin Costner.

– Mon préféré, c'est *Presque célèbre*, intervint Samira. Toute cette tension entre le chanteur et le guitariste pour savoir lequel des deux est la star. Sauf qu'ils avaient inversé les rôles parce que c'était dans les années 1970 : c'était le guitariste de génie qui avait le vrai talent et, au fond de lui, le chanteur le savait. En réalité, c'est en général le chanteur, la vedette.

Kennedy sentit la température baisser d'un cran. Elle se demanda si Samira n'avait pas conscience du parallèle ou si elle était suffisamment éméchée pour trouver ça drôle.

– Je ne l'ai pas vu, répondit Michelle avec diplomatie.

– Oh, il faut que tu le voies, insista Samira. Le meilleur moment, c'est cette scène dans un avion privé en pleine tempête, où ils se livrent tous leurs secrets et leurs confessions parce qu'ils pensent qu'ils vont mourir.

– Je crois que Michelle a eu assez de secrets révélés comme ça, intervint Nicolette, ce qui sembla être le moment choc de la soirée. Kennedy ne savait pas trop si c'était un lancer au jugé de la part de quelqu'un de bourré pour essayer de minimiser le problème, mais l'essai manqua sa cible. En fait, il n'avait absolument aucune chance de mettre dans le mille et n'aurait donc jamais dû être tenté.

Il y eut un moment de silence, assez long pour qu'elles puissent entendre "*I will never forgive you*" – Je ne te pardonnerai jamais – sortir des haut-parleurs, puis Michelle se leva. Kennedy pensa qu'elle allait se diriger vers la porte mais elle s'arrêta devant le buffet et prit un autre verre, le dernier du plateau. Jen s'était elle aussi levée, prête à la suivre hors de la pièce, mais Michelle lui fit signe de s'asseoir en avalant une grande gorgée de whisky sour.

– Ça va. C'est un peu le sujet tabou. En fait, c'est tout le problème de ma sextape : elle est toujours là. Tout le monde est au courant.

Elle resta près du buffet, prenant appui contre le meuble pour s'adresser à la pièce. On aurait dit qu'elle avait besoin de cette distance.

– C'est omniprésent. Chaque fois que vous parlez à un homme, vous n'arrêtez pas de vous demander : est-ce que tu l'as téléchargée ? Tu m'as vue faire ces choses, tu as vu mon corps ? Les femmes aussi. Même quand elles vous sourient poliment, vous vous demandez si elles vous ont regardée en secret, si c'est ce qu'elles sont en train de s'imaginer. Et ça ne cessera jamais, maintenant.

Jen se leva à nouveau et s'avança pour prendre la main de Michelle entre les siennes. Kennedy entendit les dernières mesures de "*Feet to the Flames*" – Les pieds dans les flammes – d'un groupe appelé les Wonder Stuff Playing qui, d'après ses calculs, passait pour la troisième fois. Le chanteur insistait encore : "*I will never forget that. I will never forgive you*" – Je n'oublierai jamais ça. Je ne te pardonnerai jamais. La chanson fut suivie par un morceau intitulé "*Hater*" – Rageux.

Jen avait à l'évidence décidé que parler d'un sujet plus joyeux aiderait son amie, et elle l'interrogea donc sur son nouvel album. Elles restèrent à côté du buffet, comme si Michelle n'avait pas été prête à rejoindre les membres de la congrégation.

À côté de Kennedy, Helena dit à voix basse, presque pour elle-même mais pas tout à fait :

– Je vous l'avais bien dit. Il n'a pas fallu longtemps pour qu'elle devienne le centre de l'attention.

Kennedy entendait à peine ce que Michelle disait maintenant à Jen, ce qui la rassura sur le fait que les paroles plus basses d'Helena n'étaient pas intelligibles depuis l'autre bout de la pièce. Mais elles l'étaient pour elle, Beattie et Samira.

– Ce n'est pas comme si c'était elle qui avait lancé la conversation, se sentit obligée de dire Kennedy.

– Non, mais c'est étonnant de voir où la conversation finit toujours par aboutir, tu ne trouves pas ?

– Je pense qu'elle a traversé quelque chose de vraiment terrible, quelque chose d'horriblement destructeur, rétorqua Kennedy. C'était bizarre de voir cette facette d'Helena, qui se montrait en temps normal si compatissante.

– Ouais, elle a raconté à tout le monde qu'elle faisait un séjour de soutien psychologique, mais je crois que le détail le plus important est ce dont elle est en train de parler. Elle a un nouvel album qui sort bientôt et une tournée en perspective. Il faut toujours regarder le contexte. Un drame signifie de la visibilité en plus dans les journaux, des clics, des likes, des followers, des ventes de billets.

– Tu es en train de dire qu'à ton avis elle a divulgué elle-même cette sextape ? demanda Kennedy, en s'efforçant de ne pas aller au-delà d'un murmure choqué.

Helena parut un peu intimidée d'avoir été interpellée là-dessus.

– Quoi qu'il en soit, je ne serais pas la première à le suggérer, dit-elle sans vraiment faire machine arrière. Elle était bien un peu bourrée, même si elle ne l'était pas autant que Samira qui, il fallait le dire, commençait à avoir l'air dans les vapes. Kennedy remarqua que le verre qu'elle lui avait donné était presque vide. Celui qui ne contenait pas de l'eau gazeuse.

– Ça va ? lui demanda Kennedy.

– Je n'ai mal nulle part, répondit Samira, trop fort. Je ne me suis pas sentie aussi bien depuis des siècles, putain.

Kennedy remarqua que Beattie cilla légèrement en l'entendant jurer, tandis que le volume sonore excessif de ses paroles détournait l'attention de Jen de son aparté avec Michelle.

– Peut-être que tu devrais lever un peu le pied, histoire de pouvoir profiter au maximum de ton week-end de liberté ? suggéra-t-elle. Ce serait dommage que ta journée de demain soit gâchée par une gueule de bois.

– Tu n'as pas tort, concéda Samira. Mais tu n'imagines pas à quel point j'ai été asservie par ces deux minuscules tyrans. Franchement, tu passes toute ta vie à, je sais pas, faire des études pour être au top de la réussite, et puis, tout à coup, on te demande de devenir rien de plus qu'un... un... un appendice pour ces deux créatures à peine conscientes. Tout le monde ment sur la maternité. Et personne ne te dit à quel point ça va être *chiant* !

L'expression de désapprobation amère de Beattie s'accentua. Kennedy en déduisit qu'elle trouvait cette affirmation plus profane que le langage.

– Tout ce qu'ils font, c'est pleurer, poursuivit Samira. Et après il faut jouer à "devine ce que j'ai". Ça me rend dingue, putain. Et parfois, il n'y a rien du tout. Ils. Pleurent. Putain. C'est. Tout.

– C'est des coliques ? suggéra Helena, d'un ton indiquant qu'elle connaissait bien le sujet.

– Peu importe ce que c'est. Mais oui. Ils pleurent entre environ dix-sept heures trente et l'heure à laquelle ils finissent par s'endormir, à contrecœur, parfois après vingt-deux heures. La seule soirée où j'ai eu la paix depuis qu'ils sont nés, c'est le jour où ils ont eu leur ROR. Pendant que leurs petits corps luttaient contre le vaccin, ils ont semblé vaguement se calmer. C'était le bonheur.

Les yeux de Nicolette s'agrandirent lorsqu'elle entendit cela.

– Je ne serai pas aussi optimiste en voyant que le vaccin du ROR les a scotchés, dit-elle.

– Pourquoi ?

– Parce que c'est dangereux. Il y a toutes sortes d'effets secondaires. C'est juste une question de fric pour les entreprises pharmaceutiques, alors elles mentent sur les risques, et si quelqu'un essaie de les dénoncer, l'establishment médical fait en sorte de l'anéantir.

– Alors tu ne t'es pas fait vacciner contre le Covid ? demanda Samira.

– Eh bien, si, évidemment, mais c'est moi qui courais un risque. Et d'accord, je n'ai pas d'enfants, mais je dis juste que, si j'en avais, je ne prendrais pas ce risque pour eux.

– Tu me suggères plutôt de prendre le risque qu'ils attrapent la rougeole, les oreillons ou la rubéole ? Ou peut-être la putain de polio ? Il vaut mieux que tu n'aies pas d'enfants dans ce cas, parce qu'ils n'auraient aucune chance en étant élevés par une pauvre conne.

On entendit Jen prendre une inspiration alors que Samira se relevait sur des jambes chancelantes.

– Je suis désolée. J'ai besoin de prendre l'air, dit-elle en se dirigeant vers la porte.

Kennedy aperçut une larme dans l'œil de Nicolette, qu'elle essuya rapidement.

– Ce n'était pas nécessaire, dit celle-ci, blessée.

– Elle s'est excusée, fit remarquer Kennedy sans grande conviction.

– Elle ne s'est pas excusée. Elle a dit : *Désolée, j'ai besoin de prendre l'air*. Elle excusait seulement son départ.

– Tu aurais peut-être dû garder tes théories conspirationnistes pour toi sur ce coup-là, Nicolette, la gronda Jen.

– Je dis juste que les autorités et les médias grand public ne nous disent pas tout. Il y a toujours deux sons de cloche.

– Ça, c'est bien vrai, marmonna Beattie d'un ton sombre, une contribution que Kennedy trouva étrange pour quelqu'un dont ce n'était pas le combat.

– C'est une jeune maman sous pression, plaida Jen.

– Ce n'est pas une excuse pour balancer des insultes, rétorqua Nicolette. Elle est complètement torchée, carrément à côté de ses pompes. Hors de contrôle.

– Je crois qu'on devrait laisser tomber le sujet, lui dit Jen. D'autant qu'elle n'est pas là pour se défendre.

Beattie laissa échapper un petit rire amer.

– Ça ne t'a jamais arrêtée quand il était question de Jason, si ? dit-elle en regardant Jen.

Il s'avérait que son combat était tout autre.

– Et ça veut dire quoi, au juste ?

– Je dis seulement que les gens n'ont toujours entendu que ta version des faits.

– Je ne vois pas bien comment la version de Jason sur la façon dont il a assassiné Ronnie Bryceland pourrait la rendre plus acceptable qu'elle ne l'a été au tribunal, mais la parole est à toi si tu veux parler en son nom.

Jen fixa Beattie pendant un moment désagréablement long, la mettant au défi de répondre, puis elle leva les mains, comme si elle essayait de dissiper sa propre colère.

– J'ai besoin d'une minute, dit-elle avant de quitter la pièce.

Michelle fit mine de la suivre mais sembla se raviser, se disant peut-être que la laisser tranquille serait sans doute plus bénéfique.

– Je crois que tout le monde a besoin de se détendre, dit Michelle. On va toutes baisser d'un cran le niveau agressivité.

– Ça nous ferait du bien de manger, suggéra Kennedy.

Michelle jeta un coup d'œil à sa montre.

– Carrément, dit-elle. Je vais aller voir où en est le dîner. Peut-être que notre cuistot espagnol canon a trouvé un miroir et qu'il n'a pas pu s'en détacher. Tout le monde essaie d'être gentil en attendant.

Alors que Michelle quittait la pièce, un silence brutal s'abattit sur les quatre filles restantes, pendant que "*Secret*" d'OMD se terminait et que "*Celebrity Skin*" passait une nouvelle fois.

– Bon sang, si on doit écouter une playlist en mode aléatoire, elle pourrait au moins être plus variée, murmura Nicolette avec plus qu'une pointe d'irritation dans la voix. J'ai dû entendre cette chanson au moins quatre fois.

– Kennedy a raison, dit Helena. Tout le monde boit alors qu'on a l'estomac vide et qu'on commence à avoir la dalle. Alors ne prenons pas trop les choses à cœur. On ne doit pas oublier pourquoi on est ici. On est venues pour s'amuser. On est venues pour fêter quelque chose. Faut se marrer, bon sang!

C'est à ce moment-là qu'elles entendirent Michelle hurler.

JEN

Jen n'avait jamais entendu quelqu'un hurler pour de vrai, pas de terreur ou de peur. D'après son expérience, quand les gens étaient véritablement choqués, ils réagissaient par un silence stupéfait, ou laissaient échapper un petit cri involontaire.

Ce qu'elle entendit se répercuter dans la maison lui dit non seulement à quoi ressemblait un véritable hurlement, mais lui fit également comprendre son but. Cela produisit sur elle un effet similaire à celui qu'elle ressentait lorsqu'elle entendait pleurer ses propres bébés, mais à une échelle beaucoup plus grande : quelque chose de primal, un réflexe qui ouvrait les vannes de son adrénaline, lui permettant de réagir, de fuir, de se battre.

Jen retourna dans l'entrée tandis que Kennedy accourait depuis le salon. Il ne faisait aucun doute qu'elle l'avait entendu aussi, et même son attelle n'avait pas suffi à entraver sa réaction.

– Je crois que ça venait de la cuisine, dit Kennedy.

Alors qu'elles se précipitaient dans le couloir, elles virent Michelle sortir de la cuisine, pâle et hébétée. Du sang coulait de sa main droite. Jen se demanda si elle s'était blessée et si le hurlement n'avait été qu'un cri de douleur.

– Oh mon Dieu, tu vas bien ? demanda Kennedy.

Michelle la regarda un instant sans avoir l'air de comprendre, puis sembla remarquer sa main.

– Ce n'est pas à moi, dit-elle d'une voix pâteuse.

À l'entendre, elle aurait pu tout autant parler de sa main que du sang.

– Il est là-bas, ajouta-t-elle.

C'est seulement lorsqu'elle dit cela que Jen regarda derrière Michelle. Ses yeux s'arrêtèrent sur le sang qui maculait la poignée de la porte, une simple bande-annonce pour la véritable horreur qui se trouvait derrière.

Le chef cuisinier était étendu sur le sol derrière l'îlot de cuisine. Son visage était tourné de l'autre côté, mais elle vit qu'il avait la gorge tranchée. Du sang formait des flaques sur le carrelage, des litres de sang.

Michelle s'attardait dans l'embrasure de la porte, comme si elle avait voulu fuir mais que, pour une raison ou une autre, elle n'avait pu quitter la scène. On ne savait pas trop si elle était préoccupée par le fait d'abandonner le cuisinier ou de laisser Jen s'occuper de lui.

– Oh mon Dieu. Oh mon Dieu !

Jen reconnut la voix d'Helena et se retourna pour la voir arriver avec Nicolette. Dans sa propre panique, elle avait momentanément oublié leur présence. Elle avait réagi trop tard pour les empêcher de le voir.

Elles restèrent toutes figées sur place un moment. On aurait dit qu'un champ de force barrait le seuil de la cuisine. Personne ne voulait le franchir. Puis Michelle prit la parole.

– Je crois que je l'ai vu bouger. Quand j'étais là-bas. Je crois qu'il respire encore.

Elles se regardèrent puis, malheureusement pour la jeune femme, se tournèrent vers Kennedy, qui savait qu'elles se disaient toutes la même chose. Elle avait son diplôme de secouriste.

Son expression traduisait combien cette perspective la réjouissait et à quel point elle pensait que son intervention serait utile. Ce type n'avait pas besoin d'un sparadrap ou d'un bandage de maintien. Il avait perdu un litre de sang uniquement sur le plan de travail, plusieurs autres sur le sol carrelé.

Elle s'avança malgré tout, suscitant un élan d'admiration et d'inquiétude chez Jen, qui se sentait déjà protectrice envers elle pour des raisons qu'elle ne pouvait dévoiler.

Jen avait remarqué que Kennedy avait siroté le même verre toute la soirée. Et elle avait à peine touché à son mousseux à l'aéroport. À ce moment-là, c'était peut-être parce qu'elle avait le mal des transports ou simplement parce qu'il était trop tôt, mais le fait qu'elle ait évité les cocktails sans rien dire était plus significatif. Jen avait été sur le point de lui demander pourquoi elle ne buvait pas quand elle s'était dit que la réponse n'était peut-être pas quelque chose que Kennedy avait envie de rendre public.

Elle l'avait vue dans un café quelques semaines plus tôt, dans le centre commercial d'East Kilbride, la repérant par la fenêtre alors qu'elle passait dans la galerie marchande. Kennedy regardait son téléphone et semblait pleurer. Jen n'était pas certaine qu'il soit approprié d'intervenir mais elle ne pouvait ignorer une amie en détresse. Kennedy avait semblé heureuse qu'elle s'arrête et s'intéresse à elle, mais elle n'avait pas souhaité s'ouvrir sur ce qui la bouleversait.

– Juste un problème de garçon, avait-elle dit.

À présent, la jeune femme avançait avec prudence dans la pièce, soulevant délicatement son pied lesté pour enjamber une flaque de sang avant de s'accroupir à côté du cuisinier. Elle tendit timidement la main vers son cou ensanglanté, mais elle sembla se raviser et prit son poignet à la place. Elle y appliqua deux doigts pendant quelques secondes angoissantes, puis secoua la tête de façon presque imperceptible.

La simplicité de son geste le rendit d'autant plus dévastateur. L'homme qui leur avait servi des cocktails une heure plus tôt, dont elles avaient plaisanté en évoquant les charmes et que Nicolette avait ouvertement convoité, était mort sur le sol de la cuisine.

Puis quelque chose bascula, et pas seulement dans l'esprit de Jen. Elle le sentit déferler dans le couloir à la manière d'une vague. Avec Kennedy qui confirmait qu'on ne pouvait plus rien faire, la question n'était plus de savoir ce qui était arrivé à Joaquin. C'était de savoir ce qui allait se passer ensuite.

Nicolette fut celle qui le verbalisa.

– Il faut qu'on se tire d'ici.

Kennedy se leva et retourna vers elles en boitillant, les yeux vitreux. Ses mains tremblaient. Cette fille était douée pour l'organisation, c'était à elle qu'elles s'en remettaient au tennis, mais elle n'était pas taillée pour gérer ça. Quelqu'un devait le faire, pourtant.

– Ok, on garde la tête froide, dit Jen comme pour elle-même. Chaque chose en son temps. Il faut qu'on appelle la police.

– La première chose à faire est de quitter cette île, intervint Nicolette. La police va mettre des heures à arriver ici, et pendant ce temps, celui qui a tué le cuisinier ne doit pas être bien loin. Peut-être même qu'il est dans cette putain de baraque !

Jen se disait la même chose, mais elle dut mettre ses idées en arrière-plan pendant qu'elle sortait son téléphone de sa pochette. C'est à ce moment-là qu'elle se souvint qu'il n'y avait pas de réseau. Elle vérifia son portable par acquit de conscience mais celui-ci n'affichait aucune barre.

– Où est la ligne fixe ? demanda-t-elle en se retournant vers le couloir.

À ce moment-là, Jen entendit des pas lourds venant du plafond, quelqu'un qui se précipitait dans le couloir à l'étage supérieur. Elles échangèrent des regards inquiets, personne ne sachant comment réagir. Puis, quelques instants plus tard, Lauren apparut en bas de l'escalier.

– Qu'est-ce qui s'est passé ? cria-t-elle d'un ton indiquant qu'elle soupçonnait déjà qu'il s'agissait de quelque chose de grave.

Jen s'aperçut tout à coup qu'elle ne savait pas vraiment quoi dire ni comment le dire.

– Quelqu'un a tué le cuistot, putain, voilà ce qui s'est passé, lâcha Nicolette.

Jen vit Lauren jeter un bref regard sur le sang qui maculait la main de Michelle en s'approchant.

– C'est Michelle qui l'a trouvé, expliqua Jen, anticipant le raisonnement de Lauren. Même si, alors qu'elle disait cela, une partie purement logique de son cerveau, une sorte d'instinct calculateur ignorant tout ce qu'elle savait de Michelle en tant que personne s'interrogeait sur le temps qui s'était écoulé entre le moment où celle-ci avait quitté le salon et celui où elle l'avait entendue hurler.

Alors que Lauren approchait de l'endroit où elle allait pouvoir constater par elle-même, Helena intervint. Elle tira la porte de la cuisine, sans toutefois la refermer complètement car elle l'avait saisie par le bord pour éviter de toucher la poignée maculée de sang.

– Vous n'êtes pas obligée de voir ça, dit-elle.

En voyant l'empathie naturelle d'Helena à l'œuvre, Jen se dit que Lauren connaissait peut-être ce type depuis un moment. Ils devaient entretenir une relation professionnelle et Dieu sait quoi d'autre. Cet instinct logique, calculateur, se mit également à poser des questions là-dessus.

– Il faut qu'on appelle la police et il n'y a pas de réseau, lui dit Jen.

Lauren regarda la porte de la cuisine.

– La ligne fixe la plus proche est à l'intérieur, répondit-elle.

Kennedy sembla sur le point de se porter volontaire par simple sens du devoir, sous prétexte qu'elle y était déjà allée une fois, mais il ne fallait pas négliger l'effet cumulatif. Elle tremblait déjà.

– Je vais y aller, déclara Jen. Tu en as assez fait.

Elle tira la porte, tentant de ne pas l'ouvrir trop grand. Le battant était suffisamment ouvert cependant, car elle entendit Lauren lâcher un petit cri suivi d'un sanglot étouffé. Une fascination morbide l'avait poussée à regarder. Elle se couvrit la bouche, instantanément blême.

Jen fit un pas à l'intérieur. Le téléphone était posé sur une station de charge sur un plan de travail situé contre le mur le plus proche, d'où par bonheur l'îlot de cuisine l'empêchait de voir le visage du cuisinier. Depuis son angle de vue, elle n'apercevait que le bas de son pantalon à carreaux. Elle regarda malgré tout de plus près tout le sang qui s'étalait sur le plan de travail et s'était répandu sur ce qui devait être leurs entrées.

Joaquin était grand, trapu et baraqué, un type qui avait l'air de faire de la musculation. Il ne devait pas être un homme facile à maîtriser, ce qui laissait penser qu'il avait été pris par surprise pendant qu'il était concentré sur autre chose. Il semblait avoir été égorgé alors qu'il était penché sur l'îlot, peut-être en train de poser délicatement les cailles qui se trouvaient dans certaines assiettes.

Jen souleva le combiné de son socle. C'était un appareil sans fil, de sorte qu'elle n'avait pas besoin de rester dans la pièce pour téléphoner. Elle composa le 999 en repartant vers le couloir, résistant à l'envie de se retourner vers l'autre bout de l'îlot de cuisine. Elle ne put cependant éviter de voir le sang, qui commençait à se figer sur le carrelage froid.

Jen tenait le combiné contre son oreille, attendant le déclic de la connexion, la pulsation de la sonnerie. Elle n'entendit ni l'un ni l'autre.

– Est-ce que je dois appuyer sur quelque chose pour obtenir une tonalité ? demanda-t-elle.

– Non, répondit Lauren. Appuyez simplement sur le bouton vert.

Jen essaya à nouveau.

– Je n'ai rien du tout. C'est possible qu'il ait perdu sa connexion avec le hub principal ?

– Mais *c'est* le hub principal.

Lauren prit le combiné des mains de Jen et essaya à son tour. D'après son expression, il n'y avait toujours rien.

– Peut-être qu'il n'y a plus beaucoup de batterie ? demanda Kennedy.

– Il est entièrement chargé. Je m'en suis servie il y a environ deux heures, insista Lauren. Elle déglutit, regardant Jen dans les yeux. Quelqu'un a coupé la ligne.

HELENA

En entendant le hurlement et en reconnaissant la voix de Michelle, Helena avait supposé qu'il s'agissait d'un acte mélodramatique visant à attirer l'attention.

Puis elle en avait vu la cause.

"Énormité" était un mot que les gens employaient et comprenaient mal. Ils pensaient que celui-ci décrivait uniquement l'immensité de l'échelle alors qu'il décrivait de façon précise quelque chose d'absolument terrible et écrasant. C'était ce à quoi elle s'était trouvée confrontée quand Kennedy avait pris le poignet de l'homme étendu sur le sol de la cuisine et secoué doucement la tête. Cela faisait trop à digérer, déclenchant une tempête de possibilités effrayantes.

Mais en entendant ce que Lauren venait de dire, elles furent toutes traversées par quelque chose d'encore plus terrible.

– Est-ce qu'on a encore du wi-fi ? s'enquit Nicolette.

Helena regarda son téléphone. Tout le monde fit la même chose, comme par réflexe.

– On dirait.

– Alors on a encore WhatsApp.

– On peut contacter la police sur WhatsApp ? demanda Kennedy.

– Je peux contacter quelqu'un sur WhatsApp, n'importe qui, et lui demander d'appeler les flics, répondit Nicolette en composant déjà un numéro. Mais le plus important, c'est qu'on doit quitter cette île.

– Nicolette a raison, dit Jen. Lauren, est-ce qu'il y a de la place pour tout le monde dans votre bateau ?

– Sans aucun problème.

– Alors il faut rassembler tout le monde maintenant.

– Carrément, dit Kennedy. On se casse et on rase tout le site depuis l'espace.

– Où sont les deux autres ? demanda Lauren.

– Beattie est dans le salon, dit Jen. Samira, je ne sais pas.

– Elle est allée prendre l'air, lui rappela Helena. Tu ne l'as pas vue quand tu es sortie ?

Mais Helena connaissait déjà la réponse.

– Je vais l'appeler, dit Jen en ouvrant WhatsApp.

Nicolette tripotait à nouveau son téléphone, un air de frustration perplexe sur le visage.

– Ça dit que ça compose le numéro mais, après, ça coupe.

Jen rencontrait le même problème.

– Message d'erreur. Votre fournisseur d'accès Internet a bloqué cette application.

– C'est quoi, le souci, avec votre connexion Internet, Lauren ? demanda Nicolette d'un ton accusateur.

– Mais rien ! protesta Lauren.

Helena avait utilisé WhatsApp à leur arrivée, et ça fonctionnait bien à ce moment-là. Elle avait pris des nouvelles d'Erin, comme elle le faisait de manière obsessionnelle. Elle était surprise que sa fille aînée ne l'ait pas bloquée. Elle passait le week-end dans l'appartement d'étudiant d'un ami à Édimbourg. Une demi-heure plus tôt, c'était pour la sécurité d'Erin qu'elle s'inquiétait.

Son téléphone continuait d'afficher un fort signal wi-fi. Elle ouvrit son navigateur.

– Je peux accéder à Google.

– Et Facebook, Twitter, les applis de messagerie ? demanda Nicolette.

– "Ce site web a été bloqué par votre fournisseur d'accès", rapporta Jen.

Helena essaya de chercher le mot "police" mais obtint le même message d'erreur. La page d'accueil de

Google était apparue uniquement parce qu'elle était en cache.

– Quelqu'un restreint nos connexions, déclara Kennedy en regardant son propre téléphone. J'ai déjà vu ça sur des campus et d'autres réseaux partagés. Ils appliquent un filtre de contenus qui restreint ce à quoi on peut accéder.

– Mais c'est *mon* réseau, dit Lauren. Qui pourrait le restreindre ?

Kennedy jeta un œil derrière elle en direction de la porte de la cuisine.

– Je vais aller chercher d'autres gilets de sauvetage et préparer le bateau, déclara Lauren, ses priorités clairement définies.

– Nicolette, dit Jen, tu peux aller annoncer la nouvelle à Beattie ? Et après, vous pourriez peut-être aller voir ensemble si Samira est retournée dans sa chambre. Elle avait l'air barbouillée. Elle est peut-être partie vomir, ou peut-être même qu'elle s'est endormie.

– Et toi ? demanda Nicolette comme si Jen était vaguement en train d'essayer de l'embobiner.

– Je vais faire le tour de la maison pour voir si elle est quelque part dans la propriété.

– Je vais venir avec toi, proposa Kennedy.

– Moi aussi, dit Helena. L'union fait la force.

– Et moi j'irai avec Lauren, déclara Michelle. Personne ne va nulle part toute seule.

Lorsqu'elles sortirent par la porte d'entrée, le soleil était encore étrangement haut. La montre d'Helena indiquait qu'il était plus de vingt heures mais, sous ces latitudes, la lumière pouvait vous convaincre que c'était encore la fin de l'après-midi.

On entendait "*Goodbye Earl*" depuis le hall d'entrée, la playlist qui passait en boucle s'avérant incontournable. Helena se souvint de la vidéo : Jane Krakowski et Lauren Holly incarnaient deux amies qui conspiraient pour tuer l'homme qui avait blessé l'une d'elles. Cela la poussa à se demander si Joaquin, le chef cuisinier, était aussi inconnu de toutes qu'elles l'avaient supposé. Y avait-il un lien quelconque ? L'homme qui figurait sur la sextape de Michelle n'avait jamais été identifié, son visage n'apparaissant à aucun moment. Pouvait-il s'agir de Joaquin ? Michelle avait-elle pu penser que c'était *lui* qui l'avait divulguée ?

Helena songea à la main de Michelle et se demanda s'il y avait du sang dessus parce qu'elle avait touché la poignée de la porte, ou s'il y avait du sang sur la poignée de la porte parce que Michelle l'avait touchée. Et que penser de l'intervalle entre le moment où elle avait dit qu'elle se rendait à la cuisine et le moment où elle avait crié ? Il s'était écoulé plusieurs minutes. Elle était peut-être juste passée aux toilettes avant, mais…

Non, elle était en train de devenir folle, son cerveau cherchant fébrilement des liens pour donner une signification à la situation.

– En temps normal, j'aurais proposé qu'une de nous fasse le tour dans le sens des aiguilles d'une montre et que les deux autres le fassent dans le sens inverse, dit Jen. Pour être sûres de ne pas la rater.

Elle n'eut pas besoin de dire que ce n'était pas à l'ordre du jour ce soir.

Helena regardait au-delà de la terrasse, en direction de la mer, quand quelque chose lui vint à l'esprit.

– On devrait aller jeter un œil au bord de l'eau au cas où elle serait allée là-bas. Patauger dans la mer est le genre d'idée idiote qu'on peut avoir quand on est bourré.

– Bien vu, répondit Jen.

Elles allèrent jusqu'au bout de la terrasse, l'attelle de Kennedy produisant un bruit caractéristique sur l'ardoise à chaque pas. Helena la vit grimacer. Sa cheville lui faisait plus mal qu'elle ne le montrait. Et elle marchait de moins en moins vite.

Le rivage apparut à mesure qu'elles se rapprochaient du sommet de la côte. Elles se concentrèrent d'abord sur la plage, mais c'est la vue progressivement révélée de la jetée qui les arrêta net.

Chaque pas et chaque degré supplémentaire de visibilité avaient fait monter un sentiment de panique tandis qu'une peur irrationnelle devenait une effroyable possibilité puis un fait avéré.

La jetée était vide. Le bateau de Lauren avait disparu.

Nicolette sentit le poids effrayant de la responsabilité, d'être celle qui allait devoir crever la bulle protectrice de Beattie et l'entraîner dans le même monde terrifiant que les autres. L'espace d'un instant, elle craignit que les mots ne lui viennent pas, mais l'extrême urgence lui fournit ce dont elle avait besoin. Elle exposa la situation de façon simple, claire et sans ambiguïté car elle ne voulait pas avoir à le dire deux fois.

– C'est le cuisinier, Joaquin. Il est mort. Quelqu'un l'a égorgé. Il faut qu'on se tire d'ici. On va prendre le bateau de Lauren, mais on doit d'abord trouver Samira. Jen nous a demandé d'aller voir si elle était dans sa chambre.

Beattie eut le mérite de ne poser aucune question stupide et de ne pas lui demander de répéter. Elle passa néanmoins un moment à regarder derrière elle, comme si son cerveau était en train d'assimiler ce qu'elle venait d'entendre, puis son expression devint un étrange mélange d'hébétude et de détermination. Elle se leva du canapé et se mit à bouger comme si elle avait été poussée par une force indépendante de sa volonté, cédant peut-être à des réflexes conditionnés. Jen avait dit que Beattie travaillait dans un hôpital. Elle avait peut-être l'habitude d'assister aux moments où les pires craintes des gens se réalisaient, et comprenait que parfois des événements vraiment terribles pouvaient se produire. C'était quelque chose que Nicolette savait depuis dix-sept ans.

– Elle est dans quelle chambre ? demanda Beattie alors qu'elles arrivaient au premier étage.

– Je vais chercher la liste.

Nicolette se précipita dans sa propre chambre pour la récupérer, laissant la porte ouverte afin qu'elles puissent se voir. Elle ne savait pas trop si c'était avant tout pour sa protection ou pour celle de Beattie, mais dans tous les cas c'était inutile. Elle n'imaginait pas que Beattie puisse faire grand-chose si un agresseur l'attendait à l'intérieur de sa chambre, ou qu'elle-même puisse intervenir avec succès si quelqu'un agressait Beattie dans le couloir. L'union faisait la force, mais cela n'avait aucun sens quand cette alliance ne réunissait que deux personnes et que la menace était un maniaque armé d'un couteau.

– Elle est à Lagavulin, lut Nicolette.

En temps normal, elle aurait été ravie de pouvoir fouiner dans la chambre et les affaires de quelqu'un d'autre, mais même indépendamment des circonstances il n'y avait rien à voir. Non seulement Samira n'était pas là, mais on aurait presque dit qu'elle n'avait pas mis les pieds dans sa chambre. Sa valise était encore fermée au pied du lit, pas même un pot de crème hydratante sur la commode. Le seul objet qui avait été sorti était le câble de son téléphone, branché sur un port USB intégré dans la table de chevet.

– RAS, rapporta-t-elle, mais Beattie entra malgré tout d'un air affairé.

– Je suis pas aveugle, putain, protesta Nicolette. Je l'aurais remarqué, si elle était là. Tu vas où ?

– Voir dans la salle de bains. Elle était bourrée. Ça serait pas la première fois que je retrouve quelqu'un évanoui sur le lino.

Nicolette resta en retrait près de la porte ouverte, gardant un œil sur le couloir et décidant de ne pas partager ses réflexions sur la probabilité que Lauren Combe laisse du lino approcher de sa propriété.

Beattie réapparut au bout d'une seconde ou deux, un téléphone à la main.

– Il était posé à côté du lavabo. Elle n'a pas pu aller bien loin.

Alors qu'elles retournaient dans le couloir, Lauren sortit par une porte marquée Privé. Nicolette aperçut un escalier derrière elle, menant vraisemblablement à son appartement. Michelle était sur ses talons, chacune avec deux gilets de sauvetage dans les mains.

Nicolette avait remarqué comment ces deux-là se tournaient autour, reconnaissant peut-être mutuellement en l'autre une de ces personnes pour qui tout dans la vie semble s'emboîter parfaitement. Alors même qu'elles cherchaient à sauver leur peau, elles donnaient toutes deux l'impression que les gilets noirs étaient destinés à une séance photos.

En plus des gilets de sauvetage, Lauren portait un sac de toile en bandoulière. Nicolette se demanda si cela serait mal vu de prendre sa propre valise. Elle ne savait pas s'il y avait beaucoup de place sur le bateau, mais elle ne pouvait s'empêcher de calculer le prix des vêtements et des articles de toilette qu'elle allait laisser derrière elle. Elle finirait bien par les récupérer, se raisonna-t-elle. Ce n'était pas comme si l'endroit avait été en feu. N'empêche…

– Pas dans sa chambre, alors ? demanda inutilement Lauren.

– Non.

Nicolette et Beattie suivaient Lauren et Michelle dans l'escalier pour descendre dans le hall d'entrée quand, par la fenêtre du palier, elles virent Jen, Helena et Kennedy revenir en direction de la porte principale. Elles avaient l'air encore plus secouées que cinq minutes plus tôt, pour autant que cela ait été possible. Et elles n'étaient pas accompagnées. Samira manquait toujours à l'appel.

– On dirait bien qu'on ne va aller nulle part pour l'instant, annonça Lauren. Elle semblait s'efforcer de ne pas laisser transparaître la panique dans sa voix.

La panique de Nicolette était plus proche de la surface.

– On ne peut pas y aller en deux groupes ? suggéra-t-elle, tandis que Jen, Helena et Kennedy se précipitaient dans le hall en contrebas. Comme ça, au moins, quelqu'un pourra aller sur le continent donner l'alarme.

– Tu te portes volontaire pour faire partie du groupe qui attend ici, alors ? demanda Michelle.

– Je dis juste qu'il n'y a aucune raison pour qu'on reste toutes ici.

– Personne ne va aller nulle part, trancha Jen. Il n'y a plus de bateau, putain.

– Il a disparu, souligna Kennedy d'un ton sinistre. On est allées voir si Samira était descendue au bord de l'eau. Quelqu'un l'a pris.

Lauren laissa tomber un des gilets de sauvetage qu'elle tenait dans une main, puis jeta l'autre au sol.

– Merde !

Il y eut une accalmie pendant que les filles digéraient la nouvelle. Une partie de Nicolette avait envie de pleurer. Une autre lui disait qu'elle ne pouvait pas se permettre de perdre le contrôle. Elle avait déjà affronté le pire et avait survécu, même si cela ne voulait pas dire qu'elle s'en était sortie entièrement indemne.

Michelle fut la première à prendre la parole.

– Blague à part, est-ce que ça ne pourrait pas être elle ? Samira, je veux dire ? Elle a peut-être pris le bateau dans un acte d'imprudence parce qu'elle était soûle et vexée ?

– À peu près au même moment où on découvre que quelqu'un a assassiné le cuisiner ? demanda Jen d'un ton dubitatif. Ce serait une sacrée coïncidence.

– Et si ce n'était pas une coïncidence ?

Les mots sortirent de la bouche de Nicolette avant même qu'elle ne s'en rende compte. Quelque chose en elle se méfiait instinctivement de Samira, et ce n'était pas le moment d'étouffer poliment ses soupçons.

– Elle a passé les six derniers mois dans les couches-culottes jusqu'au cou et sans presque fermer l'œil, bredouilla Jen. Tu crois vraiment que, pendant ce temps-là, elle prévoyait de tuer un cuisinier qu'elle n'avait jamais rencontré ?

– Non, mais elle était ivre et énervée, lui rappela Nicolette. Et si elle était allée voir où en était le dîner et qu'il y avait eu un genre d'engueulade, ou que le cuistot avait essayé de la draguer ? Elle aurait pu flipper et l'égorger, puis paniquer et prendre le bateau.

– Ce n'est pas plus idiot qu'autre chose, commenta Beattie, lui apportant un soutien inattendu. – Elle avait dit cela en regardant Jen droit dans les yeux : il se passait quelque chose ici qui semblait dater de bien avant cette soirée. – Les gens font des choses désespérées quand ils se sentent menacés, à ce qu'on m'a dit. Et je trouve assez suspect que ces deux événements se soient produits en même temps.

Jen soutint son regard avec une froideur que Nicolette ne lui avait jamais vue.

– Tu sais ce qui est suspect, aussi, Beattie ? Tout le monde a réagi au hurlement en venant voir ce qui se passait. Et pourtant, toi, tu es restée où tu étais, sans prendre la peine de bouger ton cul.

Beattie exprima son agacement d'un claquement de langue.

– J'ai cru que c'étaient encore des histoires pour pas grand-chose et que, si c'était important, quelqu'un viendrait me chercher. Ce qui s'est passé.

– Le hurlement de Michelle a fait trembler toute la baraque, putain !

– Je suis sage-femme. J'entends des cris tout le temps.

– Tu es donc en train de dire que tu pensais que Michelle était sur le point d'accoucher ?

– Tout ça ne nous aide pas, intervint Lauren. Il faut qu'on garde notre sang-froid. Il faut qu'on se *serre les coudes*. Et on doit se mettre à réfléchir sérieusement, à rassembler ce qu'on sait avec certitude. Qui est la dernière personne à avoir vu Joaquin vivant ?

– On l'a toutes vu, quand il a apporté les cocktails, répondit Michelle.

– C'était il y a presque deux heures, ajouta Jen. Il y a eu beaucoup d'allées et venues après. Des filles qui se sont éclipsées dans leur chambre, qui sont allées aux toilettes. Beattie s'est absentée un petit moment. Nicolette aussi.

– Qu'est-ce que tu insinues ? demanda Nicolette. Elle savait qu'elle avait agacé Jen en accusant la sœur de Zaki, de sorte qu'elle était prête pour les représailles.

– Je n'insinue rien du tout. Je dis juste que l'une de vous a peut-être vu quelque chose plus tôt, une chose qui ne l'a pas frappée sur le moment.

– Je suis retournée dans ma chambre pour aller aux toilettes, répondit Nicolette. C'est tout. Je n'ai vu personne.

Beattie ne dit rien. Nicolette supposa que c'était parce qu'elle n'avait rien vu, mais elle semblait également réticente à coopérer simplement parce que c'était Jen qui avait posé la question.

– Celui qui a fait ça a pris le cuisinier par surprise, insista Jen. Vous l'avez toutes vu : il ne devait pas être facile à maîtriser. Il a été égorgé pendant qu'il était occupé, penché sur l'îlot de cuisine. Ça doit être quelqu'un qu'il s'attendait à voir là, quelqu'un dont il ne se méfiait pas.

– Ça pourrait être n'importe laquelle d'entre nous, fit remarquer Helena.

– Quelqu'un a pu se faufiler derrière lui, intervint Michelle. Il avait encore ses écouteurs. Sans doute pour ne plus avoir à entendre cette playlist qui passe en boucle.

Helena jeta un coup d'œil derrière elle vers la porte fermée de la cuisine.

– Et si ça n'avait rien à voir avec nous ? dit-elle. Si ça le concernait, lui ?

Tous les regards se tournèrent vers Lauren.

– Vous le connaissiez bien, ce type ? demanda Jen.

– Je ne l'ai rencontré qu'aujourd'hui.

– Il n'avait jamais travaillé ici avant ?

– Non. Il arrive que des gens embauchent de leur côté un cuisinier qui figure aussi sur ma liste, mais lui n'en faisait pas partie. Vous avez beaucoup communiqué avec lui ?

– Jamais, répondit Jen comme si elle était troublée par cette question.

– Alors, qui l'a engagé ?

– Mais vous ! Vous avez dit que vous fourniriez le cuisinier.

– Non, pas du tout ! Vous m'avez envoyé un mail pour me dire que vous fournissiez le vôtre.

Alors que Jen secouait la tête, Lauren ouvrit sa boîte mail sur son téléphone et fit défiler les messages jusqu'à ce qu'elle trouve le bon. Elle le montra à Jen, qui faisait la même chose.

– Je n'ai pas envoyé ça, dirent-elles en même temps.

Elles prirent chacune un moment pour regarder la preuve présentée sur le téléphone de l'autre.

– Nos mails ont été piratés, conclut Lauren. Ou spoofés, peut-être.

– Ça veut dire quoi, spoofés ?

– C'est quand on envoie un mail qui semble provenir d'un compte différent.

– Non, dit Jen. Piratés, c'est sûr, parce que celui qui a fait ça a dû intercepter et supprimer nos vrais mails.

– Bon sang ! s'exclama Lauren. Ça veut dire que quelqu'un a le contrôle de nos deux comptes mail depuis des semaines. Celui qui fait ça doit prévoir son coup depuis un moment.

– Mais pourquoi parachuter ce cuisinier parmi nous juste pour le tuer ? demanda Jen.

– À moins que cette histoire le concerne bel et bien et que le responsable veuille nous piéger pour nous faire porter le chapeau, suggéra Michelle. En nous isolant ici pour retarder la venue des autorités pendant qu'il s'enfuit. Et après, quand les flics finiront par arriver, il y aura un type assassiné et on sera les seules personnes présentes. On croira que c'est l'une d'entre nous qui a fait le coup et que les autres la couvrent.

– Ça paraît plus plausible que l'hypothèse selon laquelle c'est Samira qui l'a tué avant de prendre la fuite, dit Jen, en grande partie à son attention, elle en était certaine. Mais comme on ne sait toujours pas où se trouve Samira, je n'aime pas trop l'idée que la théorie que Michelle vient d'exposer soit actuellement le meilleur scénario envisageable.

Nicolette en avait assez de ces spéculations inutiles. On aurait dit qu'elles essayaient de trouver quel ingrédient avait mis le feu à la casserole alors qu'elles auraient dû se concentrer sur la façon d'échapper aux flammes.

– Écoutez, je sais que tout le monde essaie de donner un sens à tout ça, mais la seule chose qui compte est de se tirer d'ici. Samira ou pas, quelqu'un doit aller chercher de l'aide. – Elle se tourna vers Lauren. – Est-ce qu'il y a un autre moyen de quitter cette île ? Un autre bateau quelque part ?

– Non. C'est ce qui en fait tout le charme, d'habitude.

Lauren avait répondu sans hésiter. Le désespoir était palpable de tous les côtés. Puis Jen nuança son affirmation.

– Ce n'est pas tout à fait vrai, dit-elle, mais sur un ton sinistre très éloigné de l'espoir. Il y a bien un autre bateau : le Zodiac qu'on a vu depuis l'hélicoptère.

Le calme tomba alors que les implications de sa remarque commençaient à produire leur effet. Le calme, mais pas le silence. Il y avait toujours de la musique, un morceau des années 1980 intitulé "*Secrets*", qui passait pour ce qui semblait être la dixième fois. Elle n'était pas forte mais la présence de toute musique paraissait importune et déplacée, et Nicolette n'était pas la seule à le ressentir.

– Lauren, pouvez-vous éteindre la musique pour qu'on puisse réfléchir correctement ? demanda Michelle.

– Avec plaisir. – Lauren tapota sur son téléphone pendant quelques secondes. – Ce n'est pas la mienne, ajouta-t-elle en fronçant les sourcils.

– On se fiche de savoir à qui est cette playlist. On veut juste que ça s'arrête.

– Non, je veux dire, ce n'est pas mon compte et je ne peux pas y accéder. Je suis bloquée hors de mon propre système.

Nicolette parcourut le hall d'entrée du regard, cet environnement qui lui avait fait l'effet d'un fantasme d'enfant à peine quelques heures plus tôt, ce monde de catalogue dans lequel elle avait jadis rêvé d'entrer. Puis elle se souvint de cette paranoïa qui l'avait envahie dans ce même endroit, cette impression d'être piégée dans ce monde au lieu d'être une simple visiteuse.

– Alors c'est fichu, on est coincées ici ? demanda-t-elle. Pas de réseau, pas de wi-fi.

– Il y a bien du wi-fi, précisa Helena, qui s'efforçait toujours d'établir la stricte vérité. C'est juste qu'on ne peut pas l'utiliser pour communiquer.

– Et les mails ? suggéra Beattie.

– J'ai essayé, répondit Kennedy en montrant son portable. Ils sont bloqués.

– Je ne comprends pas pourquoi ils ne bloquent que certains services, réfléchit Nicolette. Pourquoi ne pas couper complètement Internet, comme ils l'ont fait pour la ligne fixe ?

Quelques instants plus tard, elle eut sa réponse. Tous les téléphones se mirent à sonner simultanément. Sans exception.

Elles regardèrent leurs écrans, et la situation empira encore.

Lorsqu'elle entendit le son familier de la notification annonçant un nouveau mail, l'espace d'un instant béni Lauren crut que le problème qui bloquait Internet s'était résolu tout seul; que cela n'avait été qu'un bug temporaire auquel, dans leur paranoïa, elles avaient accordé une importance excessive.

Puis elle vit le mail.

Celui-ci provenait de quelqu'un qui se faisait appeler le Faucheur, l'objet du message se résumant à un seul mot glaçant: "Samira."

Nicolette avait demandé pourquoi ils n'avaient pas complètement coupé Internet. C'était pour ça.

Lorsque Loren tapa pour l'ouvrir, son écran afficha une vidéo, figée sur le premier plan, l'image floue et impossible à distinguer. L'envie d'en voir plus l'emporta sur l'envie de se protéger de ce qu'elle était peut-être sur le point de voir. Cela fonctionna de la même façon pour tout le monde. Elles appuyèrent toutes sur *Play*.

Aucun son ne sortit des téléphones, seulement des cris de surprise lorsqu'elles virent Samira. Celle-ci semblait être affalée sur une chaise mais, en y regardant de plus près, Lauren vit qu'elle y était également ligotée, des longueurs de corde lui liant les poignets aux accoudoirs et les chevilles aux pieds du siège. Derrière elle, il y avait un mur de pierre marqué par des fissures désordonnées bordées de mousse et de touffes de lichen. La définition était mauvaise, l'image basse résolution sous-exposée, de sorte qu'il était difficile de dire si elle se trouvait à l'intérieur ou à l'extérieur, si l'arrière-plan était de la roche naturelle ou un mur ancien qui s'effritait.

Samira avait les yeux fermés et paraissait sans connaissance. L'avantage, c'était qu'elle n'avait pas conscience de sa situation. Pas encore.

Elle avait un nœud coulant autour du cou, la corde derrière sa tête s'étirant vers le haut avant de sortir du cadre. La corde était droite mais pas vraiment tendue, si bien que Lauren mit un moment à comprendre que le véritable danger dans l'image ne venait pas d'en haut, mais d'en bas.

La chaise était posée sur une plaque de glace. Celle-ci mesurait quelques centimètres d'épaisseur, et c'était la seule chose qui empêchait Samira de s'étrangler.

Lauren vit Jen porter une main à sa bouche. Elle fut capable d'étouffer un sanglot, mais pas de retenir les larmes qui se mirent à couler.

– Elle a besoin de s'asseoir, dit Michelle. Tout le monde a besoin de s'asseoir.

Elles entrèrent dans le salon en file indienne, groggys. Lauren regarda le buffet. Il devait y avoir une trentaine de verres vides posés dessus, d'autres disséminés dans la pièce. Plus tôt dans la journée, elle s'était dit que sa plus grande inquiétude était que quelqu'un vomisse dans une jardinière, mais un pressentiment lui avait malgré tout dit de rester au cas où on aurait besoin d'elle. Une petite voix indigne lui souffla que, si elle l'avait ignoré, elle n'aurait pas été au courant de tout cela.

Helena leva son téléphone, en montrant non pas la vidéo mais les deux seuls mots qui composaient le message, formant un lien hypertexte : Téléchargez-moi.

– Est-ce que quelqu'un a… ? demanda-t-elle.

Elles secouèrent la tête. Malgré le besoin d'informations, cette fois-ci la prudence instinctive l'avait emporté, du moins au début. Même en temps normal, les gens étaient réticents à télécharger des fichiers provenant de sources inconnues. Et s'il s'agissait d'un virus visant à contrôler ou à détruire leur téléphone ?

– Je ne crois pas qu'on ait le choix, dit Jen. Il faut qu'on sache ce qu'il veut.

– Et si une seule d'entre nous le faisait ? suggéra Helena. Juste pour savoir de quoi il s'agit.

– Ok, répondit Kennedy en se portant volontaire. Mon téléphone est une merde bon marché de toute façon, du coup si ce truc le flingue, ça n'a pas d'importance.

Elles se rassemblèrent autour de la jeune femme, se penchant pour voir son téléphone tandis qu'elle téléchargeait et installait un logiciel.

Kennedy jeta un bref coup d'œil aux autres, comme si elle avait besoin de sentir une certaine solidarité, puis appuya sur *Ouvrir*.

Le logiciel lança une application de messagerie rudimentaire, de toute évidence bénéficiant de certaines autorisations accordées par ce qui filtrait Internet.

Kennedy tapa un unique mot et appuya sur *Envoyer*.

Kennedy : Bonjour

Lauren remarqua que le nom de Kennedy était apparu comme expéditeur sans qu'elle l'ait saisi nulle part.

Quelques instants plus tard, une réponse arriva.

Le Faucheur : Une pour toutes et toutes pour une. Il manque six téléchargements.

– On doit toutes la télécharger, dit Jen. Cela ressemblait plus à un ordre qu'à une observation.

Tout le monde s'exécuta, postant un simple "Bonjour". Comme pour Kennedy, leurs prénoms apparurent, préprogrammés, sans qu'elles aient à saisir quoi que ce soit.

Quelques instants plus tard, trois petits points indiquèrent que le Faucheur était en train d'écrire.

Elles attendirent la réponse en retenant leur souffle, les yeux rivés sur leurs écrans respectifs, regardant de temps en temps les autres à la dérobée.

Lauren se sentait désespérément seule, une étrangère. Elle n'avait pas d'amis ici. Peu d'amis nulle part, pour être honnête. Tout avait uniquement tourné autour de Darcy et elle pendant si longtemps. De sa volonté à se construire un avenir pour elles deux, un que personne ne pourrait leur enlever.

Un frisson parcourut la pièce en réponse à un petit bruit sec provenant de leurs téléphones, une notification d'une insignifiance inappropriée pour une information d'une telle énormité :

> **Le Faucheur** : L'une de vous n'est pas la personne que vous croyez.
> L'une de vous a commis un péché resté impuni.
> Vous n'avez pas idée de ce dont elle est capable. Elle est plus impitoyable que vous ne pourriez l'imaginer. Et elle se moque de savoir qui d'autre peut être blessé tant que ça protège son secret.
> Mais ce soir, cette vilaine fille va poster sa confession et offrir réparation, ou je serai obligé de punir toute la classe.
> J'ai une seule et unique règle. Si le nombre de personnes présentes sur cette île change, je tuerai votre amie comme j'ai tué votre cuisinier. Et je vous enverrai la vidéo à chacune en souvenir.
> Bienvenue à Clachan Geal, où vous ne trouverez que ce que vous avez apporté, et où seule la vérité pourra vous libérer.

Les yeux rivés sur son écran, Lauren entendit une chanson familière sortir des haut-parleurs, pas une de celles qui étaient déjà passées dans la soirée. C'était sans aucun doute possible Cassidy, bien qu'elle se soit conformée à la demande de Michelle en s'assurant qu'aucune chanson d'elle ne faisait partie de la sélection. Pire, c'était le morceau auquel elle avait spécifiquement fait allusion, le tube qui avait fait percer le groupe au début des années 2000. Son intro joyeusement planante et discordante non seulement incongrue mais inévitablement sinistre. Cela ressemblait à un pied de nez.

Le morceau s'intitulait "*She Knows*" – Elle sait.

Cependant, alors que Lauren parcourait le message du Faucheur, ce sentiment d'être isolée des autres revint sous la forme improbable du réconfort. Elle ne connaissait pas ces femmes, mais elles, elles se connaissaient. Ça n'avait rien à voir avec le cuisinier et ça n'avait rien à voir avec elle non plus. Cela concernait ses clientes. Ses mails avaient été piratés uniquement parce qu'elles devaient venir dans sa maison, que celle-ci était la scène de ce qui se jouait maintenant.

Plus important encore, elle n'avait commis aucun crime.

Elle relut les mots. C'est là qu'elle percuta : le message ne disait pas *crime*, il disait *péché*. Son sentiment de réconfort s'avéra aussi éphémère que son soulagement lorsqu'elle avait cru qu'Internet avait été rétabli.

Elle n'avait rien fait d'illégal, se rassurait-elle souvent. Mais ce n'est pas parce qu'elle n'avait rien fait d'illégal qu'elle n'avait rien fait de mal. D'ailleurs, quelqu'un l'avait contactée pour lui faire savoir à quel point il trouvait ça mal, à quel point cela l'avait mis en colère. Pour lui dire qu'un jour il allait se venger en lui prenant tout ce qu'elle possédait.

C'était le problème, avec les menaces de mort à l'ère des réseaux sociaux. On se disait qu'elles n'étaient qu'une forme de courrier haineux. Qu'elles étaient les cris de personnes qui n'avaient pas d'autres moyens d'avoir un impact sur votre vie. Mieux valait les ignorer. Elles étaient dénuées de sens.

Jusqu'à ce qu'elles ne le soient plus.

Avec une terreur accablante, elle vit qu'il était peut-être en son pouvoir de sauver Samira. Mais peut-être que non. Les enjeux étaient élevés, mais la mise aussi. L'application avait été conçue pour qu'aucune confession ne puisse être privée. Il ne s'agissait pas de pénitence ; il s'agissait de clouer la pécheresse au pilori, de lui faire avouer son péché devant tout le monde.

Et ce n'était que le début. Le Faucheur n'avait pas précisé ce qu'il *entendait* par réparation, et il avait déjà tué une personne ce soir. Mais si ses exigences demeuraient inconnues, ce qui était parfaitement limpide était le prix que Samira paierait si personne ne se dénonçait.

Lauren allait dire quelque chose. Elle n'avait pas le choix. Elle *devait* dire quelque chose. Puis elle regarda les autres. D'après leurs expressions honteuses, leur silence, leur incapacité à croiser le regard des autres, il était évident que chacune des personnes présentes dans cette pièce pensait que la pécheresse pouvait être elle.

JEN

Jen avait lu le message au moins trois fois et maintenant elle se surprenait à regarder à nouveau la vidéo. Elle ne savait pas pourquoi. Elle ne savait pas exactement ce qu'elle espérait voir et chaque image était douloureuse, mais elle ne pouvait s'en empêcher. C'était peut-être simplement plus facile que de regarder quelqu'un d'autre à ce moment-là.

Samira avait été assise ici, dans cette pièce, quoi, une heure plus tôt ? Moins ? Dans un autre temps, quand son plus gros souci avait été qu'elles étaient toutes en train de se torcher et qu'elles commençaient à se crêper le chignon.

Samira avait déjà semblé suffisamment petite et fragile sur le canapé. La voir ligotée comme ça, inconsciente… Bon sang. Au moins, Jen n'avait pas à voir la peur dans ses yeux.

Mais peut-être que c'était ça qui manquait. Parce qu'à vrai dire, Jen savait pourquoi elle regardait à nouveau cette vidéo. Pour voir si, au deuxième visionnage, la scène suffirait à la contraindre à avouer. Voir la petite sœur de Zaki avec un nœud coulant autour du cou, une plaque de glace en train de fondre étant la seule chose qui l'empêchait de s'étrangler, ça aurait dû suffire, non ? Mais ça ne suffisait pas. Pas tant qu'elles avaient encore du temps devant elles. Pas tant qu'il restait une possibilité pour que la pécheresse soit une des autres.

Tout le monde aime à se considérer comme ayant un sens moral mais, en général, cela signifie qu'il n'a encore jamais été véritablement mis à l'épreuve. Jen, elle, avait été mise à l'épreuve, et intérieurement elle était encore capable de justifier la pire chose qu'elle avait jamais faite. Quelques minutes plus tôt encore, elle aurait pu se dire qu'elle avait un sens moral. C'était avant qu'on lui demande de mettre dans la balance la vie de quelqu'un et la révélation de la chose qui détruirait la sienne.

Elle avait honte de l'admettre, mais elle fixait cette plaque de glace en se demandant combien de temps elle pourrait tenir, quelle quantité pourrait fondre avant qu'elle craque. Honte également parce qu'elle avait parcouru la pièce du regard en espérant qu'une de ses amies avait fait quelque chose de pire.

Mais *c'était* elle. C'était forcément elle, parce qu'il y avait cette chanson qui ne cessait de passer, encore et encore, et qui s'avérait maintenant être plus qu'un bug, un coup du sort ou une coïncidence. C'était un message. Une dénonciation de son péché. Et puis, juste pour enfoncer le clou, alors qu'elle lisait les mots du Faucheur, une autre chanson lui avait dit: "*She Knows*" – Elle sait.

C'était la voix de Michelle qui chantait ces paroles mais qui était *Elle*?

Jen déglutit, de peur que d'autres larmes ne soient interprétées comme un aveu de culpabilité. Elle ne voulait pas se compromettre. Elle voulait faire ce qu'il fallait, mais elle n'en savait pas encore assez pour être sûre et la mise était bien trop élevée. Elle n'abattrait pas ses cartes à moins que tout le monde ne le fasse.

– J'imagine qu'on a toutes fait par le passé quelque chose qu'on préférerait que personne d'autre ne sache, dit-elle. Et sans doute de bonnes raisons de l'avoir fait. Mais une de nous a fait quelque chose qui a vraiment fait chier ce salaud, et on en subit toutes les conséquences. Alors, est-ce qu'on pourrait envisager une sorte d'amnistie? Dans laquelle on avouerait chacune ce que, *d'après nous*, cette chose pourrait être, tout en sachant que tout ce qui se dira sur cette île restera sur cette île?

Jen balaya la pièce des yeux, s'arrêtant sur chacune, obligeant les autres à croiser son regard.

– Ouais, ok, dit Nicolette. Tu commences.

Et c'était bien ça le hic.

Un autre silence s'ensuivit, ou quelque chose qu'on aurait désormais pu appeler une impasse à sept branches. Et pendant tout ce temps, quelque part sur cette île, une plaque de glace était en train de fondre.

Puis Helena prit la parole. Elle adressa à Jen un regard de soutien, mais celui-ci ne semblait pas pour autant annoncer qu'elle se dévouait pour être la première à se confesser.

– Écoutez, il faut qu'on se montre rationnelles sur ce coup-là. Aucune de nous ne va livrer ses secrets si elle pense qu'elle n'a rien à voir avec ça. Ce type ne fait pas ça parce que quelqu'un a rayé sa voiture ou s'est opposé à l'agrandissement de sa maison. Ça a été planifié depuis longtemps. On le sait grâce aux mails de Jen et Lauren. Pour se donner un mal pareil, ça demande des ressources. Il n'est donc pas seulement question de savoir qui on a pu faire chier à titre personnel. Il s'agit de savoir qui parmi nous aurait pu faire chier quelqu'un ayant suffisamment d'argent et d'influence.

Michelle répondit par de lents applaudissements.

– Bien dit, Helena. Je me demandais juste combien de temps il te faudrait pour déclarer que c'était ma faute. Je pense que Samira te serait reconnaissante de savoir que tu vas droit au but et que tu ne perds pas de temps.

– Je dis juste qu'on devrait peut-être envisager la possibilité que je n'ai pas été la seule que tu as poignardée dans le dos sur le chemin du succès.

– Je ne crois pas que ce soit utile, Helena, l'avertit Jen, intervenant avant que Michelle ait pu réagir par une autre salve dans une relation qui était depuis longtemps passée de "meilleures amies pour la vie" à "va te faire foutre, connasse". On n'aidera personne en balançant des accusations à tort et à travers.

– Ce n'est pas comme si ça t'avait déjà arrêtée, marmonna Beattie.

Jen sentit quelque chose bouillir en elle, une colère à combustion lente mais attisée par le fait que Beattie ait choisi ce moment précis pour lui lancer une pique.

– Tu as quelque chose à dire, Beattie ? À propos de ton vénérable frère ? Eh bien, crache le morceau, et que le manque total de pertinence ne te retienne pas. Je suis sûre que Samira n'y verrait aucun inconvénient.

Elle s'était attendue à ce que la honte réduise Beattie au silence, pensant que les marmonnements et les insinuations seraient tout ce qu'elle aurait l'audace d'exprimer. Au lieu de quoi, Beattie lui fit face, se redressant dans son fauteuil et soutenant son regard avec une expression de dégoût glacial.

– Je crois qu'Helena a raison. Sauf qu'elle se trompe de personne. Si on parle de contrarier des gens sur le chemin du succès, tu as toujours prétendu que mon frère fréquentait des dealers et des gangsters de toutes sortes, et pourtant c'est toi qui roules sur l'or, maintenant.

Beattie détourna les yeux, mais seulement pour s'adresser aux autres.

– Elle nous dit que Jason n'a rien à voir là-dedans, mais si tout ce qu'elle nous a raconté sur lui est vrai, n'est-il pas possible qu'elle se soit mis à dos certaines personnes dangereuses à un moment donné ?

– J'ai monté une affaire, toute seule, répliqua Jen. Je fais des petits gâteaux, Beattie.

Elle parcourut la pièce des yeux, ne sachant pas trop si elle mettait les autres au défi d'argumenter ou si elle cherchait du soutien. Dans un cas comme dans l'autre, elle rencontra peu de regards prêts à soutenir le sien très longtemps. Même Helena fixait le sol. Jen comprenait pourquoi, cependant. Tout le monde cherchait une raison de croire que la pécheresse était quelqu'un d'autre. Mais elle comprenait aussi qu'on n'avait pas besoin d'une raison de croire que c'était quelqu'un d'autre si on avait la certitude que ce n'était pas soi.

– On ne doit pas oublier ce que le Faucheur a dit, intervint Nicolette. L'une d'entre nous n'est pas celle qu'elle prétend être. Eh bien, je connais Jen depuis au moins dix ans. Elle, Michelle et Helena ont grandi ensemble, et Beattie, tu connais toi aussi Jen depuis longtemps.

– Alors que vous ne me connaissez que depuis six ou sept mois, du coup c'est forcément moi la pécheresse, c'est ça ? s'offusqua Kennedy. Si vous voulez aller sur ce terrain-là, on ne connaît Lauren que depuis une journée.

Cette remarque déclencha une réponse cinglante de la part de leur hôte.

– Si ça me concernait, pourquoi est-ce que ça arriverait alors que je suis entourée d'inconnues et qu'il n'y a personne ici que je connais vraiment ?

– Je fais juste remarquer qu'il y en a une ici qui ne dit pas la vérité sur elle-même, répondit Nicolette. Je ne vous ai pas spécifiquement désignée. Et vu la réaction de Kennedy, je suis encline à me demander si la dame ne proteste pas trop, comme dirait notre ami Shakespeare. On n'a découvert son nom complet qu'aujourd'hui. Si c'est bien son nom, vu qu'il y a des photos d'elle en ligne qui disent que c'est Kathleen Boniface.

– Va te faire foutre, rétorqua Kennedy. Mon vrai nom est Fiona Gilmour, mais j'ai peut-être des raisons de ne pas avoir envie *d'être* Fiona Gilmour. Tu y as pensé ? Ou au fait que je n'apprécie peut-être pas qu'on me piste sur Internet ? J'ai vécu dans beaucoup d'endroits. Je n'ai jamais eu de racines. Ça ne fait pas de moi une criminelle.

Les paroles de Kennedy planèrent dans l'air de façon inconfortable, sans aucune réaction pour les dissiper. C'était le ton qu'elle avait employé autant que ce qu'elle avait dit : douleur et colère, avec un soupçon de mise en garde aussi.

Jen se sentit mal de ne pas être intervenue en sa faveur. Elle avait toujours éprouvé un étrange instinct protecteur maternel envers elle, quand bien même cette fille avait presque dix ans de plus que ses propres enfants. Elle était en apparence pleine de confiance et d'entrain, pleine de bons conseils et d'idées positives, mais Jen avait toujours senti qu'elle avait quelque chose de fragile, quelque chose d'un peu paumé.

Nicolette n'avait pas cité le message correctement, cependant. Le Faucheur avait écrit : *L'une de vous n'est pas la personne que vous croyez.* Cela ne voulait pas forcément dire qu'il était question de son identité. *Tout le monde ne joue pas un rôle*, avait dit Zaki sur le ton du reproche. Mais Jen savait que c'était faux. Les gens vous montraient tous une version d'eux-mêmes qui cachait les choses qu'ils préféraient que personne ne sache. Et cela signifiait que le moyen de s'en sortir ne résidait pas dans le fait que quelqu'un se sente obligé de montrer son vrai visage. Il résidait dans le fait de savoir jusqu'où chacun était prêt à aller pour éviter cela.

– Quelle que soit la personne à qui nous avons affaire, dit Jen, ne lui donnons pas ce qu'elle veut avant d'avoir épuisé toutes les autres options.

Kennedy se tourna vers elle, une étincelle d'énergie dans les yeux, comme si elle osait espérer, désireuse d'en savoir plus.

– Ce qu'il fait est clairement sadique, poursuivit Jen. Il veut prendre sa revanche. Il dit qu'il veut se venger de ce qu'il a perçu comme un crime commis à son encontre, mais il ne dit ni qui ni quoi. C'est parce qu'il veut nous monter les unes contre les autres. Et cette plaque de glace ? Oui, c'est une horloge qui fait tic-tac, mais il veut faire traîner les choses. Il *veut* nous donner du temps. Faisons en sorte qu'il le regrette.

L'expression d'Helena était l'image du conflit qui opposait ses deux instincts les plus forts : le désir d'offrir du soutien à une amie et la réticence à enfreindre les règles de quelqu'un d'autre.

– Il ne joue pas à un jeu avec nous, Jen. Il a déjà tué une personne et il a dit explicitement qu'il ferait la même chose à Samira si on ne s'exécutait pas.

– Mais c'est justement ça ! claironna Kennedy. Il dit ce qu'il ne veut *pas* qu'on fasse. Il nous dit ce qui le rend vulnérable.

– Il n'est pas vulnérable tant qu'il a Samira, répondit Helena.

– Et c'est là-dessus que tout repose, dit Jen. Si on la récupère, ça changera tout. On pourra se retrancher, barricader cet endroit. On pourra faire tout ce qu'il faut pour contacter les autorités.

– On ne sait pas combien de temps cette plaque de glace va mettre à fondre, l'avertit Helena. Il se peut qu'on ait toute la nuit, il se peut qu'on ait deux heures.

– On est en Écosse, répondit sèchement Michelle. Ça pourrait prendre un mois.

– Ce que je veux dire, c'est comment est-ce qu'on le saura avant qu'il soit trop tard ?

– Je parie qu'il va nous tenir au courant pour maintenir la pression, dit Kennedy.

– Et tu es prête à risquer la vie de Samira sur la base de ce pari ? demanda Helena.

– L'alternative est de se fier à la parole et aux intentions d'un psychopathe qui vient d'égorger un type, rétorqua Jen.

– Alors, qu'est-ce que tu suggères ?

– La priorité est de trouver Samira, parce que tout le reste ne sert à rien si on n'y arrive pas. À votre avis, à quelle distance il a pu l'emmener ?

– Il s'est écoulé combien de temps entre le moment où elle est sortie et celui où on a reçu la vidéo ? demanda Kennedy. Quarante minutes, peut-être ? Une heure ?

– Ça nous a semblé plus long à cause de tout ce qui s'est passé, du coup je dirais plutôt une demi-heure. Et il a dû être obligé de la porter, qu'elle se soit débattue ou qu'elle ait été inconsciente.

Elle grimaça à cette idée.

– Je crois avoir entendu un bruit de moteur tout à l'heure, poursuivit Beattie. Pendant qu'on était assises ici, en train de boire des verres. Mais il y avait la musique aussi, et ça semblait à des kilomètres, alors je n'y ai pas vraiment prêté attention. Je me suis dit que c'était peut-être une vedette à moteur qui passait.

Lauren se précipita vers la fenêtre latérale et jeta un coup d'œil dehors.

– Mon quad, dit-elle. Quelqu'un l'a pris.

– Quelle taille fait cette île ? lui demanda Jen.

– Environ trois kilomètres du nord au sud, et deux et demi d'est en ouest.

– Alors, elle peut être n'importe où, déclara Beattie. Et ça fait une grande surface.

On aurait dit qu'elle cherchait délibérément à les décourager, comme si cette vieille peau aurait été heureuse que son week-end d'enterrement de vie de jeune fille se solde par la mort de sa future belle-sœur. Mais Jen ne pouvait pas se permettre d'avoir de telles pensées, de laisser Beattie s'insinuer dans sa tête.

– Non, elle ne peut pas être n'importe où, répondit-elle. – Elle montra son téléphone, passant à nouveau la vidéo. – Elle est ici et elle ne bouge pas, ce qui est à la fois tout le problème et sa solution. Regardez cette roche.

Ça pourrait être le flanc d'une colline, un affleurement rocheux ou alors un mur.

– Et ici ? demanda Kennedy à Lauren avec empressement. Est-ce qu'il y a une cave ou des fondations profondes ?

Lauren secoua la tête.

– Une cave, bien sûr, mais elle est pleine de matériaux de construction inutilisés lors de la rénovation. Elle ne ressemble pas du tout à ça.

– On a survolé des cottages en ruine, fit remarquer Helena. Est-ce que ça pourrait être l'un d'eux ?

– Attendez une seconde, dit Lauren. Elle se dirigea vers le mur du fond, où une carte était accrochée dans un cadre en bois. Personne n'y avait prêté attention avant, mais elles la regardaient maintenant comme s'il s'agissait d'un objet sacré. Lauren la posa sur la table basse entre les canapés. Ce n'était pas une carte IGN récente mais un document ancien, jauni.

Helena désigna une rangée de carrés sur la carte.

– Oui, ils sont là.

– Il y en a un autre.

Jen montra un carré sur la côte ouest.

– C'est une ferme abandonnée, expliqua Lauren. Elle est vieille, mais je doute qu'on trouvera de la pierre nue là-bas. Juste du vieux papier peint floqué.

– Mais ça vaut la peine de vérifier, non ? demanda Jen.

– Je suppose, répondit Lauren qui sembla légèrement irritée par son insistance.

– Pourquoi est-ce qu'il est écrit Claiggean Geal, et pas Clachan Geal ? voulut savoir Nicolette.

– Aucune idée, rétorqua Lauren d'un ton dédaigneux. C'est une vieille carte. C'est du gaélique. Qu'est-ce que ça peut faire ?

– Désolée, marmonna Nicolette en serrant et desserrant les poings dans un geste qui traduisait son embarras et sa nervosité. Personne ne savait quoi faire. Tout était un danger et tout était un indice.

Le mail que Zaki avait envoyé à grimpox02@vapour-mail.com clignotait inutilement dans la tête de Jen.

Lauren désigna la carte.

– Les cottages en ruine se trouvent ici, dit-elle. Au sud-est de la maison, à environ un kilomètre. La ferme est à l'ouest, près de la côte la plus éloignée, de l'autre côté de la colline.

Jen montra son téléphone, la vidéo en pause sur l'image la plus nette qu'elle avait pu obtenir.

– Est-ce que ce genre de pierre vous rappelle l'un d'eux en particulier ?

Lauren regarda attentivement, mais il était clair que c'était un détail qu'elle n'avait pas cru bon de remarquer.

– Je n'en sais rien. Ce n'est peut-être même pas une construction humaine. – Cela sembla lui faire penser à quelque chose. – En fait, ça pourrait être la grotte, là.

Elle désigna une zone près de la côte nord. Il n'y avait aucune grotte indiquée sur la carte, seulement une chute d'eau. Jen songea qu'elles étaient censées faire une balade pour aller la voir le lendemain, dans ce monde perdu où des choses normales les attendaient encore.

– Ce n'est pas vraiment une grotte, juste un affleurement avec un surplomb, près de la cascade. C'est assez abrité, entouré d'arbres de l'autre côté. Il faut franchir cette colline pour y accéder. Enfin, on peut aussi y aller par le sentier côtier, mais c'est beaucoup plus long.

Jen regardait les trois endroits désormais envisageables. Elle sentait que tout le monde faisait un calcul identique, impliquant le temps, la distance et le nombre de personnes.

Helena ne le dit pas, mais son intervention fut motivée par la même crainte.

– Si par bonheur on retrouve Samira, qu'est-ce qu'on fait après ? Ce n'est pas comme s'il y avait des chances pour qu'il l'ait laissée là-bas toute seule. Quelqu'un a fait cette vidéo. Quelqu'un doit monter la garde.

L'esprit de Jen n'avait pas été occupé par grand-chose d'autre.

– J'ai réfléchi à ce que Kennedy a dit, répondit-elle. Au fait qu'il nous dise ce qu'il ne veut pas qu'on fasse. Il ne veut pas qu'on fasse venir de l'aide et il ne veut pas qu'on quitte l'île. On devrait trouver des moyens de faire l'un et l'autre.

– Il a dit qu'il la tuerait si on le faisait, lui rappela Helena.

– Il veut quelque chose de l'une d'entre nous, intervint Michelle. Ne l'oublions pas. Tu l'as dit toi-même, il s'est donné beaucoup de mal pour mettre ça sur pied. Il ne va pas renoncer à son avantage comme ça. Il va nous donner du temps, alors je suis d'accord avec Jen, on devrait s'en servir.

– Si vous voulez mon avis, se permit Kennedy, il nous dit de ne pas faire venir des secours ou d'essayer de partir parce qu' il sait qu'il n'a aucun contrôle là-dessus. Pas avec autant de terrain à couvrir. Il faut donc qu'on contacte les autorités et qu'on trouve un moyen de quitter cet endroit. Parce que, si par miracle on arrive à lui reprendre Samira, il faudra pouvoir lui échapper, purement et simplement.

– Mais il y *a* un moyen de partir, fit remarquer Jen. Le Zodiac. S'il y a une chose qui risque de ne pas être surveillée, c'est un bateau dont il ignore sans doute qu'on connaît l'existence.

– Vous l'avez vu où ? demanda Lauren.

– En train de se diriger vers une crique au sud d'ici, flanquée par des falaises, répondit Beattie. Une petite baie en forme de fer à cheval avec une plage rocailleuse.

– Je sais où c'est, répondit Lauren en montrant le coin sud-ouest de la carte. C'est tout en bas, ici.

– Est-ce qu'il y a un endroit où on peut avoir ne serait-ce qu'un soupçon de réseau ? lui demanda Jen.

– Il y a parfois une faible réception ici, sur le pic nord, sur le chemin de la grotte.

Jen regarda la vieille carte, ses calculs se faisant plus précis.

– Donc, on a les cottages en ruine et le bateau au sud, la ferme abandonnée à l'ouest et la grotte au nord.

Elle leva les yeux de la carte et dit ce que tout le monde savait déjà mais que personne ne voulait entendre.

– On va devoir se séparer.

Kennedy avait commencé à se demander si elle allait devoir être celle qui le dirait, mais Jen la devança. C'était la dure réalité à laquelle personne ne pouvait se soustraire, de sorte qu'il n'y eut aucune protestation, juste des contacts visuels fugaces ; chacune réfléchissait à celle avec qui elle voulait ou ne voulait pas faire équipe ou dont elle ne voulait pas être séparée. Puis tout le monde la regarda, ou plus précisément regarda sa botte en plastique. Encore une dure réalité à laquelle personne ne pouvait se soustraire.

– Ça va, affirma-t-elle. Enfin, je préférerais prendre un itinéraire qui ne passe pas par des collines, mais…

– Ça ne va pas, l'interrompit Helena. Je t'ai vue dehors. Tu souffres.

– Et tu as peur que je vous ralentisse, c'est ça ?

– Non, mais ça ne va faire qu'empirer, et qu'est-ce qui se passera si tu te tords l'autre cheville au milieu de nulle part ?

– Enfin, on ne peut pas la laisser toute seule ici non plus, argumenta Jen.

– C'est bon. Helena a raison. Ce n'est pas l'idéal, mais c'est ça ou limiter les recherches. Je peux me rendre utile ici. J'ai un ordinateur portable et je connais une ou deux astuces pour avoir profité du wi-fi d'autres personnes au fil des années. Je peux peut-être trouver un moyen de contourner ce qui brouille le réseau.

Elle tenta d'avoir l'air optimiste quant à cette éventualité, dissimulant combien elle la savait improbable.

Jen lui lança un regard, s'assurant en silence que cela ne la dérangeait vraiment pas.

Kennedy avait su que ça lui pendait au nez, elle savait quel rôle elle allait devoir jouer, mais cela ne voulait pas dire que les autres croyaient qu'elle avait réellement envie d'être coincée ici toute seule avec un tueur dans la nature. Elle répondit par un pâle sourire et un léger hochement de tête. Puis elle reprit la parole, espérant faire avancer les choses.

– À ce propos, comment est-ce qu'on va communiquer entre nous ? Je veux dire, si l'une de vous la trouve ou si quelqu'un a besoin d'aide ?

– On pourrait utiliser l'appli, suggéra Michelle.

– À laquelle il a également accès, fit remarquer Helena.

– On pourrait peut-être mettre au point un code ? proposa Beattie.

– Ça ne marchera pas au-delà du wi-fi de la maison, dit Kennedy, ce à quoi Lauren réagit en écarquillant les yeux.

– Bien sûr, c'est pour ça que j'ai des talkies-walkies ! Je viens de m'en souvenir. On les utilisait tout le temps quand on faisait les rénovations.

– Combien ?

– Quatre paires.

– Bon, le problème de la com est réglé, dit Michelle. Et pour ce qui est de se défendre ? Est-ce qu'on doit envisager des armes ?

– Il y a plein de couteaux dans la cuisine, répondit Lauren. Si vous vous sentez de retourner là-bas.

La scène sanglante de la cuisine revint nettement à l'esprit de Kennedy.

– Non, dit-elle d'un ton sans appel. Statistiquement, quand on essaie de poignarder un intrus, on a beaucoup plus de chances de recevoir un coup de couteau que lui. Donc, à moins de penser que vous êtes plus douées avec une lame que celui qui s'est introduit ici et a égorgé le cuistot, je ne m'y risquerais pas.

– Quelles sont les statistiques concernant les clubs de golf? demanda Lauren.

– Moins suicidaires.

Personne ne dit grand-chose pendant que Lauren et Michelle allaient chercher le matériel, mais Kennedy avait remarqué que Nicolette en particulier n'avait pas prononcé un mot depuis un long moment. Elle était d'une transparence inhabituelle, se fondant dans le décor. Elles ne pouvaient se permettre d'avoir quelqu'un qui s'effondre. Personne ne semblait en avoir le droit, d'ailleurs.

Jen l'avait également remarqué.

– Ça va? demanda-t-elle d'un ton indiquant qu'il s'agissait plus d'un ordre lui intimant de se ressaisir que d'une marque de compassion. C'est à ce moment-là que Lauren et Michelle revinrent avec les radios et les clubs de golf.

Nicolette jeta un coup d'œil au matériel, puis par les fenêtres.

– Je ne suis pas sûre de pouvoir faire ça, dit-elle. Ce n'est pas que je me fiche de Samira, c'est juste qu'il y a un type mort dans la cuisine et que je n'ai pas envie de sortir et de tomber sur celui qui l'a tué.

– On a toutes peur, lui dit Jen d'un ton sévère. C'est pour ça qu'on doit voir ça comme une version extrême d'Action ou vérité. On sait toutes ce qu'implique la partie vérité, alors, qu'est-ce que tu préfères?

Nicolette n'eut pas besoin de réfléchir. Elle déglutit.

– Je vais prendre un fer n° 7, s'il te plaît.

– T'es mignonne.

MICHELLE

Le chemin qui partait vers le sud se transformait en terre compacte non loin de la maison, troué d'ornières et poussiéreux après la récente période de sécheresse. Michelle avait le club de golf dans la main gauche, un fourre-tout en toile en bandoulière sur l'épaule droite. Elle s'était changée pour mettre un jean, un haut à manches longues et ses baskets de sport, heureuse d'avoir prévu ce qu'il fallait pour de longues promenades pendant son séjour au centre de retraite sur l'île de Rùm. Elle ne s'était jamais demandé comment elle devrait s'habiller pour survivre en pleine nature et livrer un éventuel combat à mort sur une colline écossaise, mais elle était carrément certaine que ce n'était pas comme ça.

Le fourre-tout était loin d'avoir le côté pratique d'un sac à dos, mais elle n'avait pas grand-chose à porter. Elle y avait mis le talkie-walkie, une bouteille d'eau et une lampe de poche. Lauren n'avait pas de lampes torches pour tout le monde, juste une par équipe. C'était la fin juin, et il ne ferait donc pas totalement noir avant un moment, mais la nuit était proche malgré tout. Elles ne savaient pas combien de temps elles allaient rester dehors, et personne ne voulait avoir à compter sur la batterie de son téléphone pour voir dans l'obscurité.

Elle et sa partenaire attitrée marchaient en silence. Elles n'avaient pas échangé un mot depuis qu'elles avaient quitté la maison, et pas seulement parce qu'elles avaient peur.

Cette satanée Kennedy. Michelle l'avait préférée timide et nerveuse.

Jen les avait toutes mobilisées, leur avait donné le sentiment d'avoir un but, ce qui avait fait paraître la situation très légèrement moins désespérée qu'elle ne l'avait semblé quelques minutes plus tôt. Elles étaient toutes d'accord avec son plan, même si celui-ci impliquait de se séparer et de quitter la sécurité relative de la maison, mais il restait un problème en suspens. Elles avaient toutes levé les yeux de la carte, se regardant les unes les autres en se posant la même question.

C'était elle qui l'avait formulée.

– Alors, qui va avec qui ?

Personne n'avait paru pressé de répondre, puis Kennedy était montée au créneau, marmonnant quelque chose sur le fait qu'elle avait l'habitude de former des doubles.

Michelle aurait choisi n'importe qui sauf la partenaire dont elle avait hérité. Mais c'était voulu.

– Helena et Michelle, vous prendrez le chemin du sud. Allez vérifier les cottages en ruine et voyez si vous pouvez trouver ce Zodiac.

Avant que l'une ou l'autre ait pu protester, Kennedy avait exposé son raisonnement.

– Quels que soient les problèmes qui vous opposent en ce moment, je parie que vous connaissez les forces et les faiblesses de l'autre mieux que personne.

Kennedy ne semblait plus intimidée par la célébrité de Michelle. C'était un rappel dégrisant de la rapidité avec laquelle le statut pouvait devenir insignifiant quand quelque chose de réel était en jeu. Michelle avait ressenti une colère instinctive envers la jeune femme pour lui avoir donné des ordres, mais elle ne faisait peut-être que tirer sur le messager pour avoir révélé une vérité glaçante, à savoir que, ce soir, sa gloire ne compterait pas. Ce soir, elle n'avait rien de spécial.

Le chemin commença à monter, les emmenant sur le flanc d'une colline où les arbres s'accrochaient à la pente et s'étendaient vers l'ouest. Elles ne verraient bientôt plus la maison, ce qui d'une certaine manière rendait la situation plus effrayante. La peur était comme le type mort : une présence dominante et terrifiante qu'on ne pouvait ni ignorer ni se permettre de trop prendre en compte. C'était comme la fois où elle avait joué à guichets fermés à l'Opéra de Sydney alors que sa mère se faisait opérer d'un cancer à Glasgow, à dix mille kilomètres de là. L'inquiétude était restée en permanence à la lisière de ses pensées, menaçant de la submerger, tandis que la tâche à accomplir était à la fois intolérable dans ces circonstances et pourtant la seule chose qui lui permettait de tenir le coup.

Devant elles, le chemin bifurquait, un sentier secondaire partant en direction de la côte tandis que l'axe principal continuait dans la forêt. Lauren avait dit que les anciens propriétaires des lieux avaient planté des pins dans les années 1980 pour bénéficier d'un genre de réduction d'impôts. Elle avait laissé entendre que la forêt de l'île n'avait pas été très bien entretenue par la suite car la fortune des propriétaires avait décliné. Ça avait l'air dense, là-dedans, d'une obscurité inquiétante sous le couvert des arbres. Cela pourrait dissimuler leur approche, mais c'était valable dans les deux sens. C'était le genre d'endroit que Michelle aurait trouvé effrayant même sans savoir ce qui pouvait rôder ici ce soir.

– Si on prend à gauche, tu crois qu'on pourra contourner les bois et arriver quand même aux cottages ? demanda-t-elle, le silence finalement rompu par pure nécessité.

Helena s'arrêta, les sourcils froncés en regardant devant elles puis à l'est.

– Je ne pense pas que le chemin fasse le tour. Attends, laisse-moi regarder sur mon téléphone.

Tout le monde avait pris des photos de la carte. Helena afficha l'image et zooma.

– Non, confirma-t-elle. Celui-ci descend vers la mer. Bon, la carte a littéralement un siècle, mais ce n'est pas comme si la topographie avait changé.

Helena rapprocha ses doigts pour dézoomer, affichant la carte entière pour se faire une idée de l'échelle. Quelque chose dans la forme de l'île frappa Michelle.

– On dirait un peu le corps d'une Fender Jazzmaster, dit-elle. On se trouve pas loin du sélecteur de micros. Ces bois ressemblent aux boutons des tonalités et du volume, et il faut qu'on aille jusqu'à la prise Jack.

Elle essaya de faire en sorte que cela ressemble à une remarque désinvolte plutôt qu'à l'amorce de conversation dont il s'agissait en réalité. Elle pensait aussi que cela pourrait être un terme de référence utile pour discuter de l'endroit où elles se trouvaient, mais à vrai dire c'était une considération secondaire. Ce qu'elle trouvait le plus dur quand elle était à proximité d'Helena, c'était cette absence d'expression, ce refus de reconnaître qu'elles avaient autrefois été proches.

– Hmm, fut tout ce qu'elle obtint.

– Tu as déjà eu une Jazzmaster ? Je ne sais plus.

Helena manifesta son agacement par un bruit dédaigneux.

– Non. C'est une gratte de frimeur.

Et en disant cela, ce n'était pas simplement comme si elle avait rejeté cette suggestion, elle rejetait également toute tentative pour engager une discussion sur cette époque.

Elles reprirent leur marche, et avec celle-ci leur silence. Michelle n'était malgré tout pas encore prête à l'accepter.

– Alors c'est ça ? demanda-t-elle. Tu vas m'en vouloir pour le restant de tes jours ?

Helena ne ralentit pas son rythme, ne se retourna pas pour la regarder.

– Je n'ai pas envie de te dire quoi que ce soit, sauf si on est obligées de communiquer pour les besoins de notre mission.

– Ouais, et je pense que le problème, c'est que tu as justement envie de me dire tout un tas de choses.

Helena émit le même son dédaigneux mais n'offrit aucune autre réponse.

Michelle jeta un coup d'œil à leurs ombres, des extensions d'elles-mêmes incroyablement étirées et filiformes sur l'herbe grossière. Le fait qu'elles soient aussi voyantes la préoccupait. N'importe qui les verrait littéralement arriver à un kilomètre de distance. Mais là encore, cela fonctionnait dans les deux sens. Tant qu'elle ne voyait personne, elle était en sécurité, ce qui rendait tentant de trouver un endroit isolé et abrité et de se faire oublier. Malheureusement, on ne pouvait pas en dire autant de Samira.

Une horrible partie d'elle-même, un instinct de conservation, était en colère contre la jeune femme : parce qu'elle avait trop bu, parce qu'elle l'avait ramenée, parce qu'elle était partie et s'était fait enlever. Cet instinct lui disait que cette fille s'était fourrée dans ce pétrin toute seule, et que ce ne serait donc pas sa faute à elle si elle ne la trouvait pas. Ce ne serait pas sa faute s'il lui arrivait quelque chose. Elle parvint à faire taire cette voix en se rappelant que les problèmes de Samira étaient les siens jusqu'à ce qu'elle sache ce que signifiaient toutes ces conneries, et plus particulièrement qui elles concernaient.

Michelle comprenait pourquoi Helena supposait que cela pouvait avoir un lien avec elle, et pas seulement à cause de sa propre rancune, mais il y avait six autres candidates ici ce soir, et elle trouvait un certain réconfort à l'idée que cela pouvait concerner quelqu'un d'autre.

Elle avait d'abord pensé à Lauren, car s'il y avait un business plus sale que l'industrie de la musique, c'était bien l'immobilier. Mais il était toujours plus facile de penser du mal des gens qu'on ne connaissait pas. Et donc, bien que cela lui ait donné le sentiment d'être déloyale envers Jen, elle devait se demander si Beattie ne manigançait pas quelque chose, même si c'était de façon maladroite. Jen avait toujours bien caché son jeu, surtout en ce qui concernait les affaires dans lesquelles Jason avait trempé.

Mais c'était peut-être juste une façon d'alléger sa propre culpabilité : elle se demandait s'il n'y avait pas chez Jen quelque chose qui faisait d'elle une victime moins innocente qu'elle n'y paraissait dans sa relation avec un homme dont elle-même lui avait caché le côté sombre.

Alors qu'elles approchaient, elles virent à quel point les bois étaient touffus, les rangées de pins plantées plus près les unes des autres qu'elles ne l'auraient été dans une forêt naturelle. L'angle toujours plus bas du soleil signifiait que même le chemin était plongé dans l'obscurité, et il disparaissait en serpentant. Helena ralentit, rechignant autant que Michelle à continuer, et cette perspective la poussa finalement à risquer une proposition.

– Et si on longeait la lisière des bois ? dit-elle. Comme ça on pourrait voir à l'extérieur, mais il serait plus difficile de nous voir.

– Je vote pour.

Elles s'aperçurent bientôt que suivre le chemin aurait été plus facile, et beaucoup plus rapide. Le simple fait de rester à un ou deux arbres de la lisière impliquait de négocier une série d'ondulations sans fin, ainsi que les dangers des racines qui dépassaient, du sol meuble et des trous propices à se casser une cheville. Cela semblait plus sûr, malgré tout, et – même si ni l'une ni l'autre ne voulaient le reconnaître – la lenteur avait du bon. Cette lenteur signifiait qu'elles n'arrivaient pas encore, qu'elles ne trouvaient rien, qu'elles n'avaient pas à prendre de décision.

À l'abri de la brise, Michelle entendait désormais le bruit incessant des vagues. On apercevait la terre de l'autre côté de l'eau calme, une brume en train de se dissiper au loin. Elle ne savait pas trop si c'était le continent ou l'île de Skye, mais dans tous les cas cela ne semblait pas très loin. Elle songea à ce Zodiac qu'elles avaient été chargées de localiser. Elle avait piloté de nombreuses embarcations dans sa vie, et elle savait donc manœuvrer une barre ou un gouvernail.

La question qui la rongeait depuis qu'on lui avait confié cette tâche, si elles parvenaient à mettre la main sur ce Zodiac, c'était de savoir s'il n'aurait pas été préférable de le démarrer et de partir de là immédiatement. De rejoindre la civilisation et de donner l'alarme. Et oui, pour être tout à fait honnête, de se mettre en sécurité.

Elle savait qu'Helena protesterait en disant que le Faucheur avait menacé de tuer Samira si quelqu'un quittait l'île. Mais comme Kennedy l'avait fait remarquer, c'était peut-être précisément ce qu'il craignait. Qui pouvait affirmer que Samira n'aurait pas plus de chances si elle parvenait à prévenir les autorités et si celles-ci envoyaient un hélicoptère ici ? Surtout si c'était Mica qui les appelait. Les flics se chieraient dessus par peur de la mauvaise presse s'ils ne s'en occupaient pas illico.

Elles purent accélérer le rythme parce qu'elles avaient atteint un endroit où la piste à travers bois serpentait assez près de la lisière pour que cela ne fasse aucune différence. Elles marchèrent pendant environ deux cents mètres. Michelle ne voyait pas encore les cottages, mais elle savait que cela indiquait qu'elles ne devaient plus être loin, car où d'autre le sentier pouvait-il mener ?

Elle aperçut des pierres empilées alors que le chemin tournait plus brusquement en direction de la côte. Cela ressemblait à un mur d'enceinte en partie effondré. Elle n'aurait jamais cru qu'une vue aussi banale puisse être aussi angoissante. Elles se glissèrent à nouveau entre les arbres pour dissimuler leur approche, trouvant un endroit d'où elles pouvaient voir leur destination sans être vues en s'accroupissant dans un creux du terrain.

Le cottage le plus proche se réduisait à un carré en ruine d'à peine quelques dizaines de centimètres de haut. Des deux autres, un seul possédait encore quelques poutres soutenant les vestiges d'un toit, même si dans les deux cas les murs étaient suffisamment hauts pour les empêcher de voir ce qui se trouvait de l'autre côté. Il n'y avait personne à l'extérieur en train de faire le guet, cependant. L'endroit paraissait désert.

– Si Samira était là, est-ce qu'on ne verrait pas de la lumière artificielle ? demanda Helena à voix basse. Tu sais, pour la filmer. Comme une lampe portative de photographe, avec une batterie.

– Il fait encore jour, observa Michelle. Et je ne pense pas qu'il y ait un véritable toit sur ces trucs.

– La nuit commence à tomber, n'empêche, et Kennedy a dit qu'il nous enverrait sûrement d'autres vidéos.

– De la lumière, ça voudrait dire qu'elle est sans aucun doute ici, reconnut Michelle. Le problème, c'est qu'on ne peut rien déduire de l'absence de lumière.

– Mais il y aurait quelqu'un dehors en train de monter la garde, non ?

Helena cherchait un prétexte pour ne pas s'approcher plus. Michelle le comprenait car elle faisait le même calcul.

– Je te renvoie à ma remarque précédente.

Helena hocha la tête d'un air grave en signe d'assentiment.

– Il faut qu'on se rapproche, dit-elle.

Elles regardèrent toutes les deux les cottages. Une fois hors des bois, il leur restait cinquante ou soixante mètres à parcourir pour atteindre les ruines, à découvert.

La lune était énorme dans le ciel bleu, si claire qu'elle donnait l'impression d'être une sphère plutôt qu'un disque plat. Elle paraissait plus proche que d'habitude et, d'une certaine manière, cela rappela à Michelle qu'elle n'était qu'une créature accrochée à un rocher dans l'espace et que personne n'était là pour la protéger. La nature ne cillerait pas si elle mourait cette nuit, et aucune quantité de billets vendus, de téléchargements ou de followers n'y pourrait rien changer.

Elle plongea la main dans son sac pour prendre la radio. Sa première pensée fut qu'elle devait l'avoir à portée de main pour appeler à l'aide si elles se faisaient repérer et si quelqu'un les attaquait. Puis elle comprit à quel point ce serait inutile. La radio, en fait, représentait une menace plus grande si elle émettait un bruit soudain.

– Qu'est-ce que tu fais avec ça ? demanda Helena.

– Je l'éteins. Il va s'agir de faire dans la discrétion.

Elle n'exposa pas le revers de la médaille, à savoir que si elles se faisaient repérer, ce serait un combat pour leur vie, et l'image du chef cuisinier assassiné lui disait comment cela risquait de se terminer.

Elles regardèrent à nouveau l'étendue de prairie dégagée qui les séparait des cottages. L'herbe rêche sous leurs pieds serait une alliée, leur permettant de s'approcher en silence. Mais il suffirait que quelqu'un surgisse de derrière un mur, et la donne changerait complètement.

Elles se tournèrent l'une vers l'autre. Elles avaient enfin le sentiment d'avoir un point commun, de partager quelque chose, mais ce n'était pas quelque chose de positif.

– Merde, dit Michelle. Je suis pas sûre de pouvoir faire ça.

Helena ne répondit pas, sa peur lui faisant monter les larmes aux yeux.

Elles ne sauraient jamais quel pacte honteux aurait pu naître à cet instant-là car un cri terrifiant déchira la nuit. Celui-ci se répercuta autour d'elles, le son étranglé résonnant entre les arbres, mais il ne faisait aucun doute qu'il était venu des cottages.

Les premiers cinq cents mètres lui firent l'effet d'un calme incongru avant une tempête, une promenade à travers de douces ondulations aussi facile que l'herbe le permettait. Cela tenait au fait que leur itinéraire les faisait passer par deux des fairways du terrain de golf à six trous.

En regardant la carte, Beattie s'était demandé pourquoi Jen et elle s'étaient vu attribuer ce qui semblait être une expédition bien plus longue que Lauren et Nicolette. Lauren avait répondu que, si le trajet pour se rendre à la ferme située sur la côte ouest était plus court à vol d'oiseau, franchir cette colline était dangereux si on ne savait pas où on allait, surtout quand la lumière baissait. Beattie n'était pas prête à débattre de ce point, surtout compte tenu de la pente abrupte de la colline censément moins dangereuse qui s'élevait devant elle.

Beattie trouvait l'herbe des greens un peu haute, mais elle avait entendu Lauren dire qu'elle n'avait pas fait venir le jardinier avant le week-end parce que Jen ne le lui avait pas demandé. Pour autant, quelqu'un avait préparé le terrain avant leur venue. Quelqu'un qui avait méticuleusement et longuement planifié ce voyage, et bien que son identité ait encore été tenue secrète, Beattie avait peu de doutes sur celle de la personne visée.

Elle s'en rendait compte à présent, même si la première fois qu'elle avait lu le message du Faucheur elle en était arrivée à une tout autre conclusion. La scène s'était aussitôt entièrement rejouée dans sa tête. Les cris du petit Xander. Sa main tendue vers lui. Le moment où elle avait compris qu'elle n'avait pas le temps de donner un coup de volant. Le choc de la collision. Le sang sur le pare-brise.

Le corps sur la route.

Elle avait lu que la famille de la veuve était riche. Celle-ci avait des relations politiques dans le Sud. Son entreprise avait des actifs non courants valant des dizaines de millions. Ces gens roulaient sur l'or et ils possédaient le genre de ressources que cela nécessitait.

Mais une fois la panique initiale passée, son côté plus rationnel avait vu qu'il s'agissait simplement de la culpabilité du survivant qui se manifestait sous forme de paranoïa. Il y avait une candidate bien plus plausible au courroux du Faucheur : quelqu'un qui avait des contacts plus obscurs beaucoup plus proche d'elle. Et c'était, comme par hasard, celle avec qui elle devait faire équipe.

– Je sais que vous avez eu des différends, mais vous faites partie de la même famille, avait dit Kennedy. Cela compte plus que tout.

Et elle avait raison. Pour Beattie, la famille comptait plus que tout. Mais certains membres de cette famille comptaient plus que d'autres. Il y avait chez Jen quelque chose dont elle s'était instinctivement méfiée. Cela pouvait être vrai pour beaucoup de gens, une première impression qui peut s'effacer avec le temps. Mais dans le cas de Jen, Beattie se souvenait précisément du moment où celle-ci s'était cristallisée, et rien depuis lors n'avait altéré cette perception.

C'était pour les cinq ans de son neveu, Calum. Son anniversaire tombait un vendredi mais, comme il s'agissait d'un jour d'école, ils avaient prévu une fête dans le jardin le samedi, avec un château gonflable que Jason avait loué.

C'était début juin. Il avait plu presque toute la matinée et Beattie s'était dit qu'il s'agirait d'un barbecue glaswégien classique : tout le monde se blottirait à l'intérieur pendant que Jason s'occuperait des grillades dans le jardin de derrière, abrité sous un parapluie de golf. Mais non, le soleil était apparu juste avant midi et il n'y avait plus eu un nuage par la suite.

Elle se trouvait sur la terrasse, en train de siroter un blanc limé tout en écoutant les cris stridents et les trilles de rire des enfants qui jouaient dans la grosse structure gonflable et s'aspergeaient avec des pistolets à eau géants. Sa fille et son fils n'étaient encore pas trop grands pour se joindre à la fête. Beattie avait dix ans de plus que son frère, mais il n'y avait pas le même écart entre leurs enfants car elle avait eu Kathleen à l'âge de vingt-cinq ans et Jen avait accouché de son premier alors qu'elle n'en avait que vingt et un. C'était un plaisir de les voir jouer tous ensemble. Les deux petits de Jason admiraient Kathleen et Scott, comme c'est souvent le cas avec les enfants qui ont des cousins plus grands.

Jason semblait si heureux. Tout le monde l'était. Tous les grands-parents étaient venus : le père et la mère de Jen, ainsi que leur mère à eux.

Cependant, Beattie n'avait jamais pu se détendre en présence du père de Jen. Il avait un regard particulièrement scrutateur, des yeux qui semblaient pénétrer la peau. Elle avait entendu dire que cela était dû aux dizaines d'années qu'il avait passées à observer les clients de derrière un comptoir, qu'il avait appris à évaluer rapidement les gens afin de savoir qui était susceptible de causer des problèmes. Pour sa part, elle lui trouvait juste quelque chose de louche, comme si dès qu'il avait les yeux posés sur vous, il avait cherché à percer vos faiblesses, vos secrets.

Dans ce jardin, néanmoins, il était le grand-père parfait, plein d'espièglerie et toujours à raconter des bêtises, et il était malheureusement le seul aïeul qui restait aux enfants, leur propre père étant mort trois ans plus tôt.

Jen se comportait en hôte idéale même si, Beattie en était presque certaine, elle avait la gueule de bois. Elle avait reconnu les signes. Jen se déplaçait avec précaution, comme lorsqu'on a un léger mal de tête et qu'on ressent juste un peu trop l'impact de chaque pas.

Jason lui avait plus tard laissé entendre que Jen avait peut-être un problème, mais il lui avait fait jurer de garder le secret. C'était pendant une autre fête de famille, le mariage de leur sœur Maureen, où Jen se déplaçait de façon légèrement trop prudente si on y prêtait attention.

– N'en parle à personne, l'avait implorée Jason. Franchement, je n'aurais rien dû te dire. À mon avis, c'est juste une phase. Elle est stressée parce qu'elle a plus de responsabilités au travail et qu'elle doit trouver un équilibre avec ses obligations de mère.

Beattie était parfaitement consciente du danger : une personne ayant un problème d'alcool et qui dirigeait une boîte de nuit… mais Jason l'avait exhortée à rester en dehors de ça. Elle avait respecté sa volonté, et il n'avait pas exprimé d'autres inquiétudes à ce sujet. Jen avait tourné à l'Irn-Bru pendant toute la garden-party, donnant toutes les apparences d'une mère responsable mais également des signes qu'elle avait trop bu la veille au soir.

Tout le monde était en short et en t-shirt, en bons Écossais pâlichons exhibant leur peau privée de vitamine D à la première occasion. Jen faisait exception à la règle, vêtue d'un pantalon en lin et d'un chemisier à manches longues qui semblaient avoir été achetés récemment. Elle avait dû se les offrir pour l'occasion et décidé de les montrer, quel que soit le temps. Vu la façon dont Jason la regardait, elle n'avait peut-être pas eu tort. Elle était belle, et Beattie pensait qu'elle le savait.

Elle n'avait jamais vraiment compris pourquoi Jason était tombé amoureux de Jen, mais elle devait reconnaître que, pour elle, personne n'arrivait à la cheville de Michelle. Et, au moment où celle-ci avait recommencé à graviter dans son cercle d'amis, Jen avait définitivement mis le grappin sur Jason.

Ils s'étaient mariés jeunes. Vingt et un an à peine, tous les deux. Elle avait essayé de mettre Jason en garde de façon subtile. Trop subtile, peut-être.

– Tu es sûr de vouloir déjà te marier ? lui avait-elle demandé, alors que ce qu'elle avait eu envie de lui dire, c'était qu'il pouvait trouver mieux.

Elle n'avait pas été surprise d'apprendre que Jen était enceinte, ce qu'elle avait personnellement prédit comme étant le moyen dont elle conclurait l'affaire. Ce qui l'avait surprise, c'était l'enthousiasme que Jason avait manifesté à cette perspective, sa joie évidente à l'idée de devenir papa et de fonder une famille.

Il avait semblé tellement heureux ce jour-là, assis dans son jardin avec ses enfants qui couraient partout, Jen qui le regardait avec un air d'adoration, lui apportait des bières, insistait pour s'occuper elle-même du barbecue. C'était peut-être cela qu'il voyait en elle : quelqu'un qui l'adorait, qui le gâtait comme elle-même et ses sœurs l'avaient toujours fait. Quelqu'un qui souriait chaque fois qu'il entrait dans la pièce. Et Dieu sait si Jen souriait ce jour-là : elle souriait et lâchait un petit rire à la fin de tout ce qu'elle disait.

Mais une intuition tenace avait soufflé à Beattie que ces sourires n'étaient qu'une façade ; qu'il y avait quelque chose en arrière-plan que Jen ne voulait pas que les gens voient. Elle cachait quelque chose, et pas seulement une gueule de bois ou même un problème d'alcool. C'était le genre de sourire qui dissimulait la tromperie, qui masquait un esprit calculateur en activité.

Ou peut-être qu'elle souriait parce qu'elle avait déjà réalisé son plus grand projet. Michelle était partie depuis longtemps. Jen avait fini avec Jason. Et l'arnaque, c'était que Jason avait dû se rabattre sur elle.

Nicolette avait la chair de poule sous le sweat-shirt gris hideux qu'on lui avait prêté, une abomination de golfeur oubliée par un ancien occupant. Lorsque Lauren l'avait sorti de l'armoire, elle avait failli lui rétorquer qu'elle préférerait qu'on lui passe sur le corps plutôt que de porter ça avant de se dire qu'elle ne devrait pas tenter le sort. Et comme le couvert des arbres et des buissons avait fait place à de la bruyère et des ajoncs, elle était heureuse que la couleur terne du sweat-shirt la rende moins visible sur le versant dégagé de la colline. Elle commençait à comprendre ce que cela faisait d'être un cerf quand la famille royale était lâchée dans votre secteur. Elle était également heureuse de la protection qu'il lui apportait car le vent forcissait à mesure qu'elles montaient, et il se faisait plus vif.

Nicolette n'était pas la seule à avoir eu besoin de se changer. Tout le monde était parti chercher un équipement plus approprié, mais son problème était que les affaires qu'elle avait apportées comme vêtements de plein air étaient toutes légères et colorées. Elle les avait choisies pour une promenade digestive tranquille ; le camouflage n'avait pas été une de ses préoccupations. Et, même dans ce cas, elle se demandait si le fait de savoir à l'avance qu'elle serait pourchassée aurait été une motivation suffisante pour aller faire des achats chez Trespass.

Bien que la montée ait été raide, celle-ci n'avait rien d'éprouvant pour quelqu'un qui jouait au tennis trois fois par semaine et allait courir ou se rendait à la salle de sport les autres soirs. Nicolette ne s'en plaignait pas mais elle remarquait que, jusqu'à présent, elle n'avait pas rencontré quoi que ce soit susceptible d'être qualifié de dangereux, et certainement rien que seule Lauren avec sa connaissance du terrain aurait pu surmonter.

Son instinct lui disait que Lauren avait une idée derrière la tête. Elle avait d'abord essayé d'écarter la ferme de leur champ de recherches, puis insisté sur le fait qu'elle devait être celle qui irait.

C'était Kennedy qui avait composé les binômes, chose pour laquelle, il fallait bien l'admettre, elle était plutôt douée quand il s'agissait de tennis. Elle comprenait parfaitement l'alchimie entre les gens, mais elle les mettait parfois ensemble par pure malice, une éventualité qui avait traversé l'esprit de Nicolette, même si Lauren et elle étaient les deux seules qui restaient.

Kennedy avait donné les raisons pour lesquelles elle avait choisi les autres binômes.

– Et nous, qu'est-ce qu'on a en commun ? avait demandé Nicolette.

– Aucune raison de ne pas vous faire confiance, avait répondu Kennedy.

Cela lui avait semblé rassurant sur le moment mais, lors d'une soirée comme celle-ci, on avait besoin de faire confiance à sa partenaire, pas d'une absence de raisons pour ne pas avoir confiance en elle. Toute cette affaire était une histoire de secrets, après tout : choses non dites, vrais visages cachés. Et elles n'avaient *pas* aucune raison de ne pas se faire confiance. D'abord, pour ce qu'elles en savaient, l'autre pouvait très bien être la personne dont parlait le Faucheur.

Il y avait une chose qui la troublait chez Lauren, mais cela ne méritait pas qu'elle y réfléchisse. Pas en haut d'une colline isolée, loin de toute aide extérieure et sans témoin.

Nicolette tira à nouveau sur les manches de son sweat-shirt pourri, comme pour chercher à en réduire le contact avec sa peau.

– Il a été *lavé*, dit Lauren en le remarquant.

– Oh, non, désolée, je n'insinuais rien du tout, s'empressa de clarifier Nicolette. Et je suis bien contente de l'avoir. C'est juste qu'il appartient à quelqu'un d'autre. À un homme.

– Je sais. Mais je tenais juste à préciser qu'au moins, il était propre. Même s'il doit être dans ce placard depuis six bons mois ou plus. Je pourrais te dire qu'il a appartenu à un type célèbre super cool, si ça peut aider.

Nicolette sentit ses yeux s'agrandir sous l'effet de l'intérêt.

– Mais je mentirais, poursuivit Lauren. Je pense qu'il appartenait à un cadre d'une entreprise de technologie. Je comprends pourquoi il l'a laissé ici, pour être honnête.

Lauren sourit en disant cela, reconnaissant à quel point le vêtement était immonde, ce qui d'une certaine façon aida Nicolette à accepter de le porter.

– Ça a grave dû faire chuter le niveau, esthétiquement parlant, dit-elle. Tout dans ta maison est absolument stupéfiant. Ces radiateurs Paladin, la position de cette baignoire sur pieds dans ma chambre. Tout est, genre, ouah !

Une lueur éclaira le visage de Lauren.

– Ça signifie beaucoup venant de toi, lui dit-elle.

– Pourquoi ?

– Parce que je vois que tu as du goût. Je veux dire, vraiment du goût. J'ai bien aimé ta tenue de ce soir. C'était dommage de la cacher, surtout sous ce sweatshirt monstrueux. Le chemisier venait de chez Whistles, non ?

– Reiss. Mais Whistles en fait un très semblable, un ton plus sombre avec un col claudine. J'ai adoré ton tailleur. Jacquemus, c'est ça ?

– Bien vu. Tu t'en es rendu compte au premier coup d'œil ?

– Un œil de professionnelle.

Nicolette ne savait pas pourquoi elle avait dit ça. Ce n'était pas tant que c'était sorti tout seul, plutôt qu'elle n'avait pas pu s'en empêcher. Elle avait éprouvé le désir que quelqu'un comme Lauren la considère comme son égale.

– Tu es dans la mode ? demanda celle-ci.

– Je travaille chez Reiss.

– Ah, ouah. Tu es acheteuse ?

Nicolette baissa les yeux, un geste couvert par le besoin constant de regarder le terrain sous leurs pieds.

– Plutôt vendeuse, en fait.

– Marketing ?

– Ce genre de domaine, oui.

Elle sentit le rouge lui monter aux joues. Elle décida de reporter la conversation sur son hôte.

– Je suis vraiment impressionnée de voir à quel point tu as l'œil en matière de décoration intérieure, je veux dire des luminaires aux moindres détails de l'ameublement. C'est un don.

Pourquoi s'extasiait-elle ainsi ? Elle avait l'impression d'être de retour à l'école, quand elle essayait d'impressionner la fille populaire dans une tentative désespérée de se faire aimer d'elle. D'être amie avec elle. Là, on sentait qu'il y avait une vraie relation, cependant. Elle se disait qu'en tant qu'hôte, Lauren devait être douée pour s'entendre avec les gens, mais Nicolette ressentait une chaleur envers elle qui lui semblait inattendue. Et troublante.

– Quand j'ai commencé à retaper des maisons, j'étais toute seule, dit Lauren. Du coup, je faisais en fonction de ce qui me plaisait à titre personnel. On finit par s'apercevoir que le résultat peut être assez aléatoire. Et on peut tomber dans le piège d'acheter des choses chères parce qu'on a envie de les avoir, alors qu'on devrait plutôt acheter des trucs moins chers qui font bien dans la maison juste le temps de la vendre.

– Mais ce n'est certainement pas le cas de Clachan Geal.

– Non, c'est une tout autre histoire. Je continue à aménager des propriétés uniquement pour les revendre, mais je suis à la recherche d'autres endroits où je pourrais faire quelque chose comme ici. Mais c'est un vrai sacerdoce, et je me rends compte de tout le temps que je passe loin de ma fille. Elle ne sera plus à la maison très longtemps et je ne devrais pas le gaspiller.

– Elle a quel âge ?

Pendant une seconde, Nicolette crut que Lauren ignorait sa question. Puis celle-ci s'arrêta et lui fit signe de l'imiter.

Nicolette se figea, instantanément tendue, même si elle ignorait ce qui avait fait réagir Lauren.

– Qu'est-ce qu'il y a ?

Lauren scrutait toujours le paysage. Elle eut un bref mouvement de tête, comme pour rejeter ce qui l'avait alertée.

– Je crois bien que j'ai entendu quelque chose, comme un moteur. Un bateau, peut-être. Le problème, c'est la façon dont le vent porte le son par ici. On ne sait jamais d'où il vient. Désolée, qu'est-ce que tu me demandais ?

– Quel âge a ta fille.

– Seize ans. Elle vient souvent ici avec moi. Heureusement qu'elle n'est pas venue cette fois-ci. Elle est avec son père ce week-end.

À la façon dont Lauren avait dit cela, il s'agissait d'un arrangement. Si elle avait simplement dit “Elle est avec son père”, il n'y aurait rien eu à en déduire de plus. Et aucune invitation à faire cette déduction.

– Vous n'êtes plus ensemble, alors ?

Lauren émit un rire creux.

– On n'a jamais vraiment été ensemble. C'était plus un amour de vacances, ou plutôt un coup d'un soir de vacances qui a duré plus longtemps que prévu. Quand j'ai compris que j'étais enceinte, on savait tous les deux qu'on n'avait pas envie d'être ensemble, mais je voulais un bébé. C'est un type bien, et un bon père, aucun doute là-dessus. Ce n'était pas spécialement parce que c'était lui, je crois que je ne suis pas faite pour être avec quelqu'un à long terme. Et toi ? Mariée ? Des enfants ?

Lauren jeta un coup d'œil sur l'alliance de Nicolette, ce qui répondit à sa première question.

– Mariée, deux fois, répondit-elle en se demandant pourquoi elle avait donné ce dernier détail. Mais pas d'enfants.

Elle se tendit en prévision de la question suivante que tant de gens se sentaient en droit de poser. *Vous n'en vouliez pas ou…*

Ou, en effet.

Elle écarta cette possibilité en ajoutant :

– Mariée. Pas tout à fait, je devrais dire.

– Tu es sur le point de te marier ? Félicitations.

– Non. Je veux dire que je ne le serai bientôt plus.

Lauren se retourna pour croiser son regard, vérifiant s'il s'agissait d'une blague ou de quelque chose de plus.

– Il me trompe, dit Nicolette. Les mots sortirent avant même qu'elle ait eu conscience de les prononcer. Devant une étrangère. C'était quoi, ce délire ?

– Désolée pour toi. Tu le soupçonnes, ou…

– J'en suis certaine.

Nicolette fut surprise de sentir à quel point ça lui faisait du bien de le dire à quelqu'un. Ça avait été trop difficile d'en parler à Jen parce que celle-ci la connaissait, si bien qu'elle avait un sentiment de gêne plus fort à surmonter.

– C'est bizarre, on emploie le mot "tromper" uniquement quand on parle de sexe. Je sais qu'il me trompe depuis un moment, mais je sais aussi que c'est moi qui n'ai pas joué franc-jeu avec lui.

– Comment ça ?

– Je l'ai négligé. Je ne veux pas juste dire sexuellement, même si bien sûr ça en fait partie. Mais, au fond de moi, je sais que je n'aurais pas dû l'épouser. C'est un mec bien mais… Je me suis casée. On n'est pas compatibles. J'aurais dû le savoir rien qu'à son travail.

– Qu'est-ce qu'il fait dans la vie ?

– Il est dans l'informatique. Je l'ai rencontré à un moment où j'étais peut-être plus vulnérable que je le pensais. Même si, à ma décharge, quand on s'est rencontrés il se la jouait comme s'il avait été un des mecs populaires du lycée, tu sais ? Alors qu'en fait, il avait toujours été un peu geek. Une fois que tu es marié, ta vraie personnalité ressort, ce que tu ne peux pas cacher ; ou peut-être que tu n'essaies simplement plus de le cacher. Disons que si on s'était connus quand on était ados, on aurait compris que ça ne marcherait jamais.

– Vous êtes mariés depuis combien de temps ?

– Six ans maintenant.

– Et la première fois, tu es restée mariée combien de temps ?

Nicolette grimaça.

– Ça n'a pas duré du tout. Sujet douloureux.

– On dirait que tu n'as pas eu beaucoup de chance.

Nicolette soupira, se rendant compte qu'elle avait beaucoup parlé.

– Désolée de t'avoir infligé ça. C'est peut-être la façon dont mon esprit essaie de me distraire de… tu sais. Mais ce n'est pas ton problème et je ne sais pas pourquoi ça sort comme ça. On se connaît à peine.

– Ce n'est rien, dit Lauren. – Elle s'interrompit un instant et sortit une bouteille d'eau, la proposant à Nicolette. Elles étaient bientôt arrivées au sommet. – Parfois, il est plus facile de parler à quelqu'un qu'on ne connaît pas, ajouta-t-elle. C'est pour ça que tous les Amerloques vont chez le psy. Ce doit être très douloureux pour toi.

Nicolette but une gorgée d'eau. C'est seulement maintenant qu'elles s'étaient arrêtées qu'elle s'apercevait à quel point la montée lui avait donné chaud.

– Ça fait mal, mais peut-être pas de la façon dont je m'y attendais. Je me dis plutôt "Comment est-ce qu'il ose me faire ça ?". Genre, il devrait s'estimer heureux de m'avoir, comment est-ce qu'il peut s'imaginer qu'il va trouver mieux ?

– Tu sais avec qui il te trompe ?

– Non. Et j'hésite entre l'envie de le savoir et l'idée que moins on en sait, mieux on se porte. J'imagine que c'est quelqu'un avec qui il est plus sur la même longueur d'onde. Il m'a épousée pour mon physique mais il n'a pas examiné le reste du paquet. Ou peut-être qu'il avait projeté quelque chose sur ce paquet.

Lauren lui lança un regard de défi.

– Et toi, qu'est-ce que tu avais projeté sur lui ?

Se faire reprendre de la sorte lui rafraîchit les idées, une aspersion d'eau froide sur le visage qui lui fit comprendre ce qui aurait dû être évident.

– Tu n'as pas tort. Ce n'est peut-être pas de moi qu'il n'est pas à la hauteur, mais de quelqu'un d'autre.

– Celui qui s'est tiré ?

– C'est ça.

Sauf qu'il ne s'était pas tiré. Pas comme ça.

Helena sentit sa peau se couvrir de chair de poule et chacun de ses cheveux réagir comme si ce bruit avait électrifié l'air qui l'entourait. Il était saisissant tant il était aigu, mais en même temps étranglé et étouffé : le bruit de quelqu'un qui crie alors qu'un nœud coulant se resserre autour de son cou, ou peut-être juste de quelqu'un qui a entendu des voix à proximité et qui appelle à l'aide à travers un bâillon.

Ce qui vainquit sa peur ne fut pas tant le courage que le fait d'être avec Michelle. Elle voulait avoir l'air plus forte qu'elle. Meilleure qu'elle.

Elle s'élança la première, courant depuis les arbres, le club de golf serré dans sa main, même si elle ne savait absolument pas comment elle pourrait s'en servir. Elle entendit bientôt le léger martèlement des pas de Michelle derrière elle, qui se hâtait de la rattraper. Elle se souvint que Michelle avait toujours couru plus vite qu'elle, avec une foulée langoureuse et athlétique. Celle-ci arriva rapidement à sa hauteur mais ne la dépassa pas. Helena ne savait pas trop si c'était de la solidarité ou de la peur.

Elles entendirent le cri à nouveau. Perçant, insistant. Il venait du cottage du milieu, celui qui avait encore une charpente partielle. Celle-ci couvrait moins de la moitié du bâtiment mais cela suffisait pour que son entrée étroite donne sur une obscurité totale.

Helena se rendit compte qu'elles ralentissaient toutes les deux à mesure qu'elles se rapprochaient.

Elle cria. Elle ne put s'en empêcher.

– Samira, on arrive !

Mais ce n'était pas Samira qu'elle appelait. S'il y avait quelqu'un d'autre à l'intérieur, elle voulait le prévenir. Elle voulait qu'il sorte. Elle n'avait pas envie de tomber sur quelqu'un dans le noir.

Lorsqu'elles escaladèrent le mur d'enceinte, Michelle et elle étaient côte à côte, le regard fixé sur le trou noir de l'entrée. Une fois de l'autre côté, on aurait dit deux cyclistes qui se talonnaient, avançant de front, aucune ne souhaitant prendre la tête.

Elles ne sauraient jamais laquelle aurait eu le courage d'entrer dans le cottage en premier car, à ce moment-là, quelque chose s'en échappa. Deux choses, en fait.

– On s'est fait baiser par des renards ! s'écria Michelle. Enfin, c'est plutôt eux qui baisaient. C'était ça, les cris.

Helena ressentit un curieux mélange de soulagement et de déception. En voyant les animaux, elle avait tout de suite compris. Chez elle, il lui était déjà arrivé de se faire réveiller par leurs cris la nuit, effrayée par ce qui ressemblait à des hurlements dans le noir.

– Les petits enfoirés, marmonna-t-elle. C'est vraiment horrible, comme bruit.

– J'espère juste que *moi*, je ne fais pas ce bruit-là quand je suis en pleine action, dit Michelle. Je devrais peut-être vérifier sur la vidéo.

Helena la regarda un instant d'un air mortifié, se demandant si Michelle sous-entendait qu'elle l'avait vue.

Pour ce que cela valait, elle entra dans le cottage en premier, prenant cette initiative tout en sachant qu'elles avaient peu de chance de trouver quelqu'un ici ; et assurément personne susceptible de représenter une menace. L'endroit sentait l'humidité et les animaux, et de la mousse et du lierre couvraient les murs. Elle avait plus l'impression d'être dans une grotte que dans une habitation abandonnée. Elle imagina Samira revenir à elle et se retrouver dans une masure aussi sordide, seule et effrayée. Un endroit bien lugubre et bien terrible pour mourir.

Mais Samira n'était pas ici. C'était le principal.

Michelle l'avait suivie à l'intérieur. Elle se tenait là, une main sur la hanche, son fourre-tout en bandoulière, promenant un regard nonchalant autour d'elle comme si elle avait estimé le potentiel d'une maison à retaper. Comment faisait-elle ? Comment parvenait-elle toujours à paraître gracieuse et à l'aise avec son environnement ?

C'était peut-être surtout parce qu'elle était à l'aise avec elle-même. Helena avait aimé ça chez elle autrefois, avant d'en arriver à mépriser cette qualité. Mais son mépris découlait de la même chose : le fait de voir quelque chose d'exceptionnel et de savoir qu'on ne pourra jamais l'avoir, jamais *l'être*. Ce qui avait commencé par une admiration chaleureuse s'était ensuite cristallisé pour devenir quelque chose de toxique.

L'espace d'un instant, elle entrevit la fillette qu'elle avait connue quand elle avait cinq ans. Pourraient-elles jamais redevenir ce qu'elles avaient été l'une pour l'autre ? Elle voyait encore Michelle dans son salon après l'école, sa seule présence le faisant paraître un rien plus lumineux. La faisant paraître elle aussi un rien plus lumineuse.

C'était un privilège d'avoir Michelle chez elle, dans sa chambre. Elle avait vaguement envie de l'exhiber devant sa mère. Je te présente mon amie, cette fille incroyable que tout le monde aime, et elle m'aime, *moi*.

L'inconvénient, c'est que quand Michelle était chez elle, Helena avait encore plus conscience des bibelots ringards et des meubles défraîchis de sa mère. Les bords miteux du tapis, le joint effiloché et décollé de ce lé de papier peint, tout cela n'en devenait que plus évident.

Helena n'oublierait jamais la première fois qu'elle était allée chez Michelle. C'était en CP, quand leurs parents avaient commencé à les laisser rentrer seules de l'école à pied. Elles avaient joué avec ses poupées Barbie et Sindy, et avec sa Tiny Tears. Puis Michelle avait ouvert une armoire et en avait sorti presque solennellement une boîte en carton.

– Parce que tu es mon amie la plus extraordinaire, je vais te montrer ma poupée la plus extraordinaire.

Helena s'était demandé ce qui pouvait bien être aussi extraordinaire, vu que toutes ses autres affaires étaient déjà super cool. C'était peut-être un genre de poupon électronique qui faisait des choses tout seul, ou une nouvelle Barbie d'Amérique qui n'était pas encore sortie en Grande-Bretagne.

Il s'avéra que ce fut tout le contraire. Michelle avait délicatement posé la boîte sur le sol et soulevé lentement le couvercle à charnières. La poupée qui se trouvait à l'intérieur était très vieille. Elle portait une robe qui ressemblait à une vraie robe, pas ces morceaux de nylon fragiles qui habillaient les autres poupées, même les Barbie. Celle-ci était la version miniature d'un véritable vêtement, même si elle datait d'une autre époque.

– Elle appartenait à ma tante Meg. Tante Meg est la sœur de mon père. Quand elle me l'a donnée, elle m'a dit que je devais l'avoir parce qu'elle était extraordinaire et que j'étais moi aussi extraordinaire.

– Comment elle s'appelle, ta poupée ? avait demandé Helena.

Michelle avait secoué la tête avec regret.

– Je ne peux pas te le dire.

– Pourquoi ?

– Parce que je ne peux le dire à personne. Ma tante Meg m'a expliqué qu'elle ne l'avait jamais dit à personne, et maintenant il faut que je fasse pareil. C'est mon secret le plus extraordinaire.

Michelle n'avait pas sorti la poupée de la boîte. Helena l'avait regardée la ranger aussi soigneusement qu'elle l'avait sortie.

Elle se moquait que Michelle ne lui ait pas dit le nom de sa poupée. Le fait qu'elle la lui ait montrée lui suffisait, car elle avait dit qu'elle était son amie la plus extraordinaire. Elles étaient chacune l'amie la plus extraordinaire de l'autre.

Le chemin montait en zigzaguant, slalomant entre des affleurements rocheux, des fougères et des ajoncs. Si elle avait été seule, Jen aurait été tentée de faire une ascension plus directe, mais Beattie avait déjà suffisamment de mal comme ça.

Son souffle laborieux était le seul son à sortir de sa bouche depuis qu'elles avaient quitté la maison, à part un grognement d'approbation de temps à autre lorsque Jen disait "Je pense que c'est par là" ou "Attention au trou".

On peut cacher n'importe quoi dans une foule. Jen le savait mieux que la plupart des gens. La véritable nature d'une relation est plus visible quand on n'est que deux. Dans leur cas, à ce moment-là, celle-ci était littéralement étalée au grand jour. Elle ne pouvait pas dire que c'était un silence pesant, malgré tout. Pas en sachant que la conversation aurait été de loin plus inconfortable.

Jen prit conscience d'un bourdonnement, s'apercevant qu'elle l'entendait depuis quelques secondes. Le bruit avait été apporté puis emporté par la brise, mais alors qu'il devenait plus fort, elle comprit qu'il s'agissait d'un moteur.

Elle regarda en bas de la pente mais ne vit rien, puis une forme noire apparut au pied de la colline. C'était le quad qu'on avait volé à Lauren. Il était piloté par une silhouette portant un passe-montagne.

Jen posa les deux mains sur l'épaule de Beattie et lui ordonna de se baisser tout en la tirant vers le sol.

– Mais qu'est-ce qui… commença Beattie, mais Jen lui posa une main sur la bouche.

Le bruit de moteur était désormais bien reconnaissable, et formait une explication suffisante. Beattie fit un bref signe de tête et Jen retira sa main.

Elle leva la tête aussi haut qu'elle l'osa. Le bruit régulier du moteur indiquait que le motard n'avait pas ralenti en réponse à quelque chose qu'il aurait pu repérer, mais elle avait besoin de le voir passer pour être rassurée.

Jen se tourna vers l'ouest et regarda la colline, scrutant le versant en quête d'un mouvement et soulagée de n'en voir aucun. Si elle ne voyait pas Lauren et Nicolette, cela voulait dire que Beattie et elle n'étaient pas non plus visibles de loin.

Elle regarda brièvement Beattie, qui risquait elle aussi un œil par-dessus les ajoncs. Elle fixait le quad sans ciller, comme si elle n'avait pas osé le quitter des yeux avant qu'il ait disparu. Elle paraissait hyper vigilante, incontestablement effrayée. Jen ne put s'empêcher de se demander si elle était effrayée de façon générale, ou effrayée par quelque chose en particulier, même si elle pouvait se poser la même question à propos de tout le monde ici, ce soir.

Malgré le contenu du message du Faucheur, elle avait d'abord pensé que cela avait un rapport avec Zaki, puisque c'était sa sœur qui avait été enlevée. Jen ne pouvait se sortir cette vidéo de la tête : Samira ligotée sur cette chaise, si menue, si fragile, avec deux jumeaux en bas âge qui se retrouveraient privés de mère. Celui qui se trouvait derrière tout ça le savait, soupçonnait-elle. Samira n'avait pas été choisie au hasard.

Sauf qu'elle n'avait aucune preuve de cela. Juste sa paranoïa.

Elle savait que Zaki avait subi des revers commerciaux, mais elle n'en connaissait pas les détails. On ne pouvait pas dire qu'il était secret, il n'aimait simplement pas en parler, préférant se concentrer sur l'avenir, toujours optimiste et positif. Cet optimisme contagieux était une des raisons pour lesquelles elle avait été attirée par lui. Mais une partie d'elle s'en méfiait, se disant que c'était peut-être en fait sa façon à lui de *dissimuler* son côté secret. Une autre pensait que c'était pour cela que ses affaires avaient périclité. Il fallait un peu de paranoïa et de pessimisme dans le cadre de votre devoir de diligence. *Si tu pars du principe que les gens cherchent à t'escroquer, tu ne seras pas pris au dépourvu*, lui avait-elle dit un jour. *Je fais le serment de te guérir de ça, Jennifer*, lui avait rétorqué Zaki.

C'est exactement ce que quelqu'un qui cherche à m'escroquer dirait pour me faire baisser ma garde, avait-elle répondu.

Il avait cru qu'elle plaisantait.

Elle avait envie qu'il ait raison. Elle avait envie qu'il la guérisse. Elle voulait lui accorder toute sa confiance. C'était ça qui l'effrayait le plus. Comment pouvait-elle se fier à son intuition concernant son amour pour Zaki quand celle-ci l'avait si terriblement trahie concernant son amour pour Jason ?

Bon sang ! À une époque, elle avait considéré Jason comme un bon parti. Ceci était déjà assez embarrassant, mais ce qui se cachait derrière était pire. C'était parce qu'il était auparavant sorti avec Michelle. Avec le recul, elle parvenait à l'admettre. Cela avait été comme recevoir l'aval d'une célébrité, avant même que Michelle n'en soit une. Comme si le fait qu'elle puisse avoir le gars que toutes les filles convoitaient quand elle était à l'école en avait dit long sur elle.

Elle aurait dû se fier à l'intuition de son père, lequel était très habile pour juger le caractère des gens. Il n'avait jamais été très emballé par Jason, mais il ne s'était pas appesanti sur le sujet au départ, sans doute parce qu'il pensait que ça ne durerait pas. À mesure que leur relation se prolongeait, ses réserves s'étaient peu à peu atténuées, mais c'était uniquement parce qu'elle s'était démenée pour cacher la vérité.

C'était un des grands talents de Jason : convaincre les autres de colporter ses mensonges, les rendant ainsi complices de ce qu'il dissimulait. Ce que les gens comprennent rarement à propos des violences conjugales, c'est que la victime de ces violences finit par prendre part à la tromperie. Vous ne voulez pas croire que ce dans quoi vous avez investi toute votre vie est entièrement faux, un dangereux mensonge. Quand vous finissez par voir la terrible vérité, celle-ci ne s'impose pas à vous sous la forme d'une révélation spectaculaire mais petit à petit, et à ce moment-là vous êtes beaucoup trop impliqué.

Il lui avait fallu beaucoup de temps pour s'avouer qu'elle avait peur de son mari, peur de ce qu'il *pourrait* faire avant qu'il ne finisse vraiment par le faire.

Cela s'était produit un soir, la veille de la fête organisée pour les cinq ans de Calum.

Elle était toujours tendue à l'approche de l'anniversaire des enfants, et même du sien, ayant depuis longtemps compris qu'ils étaient un facteur déclenchant potentiel pour Jason. C'est parce que les anniversaires des autres ne tournaient pas autour de sa petite personne.

Tous les narcissiques ne sont pas des sociopathes, mais tous les sociopathes sont des narcissiques.

Elle l'avait senti émaner de lui quand il était rentré du travail, arrivant à la maison après le coucher des enfants alors qu'elle savait qu'il finissait de bonne heure. Elle n'avait pas fait de remarque à ce propos, même si c'était le jour de l'anniversaire de Calum. L'instinct de survie lui avait appris à être attentive à l'humeur de Jason et à trouver des moyens de faire diversion. Mais il y avait des moments où il semblait déjà avoir décidé de s'énerver et où il se contentait de tourner en rond à la recherche d'un prétexte. Elle avait déjà senti la tension crépiter en lui la veille au soir, des signes avant-coureurs, car toute la conversation avait porté sur les dispositions prises pour la fête du samedi.

Elle l'avait attendu pour dîner, même s'il était presque neuf heures du soir. Elle s'était dit que si elle mangeait avant son retour, cela lui fournirait un prétexte pour s'en prendre à elle. Elle avait posé les assiettes sur la table, puis s'était servi un verre d'eau. Elle ne lui en avait pas servi car elle savait qu'il voudrait une bière et que, si elle la choisissait elle-même, ça ne serait pas la bonne.

Il avait attendu qu'elle ait fini de se servir pour dire :

– Je voulais une Stella.

– Une Ste... Oui, bien sûr, laisse-moi juste...

– Pourquoi tu me donnes de l'eau ?

– C'était pour moi.

Elle laissa échapper un petit rire. *Tu vois, Jason, c'est marrant, juste un malentendu idiot.*

– Non, c'est faux. C'était ta façon passive-agressive de me dire de ne pas boire à cause de cette putain de fête demain ou je sais pas quoi. Ce n'est pas comme si j'allais me torcher et avoir la gueule de bois.

Elle savait que les mots ne suffiraient pas, si bien qu'elle avait préféré agir, tendant la main vers la porte du frigo. Le bras de Jason avait jailli pour lui saisir le poignet. Elle avait été pétrifiée rien que par la force de ses doigts. L'intensité muette de son regard.

– Tu ne serais pas en train d'essayer de me dire que je ne dois pas boire de bières quand tout le monde sera là demain ?

– Non, bien sûr que non.

Petit rire. Bien sûr, je ne ferais jamais ça. Mieux vaut en rire. Pas de quoi s'énerver.

– Alors, pourquoi est-ce que tu m'as *servi* de l'eau minérale ?

– Ce n'est pas à toi que je l'ai servie... – *Petit rire.* – C'est vrai, je...

– Alors comme ça un homme n'a pas le droit de s'en boire une petite à sa propre table le soir de l'anniversaire de son fils ? La table sur laquelle il n'y aurait pas à manger sans lui ?

Elle avait l'impression d'être au bord d'un gratte-ciel et sa peur de tomber était si forte qu'il lui paraissait plus facile de sauter. C'est pour cette raison qu'elle avait dit :

– Eh bien, j'ai remarqué que son anniversaire ne comptait pas suffisamment pour que tu prennes le temps de passer un moment avec lui.

Il changea de prise, l'attrapant par l'avant-bras avant de le lui tordre dans le dos, lui pressant le visage contre le frigo. Puis il lui donna des coups de poing dans le flanc, des coups puissants, avec peu de recul et en accompagnant son geste. Il savait précisément avec quelle force frapper pour que cela soit atrocement douloureux sans rien casser pour autant, sans laisser de traces extérieures. Elle se demandait s'il avait appris ça au travail.

Il ne maîtrisait pas toutes les techniques, cependant. Sa prise avait été trop ferme et le lendemain matin elle avait des bleus sur l'avant-bras, ce qui se verrait si elle portait un t-shirt. Elle avait dû mettre un haut à manches longues même si le soleil fendait le ciel au moment où les invités étaient arrivés. Elle savait que cela aurait l'air ridicule avec un short, les manches longues attirant d'autant plus l'attention, si bien qu'elle avait mis un pantalon en lin.

Cela avait été son premier acte de complicité pour couvrir les violences dont elle était victime, mais loin d'être le dernier. Cela n'avait même pas été le dernier de la journée.

Durant tout l'après-midi, elle s'était efforcée de dissimuler les élancements qui persistaient dans son flanc. Elle s'était surprise à poser les pieds avec précaution car même un pas trop appuyé déclenchait en elle des vagues de douleur mais, craignant que les gens ne le remarquent, elle avait feint d'avoir la gueule de bois pour se couvrir.

À cette fin, elle s'en était tenue à l'Irn-Bru alors qu'elle aurait bien eu besoin d'un verre pour faire retomber la pression. Toutefois, cette pression l'avait aidée. Elle devait rester sobre et alerte afin de maintenir l'illusion, allant lui chercher à boire et lui jetant des regards énamourés, redoutant sa réaction si jamais elle le décevait.

Elle grimaça au souvenir de ce petit rire qu'elle avait commencé à lâcher après chaque phrase, tintant comme un carillon à la fin de ses mots. Rions, disait celui-ci. Si j'ai dit quelque chose qui ne te plaît pas, ce n'était pas mon intention. Comment serait-ce possible puisque je ris ? Il est donc inutile de réagir. Inutile de se mettre en colère.

Elle riait toujours en présence de Jason, de sorte que les gens la croyaient heureuse. Mais elle ne riait pas parce qu'elle était heureuse. Elle riait parce qu'elle avait peur.

Jen avait du mal à supporter la foi inébranlable que Beattie avait dans la bonté de son frère angélique, mais elle savait qu'elle ne devait pas lui en vouloir. Si Beattie n'avait jamais rien remarqué d'anormal, c'était parce qu'elle-même s'était démenée pour qu'elle ne s'aperçoive de rien.

Malgré la chaleur corporelle qu'elle avait générée pendant l'ascension, Nicolette ne fut pas tentée de retirer une couche de vêtement une fois qu'elles eurent atteint le sommet. Elle sentait sa sueur se refroidir et le vent était plus fort de ce côté-ci de la colline, venant de l'Atlantique.

Elle apercevait leur destination en contrebas, un bâtiment bas, gris et délabré, duquel partait un chemin qui descendait jusqu'à la mer. À cette distance, la ferme paraissait minuscule, mais celle-ci lui fit penser à une maisonnette de conte de fées : le genre de maison dans laquelle on avertit le héros de ne pas entrer.

Elle repensait encore à leur conversation. *Celui qui s'est tiré*, l'avait appelé Lauren. Nicolette se demandait qui elle imaginait, quel genre de relation. Quelqu'un qui l'avait quittée pour une autre fille et pour qui elle en pinçait encore, peut-être. Ou quelqu'un avec qui elle avait rompu et qu'elle n'avait apprécié qu'une fois qu'il avait été trop tard. Mais ça n'avait été ni l'un ni l'autre.

Il s'appelait Ryan.

Ils se connaissaient depuis qu'il était étudiant et qu'elle-même avait décroché son premier emploi comme vendeuse au rayon ameublement chez John Lewis, aux Buchanan Galleries. Ils étaient colocataires, partageant un appartement dans Woodlands Road avec deux autres étudiants, mais cela était vite devenu autre chose. Ils étaient passés d'âmes esseulées à âmes sœurs, disaient-ils à l'époque, même si elle détestait aujourd'hui entendre ce mot car les gens l'utilisaient sans vraiment savoir ce qu'il signifiait. Elle, elle l'avait vécu, ce qu'il signifiait. Ryan et elle s'étaient tout simplement trouvés. Ce qui voulait dire qu'elle l'aurait aimé même s'il n'avait pas été en bonne voie de gagner des millions, bien que cela ait assurément été un bonus.

Il était à la tête d'une start-up technologique, dans ce qu'il appelait "la seconde vague du développement Internet". Il avait compris que les smartphones allaient être au centre de tout à une époque où tout le monde s'enthousiasmait encore pour les iMac tout-en-un.

Ils s'étaient mariés en septembre 2004. Ils voulaient tous les deux des enfants, mais pas tout de suite. Elle ne se berçait pas d'illusions quant aux exigences que le travail de Ryan imposerait à son emploi du temps au cours de ces premières années cruciales, mais elle serait son roc, son ancrage. Elle serait à la maison pour attendre son retour, et ce serait une très belle maison. Une maison où fonder une famille.

Après le mariage, ils avaient passé un week-end agréable mais trop bref à Prague car les choses étaient particulièrement mouvementées pour l'entreprise à cette époque. Pour eux, leur vraie lune de miel était simplement repoussée. Ils avaient réservé le voyage de leur vie : quinze jours aux Maldives à Noël.

Noël 2004.

Nicolette et Lauren avaient effectué environ un quart de leur descente quand elles tombèrent sur un glissement de terrain : une saignée brune poussiéreuse dans le flanc vert de la colline. Des plaques de mousse et des touffes d'herbes poussaient dessus par endroits, et un sentier qui s'était formé avec le temps le traversait. L'éboulement ne paraissait pas dater d'hier et il ne constituait pas vraiment un obstacle non plus.

– C'est ça, la partie dangereuse ? demanda Nicolette.

Elle avait lancé ça comme une boutade, sous-entendant que d'autres dangers les attendaient peut-être plus loin, mais la réaction de Lauren la trahit.

– Ça fait un moment que je ne suis pas montée ici, dit-elle, sur la défensive. Dans mes souvenirs, c'était plus délicat.

Nicolette eut une fois de plus l'impression que Lauren lui cachait quelque chose.

– C'est juste que tu as parlé de fortes pluies et qu'à l'évidence c'est sec comme un coup de trique, ici. Est-ce qu'il y aurait une autre raison pour laquelle tu voulais être celle à emprunter cet itinéraire ?

Lauren s'arrêta, fixant la petite maison au pied de la colline. Puis elle se tourna face à Nicolette, une expression incertaine sur le visage.

– Pour être raccord avec notre récent esprit de franchise, il y a quelque chose que je dois t'avouer concernant la ferme abandonnée.

Nicolette le savait. Elle le savait, bon sang. Son intuition ne lui avait pas fait faux bond.

– Et qu'est-ce que c'est ? demanda-t-elle.

– Elle n'est pas abandonnée.

Elles se trouvaient à l'autre extrémité des cottages, regardant le littoral qui s'étirait en direction du sud et de l'ouest. À quatre cents mètres devant elles, les arbres s'étendaient presque jusqu'au bord d'une falaise qui plongeait dans l'eau six mètres plus bas.

– Je ne vois pas d'autre choix que de passer par les bois, dit Michelle.

Helena hocha la tête en signe d'assentiment. Elle avait encore du mal à se résoudre à lui parler, même si en ce moment elles ne pouvaient compter que l'une sur l'autre. Une petite voix lui disait qu'elle était puérile, mais ce n'était pas l'enfant en elle qui demeurait blessée et en colère. Tout cela s'était produit alors qu'elle était déjà une adulte à part entière.

Michelle avait eu raison en disant que son problème, c'était qu'elle avait des tas de choses à lui dire. Elle avait l'impression qu'il y en avait tellement qu'elle avait peur de puiser dedans, redoutant la douleur que cela ferait ressurgir.

– On ferait mieux d'y aller pendant qu'il fait encore jour, parvint-elle à dire.

Elles avaient fouillé les cottages et n'avaient trouvé aucun signe indiquant que quelqu'un était venu là depuis des dizaines d'années, de sorte que leur tâche ne concernait à présent plus que le bateau. Comme elle doutait que quelqu'un le surveille, elles auraient moins de raisons d'avoir peur une fois arrivées à la baie en forme de fer à cheval. Elle ne pouvait pas en dire autant du chemin pour s'y rendre.

Longer à nouveau la lisière de la forêt était exclu et il faisait de plus en plus sombre. Contrairement à avant, le chemin ne suivait pas une trouée dans les arbres, et on ne distinguait pas vraiment ce qui était un véritable sentier de ce qui était juste des espaces praticables. Au bout d'une dizaine de minutes, Helena n'était même pas convaincue d'aller dans la bonne direction.

Elle sortit son téléphone.

– Qu'est-ce que tu fais ? demanda Michelle.

– Google Maps.

– Tu as du réseau ? voulut-elle savoir, soudain optimiste. Helena se dit que lorsqu'on avait eu la vie de Michelle, il était plus facile de croire aux miracles.

– Non. Je n'arrive pas à télécharger les données cartographiques, mais je peux quand même m'en servir comme boussole.

– Tu as toujours été la plus intelligente, dit Michelle.

Elles continuèrent avec un peu plus de hâte, n'étant plus freinées par l'inquiétude de voir chaque pas les entraîner plus loin dans la mauvaise direction. Elles progressaient néanmoins toujours aussi lentement et, chaque fois qu'elles entendaient quelque chose détaler dans les sous-bois, elles s'arrêtaient net, terrorisées.

– Ça me rappelle la fois où on était dans le van de Madeleine, reprit Michelle. On essayait de trouver le site du festival T in the Park, avant que tout le monde ait un GPS. On se demandait pourquoi on n'avait pas encore vu de panneaux et on s'est aperçues qu'on avait pris la mauvaise route à la sortie de Perth, si bien qu'on se trouvait à une quinzaine de kilomètres au sud de là où on croyait être.

Helena se demanda pourquoi elle lui tendait ces perches. Michelle voulait peut-être faire comme s'il n'y avait pas de malaise entre elles, parce que si jamais elle allait dans son sens, celle-ci pourrait se dire que le passé était le passé et qu'elle n'avait pas besoin de reconnaître quoi que ce soit. Dans son esprit, elles seraient juste à nouveau amies et rien n'aurait besoin d'être pardonné.

Elle n'imaginait même pas à quel point elle avait tort.

– Je crois qu'on devrait se taire, répondit Helena. Pour que personne ne nous entende arriver.

– Ah bon ? Faut qu'on fasse dans la discrétion, maintenant ? Pourquoi est-ce que tu as crié "Samira" alors, quand on était au cottage ?

S'étant fait rabrouer, Michelle employait désormais un ton moins compatissant. Elle n'avait jamais supporté que quelqu'un ne lui donne pas ce qu'elle voulait. Surtout son fidèle petit toutou Helena.

– J'avais cru l'entendre crier. C'était pour l'avertir qu'on arrivait.

Cela ne semblait guère convaincant, même à ses propres oreilles.

– N'importe quoi ! Tu l'as fait pour l'avertir, *lui*, qu'on arrivait, pour qu'on ne se tombe pas dessus par surprise.

– On n'est pas censées être ici, argumenta Helena.

– Je ne dis pas qu'il ne me fout pas les jetons à moi aussi. Mais on n'est pas en train d'enfreindre ses *règles*, Helena, rétorqua Michelle, une allusion à sa réputation de sainte-nitouche.

Helena accéléra le pas malgré la pénombre, tentant de prendre de l'avance.

– Tu es vraiment si amère à propos de tout ça qu'on ne peut pas avoir une conversation ? insista Michelle. On était amies depuis l'âge de cinq ans. On a passé des bons moments. On a fait des choses extraordinaires ensemble. Ça compte forcément pour quelque chose.

Helena sentit sa douleur et sa colère se mettre à bouillir. C'était exactement ce que Michelle ne comprenait pas. Ces moments qu'elle tenait à se remémorer, ils ne lui faisaient pas chaud au cœur, ils lui rappelaient juste ce qu'elle avait perdu. Quand Michelle s'était débarrassée d'elle comme d'un poids mort, elle lui avait enlevé les meilleures parties de son passé et de son avenir.

Certains de ces souvenirs les plus heureux étaient ceux de la chambre de Michelle. Elle avait un téléviseur portable avec une VHS intégrée. Elles regardaient des cassettes de *Top of the Pops* et *The Chart Show*. Elles se déguisaient, chantaient et dansaient en même temps. Michelle dansait bien. Elle avait pris des cours. Mais elle avait été stupéfaite en voyant qu'Helena était capable de jouer de vrais morceaux sur le petit clavier électronique qu'elle possédait.

Helena connaissait les accords de "*Too Many Broken Hearts*" de Jason Donovan, et le clavier était doté d'une boîte à rythme basique. Michelle semblait éprouver un immense plaisir à chanter sur les airs qu'Helena jouait, au lieu de simplement chanter en suivant la vidéo. C'était aussi un immense plaisir pour Helena. Michelle avait une belle voix et savait prendre des poses. Danser devant la télé demeurait amusant mais ça, c'était autre chose.

La première fois qu'elles avaient écrit une chanson ensemble, elles devaient avoir dix ou onze ans. Celle-ci s'appelait "*Wet Playtime*" – Récréation sous la pluie. C'était un morceau très simple à trois accords, la mélodie largement inspirée de "*Cruel Summer*" des Bananarama. Elles devaient s'arrêter en permanence parce qu'elles s'écroulaient de rire en entendant les paroles qu'elles inventaient, qui concernaient toutes leurs camarades de classe et leur prof. Des dizaines d'années plus tard, Helena avait vu un morceau qui portait le même titre sur le deuxième album de Mica ; cela lui avait arraché un sourire doux-amer. De toute évidence, celui-ci parlait de tout autre chose, même si elle était sûre que la chanson qu'elles avaient écrite leur aurait attiré beaucoup plus d'ennuis si quelqu'un l'avait entendue.

C'est à peu près à ce moment-là qu'elle avait décidé de commencer à apprendre la guitare. Avec le recul, elle se demandait si elle n'avait pas toujours essayé d'être utile à Michelle : en faisant quelque chose qu'elle ne pouvait pas faire elle-même, en lui fournissant quelque chose dont elle avait besoin. Ce qui ne faisait aucun doute, c'est qu'une fois qu'elle ne lui avait plus été utile, Michelle l'avait laissée tomber.

– Bon, alors de quoi tu veux qu'on parle ? demanda Helena. De ton nouvel album ? De ta tournée ?

– Je veux qu'on parle de toi, répondit Michelle en forçant sur la sincérité. On ne s'est pas parlé depuis une éternité. Tu as des filles qui ont grandi sans même que je les voie. Je m'intéresse à ce que tu deviens. Je sais que tu enseignes la musique. Tu joues encore ? Je veux dire jouer *jouer*.

Helena ne savait pas trop quelle réponse Michelle était susceptible de préférer : qu'elle n'ait jamais été capable d'envisager de reprendre une guitare depuis leur séparation, ou qu'elle gratte tristement depuis tout ce temps, rêvant de ce qui aurait pu être.

Oui, elle jouait. Et pas seulement : elle *déchirait*, putain. Elle trouvait ça thérapeutique. Elle se retirait dans la salle de musique et improvisait quelque chose juste pour sentir les notes sous ses doigts et entendre les sons qu'elle était encore capable de produire avec un morceau de bois, du fil de fer et de l'acier.

On lui avait demandé plusieurs fois de se joindre à des groupes de reprises qui jouaient à des mariages, des fêtes et autres, juste pour rigoler et être ensemble. Elle avait été tentée, mais avait refusé toutes les offres parce qu'elle ne voulait pas savoir ce qu'elle ressentirait en montant sur la scène d'une salle de réception ringarde. Elle redoutait aussi sa propre réaction si un des membres du groupe avait proposé de jouer une chanson de Mica ou, pire encore, un morceau de Cassidy sans réaliser qu'elle avait *fait partie* de ce foutu groupe.

Elle s'était mise à jouer des trucs qui tendaient plus vers le heavy metal. Ça n'avait jamais été son genre de prédilection, mais le metal était techniquement plus difficile, et plus c'était difficile à maîtriser, plus elle pouvait se perdre dans la tâche. Quand votre mari vous quitte pour une femme plus jeune, vous devez trouver une forme de thérapie.

Pendant des années, sa relation avec Neil avait davantage ressemblé à celle de colocataires indifférents l'un à l'autre. Elle ne savait jamais s'ils restaient ensemble pour les enfants ou si c'était simplement parce qu'aucun d'eux n'avait d'autre endroit où aller. Et puis, soudain, il en avait eu un.

Helena avait récemment trouvé une forme différente de thérapie, même si on aurait pu dire que celle-ci découlait indirectement de la première. Elle s'était mise à apprécier certains groupes en apprenant leur musique, et à aller les voir quand ils passaient en ville. Elle y allait seule, ce qui était à la fois profondément triste et agréablement réconfortant.

Elle l'avait rencontré à un concert des Architects, lorsqu'ils s'étaient croisés dans le foyer sur le chemin de la sortie. Elle le connaissait par l'intermédiaire de sa femme. Lui aussi était venu seul. Ils avaient pris le même train pour rentrer chez eux car ils n'habitaient qu'à un arrêt d'écart. Il avait toujours adoré ce genre de musique, lui avait-il expliqué, même si sa bourgeoise ne l'avait jamais mentionné. Elle parlait rarement de lui, en fait.

Helena avait commencé à aller voir des spectacles avec lui – un copain de concert. Elle n'en avait jamais parlé à sa femme car il lui avait avoué qu'il ne lui avait jamais dit avec qui il s'y rendait non plus. Et puis, un soir, ils étaient allés voir Opeth à Édimbourg. Elle l'avait retrouvé à la salle de spectacle car il avait travaillé là-bas durant la journée.

C'était après ce concert, alors qu'elle était sur le point de se diriger vers la gare, qu'il lui avait dit avoir réservé une chambre d'hôtel pour la nuit.

Alors, t'appelles toujours ça suivre les règles, Michelle ?

Helena n'était pas la personne que tout le monde croyait, et personne ne savait de quoi elle était capable. La description du Faucheur lui correspondait sur ce point-là, au moins.

Elles attendirent que le quad ait disparu et que le bruit de son moteur se perde au loin avant de se relever prudemment, Beattie ôtant des touffes de mousse de ses vêtements. Leurs regards se croisèrent comme pour admettre de façon fugitive qu'elles avaient traversé ensemble une situation difficile, brièvement liées par la peur, même si ce qui les effrayait l'une et l'autre pouvait s'avérer très différent.

– Tu crois qu'il nous a vues ? demanda-t-elle.

– Non. Mais je crois savoir où il va.

– Au même endroit que nous, admit Beattie. Il faisait le grand tour, l'itinéraire qui passait par la colline n'étant pas une option même avec un tel véhicule, mais il arriverait quand même là-bas le premier.

– C'est peut-être une bonne chose, dit Jen. Si on peut au moins trouver où est Samira, ce sera un début. Et s'il va là-bas pour voir si elle va bien ou tourner d'autres vidéos, on pourra agir une fois qu'il sera reparti.

– Qu'est-ce que tu penses du passe-montagne ? demanda Beattie. Pourquoi est-ce qu'il se couvrirait le visage, à moins qu'il sache déjà qu'on est ici ? Auquel cas il sait ce qu'on prépare et il ne laissera pas Samira sans surveillance.

– On n'a aucune certitude, répondit Jen. Mais s'il a peur qu'on l'identifie plus tard, ça suggère au moins qu'il ne prévoit pas de toutes nous éliminer en tant que témoins.

Beattie perçut d'autres bruits et mouvements soudains, mais quand elle se retourna elle ne vit que des hirondelles contournant la colline, apparues puis disparues en un éclair. Elle pensa aussitôt à Xander, son petit-fils, qui était tout excité quand il voyait des oiseaux descendre en piqué ou filer dans le ciel. Il criait "Zoiseaux!"

C'était un vrai petit trésor, adorable et précoce. Mais à cet âge-là ils pouvaient passer d'angéliques à démoniaques en un clin d'œil. L'entendre pleurer lui transperçait toujours le cœur mais c'était pire ces derniers temps, car cela la ramenait à ce moment-là et aux choses qu'elle devrait porter pour toujours.

La tête de cet homme qui heurtait le pare-brise côté passager, à quelques centimètres de l'endroit où Xander était sanglé dans son siège auto. Le bruit répugnant quand il avait rebondi sur le capot. La vérité qu'elle seule connaissait.

Beattie avait grandi en croyant en un Dieu omniscient, ce qui signifiait qu'il y avait toujours des conséquences lorsqu'on faisait quelque chose de mal. C'est ce qui rendait si difficile le fait d'accepter qu'elle ait pu faire quelque chose de terrible sans que personne ne l'apprenne. Mais, à défaut d'un Dieu omniscient, si quelqu'un devait découvrir ce qui s'était passé, c'était une famille ayant des relations dans les plus hautes sphères, capable de réquisitionner des enregistrements de caméras de surveillance ou des données informatiques.

Si tel avait été le cas, elle se disait que cela se serait déjà produit à l'heure qu'il était. Ils ne s'en prendraient pas à elle de cette manière, ici et ce soir. Si on considérait les choses de façon rationnelle, les personnes qui l'inquiétaient devraient passer par les voies officielles. Tandis que les gens que Jen avait contrariés se trouvaient à l'autre bout de l'échelle. Qu'elle ait écouté son cœur ou sa raison, l'intuition de Beattie lui disait que cela concernait son ex-belle-sœur et, jusqu'à présent, aucun élément extérieur, rien à part son propre sentiment de culpabilité, ne lui avait donné des raisons de croire le contraire.

Jen le savait aussi. Beattie le devinait à la façon dont celle-ci avait réagi, parce qu'elle l'avait déjà vue comme ça.

Par une soirée humide, plus de dix ans plus tôt. Elle savait qu'il était plus de vingt et une heures car Richard et elle étaient devant *Ashes to Ashes*. Chaque fois que ce film passait, ils plaisantaient sur le fait que Jason aurait aimé être renvoyé dans le passé pour être flic dans les années 1980, mais dans une Floride ensoleillée plutôt que dans un Londres toujours gris.

Elle avait remarqué qu'une voiture se garait devant chez eux et vu que c'était celle de Jen. Elle ne l'attendait pas, et c'était une heure étrange pour passer les voir. Plus étrange encore, en y regardant de plus près, elle avait vu que Jason était au volant, Jen sur le siège passager et les deux enfants à l'arrière.

Calum et Ailsa étaient normalement au lit à cette heure-ci. Ils étaient très disciplinés à cet égard. À tous les égards, d'ailleurs. Ces enfants étaient polis et bien élevés, si ce n'est un peu calmes et timides. Beattie avait toujours cru que Calum ressemblerait plus à Jason, obstinément imbu de sa personne, ou même à son propre père, qui avait toujours été l'homme de la situation. Calum paraissait craintif en comparaison, et Ailsa ne présentait que peu de signes du côté hautain de sa mère. Mais ils étaient encore jeunes et, quoi qu'il en soit, ce n'était peut-être pas une mauvaise chose. Beattie avait un jour complimenté Calum sur sa bonne conduite et celle de sa sœur. "C'est maman la plus vilaine", avait-il répondu. Ce qui avait sonné assez juste à ses oreilles.

Elle avait tout d'abord pensé qu'il y avait eu un genre de problème de personnel à la boîte de nuit. Elle savait bien que Jen devait souvent jongler pour organiser la garde des enfants. Jen et son père s'étaient redistribué les responsabilités pour qu'elle gère le côté administratif, des choses qui pouvaient être faites pendant les heures d'école, ou du moins pendant la journée, comme mettre en place les rotations du personnel, approvisionner les stocks et superviser les livraisons.

Jason était celui dont le travail était prioritaire, mais c'était normal, non ? Il était en train de réussir dans une carrière pour laquelle il était fait et qu'il aimait. À eux deux, Jen et lui semblaient avoir trouvé le bon équilibre. Apparemment l'argent entrait à flots. De plus belles voiture, de plus belles vacances.

Beattie voulait bien admettre qu'elle s'était méfiée de la façon dont Jen s'était immiscée dans la vie de son frère, mais tout paraissait fonctionner à merveille. Elle n'avait pas particulièrement confiance en elle, mais elle ne l'avait jamais soupçonnée de quoi que ce soit, en tout cas de rien de véritablement sinistre. Jusqu'à ce soir-là.

Elle l'avait vue se pencher vers le siège arrière de la voiture pour se redresser avec la petite Ailsa dans les bras, la fillette enroulée autour d'elle comme un châle. Calum était apparu de l'autre côté, l'air pâle. Quelque chose n'allait pas.

Elle s'était précipitée vers la porte d'entrée, l'ouvrant alors qu'ils descendaient le chemin.

– Qu'est-ce qui se passe ? avait-elle demandé.

Jen avait regardé Jason pour qu'il réponde. Presque comme si, quel qu'ait pu être le problème, cela avait été sa faute à lui.

– Quelqu'un a lancé une brique à travers la fenêtre de notre salon, avait-il expliqué.

– Dieu du ciel !

– Les rideaux ont retenu la plupart des éclats de verre, mais la brique a atterri à l'endroit où Ailsa se trouvait dix minutes plus tôt, avant d'aller se brosser les dents. Calum s'assoit souvent à cet endroit lui aussi quand il joue sur sa PS3.

Beattie les avait tous fait entrer et avait branché la bouilloire. Jason et Jen lui avaient dit qu'ils ne voulaient pas que les enfants restent chez eux cette nuit-là, mais les parents de Jen étaient en vacances à Ténérife. Ils possédaient un appartement à Costa Adeje et semblaient passer de plus en plus de temps là-bas.

La petite Ailsa paraissait à moitié endormie et désorientée, comme il sied à un enfant bien parti pour le pays des songes avant toute cette agitation soudaine. Calum semblait plus troublé, assez grand pour comprendre la gravité de l'incident et peut-être pour se poser des questions sur ses conséquences et ses implications. Lui aussi était dans la pièce à ce moment-là, même si, par bonheur, il était blotti dans un coin du canapé.

– Je ne peux pas rester, avait dit Jason. Il faut que je retourne à la maison. Mes collègues sont déjà sur place.

– À ton avis, ça a un rapport avec quoi ? avait demandé Richard. Une affaire sur laquelle tu enquêtes ?

– Ça peut être n'importe quoi. Sans doute un accident. Il arrive que des choses s'envolent d'un camion, avait-il ajouté en faisant un geste en direction des enfants pour indiquer qu'il ne voulait pas parler ouvertement de cela devant eux.

Jason avait répondu plus en détail une fois que Calum et Ailsa avaient été obligeamment accompagnés hors de la pièce par leurs grands cousins.

– On a entendu une voiture démarrer sur les chapeaux de roues. Je ne suis pas censé parler des enquêtes en cours, mais il est possible que nos investigations se rapprochent dangereusement de certains individus et qu'ils se sentent menacés. Ils ont raison d'ailleurs, parce que je te prie de croire qu'on va riposter âprement. On ne fait pas ça à un flic, et on s'approche encore moins de chez lui et de sa famille.

Jason semblait sous le choc mais il était bien décidé à répliquer. Sa réaction était exactement celle que Beattie attendait de lui. Son frère ne baissait jamais les bras, et il conservait des rancunes tenaces, parfois pendant des années, ne renonçant jamais tant qu'il n'avait pas obtenu réparation.

Beattie était loin de connaître Jen aussi bien, mais elle avait néanmoins trouvé qu'il y avait quelque chose d'un peu bizarre dans sa façon de réagir. Elle n'aurait su mettre le doigt dessus. Jen semblait secouée, mais pas tout à fait autant qu'elle aurait dû l'être.

En tant que mère, on pouvait être surprise par son propre calme, par l'aptitude qu'on avait à faire face à un traumatisme parce qu'on avait besoin que ses enfants aient l'impression que tout allait bien. Pourtant, cela semblait être autre chose.

Il était flagrant que Jen ne se tournait pas vers Jason en quête de force ou de solidarité. On devinait à son langage corporel que cet incident ne les rapprochait pas. Au départ, Beattie avait supposé que cela tenait au fait qu'elle était en colère contre lui parce qu'il avait mêlé sa famille à cette histoire, mis ses enfants en danger. Bien qu'injuste, cela aurait été compréhensible : entre le choc et l'incertitude, elle avait besoin de quelqu'un à blâmer.

Beattie avait fini par comprendre ce qui n'allait pas. Jen ne paraissait pas surprise. On aurait dit qu'elle s'y attendait.

Ce qu'elle comprit par la suite, c'était que la colère de Jen envers Jason avait été une diversion délibérée. Elle avait laissé tout le monde en conclure que l'attaque avait à voir avec le travail de Jason, alors qu'en fait celle-ci avait quelque chose à voir avec le sien. Ses parents étant à Ténérife la moitié du temps, elle avait de plus en plus de responsabilités au sein du club, et ces endroits n'étaient plus des lieux où l'on venait uniquement s'alcooliser.

Elle s'était souvenue de cet étrange échange avec le petit Calum.

– Alors, c'est toujours maman la plus vilaine ? avait-elle demandé.

– Oui. Papa a dit que si les autres policiers savaient à quel point elle est vilaine, ils l'emmèneraient.

– Qu'est-ce qu'elle a fait ?

– Je n'ai pas le droit de le dire, avait répondu Calum. Il n'avait pas eu l'air de plaisanter.

Le parfum des pins aurait en temps normal été la source d'un plaisir simple, une odeur qui aurait souligné le fait qu'elle se trouvait loin des villes, du béton, des gaz d'échappement, des horaires et des engagements. Ce soir, celui-ci lui rappelait en permanence leur isolement déconcertant et la froide indifférence de la nature.

Le tapis d'aiguilles de pin brunies sous ses pieds amortissait ses pas, mais la plupart des arbres qui les avaient perdues semblaient malades. Elle en avait croisé plusieurs morts et couverts de lierre, comme si la plante les avait étranglés. Cette image lui fit penser à Samira, au nœud qui se resserrait à chaque goutte qui s'échappait de la glace. C'était à la fois une motivation pour mener sa tâche à bien et une raison de trouver n'importe quel moyen pour s'en sortir.

Elle n'avait jamais vu de cadavre avant ce soir, et encore moins quelqu'un ayant succombé à une mort violente. Et, sans parler de cadavres, la célébrité et l'argent l'avaient protégée des nombreux stress que les autres devaient systématiquement affronter. Hypothèques, prévisions budgétaires, attente aux arrêts de bus, paperasse. Elle menait une vie dont les gens normaux ne pouvaient que lire les détails avec envie, sans jamais pouvoir la vivre. Était-ce le soir où les compteurs seraient remis à zéro, quand elle connaîtrait une mort dont les gens normaux ne feraient que lire les détails en priant le ciel de ne jamais connaître le même sort ?

De temps à autre, elle voyait un oiseau passer à tire-d'aile, disparu avant qu'elle n'ait pu suivre son déplacement. Par moments, elle entendait un bruit plus fort.

Un bruit qui aurait pu être des pas. Elle pensa aux renards qu'elles avaient dérangés, se demandant où ils pouvaient se trouver à présent. Tout cela participait à son impression d'être observée.

Michelle était paranoïaque à propos de tout depuis l'histoire de la sextape. Ce n'était pas simplement la prise de conscience de sa vulnérabilité en ligne induite par le piratage à proprement parler. Le niveau de violation avait été tellement absolu qu'il avait anéanti tout sentiment de sécurité personnelle. Elle avait désormais l'impression que n'importe qui pouvait l'atteindre à tout moment.

L'expert en criminologie informatique s'appelait Shawn et avait débarqué chez elle à Santa Barbara quelques heures après son appel. L'argent pouvait acheter une telle rapidité. Ce qu'il ne pouvait pas acheter, c'était défaire ce qui avait été fait.

D'après son nom et d'autres suppositions, Michelle s'était attendue à voir débarquer un jeune geek blanc. Shawn était en fait une femme noire d'âge moyen qui ressemblait à une institutrice – le genre d'institutrice avec laquelle on n'oublie jamais de faire ses devoirs.

– Aviez-vous activé la double authentification ? avait demandé Shawn.

Michelle avait senti un tiraillement dans ses tripes en entendant ces mots. C'était quelque chose qu'elle avait toujours voulu faire mais, chaque fois qu'elle en avait reçu l'invitation par mail, elle s'était dit : je suis occupée, je verrai ça plus tard.

Elle avait eu du mal à trouver des mots pour répondre, se contentant de secouer la tête.

– Ne vous en voulez pas, l'avait rassurée Shawn. Je ne vous pose pas la question pour vous faire la leçon. J'ai besoin de savoir quel niveau de sophistication était requis pour passer à travers votre sécurité.

Néanmoins, Michelle s'était sentie consumée par l'idée qu'elle aurait pu agir avant qu'il ne soit trop tard.

– J'utilisais un mot de passe unique, avait-elle expliqué sans trop savoir si c'était elle-même ou l'enquêtrice qu'elle tentait de persuader qu'elle n'était pas complètement idiote.

– Vous voulez dire unique dans le sens où il ne s'agissait pas d'un mot ou d'une expression facilement reconnaissable, ou unique dans le sens où vous ne l'utilisiez jamais ailleurs ?

– Les deux, eut-elle l'infime consolation de dire.

Shawn n'avait cessé de lui répéter qu'elle ne devait pas se sentir stupide, que n'importe qui pouvait se faire avoir.

– La raison pour laquelle tant de personnes en vue se font voler leurs photos personnelles et les voient ensuite diffusées n'est pas qu'elles se font facilement berner. C'est parce qu'elles valent le temps et les efforts que les pirates ont investis. En ce qui concerne l'acte à proprement parler, ils ont sûrement obtenu votre identifiant et votre mot de passe à partir d'un faux écran de connexion, mais vous faire aller sur cet écran de connexion nécessite des stratégies très sophistiquées, sur mesure, adaptées à chaque cible spécifique.

– Je me rappelle avoir reçu un mail disant "Votre compte a été consulté à partir d'un nouvel appareil. Si c'est vous, blablabla." Mais j'ai reçu ce mail alors que je venais de descendre d'un avion à Los Angeles. Je pensais que c'était parce que j'avais utilisé mon téléphone dans un autre pays, alors je l'ai ignoré.

Shawn avait expliqué que cela n'aurait rien changé.

– Une fois que les hackers ont accédé à votre cloud, peu importe la rapidité avec laquelle vous fermez vos documents, ils ont pu télécharger ce qu'ils voulaient en quelques minutes, voire en quelques secondes.

Et une fois que cela avait filtré, il était impossible de faire marche arrière, malgré toutes les menaces légales et les notifications de retrait émises, car la prolifération était instantanée et infinie. Internet n'oublie jamais.

– Ce que vous devez garder en mémoire, c'est que ça n'avait rien de personnel, l'avait consolée Shawn. C'est arrivé à cause du métier que vous exercez. Pas à cause de qui *vous* êtes.

Maintenant, pourtant, elle n'en était plus aussi sûre. Elle était obligée de se dire que tout était lié. La boîte mail de Jen avait été piratée, et celle de Lauren aussi. Cela ne pouvait pas être une coïncidence, pas plus que cette chanson-*là* diffusée au moment précis où elles avaient reçu le message du Faucheur.

Helena ralentit pour regarder à nouveau son téléphone, fronçant les sourcils alors qu'elle basculait entre la photo de la vieille carte et l'écran vierge qu'elle utilisait comme boussole. Elles traversaient une clairière où certains arbres avaient été abattus. Michelle sentit une odeur aillée, de l'ail des ours ayant poussé autour des souches. Il y avait autre chose dans l'air aussi, plus aromatique, comme un parfum. Avec un sursaut, elle se dit que cela ressemblait plus à de l'after-shave, mais elle ne le sentit qu'un instant avant que l'odeur ne disparaisse. Cela aurait pu être n'importe quoi.

Elles passèrent devant deux tas de rondins couverts de mousse. Les arbres avaient manifestement été abattus et empilés des années plus tôt, peut-être même des décennies, mais n'avaient jamais été déplacés, n'avaient jamais servi à quoi que ce soit : témoignage, peut-être, d'un projet qui n'avait pas abouti. Cela lui fit penser aux chansons sur lesquelles Helena travaillait lorsqu'elle croyait encore qu'il y aurait un troisième album. Michelle se demanda si elle avait écrit quelque chose depuis.

Cela lui faisait mal qu'Helena veuille faire comme si rien de tout cela n'avait existé, altérant de façon rétroactive leur passé commun afin que ses souvenirs ne soient plus le critère de référence.

Elle repensa à la première fois qu'elle avait entendu "*She Knows*". C'était un jeudi soir, alors qu'elle avait douze ans. Elle était allée chez Helena sous prétexte de lui emprunter un manuel scolaire. Elle l'avait trouvée dans le salon, assise en tailleur par terre, en train d'écouter un disque sur la platine Sanyo de ses parents, une pochette à volets ouverte sur les genoux. Comme il s'agissait d'un 33 tours, Michelle avait compris que le disque était vieux. Elles avaient toutes les deux commencé à apprécier la musique qu'elles avaient dédaignée jusque-là, la trouvant démodée et ennuyeuse, avant de découvrir des trésors inattendus dans la collection d'albums de leurs parents. En réalité, les graines de Mica avaient été semées tout autant grâce à la musique de Dionne Warwick, des Drifters et même d'Helen Reddy qu'aux morceaux plus cool qu'elle aimait citer lors de ses interviews.

– C'est qui ? avait-elle demandé.

C'était de la guitare : planante et mystérieuse, parfois menaçante. Ce qu'elle connaîtrait plus tard sous le terme de gothique, mais vaguement plus léger, plus aérien et irrésistiblement pop.

– Balaam and the Angel. C'est trois frères originaires de Motherwell. Mon père dit qu'ils vivaient à deux pas de chez lui, dans Reid Street, quand ils étaient petits, ce qui explique pourquoi il s'y est intéressé.

– J'aimerais avoir les mêmes cheveux, avait dit Michelle en regardant la photo du groupe à l'intérieur de la pochette. L'album s'intitulait *The Greatest Story Ever Told* – L'histoire la plus fantastique jamais racontée.

– Il faut que tu écoutes celle-ci, lui avait dit Helena.

Elle avait posé délicatement l'aiguille sur la troisième piste. Ce qui était sorti des haut-parleurs était une combinaison parfaite des morceaux de guitare qu'elles commençaient à écouter et des airs pop entraînants qui les avaient d'abord fait danser sur *Top of the Pops*.

Mécanisme d'horlogerie et potion magique.

C'était la chanson qui allait changer leur vie, un moment qui avait façonné leur destin. Mais si elle avait su que cela marquerait également le début d'un processus qui finirait par les séparer et mettre un terme à leur amitié, aurait-elle malgré tout pris le même chemin ?

Il était inutile de prétendre qu'il s'agissait d'une question difficile. Michelle se connaissait trop bien. Elle n'allait pas s'en vouloir pour cela non plus. Il y avait suffisamment de personnes qui la détestaient comme ça. Mais le fait que l'une d'elles soit Helena était lourd à porter.

Le regard de Jen fut brièvement attiré par les hirondelles qui passaient, puis ses yeux se tournèrent à nouveau vers le promontoire, car elle craignait de voir réapparaître le quad. Elle savait que c'était peu probable, cependant. Il avait eu l'air de se diriger quelque part dans un but précis plutôt que d'être simplement sur le qui-vive. Forte de cette réflexion, elle prit son talkie-walkie.

– C'est Jen, dit-elle. On vient de voir un homme avec un passe-montagne sur un quad, en route vers le nord. Pas sûre de l'endroit où il allait, mais il était pressé d'y être. Quelqu'un d'autre a quelque chose à signaler ?

Il y eut quelques instants de silence, puis une explosion de parasites.

– C'est Lauren. Rien pour l'instant, mais on n'est pas encore arrivées à la ferme.

La suivante fut la voix de Kennedy.

– Rien de neuf sur la messagerie. Je suppose que c'est une bonne chose.

Jen laissa passer quelques secondes de silence avant de reprendre la parole pour inviter les dernières à parler.

– Michelle ? Helena ? Vous me recevez ? Quelque chose à signaler ?

Toujours le silence.

– Michelle ? Helena, vous me recevez ?

Beattie lança à Jen un regard inquiet devant l'absence de réponse.

– Ne t'inquiète pas pour ça, dit Jen. Il y a plein de raisons qui peuvent les empêcher de répondre : hors de portée, plus de batterie. Ça peut être n'importe quoi.

Mais c'étaient les raisons inavouées qui demeuraient au premier plan dans son esprit. Tant qu'elle ne savait pas qui cela concernait, elle ne savait pas qui courait le plus grand danger.

Cela la ramena à ce qu'elle en était venue à considérer comme la playlist hantée : les mêmes chansons diffusées sans relâche, avec une signification bien précise, mais pour qui ? L'une d'elles lui semblait indubitablement destinée mais, tout en se demandant pourquoi, elle se souvint qu'elle n'était pas la seule femme présente dont le mari avait disparu sans laisser de traces. Il y avait cette chanson des Manic Street Preachers qui la poussait à se demander si ces choix avaient été faits à titre d'accusation ou par pure cruauté. "*Celebrity Skin*" – Peau de célébrité –, par exemple, était une provocation évidente visant Michelle à propos de sa sextape*. Elle ne pouvait que faire des conjectures quant à la signification ou aux cibles visées pour les autres, mais elle soupçonnait que le Faucheur savait des choses sur chacune d'elles.

Partant de là, deux autres chansons semblèrent s'expliquer d'elles-mêmes.

"*Drive*", des Cars.

"*Crash*", des Primitives.

L'accident de voiture de Beattie n'était peut-être pas aussi simple qu'il y paraissait. On avait découvert que le type était imbibé de coke jusqu'à l'os et ivre mort, mais peut-être que sa famille n'acceptait pas la version officielle. Beattie, plus que quiconque, aurait dû le savoir.

Jen savait qu'elle risquait de devenir folle si elle continuait à raisonner de cette façon. Elle avait l'impression que sa méfiance instinctive l'avait aspirée vers ce moment ultime où elle soupçonnait absolument tout le monde, allant même jusqu'à considérer ses amies les

* *Celebrity Skin* est également un magazine américain où les stars posent nues. (*NdT*)

plus proches comme fourbes et cachottières, chacune d'elles comme une menace éventuelle.

Néanmoins, s'il y avait une chose que la vie lui avait apprise, c'est que le fait d'être paranoïaque ne signifie pas que personne n'en a après vous. Il faut beaucoup de temps pour se remettre quand on a lancé une brique à travers la fenêtre de votre salon. Ça l'avait terrifiée d'une façon primitive et fondamentale, la faisant fondre en larmes alors qu'elle s'accroupissait sur le tapis pour jeter des bras protecteurs autour de Calum.

Cela avait aussi été la première fois qu'elle entrevoyait la possibilité d'une échappatoire.

L'instant de l'impact lui avait paru étrangement assourdi. Ç'avait peut-être été une réaction de son subconscient, qui l'avait mise en état d'alerte lorsqu'elle avait entendu une voiture s'arrêter brusquement devant chez eux et les pas rapides qui avaient suivi ; un éclair avant le tonnerre qui lui avait signalé le danger et l'avait poussée à se tenir prête. Ou peut-être s'attendait-elle simplement à ce que cette brique passe à travers sa fenêtre depuis très longtemps.

Elle savait déjà qu'elle était mouillée jusqu'au cou. Elle avait trouvé de la drogue dans la maison et des tas de billets de banque en rouleaux épais. Et elle imaginait parfaitement Jason en train de les rouler, même s'ils lui avaient été remis à l'origine sous forme de liasses. C'était une plaisanterie récurrente dans la famille de Jason : il avait voulu être flic parce qu'il avait grandi en rêvant devant *Miami Vice*. C'était plus vrai qu'ils ne le pensaient, mais là où ils se trompaient c'était en supposant que Jason avait envie d'être Crockett ou Tubbs. C'était le style de vie glamour des mauvais garçons auquel il aspirait : l'argent, la drogue, le sexe et une bonne dose d'adrénaline.

Elle sentait littéralement l'odeur des autres femmes sur lui et, concernant la drogue, il ne se contentait pas d'en vendre. Par moments, il prenait tellement de coke qu'elle espérait vaguement qu'une crise cardiaque viendrait la sauver.

Il était incroyable de voir à quel point elle arrivait à compartimenter sa vie. Préparer les enfants pour l'école, se rendre au travail, aller au supermarché, préparer le dîner. Elle parvenait à se réfugier dans la normalité de ces tâches. Elle parvenait à se dire que sa vie était dans l'ensemble agréable. Elle avait une belle maison, de belles voitures, des vacances hors de prix. Pourtant, quand elle revenait dans cette belle maison, elle savait qui en franchirait la porte plus tard, mais elle ne savait pas du tout quelle version de lui elle allait devoir affronter.

Pendant des années après sa disparition, il y avait eu des rumeurs selon lesquelles Jason avait été aperçu dans divers endroits à l'étranger – Espagne, Baléares, Floride, et même Australie – en général par quelqu'un qui connaissait quelqu'un qui avait vu quelque chose pendant ses vacances. Jason avait fui des gangsters glaswégiens, avançaient-ils, et il avait volé cet argent pour pouvoir se forger une nouvelle identité, commencer une nouvelle vie. Cette théorie était ensuite remise en question par des gens qui affirmaient qu'il n'aurait jamais abandonné sa famille.

Ils ne connaissaient vraiment pas Jason.

Jen n'avait pas été constamment agressée, non ; pas physiquement, en tout cas. Mais c'est ce que les gens ne comprenaient pas : Jason obtenait ce qu'il voulait sans proférer de menaces directes, car la menace était présente en permanence, dans sa tête à elle. Elle avait vécu dix mille altercations imaginaires. Réprimandes imaginaires. Tabassages imaginaires. Le contrôle coercitif s'exerce par le biais de ce qui *pourrait* se passer.

Les enfants aussi avaient peur de lui. Il leur arrivait de sentir l'énergie qui émanait parfois de leur père, et savaient qu'il fallait rester à l'écart. Jason essayait de leur cacher la manière dont il traitait leur mère, mais il était parfois trop défoncé pour être aussi discret qu'il l'aurait voulu. Et peut-être qu'il n'essayait pas toujours de le cacher tant que ça. Jen soupçonnait que cela lui *plaisait*, qu'ils aient peur de lui.

C'était encore une chose à propos de laquelle la famille de Jason se trompait. Ils pensaient tous qu'il était entré dans la police parce qu'il fantasmait sur *Miami Vice* mais, en fait, Jason était entré dans la police parce qu'il aimait être en position de bousculer les gens.

Elle était anéantie en songeant à ce que ses enfants avaient pu voir, mais elle avait été encore plus blessée lorsqu'elle avait appris comment Jason gérait cela. Calum lui avait raconté un jour ce que son père lui avait dit lorsqu'il avait vu quelque chose qu'il n'était pas censé voir.

– Parfois, tu es vilain, pas vrai? Et ça met papa en colère. Parfois, Ailsa aussi peut être vilaine. Mais c'est maman la plus vilaine. Mais tu ne dois le dire à personne, parce que si la police apprenait à quel point maman a été vilaine, ils l'emmèneraient en prison.

– Mais tu es dans la police, papa, avait argumenté Calum.

– Oui. C'est pour ça que j'essaie de l'aider à bien se tenir et que je ne la dénonce pas. Mais j'aurais moi aussi des ennuis si mes collègues l'apprenaient.

Adolescente, lorsque Jen entendait des histoires de violences domestiques, elle se disait toujours la même chose: pourquoi est-ce qu'elle ne l'a pas tout simplement quitté? Dans son cas, c'était un mélange d'espoir et de honte qui la poussait à se trahir elle-même. De l'espoir parce qu'elle s'était déjà trop investie et qu'elle ne voulait pas tout gâcher: ce mariage, cette famille. C'est pour ça qu'elle croyait aux remords de Jason lorsqu'il lui disait que c'était une chose sur laquelle ils pouvaient travailler ensemble. Lorsqu'il lui demandait de l'aider à gérer ses réactions excessives : une façon subtile de rejeter la responsabilité de son propre comportement sur elle.

Néanmoins, elle avait encore des moments de lucidité. Des moments où elle comprenait la gravité de sa situation, où elle se souvenait qu'elle ne méritait pas cela.

À la suite d'un de ses débordements, elle avait d'une manière ou d'une autre trouvé le courage de résister. Elle n'avait rien dit sur l'instant, mais avait choisi son moment avec soin. Elle avait laissé passer un jour ou deux, le temps qu'il en soit au stade de la sollicitude et du remords.

– Ça ne peut plus durer, lui avait-elle dit. Le fait que j'aie peur de toi.

– Je sais et je suis désolé, avait-il répondu en ouvrant grand les yeux et en hochant doucement la tête avec sincérité. Tu mérites mieux. Et je vais faire mieux. À partir de maintenant...

– Non, écoute-moi, l'avait-elle interrompu. Je refuse de vivre comme ça. Si tu lèves à nouveau la main sur moi, je te quitte, et j'emmène les enfants. Mais je ferai mieux, je dirai à tout le monde pourquoi.

Elle avait tremblé en disant cela, luttant contre ses larmes mais déterminée à faire sortir les mots. Tentant désespérément de le convaincre qu'elle était sérieuse.

Malheureusement, il l'avait crue. Sa réaction avait été calme, posée et totalement sincère.

– Si tu m'enlèves les enfants, je les tuerai.

Il n'était pas défoncé à la coke. Il n'était pas en colère. Elle n'avait pu mettre cela sur le compte d'une émotion extrême ou d'une perte de contrôle. Il était parfaitement maître de lui-même, et c'est cela qui l'avait terrifiée.

– Je les tuerai et je ferai en sorte qu'on croie que c'est toi. Que tu étais devenue psychotique. Je sais comment mettre tout ça en scène. Je sais comment on enquête sur ce genre de chose. Tu iras en prison. Tu passeras le restant de tes jours à vivre avec ce que tu as perdu et moi, je passerai à autre chose.

Sa voix avait été calme, mesurée, venant du tréfonds de son être. C'était la façon dont Jason parlait les rares fois où il disait la vérité.

Kennedy sentait ses mains trembler en pianotant sur le clavier. Elle en leva une devant elle et l'examina, tentant de la stabiliser, comme si ça avait pu la convaincre qu'elle n'était pas aussi nerveuse qu'elle se sentait en réalité. Comme si ça avait pu l'empêcher d'imaginer à quel point cette histoire pourrait mal finir. Cela ne fonctionna pas. Ses doigts tremblaient comme si elle avait été en manque, et elle avait des nœuds à l'estomac.

Elle se rappela la nuit précédant sa première et unique demi-finale du Junior Tour, l'angoisse qui l'avait empêchée de dormir et qui avait contribué à la torpeur déterminante dans sa défaite en deux sets. Elle se souvint aussi de l'approche finale vers l'aéroport d'Édimbourg en pleine tempête, des glapissements et des gémissements étouffés autour d'elle, la vue des mains crispées des membres de l'équipage qui agrippaient leurs accoudoirs.

Ce qu'elle avait ressenti en ces deux occasions était bien loin de ce qu'elle ressentait à présent.

Elle changea de position sur le canapé, bataillant avec le poids et la rigidité de la chevillière qu'elle portait à la jambe gauche. L'attelle pouvait s'enlever, ce qui était tentant tant qu'elle n'allait nulle part, mais qui pouvait dire quand elle pourrait avoir besoin de se lever ? Et d'ailleurs, aller nulle part était plus inconfortable que l'attelle.

Elle savait qu'il y avait eu quelques regards envieux de la part de celles qui étaient sur le point de partir au crépuscule pendant qu'elle restait ici, mais pour Kennedy l'attente était la mission la plus difficile. Elle n'était pas du genre à être à l'aise lorsqu'elle était obligée de compter sur d'autres pour obtenir un résultat. C'est pour ça qu'elle n'avait jamais été une très bonne partenaire en double. Il suffisait de demander à Kat Boniface.

Kennedy était douée pour être seule. Pensionnats, camps de tennis, tournois, Junior Tour. Elle avait appris à voyager léger, émotionnellement : à ne jamais partir sans une version jetable d'elle-même, qu'elle pouvait rapidement mettre au rebut et abandonner lorsqu'elle devait passer à autre chose.

Elle s'était toujours dit qu'elle aimait cette façon de vivre. Elle ne pouvait pas dire qu'elle l'appréciait maintenant.

Elle reposa ses doigts tremblants sur l'ordinateur, mais elle avait à peine réussi à enfoncer une touche qu'elle fut secouée par un bruit sourd venant de quelque part au-dessus. Celui-ci fut suivi moins d'une seconde plus tard par un deuxième, puis par plusieurs autres à intervalles décroissants. Elle comprit qu'il s'agissait seulement de la plomberie, mais le réflexe de fuite qu'elle avait eu au premier bruit déclencha une autre sensation de flottement lorsqu'elle s'aperçut qu'elle avait oublié de demander les clés à Lauren.

Il s'était passé beaucoup de choses à ce moment-là mais, quand même, comment avait-elle pu être aussi bête ? Elle ne se rappelait pas si toutes les portes donnant sur l'extérieur avaient des serrures à pêne dormant, le genre qui se verrouille automatiquement. Elle était presque certaine que c'était le cas de la porte d'entrée, mais il y en avait d'autres. Y compris une porte arrière qui donnait sur la cuisine.

Ce n'était pas une perspective réjouissante mais elle décida de commencer par là, de régler ce problème. Au moins, il n'y avait personne là-bas dont elle devait à avoir peur.

Elle se releva, lentement et à contrecœur au départ, puis se redressa brusquement en entendant sa radio.

– C'est Jen. On vient de voir un type avec un passe-montagne sur un quad, en route vers le nord. Je ne sais pas où il allait, mais il était pressé d'y être. Quelqu'un d'autre a quelque chose à signaler ?

– C'est Lauren. Rien pour l'instant, mais on n'est pas encore arrivées à la ferme.

Hormis le fait que cela l'avait fait sursauter, Kennedy était heureuse d'entendre leurs voix. Elle attrapa sa radio.

– Rien de neuf sur la messagerie. J'imagine que c'est une bonne chose.

Elle sortit dans le couloir. Maintenant que la musique s'était tue, il régnait une impression troublante de tranquillité. L'endroit dégoulinait de luxe mais le décor n'atténuait en rien son effroi. Il aurait tout aussi bien pu être abandonné et en ruine. N'importe quel endroit est effrayant quand on est seul et qu'on sait qu'il y a un tueur quelque part.

Ce n'était pas seulement la maison qui lui donnait la chair de poule. C'était l'île tout entière. Elle n'arrivait pas à interrompre la ronde des scénarios qui se jouaient dans sa tête. Si quelqu'un de suffisamment impitoyable et déterminé avait décidé de toutes les tuer, c'était le lieu idéal. Leurs corps pourraient être enterrés dans un nombre incalculable d'endroits cachés, ou même jetés à la mer. Là, il n'y aurait pas de témoins, pas de preuves, pas d'indices à retrouver. Elle tenta en vain de cesser de se demander : si ses craintes étaient fondées et, vu son rôle ici, serait-elle la première ou la dernière à mourir ?

Elle ne devait pas laisser cette question accaparer son esprit en pénétrant dans la cuisine. Elle avança prudemment, essayant de ne pas marcher dans le sang. L'odeur la prit à la gorge, lui faisant imaginer d'autres corps égorgés qu'on poussait dans des tombes peu profondes.

Elle traversa l'arrière-cuisine avec son évier Belfast, ses machines à laver et son garde-manger, jusqu'à la porte de derrière. Elle vit que la serrure était hors service, le boîtier dévissé du cadre de la porte.

Impossible de se réfugier ici, d'y être à l'abri. Elle n'y serait pas plus en sécurité que n'importe qui d'autre.

Beattie vit Jen glisser la radio dans une poche zippée, une invitation à reprendre leur descente. L'apparition du quad lui avait au moins permis de souffler un peu. Avant cela, Jen avait imposé un train d'enfer, et Beattie savait pertinemment à qui cet enfer était destiné.

Quant à savoir si elles voulaient à nouveau aller aussi vite, c'était à débattre.

Beattie restait troublée par la vue de ce passe-montagne. Elle se réconfortait en se disant que le Faucheur n'envisageait *a priori* pas de recourir à des mesures extrêmes concernant les témoins, mais elle fut frappée par une implication différente. Et s'il n'avait pas peur d'être identifié plus tard, mais d'être identifié maintenant ?

Le message du Faucheur indiquait qu'il cherchait à se venger. Tout cela devait donc être une histoire de rancune entre deux personnes qui avaient déjà croisé le fer par le passé. Et, soudain, elle comprit qui étaient ces deux personnes.

Si Jen avait semblé étrangement calme lorsqu'une brique avait traversé la fenêtre de la maison familiale, la réaction qu'elle avait eue alors ressemblait à une crise de colère comparée à l'optimisme dont elle avait semblé faire preuve quand son mari avait disparu.

Beattie était en train de nettoyer le four quand Jen avait appelé. Depuis, elle n'avait jamais pu le faire sans repenser à ce moment-là.

– Je t'appelle pour te dire que Jason a été porté disparu. La police a ouvert une enquête.

Une telle passivité. Pas “Je ne sais pas où il est et je suis morte d'inquiétude”, mais “a été porté disparu”. Beattie aurait été en droit de lui demander si c'était bien elle qui avait signalé sa disparition.

Jen avait donné peu de détails et semblé pressée de raccrocher.

Beattie avait tout laissé en plan et s'était rendue chez eux, mais Jen et les enfants n'étaient pas là. Jen ne le lui avait même pas dit. La maison n'était pas vide, cependant. Elle grouillait de policiers. On aurait dit qu'ils étaient en train de la démonter, ce qui lui avait paru inquiétant et excessif pour une enquête concernant une personne disparue, même s'il s'agissait d'un collègue policier.

Elle avait fini par remonter la piste de Jen jusque chez ses parents et elle avait vraiment eu l'impression d'avoir à la pister. À son arrivée chez M. et Mme Dunne, à Hamilton, elle s'était attendue à la trouver en vrac, comme elle-même l'aurait été. Comme elle-même l'était, en fait. Les nerfs à vif, se ruant sur le téléphone, sursautant à chaque bruit de portière.

Jen était un peu tendue, bien sûr. Elle ne paraissait pas avoir beaucoup dormi et elle semblait très nerveuse et très protectrice envers les enfants. Mais Beattie se serait attendue à voir plus d'angoisse sur le visage de quelqu'un ayant perdu son chien.

Elle avait dû lui soutirer l'heure à laquelle Jason avait été porté disparu et depuis combien de temps il avait *a priori* disparu. C'est là que Jen lui avait appris qu'à ce moment-là, personne n'avait vu Jason depuis au moins quarante-huit heures.

– Pourquoi est-ce que tu as attendu ? lui avait-elle demandé, consternée. Les premières vingt-quatre heures ne sont-elles pas cruciales ?

– Ça, c'est les conneries qu'ils racontent à la télé, avait répondu Jen.

– Il était en service ? Tu l'attendais à la maison à quelle heure ?

– Mais il *était* à la maison. On était censés sortir dîner. On avait réservé une table. Après, il a regardé son téléphone et il est parti brusquement. J'ai supposé que c'était le boulot mais il n'a rien dit.

– Mais il t'aurait prévenue s'il comptait ne pas rentrer de la nuit, non ?

Jen avait lâché un rire. Un vrai rire, sec et amer.

– Alors, c'est quand la dernière fois que tu as essayé de le joindre ? avait voulu savoir Beattie.

– Je n'ai pas essayé. Jason n'aime pas qu'on le surveille.

– Et il n'était pas au travail, alors ?

– Ça dépend de ce que tu appelles le travail, avait répondu Jen, mais elle avait refusé de dire ce qu'elle entendait par là.

Dans une situation aussi dramatique, il était raisonnable de présumer que plus ils restaient sans nouvelles encourageantes, plus l'issue risquait d'être terrible.

Quelques jours plus tard, Jen était venue chez la mère de Beattie pour leur annoncer que la police avait retrouvé la voiture de Jason. Le véhicule avait été découvert dans un champ près d'une petite route entre Blantyre et Uddingston, calciné.

Cela lui avait semblé être une marque de sollicitude, que Jen vienne leur annoncer la nouvelle en personne, car de toute évidence les implications étaient sombres. Mais on aurait dit que Jen s'inquiétait pour elle et sa mère plutôt que pour elle-même ; comme si elle compatissait avec elles mais n'était pas concernée par cette affaire.

Elle n'était pas restée longtemps. Elle n'avait même pas accepté une tasse de thé. Elle avait dit qu'elle devait rentrer pour les enfants.

Beattie l'avait suivie jusqu'à sa voiture et lui avait parlé dans l'allée, suffisamment loin pour que sa mère ne l'entende pas.

– Bon sang, Jen, je sais qu'on ne gère pas tous ces choses-là de la même façon, mais ça va bientôt faire une semaine qu'il a disparu. Tu te comportes comme s'il était sorti boire une bière et si tu te fichais qu'il ne revienne jamais.

Jen avait pivoté sur elle-même.

– Si je n'ai pas l'air d'être sur le qui-vive, c'est parce que ça fait un certain temps que je m'attends à ce qu'il se passe quelque chose comme ça. Ce n'est pas une grosse surprise. Jason n'est pas celui que tu crois, Beattie. Tu n'as jamais voulu le voir, mais tu le découvriras bien assez tôt.

Il y avait eu un étrange mélange de colère et d'excuses dans l'expression de Jen, comme si elle avait été désolée d'avoir à lui annoncer cela, mais était agacée qu'elle ne l'ait pas déjà compris.

– De quoi tu parles ?

– Il y a un trou dans les comptes du club. Un gros trou. C'est la seule partie de l'affaire que je peux te révéler parce que le reste relève de la police.

– Mais Jason *est* de la police, avait répliqué Beattie. Elle ne s'était pas trouvée très convaincante.

Jen avait ouvert la portière de la voiture, mais n'était pas montée tout de suite.

– Tu te rappelles quand on nous a cassé notre vitre ? avait-elle demandé. Quand Jason a dit qu'il s'approchait trop près de quelqu'un sur qui il enquêtait ? Je pense qu'il en a dit un peu plus que prévu. C'est tout ce que je suis prête à te dire.

Elle était partie, laissant Beattie face à un monde sur le point de s'écrouler autour d'elle, au cauchemar imminent d'entendre Jason se faire tailler en pièces alors qu'il n'était pas là pour se défendre.

Selon certaines accusations, il entretenait des relations avec des trafiquants de drogue, et d'aucuns disaient qu'il était de mèche avec d'autres policiers corrompus. Beattie n'arrivait pas à y croire, et pourtant l'image de la police en train de fouiller la maison familiale persistait dans sa tête.

Jen n'avait pas menti à propos de l'argent disparu. La brigade des fraudes avait passé au peigne fin les finances de la boîte de nuit et découvert que près de soixante mille livres avaient été siphonnées en l'espace de quelques mois, mais elle n'avait pas été en mesure de trouver comment ni par qui. Ils avaient conclu qu'il s'agissait de Jason, mais Beattie estimait qu'il était plus probable que ce soit Jen ou son père qui ait monté un genre d'escroquerie fiscale ou de blanchiment d'argent, avec Jason comme bouc émissaire.

Peu de temps après, le père de Jen avait vendu la boîte de nuit. Sa femme et lui étaient partis s'installer à Ténérife, où il avait acheté un bar.

À peu près à la même époque, Jen avait créé sa propre entreprise.

Personne n'avait jamais été poursuivi dans le cadre de ces affaires. D'après Jen, cela arrangeait bien la police que tout se tasse tranquillement, mais Beattie s'était rendu compte que sa belle-sœur aussi était bien contente que cette affaire soit enterrée. Jen prétendait qu'elle ne voulait pas que ses enfants apprennent ce que leur père avait fait, ce qu'elle pouvait comprendre, mais elle avait toujours trouvé troublant que Jen ait été déterminée à ne jamais lui accorder le bénéfice du doute.

Puis, quelques mois plus tôt, un scandale de corruption policière remontant à plus d'une dizaine d'années avait finalement donné lieu à un procès. Darren Kyle, un ancien collègue de Jason, avait manifestement conclu un accord avec la justice pour se mettre à table. Beattie se rappelait avoir entendu ce nom et elle avait le vague souvenir de l'avoir rencontré à deux reprises : une fois alors qu'elle avait croisé Jason en ville, et la seconde après sa disparition. C'était dans la maison de Jen et Jason, où il dirigeait les fouilles.

Kyle avait raconté à la Cour comment Jason et lui avaient "enquêté sur le déplacement de biens de grande valeur comme moyen de contourner la loi sur les produits du crime". À l'époque, les montres de marque haut de gamme étaient utilisées par les barons de la drogue de Glasgow comme un moyen de stocker des richesses car elles pouvaient changer de main sans qu'il y ait de trace écrite. Kyle avait déclaré qu'un informateur les avait avertis, Jason et lui, qu'un certain nombre de ces montres étaient sur le point d'être vendues par Sammy Finnegan, un important trafiquant de drogue qui avait subitement eu besoin de liquidités. Finnegan avait dépêché un homme de main pour s'occuper de l'échange, un certain Ronnie Bryceland. Le butin avait été évalué à près de trois cent mille livres.

Kyle pensait qu'ils allaient suivre le type en question afin de pouvoir interrompre la transaction et confisquer la marchandise. Mais il avait prétendu qu'au lieu de cela, Jason avait tué Bryceland puis l'avait entraîné dans une conspiration visant à faire disparaître le corps de façon à laisser croire que l'homme de main s'était enfui avec les montres. Kyle avait déclaré à la Cour que Jason avait acheté sa coopération en lui proposant de faire cinquante-cinquante. Au lieu de quoi Jason avait disparu, et l'endroit où les montres étaient cachées n'avait jamais été découvert.

Cela, Beattie l'avait compris, était la raison pour laquelle il avait mis la maison sens dessus dessous.

À nouveau, voilà quelqu'un qui trouvait bien commode d'accuser Jason alors qu'il n'était pas là pour donner sa version des faits. Elle pensait qu'il était plus probable que ce soit l'inverse, que Kyle ait assassiné l'homme de main puis tué Jason, mettant sa maison à sac à titre de nouvel acte de diversion.

Puis elle avait compris ce qu'elle avait sous les yeux depuis le début. Au départ, elle avait refusé de le voir, en raison de ce que cela la forçait à accepter à propos de son frère. Mais une fois qu'elle s'était autorisée à admettre que Jason n'était pas celui qu'elle avait toujours cru, elle avait été capable de voir que Jen était quelque chose de bien pire que ce qu'elle avait redouté.

Quelle qu'ait pu être la façon dont les montres étaient entrées en possession de Jason, Jen avait dû les trouver chez eux et y avait vu son billet pour une nouvelle vie. Tout l'intérêt, c'était qu'elles pouvaient facilement changer de main lors de transactions en liquide quasiment intraçables. Et personne ne viendrait les chercher si tout le monde pensait que son mari avait disparu avec le lot.

C'était pour ça que Jen avait été légèrement tendue par la suite, mais pas du tout inquiète pour Jason.

Elle l'avait assassiné.

Au fil des années, Beattie avait envisagé l'idée que Jen avait tué Jason pour toucher l'assurance ou la pension de réversion d'un agent de police. Elle n'avait jamais été tout à fait capable de s'en convaincre, malgré tout. D'une part, il aurait fallu avoir un corps, et sans doute aussi un pigeon. Et bien qu'on dise que les escrocs les plus impitoyables savent attendre leur heure, sept ans c'était sacrément long pour obtenir une rétribution.

Cela n'avait jamais paru vraiment coller, jamais paru tout à fait clair. Mais ça, ça expliquait tout parfaitement. Jen avait assassiné Jason, caché son corps et mis le feu à sa voiture pour dissimuler les preuves. Ses parents avaient brusquement eu les fonds pour s'acheter un joli bar à Ténérife tandis qu'elle-même avait eu le capital de départ dont elle avait besoin pour ouvrir sa pâtisserie.

Et elle en avait fait une affaire florissante. Elle avait conclu un marché l'année précédente pour vendre son entreprise, même si elle restait à la tête de celle-ci. C'était paru dans les journaux, et pas seulement dans les pages économiques. Beattie avait vu la photo de Jen dans le

Daily Record, une boîte de ses produits dans chaque main. Le titre disait : "Les Douceurs du Succès."

Tout cela paraissait gentillet et innocent, comme une fantaisie tirée d'un roman de Jenny Colgan. Mais Beattie en avait conclu que tout avait été construit sur le sang de son frère et les recettes de l'empire de la drogue d'un gangster de Glasgow.

C'est pour ça qu'elle savait ce qui se passait réellement sur cette île ce soir. Elle n'était pas la seule à avoir lu les journaux et compris d'où avait dû provenir le capital de départ de Jen.

Le Faucheur était Sammy Finnegan, et il voulait récupérer ses montres. Plus les intérêts.

Lauren avait cru qu'elle pourrait s'en tirer d'une façon ou d'une autre. Qu'elle pourrait trouver une raison expliquant pourquoi elle seule pouvait ou devait entrer dans le cottage. Peut-être dire à sa partenaire attitrée qu'elle devait rester à l'extérieur pour faire le guet au cas où quelqu'un approcherait. Mais tout cela avait semblé plus plausible lorsqu'elles étaient dans le salon et qu'elles échafaudaient des hypothèses. C'était une tout autre histoire ici, sur le flanc de la colline, alors qu'elles contemplaient la ferme proprement dite, sans savoir ce qui pouvait les attendre à l'intérieur.

Vu d'ici, le cottage était minuscule, mais sa seule vue la troublait, moins à titre de menace qu'à titre d'accusation.

– Quelqu'un vit là-bas ? demanda Nicolette.

Lauren se sentit grimacer tout en hochant la tête.

– Quelqu'un qui possède une ligne fixe, admit-elle. Mais c'est délicat. Ma relation avec cette femme est pour le moins tendue.

Nicolette semblait tenter de se montrer compréhensive, mais elle était en droit de poser des questions. Lauren avait vu juste en prévoyant qu'il serait plus facile de répondre à celles d'une seule personne.

– Alors, pourquoi ne pas avoir envoyé quelqu'un d'autre ? Elle ne va pas refuser de nous aider en cas d'urgence.

– Tout d'abord, je ne ferais aucune supposition sur ce point. Mais c'est surtout parce que je ne voulais pas avoir à partager ça avec tout le monde. C'est moi qui ai semé la pagaille et c'est à moi de remettre les choses en ordre, mais pas en public, tu comprends ?

– Tu vas devoir m'en dire plus, répondit Nicolette.

Elles reprirent leur progression, marchant aussi vite qu'elles l'osaient. Compte tenu du dénivelé et du terrain, trop d'élan à certains endroits risquait de les faire descendre beaucoup plus vite que prévu, et Lauren voulait que ses deux jambes fonctionnent une fois arrivée en bas.

– Cette carte que j'ai prise sur le mur. C'est en fait une impression récente, une réplique. L'original se trouve dans un dépôt d'archives. Clachan Geal signifie Pierres blanches. L'île a été baptisée comme ça à cause de ses plages de galets. Mais ce qui est écrit sur la carte est beaucoup moins vendeur.

– Comment ça ?

– Claiggean Geal veut dire Crânes blancs.

Nicolette s'arrêta net. Les gens avaient tendance à avoir cette réaction. Ça avait été la sienne en tout cas.

– Qu'est-ce que ça a à voir avec la personne qui vit dans ce cottage ? demanda Nicolette dont le ton suggérait qu'elle n'était pas certaine de vouloir le savoir.

Lauren regarda à nouveau en bas. Elles étaient loin d'avoir atteint les arbres, de sorte qu'elle voyait encore la ferme. Il n'y avait aucune lumière allumée, mais cela ne voulait pas dire qu'il n'y avait personne.

– Je vais te la faire courte. J'ai passé la moitié de mon temps en foyer à partir de l'âge de onze ans. Ma mère était dans un sale état. Elle avait ce qu'on appellerait aujourd'hui poliment des problèmes de dépendance et de santé mentale. Elle était incapable de garder un emploi très longtemps, et je sais qu'elle m'aimait mais… Bref, on n'arrêtait pas de m'envoyer en foyer à cause de ses problèmes d'alcool, et après j'y suis restée de façon permanente parce qu'elle ne pouvait pas me fournir un toit digne de ce nom. Ni de toit tout court.

Lauren revoyait des fragments d'images, comme si elle avait feuilleté un album de scrapbooking, les polaroïds jaunis de l'esprit. Des souvenirs doux-amers, des images de sa mère uniquement dans les bons moments car on ne sort l'appareil photo que dans ces moments-là.

– Quand j'avais onze ans, on a été expulsées de l'appartement pourri qu'on occupait. Tout l'immeuble aurait dû être condamné. Un piège mortel en termes d'électricité, dégoulinant d'humidité, et le chauffage fonctionnait à peine même quand maman avait payé la facture. Elle avait pris du retard sur le loyer, et disons juste que le propriétaire n'a fait montre d'aucune pitié. Je dis le propriétaire mais, dans les faits, c'était *une* propriétaire, qui était représentée par un percepteur de loyers.

Lauren revoyait encore cet homme : torse puissant, démarche maladroite, empestant la cigarette et la bière éventée. Il était imbu de lui-même et légèrement ridicule, mais personne n'aurait osé se moquer de lui.

– Il aimait nous raconter que ses employeurs, la famille McPhee, possédaient des terres et des propriétés depuis des siècles. Et il aimait nous parler des déplacements forcés de la population des Highlands, comment ils avaient brutalement expulsé les locataires parce que les moutons étaient plus rentables. Sur une île en particulier, les McPhee avaient envoyé leur propre milice privée, et la brutalité de ce que celle-ci avait fait là-bas était destinée à servir d'exemple. Ils avaient fait en sorte que ça se sache. La population locale avait commencé à parler de cette île sous le nom de Claiggean Geal, et ça signifiait que les locataires des autres endroits s'en allaient docilement quand leur tour était…

Lauren fut interrompue à mi-parcours par sa radio, qui se mit brusquement en marche.

– C'est Jen. On vient de voir un type avec un passe-montagne sur un quad, en route vers le nord. Pas sûre de l'endroit où il allait, mais il était pressé d'y être. Quelqu'un d'autre a quelque chose à signaler ?

– C'est Lauren, répondit-elle en scrutant le paysage à la recherche du quad. – Encore une raison de s'inquiéter. – Rien pour l'instant mais on n'est pas encore arrivées à la ferme.

Elle écouta l'échange qui s'ensuivit. Personne n'avait de nouvelles de Samira et, dans le cas de Michelle et Helena, elles ne s'étaient pas manifestées du tout.

Elles arrivèrent à une section escarpée du chemin, un éparpillement d'éboulis instables qui exigeaient de marcher avec prudence. Lauren se surprit à perdre le contrôle, courant pour retrouver son équilibre mais craignant de ne pas pouvoir s'arrêter en bas, où le chemin tournait. Heureusement, Nicolette était attentive et elle se campa solidement sur son pied arrière pour l'attraper fermement à deux mains.

– Merci, dit Lauren.

Nicolette parut étrangement gênée par sa gratitude.

– Ce n'est rien. Je ne voudrais pas manquer la fin de l'histoire.

Il y avait quelque chose de peu convaincant dans son attitude, comme si elle l'avait utilisée pour cacher autre chose, mais Lauren ne pouvait s'attarder sur ce que cela pouvait être.

Posant les pieds avec plus de précaution, elle retourna à ce qu'elle était en train de dire.

– Mais voilà qu'environ vingt-cinq ans plus tard, je me trouve dans une position très différente. Clachan Geal arrive sur le marché et le vendeur n'est autre que Moira McPhee, la logeuse qui nous avait expulsées quand j'avais onze ans. Apparemment, elle était veuve depuis quarante ans, mais elle avait eu un fils avant, Gordon. C'était un petit con gâté qui n'apprenait jamais de ses erreurs et ses affaires avaient failli ruiner cette vieille peau de vache. Au moment où elle a mis la demeure familiale en vente, elle était vraiment désespérée. Gordon avait accumulé des dettes énormes et la propriété était délabrée.

“Pour être claire, je ne cherchais pas à acheter cette maison à cause de sa propriétaire. Mais quand j’ai appris qui c’était, ça m’a semblé être un retour de karma. Elle n’avait pas d’autre choix que de vendre et j’ai fait preuve d’autant de pitié qu’elle en avait eu envers ma mère. J’ai sorti toutes les tactiques de mon répertoire pour faire baisser le prix. Je pense que ça a à peine couvert ses dettes.”

Nicolette jeta à nouveau un regard vers le bas de la colline. On distinguait encore la ferme, même si elles se rapprochaient des arbres.

– Et c’est elle qui vit dans ce cottage ?

– Son fils voulait qu’elle le vende aussi et la mettre dans une maison de retraite. J’ai proposé de l’acheter mais cette vieille bique est sacrément têtue. Elle disait qu’elle avait vécu sur cette île toute sa vie et qu’elle ne partirait que les pieds devant. Ça me convenait. Je n’étais pas sa logeuse, mais j’étais la reine du château, anciennement *son* château, et elle n’était qu’une indigente sur mes terres.

Le visage de Nicolette prit une expression sombre, anticipant la fin de l’histoire.

– Elle le sait, c’est ça ? Tu le lui as dit.

– J’étais encore en colère à cause de ce qui était arrivé à ma mère, de ce qui m’était arrivé. Donc, une fois que les contrats ont été signés et qu’elle ne pouvait plus faire marche arrière, oui. Je lui ai dit qui j’étais et ce qu’elle m’avait fait.

– Elle a pris ça comment ?

– Elle n’a manifesté ni honte ni remords, et j’ai eu l’impression de m’être abaissée. Elle m’a regardée comme si elle valait encore plus que moi. C’est une vraie pourriture, crois-moi. Elle a ça dans le sang.

– Elle a quel âge ?

Lauren prit un moment. Elle savait que ce n’était pas entendable. Nicolette ne comprenait pas, ne pouvait pas comprendre.

– Elle a plus de quatre-vingts ans. Mais elle a encore toute sa tête et elle est parfaitement autonome, crois-moi. Elle se fait régulièrement approvisionner depuis le continent. Et elle a sans doute un congélateur coffre dans lequel on pourrait mettre une vache entière. Elle pourrait survivre à une apocalypse zombie ici, alors ne t'en fais pas pour elle.

– Mais c'est une femme de quatre-vingts ans qui vit seule dans un vieux cottage au milieu de nulle part. Et l'hiver ?

– C'est elle qui a choisi de vivre ici. Et elle ne s'inquiétait pas trop de savoir comment ceux qui vivaient dans ces appartements glacés et humides passaient l'hiver.

À mesure qu'elle parlait, Lauren entendait sa propre amertume. C'étaient des choses qu'elle n'avait jamais avouées à personne.

– Est-ce que tu passes la voir, au moins ? demanda Nicolette. Elle semblait tenter de garder un ton vierge de toute accusation.

– Je suis passée devant chez elle plusieurs fois et je sais qu'elle m'a vue, mais je n'ai pas frappé à la porte. Je ne pouvais pas me résoudre à lui parler. On ne parle pas d'une vieille mamie adorable, là. Moira McPhee est…

Lauren se tut en remarquant un bourdonnement qui commençait à s'entendre malgré le gémissement incessant de la brise. Il lui fallut un instant lourd de conséquences pour reconnaître ce que c'était, mais Nicolette la devança.

– Le quad, dit-elle.

Lauren regarda vers le nord, à l'endroit où le chemin côtier disparaissait derrière le promontoire. Elle ne voyait encore rien, mais le bruit se rapprochait.

– Cours !

Elles se précipitèrent pour se mettre à couvert sous des buissons qui les empêcheraient d'être vues depuis le bas. Lauren quitta le chemin qui descendait en pente douce et se mit à dévaler la pente, la gravité et l'élan la poussant trop vite pour qu'elle garde le contrôle de ses jambes. Elle sentit son pied gauche cogner contre sa cheville droite et elle dégringola douloureusement, rebondissant et roulant brièvement avant de s'arrêter net.

La chute fut une bénédiction dans la mesure où, Nicolette s'accroupissant pour l'aider, elles se trouvaient toutes les deux au ras du sol quand le quad apparut, piloté par un homme portant un passe-montagne noir.

Elles restèrent parfaitement immobiles, les yeux rivés sur lui en quête d'un signe indiquant qu'il les avait repérées.

Il est juste en patrouille, se dit Lauren. Il semblait faire une ronde sur l'ensemble de l'île, mais cela n'était pas rassurant non plus. Pourquoi était-il parti ? Qui cherchait-il ? Et qui avait-il peut-être déjà trouvé ?

Lorsqu'elle avait fini par s'arrêter, elle avait senti quelque chose se déchirer sur sa cuisse. Elle s'autorisa un rapide coup d'œil, lâchant brièvement le motard du regard. À son grand soulagement, ce n'était que le tissu de son jean, mais elle avait une entaille à la jambe. Celle-ci n'était pas profonde mais entourée de vilaines écorchures, et ça allait piquer.

Le motard ralentit et tourna, engageant son engin sur le chemin étroit qui menait au cottage. Elles retinrent toutes les deux leur respiration lorsqu'il descendit de son véhicule, s'approchant de la porte avant de disparaître à l'intérieur.

– Oh putain ! s'exclama Nicolette, sa voix réduite à un murmure rauque. Si elle est dedans…

Mais la peur de Lauren concernait une autre éventualité, une qui aurait dû lui paraître évidente depuis le début.

Moira McPhee était le Faucheur.

Le bruit du quad résonnait encore dans sa tête lorsqu'elle atteignit le sommet de la colline, alors que le soleil descendait de plus en plus bas sur l'eau. Le club de golf qu'elle serrait dans sa main lui semblait être un fardeau inutile. Quel genre de défense offrirait-il contre un homme capable d'égorger le cuisinier sans que sa victime n'émette le moindre cri ?

Arrivée au sommet, elle s'arrêta et regarda son téléphone. Même si Lauren avait dit que c'était l'endroit le plus propice, l'appareil refusait obstinément d'afficher le moindre signal de réception. Son cœur s'emballa lorsqu'elle remarqua un scintillement de l'icône, mais c'était seulement l'écran qui se rafraîchissait en passant de zéro barre au symbole “pas de réseau”.

Elle se demanda si son fournisseur était le seul à ne pas avoir de couverture.

– Tu as quelque chose ? demanda-t-elle.

Beattie regardait déjà son téléphone. Elle fronça les sourcils.

– Pas de réseau.

Il avait été convenu qu'en dépit de l'avertissement du Faucheur, Jen devrait appeler la police si elle en avait l'occasion, mais elle ne savait pas combien de temps durerait la connexion. Et si elle n'avait pas le temps d'expliquer entièrement la nature de la menace, de dire qu'il s'agissait d'une prise d'otage et qu'il fallait donc agir avec prudence et discrétion ?

Pour l'instant, ce débat était stérile de toute façon. Elle continuerait de vérifier, mais elle n'avait pas beaucoup d'espoir. Lauren avait sans doute dit ça par simple souci d'information plutôt que comme quelque chose sur lequel appuyer un projet réaliste.

Cela importait peu. Jen savait déjà qu'un appel téléphonique aux services d'urgence ne serait pas la solution à leur problème. Personne n'était venu à son secours auparavant, et elle savait que lorsqu'on avait pris la mesure du pétrin dans lequel on se trouvait, on ne perdait pas de temps à se faire des illusions.

Quelques mois après la disparition de Jason, elle avait reçu une visite au club. En temps normal, elle aurait tout de suite deviné à qui elle avait affaire. Tenant un commerce sous licence, elle avait déjà rencontré des individus dans son genre, en général des types portant des costumes de luxe dans lesquels ils avaient seulement l'air d'être convoqués au tribunal.

Celui-ci n'était pas du tout comme ça, toutefois. Ses vêtements étaient taillés sur mesure, la coupe et le tissu se situant quelque part entre le démodé et l'intemporel. Il avait quelque chose de presque efféminé et, dans un autre contexte, elle aurait pu penser qu'il était critique d'art ou directeur de théâtre. Mais elle ne le connaissait pas et son intuition lui disait ce qui se cachait sous ce tissu, indépendamment de l'esthétique.

– Je m'appelle Sam, avait-il dit. Sam Finnegan. Je suis un associé de votre mari. J'ai été désolé d'apprendre qu'il avait disparu. Je n'imagine pas à quel point ce doit être bouleversant pour vous.

Il avait une voix douce, une diction précise. Il était poli et courtois, charmant même. Mais Jason pouvait lui aussi être tout cela.

– Comment se fait-il que vous connaissiez Jason? avait-elle demandé. Elle avait été tentée d'ajouter: "Est-ce qu'il enquêtait sur vous?", mais elle savait qu'elle avait meilleur compte à se montrer elle aussi polie et diplomate.

Il avait malgré tout ignoré sa question.

– Je suis certain que la police fait de son mieux, mais je me demandais si elle était en possession de toutes les informations dont elle pouvait avoir besoin.

– Savez-vous quelque chose que vous préféreriez me dire à moi plutôt qu'aux autorités ? lui avait-elle demandé.

– Non. Mais si je suis ici, c'est pour vous poser la même question.

– Comment ça ?

– Il y a des choses qu'un mari peut dire à sa femme et qu'il ne dirait à personne d'autre. Des raisons pour lesquelles un homme pourrait décider de se faire rare. Des raisons qu'une épouse pourrait comprendre.

– Pourquoi est-ce que vous tenez tant à le retrouver ? Ou c'est simplement son bien-être qui vous préoccupe ?

– Naturellement. Le vôtre aussi. Je me préoccupe également du bien-être d'un type nommé Ronnie Bryceland, un autre de mes associés. Voyez-vous, lui aussi a disparu, avec tout un tas de marchandises.

– Est-ce qu'on parle de… ?

Jen avait passé un doigt sous son nez.

– De pièces d'horlogerie, l'avait corrigée Finnegan. Des Audemars Piguet, si cela vous dit quelque chose.

Il avait apporté cette précision de façon neutre, comme s'il l'invitait à n'en déduire aucun jugement de sa part dans le cas contraire.

– Je sais qu'on n'en vend pas beaucoup dans les supermarchés, avait-elle répondu.

– Alors vous comprendrez mon inquiétude. Le problème, c'est que Ronnie était un individu loyal et digne de confiance. Il savait où se trouvaient ses intérêts. J'ai donc du mal à croire qu'il ait pu s'enfuir avec des articles appartenant à quelqu'un d'autre.

Il avait planté son regard dans ses yeux, en homme habitué à fixer un menteur. Elle avait senti quelque chose se raidir en elle.

– Vous n'auriez pas vu quelque chose comme ça traîner chez vous avant la petite disparition impromptue de votre mari ?

Jen l'avait fixé à son tour, soutenant son regard pendant un long moment avant de répondre.

– Je vais vous dire deux choses, monsieur Finnegan, et ensuite je vous demanderai de partir. Premièrement, Jason a mis ma famille en danger et si je ne le revois jamais, je ne le regretterai pas. Il ne m'a jamais confié quoi que ce soit, et je commence seulement à comprendre à quel point il m'a caché des choses, ce qui m'amène à mon deuxième point. Il a tranquillement ponctionné soixante mille livres dans la caisse de ce club avant de disparaître et les projets que mon père avait pour sa retraite se retrouvent tous en suspens à cause de lui. Donc, si vous êtes pressé de récupérer ce que Jason vous doit, attendez votre tour.

Finnegan lui avait laissé une carte avec les coordonnées d'un marchand d'art situé dans Great Western Road. Il était parti de bonne grâce, mais Jen avait vu cela comme faisant partie de son image. Son mari n'était pas le seul à montrer une personnalité différente au monde extérieur.

Jason avait toujours été doué pour laisser les gens dans le doute. C'est comme ça qu'il arrivait à jouer sur autant de tableaux. Et après sa disparition, personne n'avait su quoi penser. Il y avait les policiers qui croyaient qu'il avait été assassiné par l'un de ses contacts de la pègre, d'autres que c'était un des leurs qui l'avait supprimé parce qu'il en savait trop sur ses propres relations avec la pègre. Et puis il y avait ceux, comme Finnegan, qui croyaient qu'il avait simulé sa propre disparition. Même cela avait semé la confusion sur la façon dont les choses s'étaient passées. Certains supposaient que Jason avait pris la fuite parce qu'il avait volé les montres, sachant que Finnegan avait vu clair dans sa tentative de mettre ça sur le dos de Bryceland. D'autres pensaient qu'il avait décidé de disparaître avant cela et qu'il avait volé ces montres pour financer sa fuite. Il y avait même eu des rumeurs selon lesquelles Bryceland s'était effectivement enfui avec les montres et avait tué Jason pour couvrir sa propre disparition.

Ils se trompaient tous.

Devant elles, le terrain plongeait dans une cuvette, une tranchée en forme de V bien plus large et profonde que les ondulations entre les rangées de pins. Michelle entendit le bruit de l'eau avant d'être assez près pour voir le ruisseau qui coulait au fond. La forêt de pins n'avait peut-être été plantée que dans les années 1980, mais ceci lui rappela qu'elles se trouvaient dans un lieu très ancien.

Elle ne pouvait s'empêcher de repenser au cuisinier. Elle avait eu la certitude qu'il respirait encore, alors même qu'il se vidait de son sang. D'une certaine manière, c'était pire que s'il avait été froid depuis des heures. Cela signifiait qu'elle avait été présente au moment où la mort l'avait emporté. Cela lui donnait le sentiment que la mort était tout près, que celle-ci avait posé les yeux sur elle.

Michelle se demandait quelle serait l'ampleur de l'affaire si elle mourait ici ce soir. Un article de premier plan dans le monde entier. Créant l'événement pendant des jours. Elle surpasserait Adele pendant un certain temps après cela. Seulement, elle ne serait plus là pour en profiter.

Alors qu'elle traversait prudemment le cours d'eau, son regard fut attiré une fois de plus par un mouvement fugace, une forme noire qui disparut entre les arbres.

– Tu as vu ça ? demanda-t-elle.

– Non. Vu quoi ?

– Quelque chose a bougé. J'en suis sûre. Quelque chose de gros.

– Un autre renard ?

– Plus gros que ça. Plus foncé, aussi.

– Il se peut qu'il y ait des cerfs. Lauren propose peut-être des parties de chasse aux branleurs qui viennent faire des stages de cohésion d'entreprise.

Helena avait l'air de chercher une explication préférable plutôt qu'une à laquelle elle accordait du crédit. Et elle parlait assez fort. Si quelqu'un les contournait par le flanc, elle voulait qu'il sache exactement où elles se trouvaient et le peu de menace qu'elles représentaient.

Pour cette même raison, Michelle n'allait pas lui demander de baisser la voix.

Bien qu'Helena ait repoussé toute tentative de conversation décontractée et malgré son air de ressentiment latent, Michelle était heureuse d'être avec elle. Kennedy avait eu raison sur ce point. Même si elle était à l'évidence loin d'être en sécurité, elle se sentait malgré tout plus en sécurité qu'avec n'importe qui d'autre – sauf peut-être Jen. Peut-être même y compris Jen. Elles avaient toujours été proches, toujours chaleureuses l'une avec l'autre, mais elle ne s'était jamais reposée sur elle comme elle s'était autrefois reposée sur Helena.

Au cours de sa première année à Strathclyde, au début de ses études de droit abandonnées, Michelle avait eu l'impression que tout le monde montait un groupe. Elle avait auditionné pour quelques-uns, mais ça n'avait pas collé. Il y avait toujours quelque chose qui clochait, et elle savait que le problème venait d'elle. Puis, en deuxième année, elle avait recroisé Helena. Elles s'étaient plus ou moins perdues de vue pendant quelques années. La famille de Michelle avait dû déménager et elle s'était ensuite concentrée pour obtenir le bac dont elle avait besoin.

Elles s'étaient croisées par hasard à la gare centrale. Il s'avérait qu'Helena était à la Royal Scottish Academy of Music and Drama. Elles avaient traîné ensemble pendant moins de quinze jours avant de décider de monter leur propre groupe.

Le fait qu'Helena fasse partie de la configuration avait changé radicalement la donne. *Michelle* avait radicalement changé. Lors des essais avec d'autres personnes, elle s'était montrée nerveuse et embarrassée, se repliant sur elle-même alors qu'elle aurait dû tout donner. En revanche, lorsqu'elle improvisait avec Helena, elle se sentait en sécurité car une partie d'elle jouait encore aux pop stars dans sa chambre. Et tant qu'on ne faisait que jouer, on s'amusait. Rien de mal ne pouvait vous arriver.

Leur groupe s'appelait Echo Shells, une combinaison de leurs deux noms. Le nom de famille d'Helena était Eckhart, ce qui lui avait valu à l'école le surnom d'Ecko. Elles s'étaient toujours dit qu'elles appelleraient leur groupe comme ça si jamais elles en formaient un, évoquant l'effet que l'on obtient en collant un gros coquillage contre son oreille. Elles avaient toutes les deux adoré quand leur institutrice leur avait montré ce phénomène, que l'on pouvait entendre le bruit de la mer même lorsqu'on se trouvait dans une salle de classe du Lanarkshire.

Peu importait ce qu'Helena avait choisi de croire, le changement de nom avait été un accident. Elles avaient répété sous le nom d'Echo Shells et avaient fait quelques concerts en tant que telles dans des bars et des foyers d'étudiants à Glasgow et Édimbourg. Helena avait recruté une fille qu'elle connaissait de l'Academy pour jouer de la basse, une violoncelliste nommée Daisy Wu. Celle-ci portait sa guitare très bas, presque à hauteur des genoux, dégageant un air d'insouciance nonchalante que démentait totalement sa rigueur musicale.

L'affiche était complétée par une batteuse qui se faisait appeler Madeleine Smith et qui avait répondu à une annonce que Michelle avait épinglée sur le tableau d'affichage d'un magasin de musique. Son vrai nom était Jane Smith, mais elle avait choisi Madeleine comme pseudonyme en référence à la célèbre empoisonneuse de

Glasgow. Elle avait autant de tatouages qu'un docker de base et un langage encore plus fleuri. Elle terrifiait tout le monde. Elle écoutait surtout du hardcore mais n'avait absolument aucun problème à jouer ce qu'on lui demandait. C'était peut-être surtout pour cette raison qu'elle était encore la batteuse de Michelle à ce jour.

Il y avait eu une soirée spéciale nouveaux talents au Garage, une compétition entre groupes présentée comme une façon de dire merde à *Pop Idol* et aux émissions de télécrochet. Il y avait un prix en espèces, mais la principale motivation était qu'il devait y avoir là-bas des gens de l'A&R.

Helena avait toujours cru que cela avait été une question d'ego, un jeu de pouvoir. Elle n'avait jamais pu accepter le fait qu'il s'était agi d'un simple accident, d'une erreur administrative. Ce n'était même pas Michelle qui avait fait une connerie. Elle avait dû soumettre un formulaire avec leur CD de démonstration. Il fallait renseigner le nom du groupe, le nom de ses membres et celui de leur représentant, qui se trouvait justement être elle. La personne qui avait traité le formulaire avait dû saisir une entrée dans le mauvais champ.

Quand leur tour était arrivé, l'animateur les avait présentées sous le nom de Cassidy. Il avait lu ce qu'il avait sous les yeux, mais ce n'était pas seulement sa fiche qui contenait l'erreur. Les techniciens avaient eu la même, et cela avait donc été le nom projeté derrière elles sur l'écran géant de la scène.

Michelle se rappelait avoir marmonné “En fait, nous sommes les Echo Shells” dans le micro, mais Madeleine frappait déjà ses baguettes pour le décompte.

À la fin de leur set de trois chansons, une partie du public scandait “Cassidy, Cassidy, Cassidy!” en attendant un rappel.

C'était un groupe insipide d'aspirants libertins qui avait remporté le vote, mais uniquement parce qu'ils avaient soudoyé la maison. Ils avaient empoché l'argent mais c'était Cassidy dont tout le monde parlait à la sortie. Cela incluait les gens de l'A&R, et l'un d'eux leur avait proposé un contrat d'enregistrement sur-le-champ. À ce moment-là, une femme du nom de Mairi Lafferty était intervenue, surgissant de nulle part pour leur conseiller de ne rien signer.

– Cet escroc est une petite frappe, leur avait-elle dit à voix basse. Ne soyez pas trop pressées. Un peu de finesse, et les grands labels feront sagement la queue devant vous.

Il s'avéra que c'était elle qui gérait la salle. À la fin de la soirée, elle gérait aussi le groupe.

Lorsque Michelle l'avait corrigée au sujet du nom – et c'était elle qui l'avait fait –, Mairi avait répondu : "Je préfère Cassidy."

Si Helena avait eu un problème avec ça, elle n'en avait rien dit sur le moment, peut-être parce que Mairi était aussi impressionnante que convaincante.

Michelle ne savait pas si cela rongeait Helena depuis, ou si c'était seulement après que les choses avaient tourné au vinaigre qu'elle en était venue à croire que c'était elle qui avait manigancé ce changement de nom. Ce n'était pas vrai mais, cela dit, Michelle ne s'était jamais sentie mal à l'aise à l'idée que les gens pensent que Cassidy se référait principalement à elle. Le temps avait de toute évidence prouvé qui était la véritable star.

Le cœur de Nicolette battait si fort dans sa poitrine qu'elle était sûre qu'on l'entendait depuis le bas de la colline. Elle était plus effrayée en cet instant que lorsqu'elles avaient trouvé le cuisinier car jusqu'à présent la menace avait été invisible. Maintenant, celle-ci se présentait sous la forme de muscles et d'os, et elle était à l'intérieur de ce cottage en train de faire Dieu sait quoi à Dieu sait qui. Il n'y avait pas que la vieille femme qui pouvait se trouver là-bas. Samira pouvait y être aussi.

Elle jeta un coup d'œil à Lauren. Elle remarqua une certaine intensité dans le regard de sa partenaire alors que celle-ci contemplait la ferme mais, pour autant, elle semblait encore plus effrayée qu'elle.

Nicolette se sentait paralysée. Tant qu'il était à l'intérieur, elles ne pouvaient pas bouger. Mais n'auraient-elles pas dû ? Elles étaient deux et il était seul. Puis elle pensa à Joaquin, à son corps musclé sur lequel elle avait fantasmé. Rien de tout cela ne l'avait aidé contre un homme armé d'un couteau.

Elles auraient au moins dû utiliser la radio : faire savoir aux autres qu'elles avaient un problème.

Avant qu'elle puisse le suggérer, elles le virent ressortir. Il n'était resté qu'une minute ; deux tout au plus. Il réapparut nonchalamment, s'arrêta près du quad et porta quelque chose à son visage. Une radio. Puis il enfourcha son engin et repartit, en direction du sud.

Nicolette se releva une fois qu'il eut disparu, ôtant l'herbe de ses vêtements. Une raison de plus de se réjouir de porter cet horrible sweat-shirt. Elle s'apprêtait à retourner sur le chemin pour reprendre sa descente mais elle sentit la réticence de sa partenaire. Lauren était debout mais elle ne bougeait pas, les yeux toujours fixés sur le cottage.

Nicolette remarqua que Lauren saignait de la cuisse.

– Ça va ? Tu peux marcher ?

– C'est rien. Je vais bien. – Elle n'avait pas l'air d'aller bien.

Nicolette regarda elle aussi le cottage.

– Il n'est quasiment pas resté à l'intérieur, dit-elle. Juste le temps de vérifier quelque chose et il est reparti. Samira est peut-être là-bas et, en plus, il y a une ligne fixe. C'est peut-être maintenant qu'on fait jeu, set et match.

Lauren demeura immobile.

– Il n'est pas venu vérifier quelque chose, dit-elle d'un air grave. Il est venu faire le point avec *quelqu'un*. Avec elle.

– Moira PcPhee ? Tu veux dire que, d'après toi, c'est *elle* qui est derrière tout ça ?

– Je me suis voilé la face. J'aurais dû percuter plus tôt. Ça faisait un moment que je ne l'avais pas vue et je commençais à me demander pourquoi. Je comprends maintenant que c'est parce qu'elle était occupée.

Nicolette soupçonnait que la vieille femme tenait une place si importante dans l'esprit de Lauren que celle-ci avait perdu de vue la réalité.

– Je conçois que ça puisse être une vieille bique revêche, mais tu ne crois pas qu'elle serait venue planquer des crevettes derrière ta chaudière avant d'en arriver à quelque chose comme ça ?

– Tu ne la connais pas. Comme je te l'ai dit, elle a encore toute sa tête, elle a encore des relations, et je suis sûre qu'elle a encore un peu d'argent caché dont son idiot de fils ignore l'existence.

– Tu crois que ça pourrait être lui, en définitive ?

– Gordon a une cervelle de hamster. Il est trop bête pour seulement savoir que je l'ai arnaqué dans cette histoire. Il était content de la somme que je lui ai versée. Non, il a fallu élaborer un plan et faire preuve d'engagement pour mettre ça au point. Il fallait une véritable haine.

Puis elle le dit, ses mots déclenchant un frisson chez Nicolette.

– J'ai reçu des menaces de mort.

– De sa part ?

Lauren soupira. Elle semblait soudain plus pâle, plus âgée.

– Pour gagner de l'argent dans ce domaine, il faut acheter à bas prix et revendre au prix fort, et la meilleure façon d'acheter à bas prix c'est à des personnes qui n'ont pas le temps d'attendre une meilleure offre. Je ne cherche pas à m'excuser. On ne peut pas en vouloir à l'acheteur quand on est obligé de vendre. Mais quand un article sur ma vie et ma carrière est sorti dans les médias, j'ai commencé à recevoir des messages anonymes de quelqu'un qui disait que j'avais détruit sa vie. Il se faisait appeler le Bourreau, et il avait ce logo en forme de crâne. Il expliquait que ses parents avaient été forcés de vendre leur maison parce que son père avait un cancer, et que sa mère avait dû abandonner son travail pour s'occuper de lui. J'avais eu leur maison pour une bouchée de pain et je les avais mis dans une situation de fonds propres négatifs. Son père était mort, sa mère avait fini par avoir une crise cardiaque.

Nicolette éprouva une sensation de vertige, comme si la colline devenait de plus en plus abrupte.

– Bon sang, s'indigna Lauren. Ce n'est pas moi qui ai refilé le cancer à ce type ! Je n'étais pas au courant. Comment j'aurais pu le savoir ?

– Tu ne pouvais pas, parvint à dire Nicolette, sa propre voix menaçant de se briser.

– Il a dit qu'il s'était engagé dans l'armée pour commencer une nouvelle vie et payer les soins de sa mère mais qu'après, elle était morte elle aussi. Maintenant, il avait quitté l'armée mais il n'avait ni oublié ni pardonné. Il m'a dit qu'il avait reçu la formation dont il avait besoin et qu'un jour il me retrouverait. J'ai essayé de l'ignorer, pensant qu'il s'agissait juste de quelqu'un qui était en colère contre la façon dont sa vie avait tourné et qui s'en prenait à moi. Je me suis dit qu'envoyer des menaces de mort était une sorte de rage impuissante. S'il avait vraiment voulu faire quelque chose, il ne m'aurait pas prévenue à l'avance. Et puis il y a eu ce soir.

– Mais qu'est-ce que ça a à voir avec Moira McPhee ? demanda Nicolette, même si elle craignait de déjà le savoir.

– Un des messages disait : "*Je sais que je ne suis pas le seul à qui vous avez fait ça. Quand vous aurez ce que vous méritez, dites-vous bien que c'est de notre part à tous.*" Il n'a pas dû avoir beaucoup de mal à trouver quelles autres transactions immobilières j'avais effectuées, et encore moins à trouver à qui j'avais acheté cette propriété. Quand j'ai vu le gars cagoulé se diriger vers le cottage, j'ai fait le rapprochement. Il s'est trouvé un sponsor et Moira s'est trouvé une paire de bras entraînés et volontaires.

Lauren regarda la ferme une fois de plus.

– On ne peut pas aller là-bas, dit-elle. On tomberait tout droit dans un piège. Cette vieille salope savait que je viendrais ici s'ils coupaient les lignes téléphoniques.

Mais Nicolette était déjà prise au piège. Et le plus dur, c'était qu'en ouvrant celui de Lauren, elle refermerait pour toujours les mâchoires du sien sur elle.

Mais il y avait peut-être un autre moyen.

– Si elle est là-bas, elle est toute seule maintenant. Je pense qu'on peut se la faire.

Nicolette adressa à Lauren un sourire d'encouragement pour tenter de lui faire sentir à quel point elle croyait en leurs chances. Elle ne pouvait tout simplement pas lui dire pourquoi elle savait que Moira McPhee n'était pas dans le coup.

– On n'est pas les seules à avoir des talkies-walkies, répondit Lauren. Si elle nous voit arriver, elle lui demandera de revenir.

– Mais on doit faire quelque chose. Samira est peut-être là-bas.

– Si elle y est, c'est parce qu'elle est l'appât. C'est *moi*, la proie. Tu ne comprends pas ? Oublie toute cette histoire de réparation. Ces gens veulent me faire la peau, putain.

Lauren semblait aussi effrayée que désemparée, convaincue qu'elle avait découvert l'horrible vérité. Mais il y avait une vérité pire encore. Une facture devenant exigible, avec la vie de Samira en guise de garantie.

Nicolette savait avec quels péchés elle pourrait ou ne pourrait pas vivre. Les crimes pour lesquels elle méritait de payer.

L'heure était venue. Elle déglutit, s'éclaircit la gorge.

– Tu n'as rien à voir là-dedans, Lauren, dit-elle en s'efforçant de garder une voix ferme. Ça n'a rien à voir avec Moira McPhee ni avec les menaces de mort que tu as reçues.

– Comment tu le sais ?

– Parce que c'est moi qui te les ai envoyées.

La descente était un autre chemin en zigzag, mais cette fois-ci plus étroit et avec une terre plus friable. Beattie se retrouvait souvent à avancer plus vite que prévu, emportée par son propre poids sous l'effet de la gravité. Cela lui paraissait plus dur que la montée, sans parler du fait que c'était plus effrayant. Au moins, pendant l'ascension, elle voyait toujours ce qui se trouvait devant elle. À présent il était difficile de voir au-delà des buissons et le chemin ne se révélait que lacet après lacet.

À chaque pas trompeur, elle se sentait de plus en plus en colère à la vue de Jen qui marchait à quelques mètres devant elle. Elle ne put tenir sa langue plus longtemps.

– Combien de temps tu vas pouvoir continuer comme ça ? demanda-t-elle.

– C'est grâce au tennis. Ça muscle les jambes.

– Je ne parle pas de ça. Je veux dire, combien de temps tu vas pouvoir continuer à faire semblant de ne pas savoir ce qui se passe ici ce soir ?

Jen s'arrêta et se retourna.

– Je ne sais pas plus que toi ce qui se passe ici ce soir alors si tu as une théorie, je serais très curieuse de l'entendre.

Beattie croisa son regard.

– Ça a un rapport avec Jason.

Jen soupira et se détourna à nouveau.

– Bon sang, Beattie, dit-elle en reprenant sa progression. Pour toi, tout tourne autour de Jason. Mais je t'en prie, vas-y. Dis-moi comment *ça*, ça peut avoir un rapport avec lui.

– Le collègue de Jason, Darren Kyle, répondit Beattie. Je suis sûre que tu as suivi son procès avec attention, au cas où les déclarations des témoins contrediraient les conneries que tu as colportées pendant des années.

– En fait, non, je ne l'ai pas suivi de près. J'ai déployé beaucoup d'efforts pour laisser tout ça derrière moi et je n'ai pas eu envie de me pencher sur mes souvenirs. Mais d'après ce que j'ai entendu, il n'y a pas eu tellement de surprises.

– Ah, ça c'est sûr. Surtout en ce qui concerne les montres. Je parie que tu étais parfaitement au courant.

– C'est vrai, mais uniquement parce que Sam Finnegan m'en a parlé quand il est venu pour tenter de m'intimider après la disparition de Jason. Je vais te dire la même chose qu'à lui : je n'ai jamais vu l'ombre d'une montre. Tout ce que je sais, c'est qu'elles valaient une petite fortune et qu'elles ont disparu à peu près en même temps que Jason et Ronnie Bryceland.

Beattie ne voyait que le dos de Jen, ne pouvait la regarder dans les yeux pour affronter son mensonge.

– C'est aussi à peu près à cette époque-là que ton père s'est acheté un bar et est parti s'installer à Ténérife, et que tu as eu tout à coup tout l'argent qu'il te fallait pour créer ta nouvelle entreprise.

Jen lâcha un rire dédaigneux, aussi amer que condescendant.

– Mon père a vendu sa boîte de nuit. Tu l'as oublié ? C'est *comme ça* qu'il s'est payé ce putain de bar, Beattie. Et ce n'était pas ce qu'il avait prévu : il devait prendre sa retraite, une vraie retraite, à Ténérife, pas aller là-bas pour diriger une autre entreprise, et moi je devais reprendre le club. Mais ton sacro-saint Jason adoré a tout fait capoter quand on s'est aperçus qu'il avait volé soixante mille livres dans la caisse.

– Et le capital pour le développement de ta boîte ? D'où est-ce qu'il est subitement venu ? Tu es passée d'une petite boutique à des points de vente de partout.

– Un investisseur privé s'est manifesté parce qu'il aimait bien ce que je faisais. C'est ce qui se passe quand tu diriges une entreprise prospère et que personne ne pique en douce dans la caisse.

– Et c'était qui, cet investisseur ?

– C'est confidentiel.

– C'est pratique.

Jen s'arrêta et se retourna une fois de plus, juste avant un énième virage en épingle à cheveux. Elle avait le visage en feu, et ce n'était pas dû à l'effort de la descente.

– Qu'est-ce qui s'est passé, d'après toi, Beattie ? Hein ? Pourquoi est-ce que tu ne me le dis pas ? Qu'est-ce que tu attends de moi ?

– Je veux que tu me dises la vérité à propos de mon frère.

– Crois-moi, poulette, c'est la dernière chose que tu as envie d'entendre. Je ne t'ai pas caché la vérité, Beattie, je te l'ai épargnée. – Et là-dessus, elle s'éloigna à nouveau.

Beattie la suivit quelques mètres derrière, sentant la tension dans ses cuisses alors qu'elle tentait de maîtriser sa vitesse. Elle sentait ses mains se resserrer autour du club de golf alors que la fureur continuait de monter en elle, une fureur qui s'était accrue au fil des années.

– Et tu sais quoi ? lui cria Jen. Je ressens une forte impression de "c'est çui qui dit qui y est" dans cette affaire. Tu me parais bien décidée à faire croire que cette histoire de Faucheur a un rapport avec moi. C'est peut-être parce que tu as peur qu'elle ait un rapport avec toi. Est-ce qu'il y a quelque chose que tu n'aurais pas dit à propos de ton petit accident ?

La colère de Beattie se mêlait maintenant à une peur glaçante tandis que Jen franchissait le virage suivant. Vu son passé, elle devait avoir des relations des deux côtés de la loi. Formulait-elle juste une hypothèse ou savait-elle quelque chose ?

Beattie sentait qu'elle devait trouver une réponse rapidement car son silence semblait carrément coupable.

Avant qu'elle en ait eu l'occasion, Jen s'arrêta à nouveau et tendit la main, paume vers l'extérieur.

– Attends, dit-elle d'un ton différent, prudent plutôt qu'agressif.

Les yeux de Beattie balayèrent le paysage dans un sens puis dans l'autre, à la recherche d'une silhouette avec un passe-montagne, mais elle vit bientôt que ce n'était pas le problème.

Lauren avait évoqué le risque de glissements de terrain sur la route qu'elle et Nicolette allaient emprunter, et il y en avait un juste devant elles. On aurait dit qu'une portion de la colline avait été creusée, formant un mur abrupt de roche et de boue séchée qui plongeait sur une centaine de mètres. Tout en bas s'étendait un lit de boue encore plus sèche qui paraissait dure comme du béton.

Flanqué d'herbe et de broussailles, il restait un vestige du chemin, à peu près de la largeur et de la profondeur d'un grand rebord de fenêtre. Au-dessus, le mur de roche était légèrement bombé vers l'extérieur, ce qui signifiait qu'elles ne pourraient pas prendre appui dessus si elles devaient tenter de le traverser.

En temps normal, Beattie aurait pu y voir une raison de rebrousser chemin, une excuse pour ne pas affronter ce qui pourrait les attendre à la grotte. Mais, dans sa colère, elle y vit une opportunité différente, une opportunité qu'elle attendait depuis des années.

– On peut traverser, dit-elle. On n'a qu'à se servir des clubs de golf pour garder l'équilibre. L'une de nous tient le club sur le côté pour que celle qui traverse puisse s'y accrocher.

Elle tendit le sien pour faire une démonstration, montrant comment il pourrait former un garde-fou sur une partie du passage à franchir.

– Sérieusement, tu te sens de faire ça ? demanda Jen d'un ton dubitatif.

– Je le sens si tu le sens. Sinon, on va devoir rebrousser tout le chemin qu'on a parcouru et faire le grand tour, l'itinéraire qu'a emprunté le quad.

Jen s'approcha, regarda à nouveau le rebord et ce qui se trouvait en contrebas. Pendant ce temps, Beattie sortit son téléphone et le leva en l'air, comme pour vérifier une fois de plus si elle captait un signal. Mais son pouce était occupé à autre chose : le régler sur enregistrement.

– Bon, je vais passer la première, déclara Jen. Comme Beattie savait qu'elle le ferait.

Elle tendit à nouveau son club de golf, le saisissant par le grip et étendant la tête au-dessus du gouffre à une soixantaine de centimètres du mur de roche. Jen se mit prudemment en position, dos à la paroi, les mains agrippant le manche. Elle changea timidement d'appui, mettant de plus en plus de poids sur son talon gauche avant de soulever complètement le droit du terrain stable.

Une fois qu'elle eut les deux pieds sur le rebord, Beattie se mit à écarter progressivement le club de golf de la paroi. Un mouvement presque imperceptible, mais suffisant pour faire passer un message : la vie de Jen était entre ses mains, et elle le savait.

– Putain, mais qu'est-ce que tu fous ? demanda Jen.

– Je veux savoir ce qui est arrivé à Jason. Tu vas me dire cette vérité que tu m'as "épargnée". Parle maintenant, ou tu te tairas à jamais.

Sa première réaction fut de supposer que Nicolette mentait car à ce moment-là elle réfléchissait encore en termes de sa propre logique paranoïaque. Nicolette avait dit ça parce qu'elle avait besoin de croire qu'à l'intérieur de ce cottage il y avait Samira, une ligne téléphonique en état de marche et tout au plus une vieille femme inoffensive, et parce qu'elle devait pour les atteindre désamorcer la source de la peur de Lauren. Mais en voyant les larmes monter aux yeux de Nicolette, la honte dans son expression vacillante, elle comprit qu'elle disait la vérité.

Mais cela n'avait toujours pas de sens pour autant.

Une petite voix lui disait qu'elle aurait dû se sentir soulagée, mais celle-ci se perdait dans la cacophonie de contradictions qui faisait rage dans son esprit, sans parler de la colère qui grondait.

Malgré la force avec laquelle elle aurait voulu crier, sa question sortit dans un murmure étranglé :

– Pourquoi ?

Nicolette se contenta de la fixer, les lèvres tremblantes.

– Tu ne me connaissais même pas, ajouta Lauren.

Puis elle se dit que ce n'était peut-être pas vrai. Elle tenta de faire le calcul. Nicolette et elle avaient à peu près le même âge.

– Est-ce que j'ai acheté un bien à ta famille ? À tes parents ?

Nicolette secoua la tête, déglutissant pour tenter de former des mots.

– J'ai tout inventé.

– Mais c'était tellement détaillé, tellement sincère.

Et si douloureusement plausible, elle le savait.

– Ça n'avait rien de personnel, risqua Nicolette.

– Rien de personnel ? C'était une menace de mort. Qu'est-ce qu'il peut y avoir de plus personnel, putain ?

– Ce que je veux dire, c'est que tu n'étais pas vraiment la seule à être une cible.

Nicolette essuya une larme avec la manche de son sweat-shirt emprunté.

– Je suis un troll. J'ai envoyé des messages de haine et des menaces de mort à des dizaines de personnes. Des messages taillés sur mesure pour être bouleversants de la manière la plus spécifique que je pouvais imaginer. Je m'en veux terriblement après l'avoir fait, mais je n'arrive pas à m'en empêcher et personne ne peut m'en empêcher non plus. Ce n'est pas comme s'il y avait les "Trolls anonymes". On est déjà anonymes, c'est ça le problème.

"C'est exactement ce que tu as dit : quelqu'un en colère contre la façon dont sa vie a tourné. Quand je vois quelqu'un d'heureux et qui a réussi, j'ai envie de le démolir. J'ai envie de lui montrer à quel point le monde peut être effrayant et aléatoirement injuste."

– Tu te fiches de moi ? Je n'ai pas besoin de leçons pour savoir à quel point le monde peut être injuste.

– Je sais. Ça n'a rien à voir avec toi. Ça n'a jamais rien eu à voir avec les femmes à qui j'ai écrit. Et ça a toujours été des femmes, parce que j'imagine que je me comparais à elles. J'ai envoyé des injures à des actrices, à des sportives célèbres, à des chanteuses, des femmes d'affaires.

"J'ai lu quelque part que tu achetais des maisons qui avaient été saisies. J'ai imaginé un scénario qui serait la pire chose que tu n'avais *pas* imaginée. Parce que c'est ce qui m'est arrivé avec mon mari : la pire chose que je n'avais pas imaginée."

– Un mariage insatisfaisant et un mec qui te trompe ? Ce n'est pas vraiment un destin inimaginable.

– Je parlais de mon premier mari.

Lauren sentit qu'elles avaient atteint le cœur du problème. Elle fit un effort pour contenir sa colère.

– Eh bien ?

Nicolette déglutit à nouveau.

– Il s'appelait Ryan. Il est mort dans le tsunami du lendemain de Noël 2004, pendant la lune de miel qu'on avait reportée. On était mariés depuis trois mois. Il était allé se baigner pendant que j'étais dans notre chambre d'hôtel en train de me sécher les cheveux et tout s'est écroulé.

"Maintenant je suis mariée avec un homme que je traite comme un prix de consolation parce qu'il ne pourra jamais se mesurer à ce que j'ai perdu. J'éprouve cette colère à propos de tout ce qui m'a été volé, la vie que j'étais censée avoir, et je m'en prends à des gens que je n'ai jamais rencontrés. Je suis désolée, je suis vraiment navrée."

Lauren sentit le vent les fouetter. L'espace d'un instant, elle eut l'impression qu'elles étaient seules au monde. Elle regarda à nouveau cette femme qui lui avait infligé une telle peur, qui avait fait apparaître un fantôme terrifiant dans son esprit. Elle avait l'air pathétique.

– Je pourrais te tuer. Là, maintenant, sur cette colline. Je pourrais te tuer, putain. Ça, c'est une vraie menace de mort.

Nicolette croisa son regard.

– Et je le mériterais. Mais Moira McPhee n'est pas de mèche avec un ancien mercenaire. Et vu que le type au passe-montagne vient juste de sortir de chez elle, je ne pense pas qu'on devrait s'inquiéter uniquement pour la sécurité de Samira.

Elles s'approchèrent prudemment et en silence à travers les arbres, Lauren sachant qu'à chaque fois qu'elle voyait le cottage, on pouvait également la voir depuis là-bas. L'homme au quad était parti, mais il avait très bien pu faire le point avec quelqu'un, même si ce n'était pas Moira. Elles n'avaient aucun moyen de savoir combien ils étaient.

Elles finirent par atteindre le bord du terrain dégagé, une étendue de pelouse non entretenue entre la limite forestière et la maison. Personne n'avait tondu le gazon ni enlevé les mauvaises herbes depuis longtemps. Depuis cette distance, elle ne distinguait pas grand-chose à travers la fenêtre de derrière, car il ne semblait pas y avoir de lumière allumée. Elle songea au fait que l'homme cagoulé s'était contenté d'entrer et de ressortir deux minutes plus tard.

Il n'y avait personne ici, se dit-elle. Moira avait dû aller sur le continent, demander à un ami qui possédait un bateau de venir la chercher, si elle avait ce genre d'amis. Elle avait peut-être même emménagé dans une maison de retraite, comme le voulait son fils. C'était pour ça qu'elle ne l'avait pas vue depuis tout ce temps. Elle ne serait certainement pas passée lui faire ses adieux.

Mais quelque chose dans la confession de Nicolette la troublait. Elle avait si facilement cru à l'histoire que ces messages lui avaient racontée. Car même si elle avait souvent dit qu'elle refusait de s'excuser, cela ne signifiait pas qu'elle pensait n'avoir aucune raison de le faire ; plutôt qu'elle avait anesthésié sa conscience. Nicolette était la première personne à qui elle avait véritablement parlé de sa relation avec Moira McPhee : ce que celle-ci lui avait fait et ce qu'elle-même lui avait fait en retour. Ce qu'elle avait vu dans la réaction de Nicolette était tout ce qu'elle avait occulté. Oui, Moira était une femme sans cœur qui avait exploité la faiblesse et la vulnérabilité des gens dans le but de s'enrichir. Mais n'avait-elle pas fait la même chose ?

Lauren avait eu le dessus sur Moira McPhee, mais cela ne signifiait pas qu'elle avait été *meilleure* qu'elle. Pour cela, il aurait fallu qu'elle lui pardonne.

La porte de derrière n'était pas verrouillée, le seul obstacle étant le vieux mécanisme imposant et grippé. Lauren pénétra dans une petite buanderie où trônait une antique machine à laver à deux bacs aux bords écaillés par la rouille. Elle ouvrit avec circonspection une seconde porte qui révéla la cuisine, fonctionnelle mais sale. Il flottait dans l'air une odeur d'humidité, de pourriture : une odeur d'abandon, de vide. Et d'autre chose, quelque chose de bien plus désagréable.

Si son intention avait été de condamner Moira McPhee à vivre dans des conditions misérables, elle n'aurait pu les rendre beaucoup plus sordides.

Une porte entrouverte donnait sur une autre pièce, laissant voir une partie d'un salon. Comme dans la cuisine, le papier peint était décollé et moisi, mais il y *avait* du papier peint, ce qui signifiait que cet endroit n'avait pu être le décor devant lequel Samira avait été filmée. À moins que le cottage n'ait possédé une cave, mais elle pensait peu probable qu'on ait creusé très profondément sous le niveau du sol lorsqu'on avait construit un endroit semblable.

Le regard de Lauren fut attiré juste à gauche de l'évier, où un téléphone digne de figurer dans un musée était fixé au mur. Elle était en train de prendre le combiné lorsqu'elle remarqua que le fil avait été sectionné. Elle soupçonnait que c'était ce que l'homme cagoulé était venu faire.

Nicolette se dirigeait déjà vers le salon, à la recherche de Samira.

– Oh putain ! Oh putain de merde !

Pendant un instant, Lauren crut que Nicolette l'avait trouvée. Mais elle avait trouvé quelqu'un d'autre.

Le corps de Moira McPhee gisait dans une position tordue sur le tapis effiloché.

Nicolette leva les yeux du cadavre pour regarder Lauren qui entrait dans la pièce.

– À ton avis, elle est là depuis combien de temps ?

Lauren n'était pas une experte mais elle estimait que Moira était morte depuis des semaines, peut-être des mois. Elle avait dû avoir une crise cardiaque, une attaque ou quelque chose comme ça, peut-être les deux. Et il n'y avait eu personne pour l'aider.

– Aucune idée, marmonna-t-elle.

– Tu l'as vue quand, la dernière fois ?

Lauren se posait la même question. Combien de fois était-elle venue sur l'île depuis le dernier jour où elle avait vu Moira vaquer à ses occupations ? Dix réservations ? Douze ? Et la dernière fois qu'elle avait posé les yeux sur le cottage remontait à presque un an, quand elle était passée sur le chemin et avait brièvement vu Moira lui retourner un regard mauvais depuis sa fenêtre.

– J'imagine que son fils n'était pas vraiment affectueux ou dévoué, suggéra Nicolette, mais Lauren avait du mal à penser pire de lui que d'elle-même.

– Il faut que je sorte d'ici, dit-elle en se précipitant vers la porte d'entrée pour sortir dans l'air nocturne.

Elle resta devant le cottage, accablée par la honte. Elle aurait aimé que les larmes viennent mais elles ne venaient pas, sa conscience fraîchement réveillée lui refusant peut-être la catharsis.

Quelques instants plus tard, Nicolette apparut à côté d'elle.

– Ça va ?

– Non.

Lauren contemplait la mer, où le soleil ne s'était pas encore tout à fait couché sur l'eau.

– La carte dans le salon, dit-elle. J'ai fait faire cette version sur commande, avec le nom modifié en Claiggean Geal, à titre de rappel de ce que cet endroit symbolisait pour moi. En fait, c'étaient des conneries. Le collecteur de loyer avait dû inventer ça pour intimider les gens. Il n'y a même jamais eu de moutons, ici. Moira McPhee était bien ma logeuse, cette partie-là est vraie : la propriétaire des taudis qui a flanqué ma mère à la rue avec une enfant. J'ai cru à cette histoire de Crânes blancs quand j'étais petite parce que j'avais peur du collecteur de loyers, et je l'ai crue plus tard parce que ça m'arrangeait. J'en avais besoin pour justifier ce que j'avais fait. Tout ce que j'avais fait.

Elle se tourna pour regarder Nicolette dans les yeux.

– Tes messages, tes menaces de mort…

– Je suis vraiment désolée, Lauren, c'était…

– Je te pardonne.

Le centre de gravité de Jen s'était déplacé un peu trop vers l'avant. Pendant un instant, elle s'était dit qu'elle pourrait peut-être reculer brusquement puis lâcher le manche du club avant de rejoindre doucement l'autre côté. Mais même si elle y parvenait, quand vous vous trouvez sur une corniche à côté d'une cinglée armée d'un club de golf, écarter celui-ci de vous n'est pas la seule chose qu'elle peut faire si elle vous veut du mal.

Ce n'était pas la première fois que Jen se retrouvait piégée. Après la menace de Jason, elle s'était sentie prisonnière. Mais quand cette brique était passée à travers sa fenêtre, elle avait vu que celle-ci avait également endommagé les murs de sa prison. C'est à ce moment-là qu'elle avait compris ce qu'elle pouvait faire. Ce qu'elle *devait* faire, car, d'une façon ou d'une autre, Jason représentait un danger mortel pour ses enfants.

Comme toute évasion, cela avait demandé du temps et de la préparation. Déjà, elle avait dû attendre l'hiver et les nuits sombres. Elle avait également dû laisser passer un laps de temps approprié après avoir effectué un certain achat. Elle était passée par plusieurs intermédiaires, disant à son contact direct qu'elle en avait besoin pour s'assommer pendant un vol long-courrier. Même ainsi, elle avait dû patienter quelques mois pour qu'ils oublient son visage ; quelques mois passés à se convaincre et à se dissuader, à retourner les choses dans sa tête, sans jamais être sûre d'être capable d'aller jusqu'au bout.

Elle l'avait fait un vendredi soir. C'était le 23 novembre, l'anniversaire de son premier rendez-vous avec Jason, et Jen s'était arrangée pour que les enfants passent la nuit chez ses parents. Elle n'avait pas choisi la date pour sa signification, du moins pas consciemment, mais parfois le destin y met du sien. Jason se rendait toujours disponible pour cette occasion car cela faisait partie de l'image du mari romantique qu'il avait de lui, ce qui était une autre façon de dire que non seulement il attendait une partie de jambes en l'air, mais aussi qu'il attendait que Jen fasse comme si cette partie de jambes en l'air avait été le cadeau que *lui* lui faisait.

Comme prévu, étant donné qu'il s'agissait d'une soirée particulière, il était rentré directement après son service, laissant sa voiture devant la maison. C'était une Porsche Boxster, un bijou qu'il n'avait pas acheté avec son salaire de policier. Jen l'avait rentrée dans le garage pendant qu'il était sous la douche, tirant les rideaux du salon pour qu'il ne s'en aperçoive pas et espérant qu'il n'avait rien laissé à l'intérieur susceptible de lui faire remarquer que la voiture avait été déplacée. Elle n'avait pas envie de répondre à des questions gênantes.

– Putain, elle est où la bagnole ?

Comme celle-ci.

C'est au moment où sa voix avait résonné dans l'escalier qu'elle s'était souvenue qu'elle avait laissé les rideaux de la chambre ouverts. Bien qu'ils aient eu un garage double avec une porte de communication intérieure donnant sur la cuisine, Jason aimait laisser son véhicule ostentatoire bien en vue.

– Je l'ai rentrée dans le garage pour t'éviter d'avoir à le faire, avait-elle répondu avec ce petit rire carillonnant sur la fin. Nerveux, implorant.

– Pourquoi ?

Jen avait eu peur d'avoir un blanc, de se trahir dès le premier obstacle. Puis quelque chose s'était mis en marche dans son cerveau.

– Helena m'a dit qu'il y avait eu quelques cambriolages dans le coin dernièrement, des lecteurs CD qui se sont fait piquer. Comme il n'y aura personne à la maison, je me suis dit…

– Ouais, c'est bon.

Une fois qu'il avait été habillé, elle lui avait servi une bière devant la télé avant d'aller se préparer à son tour. Elle était montée dans la chambre, où elle l'avait appelé sur son portable depuis un téléphone prépayé. Quand il avait répondu, elle avait mis l'appareil devant le radio-réveil pour qu'il entende une musique d'ambiance étouffée. Elle l'avait entendu dire allô à plusieurs reprises avant de décider qu'il s'agissait d'une erreur, puis il avait raccroché. L'appel serait enregistré cependant, sa durée plausible.

Ensuite, elle avait attendu, pratiquant des exercices de respiration pour empêcher son cœur de cogner dans sa poitrine.

En temps normal, Jason aurait traîné sur le seuil sitôt sa bière terminée, manifestant son impatience devant le temps qu'elle mettait à se préparer (même si ça l'aurait aussi énervé s'il avait estimé qu'elle n'avait pas fait assez d'efforts, surtout pour leur anniversaire). Mais ce soir-là, il n'était pas venu traîner sur le seuil.

Les exercices de respiration avaient leur limite. En descendant l'escalier, Jen avait senti son cœur battre la chamade, terrifiée à l'idée que le Rohypnol qu'elle avait versé dans sa bière n'ait pas fonctionné. Terrifiée à l'idée qu'il ait fonctionné.

Elle l'avait trouvé affalé dans son fauteuil préféré, immobile, les yeux presque mais pas tout à fait fermés. Elle s'était mise devant lui, l'empêchant de voir la télé. Cela aurait normalement suffi à provoquer une réaction agacée.

– Jason, avait-elle dit d'une voix ferme. Jason. Jason !

Il n'y avait pas eu de réponse. Elle avait fait claquer ses doigts devant son visage. Toujours rien. Puis elle lui avait pincé le lobe de l'oreille, ce qui, d'après sa sœur

Beattie, était ce que les infirmières faisaient aux personnes qu'elles soupçonnaient de feindre d'être inconscientes.

Jason n'avait pas réagi, ce qui l'avait simultanément remplie de soulagement et d'effroi. De soulagement parce que son plan fonctionnait, d'effroi parce qu'elle devait maintenant le mettre à exécution. Si elle ne le faisait pas, comment allait-elle lui expliquer pourquoi il s'était subitement évanoui ? Étant flic, il n'aurait aucun doute sur la signification des symptômes des effets secondaires. Et s'il soupçonnait qu'elle l'avait drogué, elle ne voulait même pas imaginer jusqu'où il pourrait aller en guise de représailles.

Il n'y avait pas de retour en arrière possible, et pas de temps à perdre non plus.

C'est alors qu'on avait sonné à la porte.

Helena s'arrêta net en entendant un autre bruit soudain, effrayée par un froissement doublé d'une turbulence avant d'identifier celui-ci comme le battement d'ailes d'un oiseau qui s'envolait d'un arbre. Ce bruit lui avait semblé étrangement fort, mais ici le moindre son semblait trop fort en raison du silence écrasant qui régnait le reste du temps. C'était le silence profond et enveloppant d'un studio insonorisé combiné à l'étrange sensation de vide que l'on ressent dans un espace infini, et Helena avait l'impression que Michelle et elle étaient ici totalement isolées. Elles ne pouvaient compter que l'une sur l'autre et, étant donné les antécédents de Michelle, Helena trouvait cela loin d'être réconfortant.

Kylie Minogue avait chanté "*Better the Devil you Know*" – mieux vaut savoir à quoi s'en tenir –, mais Helena aurait préféré être ici avec littéralement n'importe quelle autre fille. Même Beattie. Celle-ci pouvait être une vieille emmerdeuse mais Jen avait toujours affirmé que ce qui la rendait aussi casse-couilles était qu'elle avait un sens profond du devoir et de l'obligation.

Cette pensée provoqua une prise de conscience.

– On n'a pas eu de nouvelles des autres, dit-elle.

– Merde. C'est parce que la radio est restée éteinte.

Michelle sortit l'appareil de son sac et l'alluma.

– Allô ? C'est Michelle. Des nouvelles ?

Il y eut un long délai, ou peut-être celui-ci leur sembla-t-il long parce que chaque seconde de silence qui passait soulevait de pires éventualités. Puis il y eut une explosion de crachotis et une voix.

– C'est Kennedy. Vous étiez passées où, les filles, bon sang ? Vous ne répondiez pas.

– On avait coupé la radio par souci de discrétion. J'avais oublié de la rallumer. Désolée.

– Quoi de neuf ?

– Rien. On a vérifié les cottages en ruine. On essaie maintenant de trouver le bateau.

Michelle remettait la radio dans son sac quand des parasites se firent à nouveau entendre, suivis de la voix de Kennedy.

– Oh merde oh merde oh merde !

– Quoi ?

– Je viens de recevoir une nouvelle vidéo sur l'appli. Je crois qu'on va manquer de temps.

Il y eut un silence atroce.

– Kennedy, t'es toujours là ? demanda Michelle.

– Désolée. – La voix de la jeune femme était chevrotante. – C'est terrible. La glace fond. Je ne sais pas combien de temps il nous reste. Je crois que vous devriez toutes revenir ici. Il faut qu'on prenne une décision.

Il y eut un autre silence douloureux pendant qu'elles digéraient cette information.

– Compris, dit Michelle. Cette fois-ci, elle rangea bel et bien la radio.

Helena se retourna, essayant d'estimer quel pourrait être le chemin le plus direct pour retourner à la maison.

– On est presque arrivées au bateau, dit Michelle. On ne peut pas être loin.

– Tu n'as pas entendu ? On va manquer de temps.

– On a fait le chemin jusqu'ici. Et, en plus, si on parvient à mettre la main sur ce bateau, on pourra rentrer plus rapidement.

Helena songea au temps qu'il leur avait fallu pour arriver jusqu'ici. Ce que Michelle disait faisait sens. Le jeu en valait la chandelle, même si elle était loin d'être impatiente d'affronter la discussion qui les attendait à leur retour. Quelqu'un allait devoir donner au Faucheur ce qu'il voulait.

– Ok, répondit-elle. Même si je pense qu'à ce stade, on a autant de chances de se diriger vers la baie que de retourner en direction de la maison. J'ai perdu mes repères dans cette foutue forêt. – Elle regarda à nouveau son téléphone. – Je sais que c'est le nord, mais je n'arrive pas à faire le rapprochement avec la carte.

– Je n'entends même plus la mer, observa Michelle. J'ai l'impression qu'on s'en est éloignées.

C'est le danger quand on est désorienté dans les bois : chaque pas peut vous emmener plus loin de l'endroit où vous voulez aller, ou même vous faire tourner en rond. Helena se demanda comment elle pourrait savoir si c'était le cas, quel repère caractéristique elles pourraient reconnaître. C'est à ce moment-là qu'elle songea à ce qu'elles avaient manqué plus tôt.

– Le ruisseau ! dit-elle. On revient sur nos pas et on le suit. Il descend forcément vers la mer.

Michelle lui adressa un immense sourire, plein de soulagement, de gratitude et de quelque chose qui aurait pu être de l'affection. Helena ne l'identifia pas immédiatement comme tel car elle était réticente à reconnaître ce que c'était.

– Tu es géniale !

– Tu parles ! marmonna Helena. Une partie d'elle ne voulait pas laisser Michelle profiter de l'atmosphère qu'elle cherchait à créer. Et une autre partie savait qu'elle-même ne la méritait pas non plus.

Bon sang, comment en étaient-elles arrivées là ?

Elle s'était retrouvée avec un conflit là où il y avait jadis eu de l'affection ; des sentiments mitigés même vis-à-vis de ses souvenirs les plus précieux. L'un d'eux en particulier la laissait toute retournée.

C'était pour les sept ans de Michelle. Sa mère les avait emmenées toutes les deux voir *L'Histoire sans fin* en ville au cinéma ABC, puis elles étaient allées manger au Back Alley dans West End. Elles avaient pris des hamburgers, des milk-shakes et des desserts, tous avec des noms délirants. Le film avait été incroyable, le repas lui-même avait semblé sortir d'un film, mais le plus beau c'était qu'après elle avait pu retourner passer la soirée chez Michelle car les parents de celle-ci étaient de sortie.

Elles étaient montées dans sa chambre pour jouer avec le scooter Barbie StarCycle qu'elle avait reçu pour son anniversaire. Puis Michelle avait ouvert son armoire pour en sortir sa poupée exceptionnelle.

– Je vais te dire son nom, avait-elle déclaré. Parce que tu es ma meilleure amie. Toi et moi, on sera les seules à le savoir.

Michelle l'avait laissée tenir la poupée et Helena avait eu l'impression que c'était quelque chose de sacré. Pas l'objet en lui-même, mais le fait d'avoir la confiance de la fille la plus incroyable du monde. Le nom de la poupée était étrange, un nom qui semblait inventé, mais ce n'était pas la question. Ça avait beau être l'anniversaire de Michelle, cela avait été pour elle le plus beau jour de sa vie.

C'est pour ça que cela avait été d'autant plus douloureux lorsque, dix-huit ans plus tard, Michelle l'avait larguée comme du lest qui l'aurait retenue.

C'est pour ça qu'elle ne pourrait jamais lui pardonner.

La sonnette avait retenti une seconde fois. Elle n'avait jamais sonné aussi fort.

Jen avait envisagé de l'ignorer, mais les lumières étaient allumées et la télévision s'entendait sans doute depuis le seuil. Elle avait jeté un coup d'œil à travers les rideaux. C'était Alastair, qui vivait quelques maisons plus loin. Et il l'avait vue regarder par la fenêtre.

Elle s'était précipitée vers la porte.

– Est-ce que Jason est là ? avait-il demandé.

Il savait que la réponse était oui. Il était sans doute venu après avoir vu la voiture de Jason en rentrant chez lui.

À ce moment-là, elle avait eu l'impression que tout était sur le point de s'effondrer à cause d'une simple question. Mais elle s'était reprise : ce n'était pas la dernière fois que ses nerfs seraient mis à l'épreuve ce soir-là.

– Il est sous la douche, avait-elle répondu.

– C'est juste qu'il m'a emprunté le chargeur de mon caddy électrique. Je pense qu'il avait perdu le sien. Je peux entrer et l'attendre.

Alastair avait fait mine de vouloir entrer, sachant qu'elle l'avait invité chez eux une bonne dizaine de fois auparavant. Jason serait dans son champ de vision par la porte du salon sitôt qu'il aurait mis un pied dans le hall.

– Je ne sais pas pour combien de temps il en a, mais le fait est qu'il est en retard et qu'on doit sortir dîner en ville dès qu'il se sera changé. Je lui demanderai de vous le rapporter à la première heure demain, ça vous va ?

– Le problème, c'est que je dois le charger cette nuit.

Merde.

– En sortant dîner, alors.
– Ce serait super.

Alors qu'elle le regardait s'éloigner, son soulagement avait été remplacé par la peur de ce qu'il pourrait dire à la police. Puis elle avait compris que cela jouerait en sa faveur. Alastair serait un témoin en ce qui concernait la chronologie des faits. Jason était là, ils s'apprêtaient à sortir dîner, ils avaient une table réservée. Jason avait ensuite reçu un appel et il avait dû ressortir. Alastair ne saurait pas où se situait le coup de téléphone dans cette séquence.

Elle avait eu de la chance, mais cela lui avait pris du temps. Elle avait dépassé le point de non-retour et tout était désormais une question de survie.

Elle se rendit dans le garage, où elle avait entreposé le diable qu'ils utilisaient au club pour transporter les caisses de bière. Elle avait remplacé celui de la boîte de nuit par un modèle presque identique, prenant l'ancien pour que son achat ne puisse être retracé si on le retrouvait un jour.

Elle l'avait couché par terre dans le salon et avait placé le corps inanimé de Jason dessus. L'inclinant légèrement, elle l'avait lentement fait rouler en marche arrière jusqu'au garage, où elle avait étendu un vieux bout de moquette sur le sol en béton. Elle avait roulé Jason à l'intérieur, le maintenant en place avec deux longueurs de corde. Elle l'avait ensuite hissé sur le siège arrière de la Porsche, faisant de lui la toute première personne à voyager à l'arrière – il n'y avait pas assez de place pour les jambes d'un adulte et c'était trop étroit pour les sièges auto des enfants. Le coffre n'était pas une option car il était minuscule, mais il était malgré tout assez grand pour contenir le bidon d'essence dont elle aurait besoin plus tard. Cela ressemblait tellement à Jason d'avoir acheté une voiture complètement inadaptée aux besoins standard d'une famille, comme transporter des enfants, aller au supermarché, ou assassiner son mari.

Elle avait enfilé des vêtements à lui : un sweat-shirt foncé, un bas de jogging et une casquette de base-ball qu'il avait achetée en vacances. Elle ne savait pas trop quelle était la qualité de la définition des caméras routières mais elle s'était dit que, dans l'obscurité, il ne serait au moins pas évident que ce n'était pas lui qui conduisait.

Elle avait continué à effectuer ces exercices de respiration, ralentissant son souffle pour que son cœur puisse faire de même. Elle avait lu que c'était une réaction physiologique plutôt que psychologique même si, paradoxalement, le fait de le savoir l'avait aidée à se convaincre que cela fonctionnait.

Elle avait engagé la Porsche sur la route secondaire d'Uddingston en direction de Blantyre, puis bifurqué sur une étroite route de ferme qui allait jusqu'aux rives de la Clyde.

Lorsqu'elle avait coupé le moteur, l'obscurité lui avait paru à la fois intimidante et rassurante. Il y avait de gros nuages et une légère bruine, pas de lune ni d'étoiles qui perçaient la pénombre, même s'il y avait un peu de lumière chaque fois qu'un train passait sur le pont ferroviaire non loin de là, ainsi que la lueur des lampes au sodium des réverbères d'Uddingston de l'autre côté du fleuve.

Jen avait sorti le diable du coffre et l'avait posé dans l'herbe, prêt à recevoir le paquet roulé sur le siège arrière. Elle avait utilisé le téléphone prépayé comme lampe de poche, plaçant l'appareil sur le capot de la Porsche. Il lui aurait été plus facile de voir ce qu'elle faisait en rallumant les phares, mais cela aurait augmenté le risque qu'on la repère.

Une fois le colis en place, elle avait pris deux autres longueurs de corde dans le coffre pour l'attacher au diable. Puis elle avait commencé à le tirer sur les derniers mètres qui la séparaient du bord du fleuve.

Là, son téléphone avait sonné, lui faisant lâcher les poignées du diable. Elle s'était empressée de récupérer l'appareil dans sa poche pour pouvoir couper la sonnerie, même s'il n'y avait personne à moins d'un kilomètre.

C'était le restaurant, qui demandait s'ils voulaient toujours la table. Elle avait oublié qu'elle était censée appeler pour annuler. C'était un moment comme un autre.

– Je suis vraiment désolée, avait-elle dit. Mon mari a reçu un appel du travail et il s'est retrouvé pieds et poings liés.

Bon sang. Les mots étaient sortis avant qu'elle ait eu le temps de réfléchir.

Alors qu'elle remettait le téléphone dans sa poche et saisissait à nouveau les poignées du diable, elle avait tenté d'oublier ce qui était enveloppé dans le tapis. *Qui* était enveloppé dedans. Son esprit la tourmentait avec des images lui montrant de bons moments. Ces pensées séduisantes qui lui disaient que tout pouvait encore s'arranger. Qu'ils pouvaient surmonter cela. Qu'il n'avait pas voulu dire ce qu'il avait dit, et qu'elle-même n'était pas comme ça.

Puis le paquet s'était mis à bouger. Jason commençait à revenir à lui.

Vous ne savez ce que vous voulez vraiment que lorsque le choix est sur le point de vous être enlevé, et Jen savait ce qui se passerait si Jason se libérait. Cela avait suffi à dissiper toutes ses illusions.

Jason pensait totalement ce qu'il avait dit, et quant à qui elle était, il n'y avait pas de doute non plus. Elle n'était plus une victime. Voilà qui elle était.

Jen avait redressé le diable puis l'avait fait basculer dans le fleuve. Celui-ci avait produit un bruit d'éclaboussures étonnamment fort, puis le silence s'était réinstallé quand il avait disparu sous la surface. Ici, l'eau était froide et profonde et, même si elle était noire la nuit, Jen savait qu'elle demeurait cuivrée et opaque même en plein été.

On ne le retrouverait pas. Elle avait eu besoin d'en avoir l'absolue certitude. Car si son corps noyé devait un jour être examiné, une autopsie révélant des traces de Rohypnol ne suggérerait pas vraiment un règlement de comptes entre gangs ; beaucoup plus la vengeance d'une femme battue par son mari.

Et ça avait marché. Le temps avait prouvé qu'elle avait trompé la police, les gangsters, tous ceux qui connaissaient Jason. Tout le monde sauf la femme qui la tenait maintenant en équilibre au bord d'un précipice.

– Tu l'as tué, hein ?

Jen ne voyait pas comment l'une ou l'autre réponse allait améliorer sa situation. Mais elle devait donner quelque chose à Beattie. Et vu ce que celle-ci venait de faire, elle méritait d'avoir ce qu'elle demandait.

– Jason m'a terrorisée pendant des années. Il nous a terrorisés tous les trois. Je l'ai caché à tout le monde, et c'est ça mon véritable crime. Quand j'ai finalement menacé de le quitter, il a dit qu'il tuerait les enfants. Qu'il tuerait Calum et Ailsa, et qu'il me ferait porter le chapeau. Puis qu'il passerait à autre chose, comme si on n'avait jamais existé.

– Des mensonges, dit Beattie. Encore des mensonges. – Mais son expression suggérait qu'elle n'en était pas si sûre et, consciemment ou pas, elle rapprocha le club de golf juste assez pour que Jen retrouve son équilibre et se mette en sécurité.

Elles se regardèrent depuis les côtés opposés de la partie effondrée, si proches et pourtant séparées par un gouffre.

– Mais tu l'as tué, hein ? insista Beattie. C'est ce qui lui est arrivé ? Tu le reconnais ?

– Oui, je l'ai tué. J'ai fait ce que j'avais à faire en tant que mère. Et j'ai la conscience tranquille : depuis, je passe de bonnes nuits parce que je n'ai plus à vivre dans la peur.

Beattie se détourna, regardant le sol. Jen ne voyait pas son visage. Elles ne dirent rien pendant quelques secondes. Quand Beattie reprit la parole, Jen vit l'angoisse dans son expression, les larmes qui coulaient déjà.

– Tu ne sais pas ce que c'est, dit-elle. De ne pas savoir.

Soudain, Jen ressentit tout le poids de la culpabilité qu'elle avait été obligée de refouler. Tout ce qu'elle avait jamais vu, c'étaient la colère et la suspicion de Beattie. Elle ne s'était jamais autorisée à voir la torture qu'elle et sa famille avaient endurée, car cela avait été pour elle la seule façon de vivre avec ce qu'elle avait fait. Il avait déjà été suffisamment difficile d'affronter le désarroi auquel ses propres enfants avaient été confrontés. Ils avaient eu peur de Jason la moitié du temps, mais il n'en restait pas moins leur père, et elle le leur avait pris.

Son seul soulagement, c'était de savoir qu'elle ne l'avait pas fait souffrir sur la fin. Grâce au Rohypnol, Jason n'avait dû se rendre compte de rien. Mais ce n'était pas le genre de détail qu'elle prévoyait de dévoiler à Beattie.

– Je suis désolée, dit-elle, la tête basse. Je ne peux même pas imaginer à quel point ça a dû être douloureux pour toi et ta famille. Personne ne devrait endurer ça.

Puis elle croisa à nouveau le regard de Beattie.

– Mais personne ne devrait endurer ce qu'il m'a fait non plus.

Beattie la dévisageait depuis l'autre côté du gouffre, une froideur familière visible à travers ses larmes.

– Ce que tu *dis* qu'il t'a fait.

Jen s'était autorisée à ressentir sincèrement la douleur de Beattie, mais cela ne signifiait pas qu'elle allait accepter ses conneries.

– Pourquoi est-ce que j'aurais fait une chose pareille à moins de n'avoir absolument pas le choix ?

– Je pense à quelques raisons plus plausibles que ce que tu racontes à propos de Jason.

Jen ravala sa colère, cessa le feu un moment afin de se reprendre. Il était temps pour elles deux d'abattre leurs cartes.

– Je t'ai vu tripoter ton téléphone, dit-elle. J'imagine que tu m'as enregistrée.

L'expression de Beattie le lui confirma. Méfiante, mais pleine de défi.

– Ce que tu vas faire de ça, c'est ton problème. Mais tu as mal joué en me laissant traverser la première, parce que maintenant tu as un choix à faire. Tu rebrousses chemin toute seule et tu prouves que le sort de Samira ne t'a jamais vraiment tenu à cœur, ou tu remets ta vie entre mes mains ici même, sachant que je pourrais te faire ce que tu m'as fait ? Je pourrais attendre que tu sois à mi-chemin et exiger que tu me lances ton téléphone. Ou je pourrais t'aider à traverser. Ça dépend juste du genre de personne que tu crois que je suis.

Jen s'assura qu'elle était solidement campée dans l'herbe, puis tendit son club de golf.

– J'ai avoué ce que j'ai fait et je t'ai expliqué pourquoi je l'ai fait. Mais, maintenant, à toi de décider s'il y a une différence entre ce que tu crois véritablement et ce que tu *aimerais* croire.

Il sembla leur falloir plus de temps pour retrouver le ruisseau, sans doute parce que cette fois-ci elles le cherchaient. Michelle craignait que, si elles ne le trouvaient pas rapidement, Helena ne suggère de rebrousser chemin, bien que tourner à tel ou tel endroit impliquait qu'elles savaient déjà dans quelle direction elles allaient.

Elle était soulagée d'avoir fait comprendre à Helena que, si elles trouvaient le bateau, elles auraient plusieurs options. La prochaine étape allait être de lui faire comprendre quelles étaient certaines de ces options. Helena pensait que la solution désintéressée était toujours la bonne. C'était une des raisons pour lesquelles elle était prof de musique et Michelle une star.

Elles finirent par retrouver le ruisseau et Michelle faillit perdre pied dans son empressement à descendre. Elle dérapa légèrement, s'arrêtant juste avant que son pied droit ne glisse dans l'eau. Elle regarda Helena descendre de façon plus contrôlée, tout cela pour déraper au dernier moment quand elle tourna la tête en réaction à un bruit. On aurait dit les parasites d'une radio.

– C'était un message ? demanda-t-elle en se redressant au bas de la pente.

Michelle craignait que, si tel était le cas, il ne leur soit pas destiné.

– Ça ne venait pas de ma radio. On aurait plutôt dit que ça venait de là-bas.

Elles jetèrent un coup d'œil dans la direction du bruit, sans voir autre chose que des arbres. Elles échangèrent un regard.

Michelle sortit la radio de son sac.

– Est-ce que quelqu'un vient d'essayer d'émettre ? On a eu des parasites, mais pas de message.

Il y eut quelques instants de silence, puis Kennedy répondit.

– Je n'ai rien dit et rien entendu.

– Ok, ne t'inquiète pas pour ça, dit Michelle.

Helena la regarda avec consternation.

– Ne t'inquiète pas pour ça ? Il y a quelqu'un qui nous traque.

La voix de Kennedy se fit à nouveau entendre dans la radio.

– Vous êtes sur le chemin du retour maintenant, les filles ?

– Bien reçu, répondit Michelle. Cela lui valut un regard d'Helena qui avait compris qu'elle n'avait pas l'intention de dévier de sa route actuelle.

– Pourquoi est-ce que tu as tellement envie de trouver ce bateau ? S'ils nous voient le prendre, on ne sait pas ce qu'ils feront à Samira.

– Ils ne vont pas renoncer à leur seul moyen de pression comme ça.

– Ce n'est pas un "moyen de pression". C'est une personne. On nous a dit de ne pas quitter l'île.

– Et si on fait ce qu'on nous dit, si on rentre tout de suite, on sera entièrement à leur merci. Alors que si on s'empare de ce bateau, ça nous ouvrira des possibilités.

Helena semblait certaine d'avoir lu dans ses pensées. Elle affichait une expression hautaine.

– Des possibilités ? Ouais, j'imagine bien. Mais je crois que te saisir de la meilleure occasion et laisser tout le monde en plan, c'est un peu ton truc.

Michelle ressentit un élan de colère et se demanda si c'était parce qu'il y avait un accent de vérité dans ce que disait Helena. On a tendance à crier plus fort quand un coup touche un point sensible.

– Alors, ça se résume à ça, dit-elle. À ma grande trahison. Au fait qu'on m'ait offert une occasion et que j'aie été assez déterminée, assez *égoïste*, pour la saisir. C'est bien ça ?

– Il ne s'agit pas de ce que tu as pris pour toi, rétorqua Helena. Il s'agit de ce que tu m'as pris à moi : la carrière que j'aurais pu avoir.

– Je ne t'ai rien pris, Helena. Ça, c'est dans ta tête. Tu es en colère parce que tu n'as pas eu ce que tu *pensais* seulement vouloir. Une version imaginaire de l'histoire qui supprime tous les éléments que tu ne serais pas capable de gérer.

– Tu as changé le nom du groupe en Cassidy pour que les gens pensent que c'était toi la star, mais même ça, ça ne t'a pas suffi. Tu as voulu être Mica, pour ne pas avoir à partager la vedette.

– Je n'ai jamais eu à partager la vedette, Helena, parce que ce n'est pas moi qui me terrais dans l'ombre. C'est pour ça qu'ils ne voulaient que moi. Ils voulaient une diva de la pop capable de chanter des tubes commerciaux qui passent bien à la radio. Tu ne te serais jamais contentée de ça, si ? Alors que moi, je voulais juste chanter. Comme Madeleine veut juste jouer de la batterie et comme Daisy est heureuse de jouer de la basse. Tu m'en veux de ne pas avoir obtenu quelque chose que tu n'as jamais voulu de toute façon.

Cela lui fit du bien de le lui avoir enfin dit, face à face. Puis Helena lui asséna la chose qui l'avait travaillée pendant toutes ces années.

– Comment tu peux le savoir, tu ne m'as jamais posé la question ?

Michelle revoyait encore Anders, de la maison de disques, traverser le hall de son hôtel en cet après-midi fatidique à Lisbonne. Elle était là-bas le temps d'une courte pause car, à l'époque, elle sortait avec un DJ qui s'y produisait ce week-end-là.

Elle s'était dit que la présence d'Anders n'était pas une coïncidence. Il était avec quelqu'un qu'elle reconnaissait vaguement mais ne parvenait pas à situer. Michelle avait pensé qu'il faisait peut-être partie de la société mère du label et elle était convaincue qu'ils étaient venus lui annoncer qu'ils abandonnaient le groupe, choisissant des circonstances agréables pour ce faire puis lui laissant le soin de le dire aux autres.

Anders avait présenté son compagnon comme étant Alan Devine. C'est à ce moment-là qu'elle avait compris ce qui se passait réellement. Il ne faisait pas partie de la maison de disques. Il était dans le management et son tableau de chasse contenait de très grands noms. Alan Devine était à Lisbonne avec Anders alors que Mairi Lafferty, la manager de Cassidy, était Dieu sait où.

Tout était sur la table avant même l'arrivée des boissons. C'était la fin du groupe, elle ne s'était pas trompée sur ce point, mais le début d'autre chose. Nouveau management, nouveau contrat d'enregistrement, nouveau look et nouveaux cachets : de sacrés gros cachets. Des cachets qu'elle n'aurait à partager avec personne car il y avait un piège, si on pouvait appeler ça comme ça : c'était seulement elle qu'ils voulaient.

Michelle aimait se dire que la décision avait été difficile à prendre, mais ce n'était pas le cas.

Elle n'avait même pas demandé si Helena pouvait continuer à travailler avec elle en tant que compositrice. Elle savait qu'Anders leur reprochait leur indulgence envers Helena après l'échec de leur deuxième album. Enhardies par le succès du premier, elles lui avaient accordé beaucoup plus de liberté concernant le côté créatif, et cela n'avait pas fonctionné.

– Helena est ma meilleure amie.

Elle avait tout de même dit cela. Mais c'était surtout pour pouvoir se dire qu'elle avait tenté quelque chose.

– Tu ne rends service à personne en t'accrochant au passé une fois que tu as avancé, lui avait dit Anders.

Alan l'avait formulé de façon beaucoup plus éloquente.

– Comme notre bon vieux Sting l'a dit dans une chanson, si tu aimes quelqu'un, libère-le.

Elle comprenait parfaitement la vérité de cette phrase. Mais la personne qu'elle aimait le plus, la personne qu'elle libérait, c'était Michelle Cassidy.

Alors qu'elles longeaient le ruisseau, Helena reprit la parole avec une colère tellement renouvelée qu'elle sembla parler de quelque chose qui avait eu lieu le matin même.

– Tu ne m'as jamais demandé si je voulais ou pas continuer de travailler avec toi. Tu as mis fin à Cassidy de façon unilatérale et tu m'as présenté ça comme un fait accompli.

– Cassidy s'était déjà planté et avait explosé parce que *toi*, tu n'étais pas assez impliquée, pas moi. Ce deuxième album, c'est là que toute cette histoire est devenue trop réelle, et tu ne t'es pas impliquée parce que tu avais peur. Peur de ne pas être assez bonne, peur de t'exposer, peur d'échouer.

– C'est des conneries. C'est toi qui faisais semblant. Tu avais hâte que ça se termine.

Michelle savait qu'elle ne pouvait rien répliquer à cela parce que c'était vrai. Mais il y avait une chose qui la réconfortait toujours quand ses rêveries cédaient la place à des sursauts de mauvaise conscience. Elle jeta un coup d'œil derrière elle et regarda Helena dans les yeux.

– Ton aînée vient d'avoir dix-sept ans, c'est ça ?

– Qu'est-ce qu'elle a à voir là-dedans ?

Michelle regarda à nouveau devant elle. Elle ne pouvait détacher son regard de ses pas trop longtemps. Le ruisseau allait en s'élargissant et elle apercevait à l'occasion un genre d'éclair qui ondulait à travers les arbres, la surface miroitante de la mer qui scintillait dans les derniers rayons du soleil mourant.

– J'ai fait le calcul il y a longtemps, Helena. Tu étais enceinte quand on a fait cette dernière tournée.

Il y eut un temps d'arrêt pendant qu'Helena digérait cette dernière remarque, même si Michelle se disait qu'elle ne mettrait pas longtemps à formuler une réponse. Lorsque celle-ci arriva, elle atteignit sa cible.

– Tu veux dire que si j'avais vraiment été impliquée dans ma carrière, j'aurais dû avorter ?

Cela blessa plus profondément qu'Helena ne le saurait jamais et qu'elle ne pourrait jamais le savoir, cette fille effrayée de tout juste quinze ans qui se cachait toujours au fond de Michelle. Elle était heureuse qu'elles marchent l'une derrière l'autre, car cela empêchait Helena de voir son visage.

Il lui fallut un moment avant de pouvoir répondre. Mais elle avait une réponse toute prête.

– Non, dit-elle. Ce que je dis, c'est qu'on fait tous des choix et tu cherches à faire croire que j'ai fait celui-ci à ta place. Tu fais comme si tu avais épousé Neil et t'étais installée parce que je t'avais tout pris. Tu envisageais de partir, de toute façon.

– Alors une femme ne peut pas être mère et faire carrière dans la musique ? Parce que c'est une sacrée prise de position de la part de quelqu'un qui aime se poser en féministe.

– Je pense que c'est toi qui ne pensais pas pouvoir faire les deux, et tu avais déjà décidé ce que tu voulais le plus. Même si ton choix n'a pas été conscient, disons que tu t'es montrée assez ambivalente dans ta pratique contraceptive.

– Mais, bon sang, qu'est-ce que ça veut dire ? Et en quoi ça te regarde ?

– Ça veut dire que je sais que tu étais prudente quand il le fallait. Et ça ne me regardait pas, mais il y a moins de secrets au sein d'un groupe que tu le penses, surtout quand les murs des hôtels sont si fins. Tu as baisé dans tous les sens pendant cette première tournée, et tu n'es pas tombée enceinte à ce moment-là. Mais tu as commencé à avoir une relation sérieuse avec Neil à peu près au moment où on travaillait sur le deuxième album.

– Alors tu me traites de salope, maintenant ?

– Dixit la femme qui, il y a quelques heures à peine, a insinué que j'avais divulgué ma propre sextape pour me faire de la pub. Oui, je t'ai entendue. Tu ne parlais pas aussi doucement que tu le pensais. Mais le plus triste, Helena, c'est que tu n'es pas en colère contre moi parce que j'ai trahi mes principes. Tu es en colère contre *toi* parce que tu ne l'as pas fait et maintenant tu te dis que ce que tu as acheté avec ta précieuse intégrité n'en valait pas le coup. Alors pour te sentir mieux, tu me traites de pute.

– Je ne te traite pas de pute, Michelle. Je ne dis pas que tu es prête à faire n'importe quoi pour la gloire et l'argent. Mais je sais ce que tu étais prête à faire à l'époque. Tu étais prête à me lâcher. Tu avais peur que je fasse foirer tes projets.

Une autre source de colère se transforma soudain en quelque chose de différent : un profond sentiment de perte, une nostalgie du lien qu'elles avaient eu jadis. Michelle ne comptait pas s'excuser, mais il y avait quelque chose qu'elle voulait lui faire comprendre.

– J'ai toujours eu confiance en toi, Helena, et j'ai toujours cru en toi. Plus que tu ne croyais en toi-même, mais ça, je n'y pouvais rien. Je te faisais confiance depuis qu'on avait sept ans, tu te rappelles ?

Après ça, elles continuèrent en silence. Le cours d'eau restait relativement droit pendant une centaine de mètres, puis bifurquait brusquement vers la gauche.

Après le virage, Michelle entendit le clapotis des vagues. Elles n'étaient plus très loin, mais le passage semblait bloqué. Au premier abord, elle supposa qu'un arbre était tombé. En se rapprochant, elle crut qu'il s'agissait d'un bout de tuyau en plastique, noir et incurvé. Puis elle comprit que c'était le Zodiac.

Elle fut sidérée par la chance qu'elles avaient eue. Il avait été caché là, délibérément mis à l'écart du rivage pour qu'on ne le voie pas. Si elles avaient atteint la baie par un autre chemin, elles ne l'auraient pas vu.

Michelle se précipita vers le bateau, poussée par un élan d'exaltation. Le moyen de quitter cet endroit était entre ses mains. Derrière elle, Helena accéléra également le pas. Elles jetèrent leurs clubs de golf dans le Zodiac avec son sac, puis elles le soupesèrent, elle à la proue, Helena à la poupe. Ça allait être dur, mais il n'y avait que quinze ou vingt mètres jusqu'à l'eau. À elle deux, elles pourraient le traîner.

– On le ramène à la maison, hein ? demanda Helena alors qu'elles approchaient des vagues qui clapotaient. Sa voix était basse, dépourvue de l'insistance et de la certitude qui avaient accompagné son indignation un moment plus tôt. C'était la première chose qu'elle disait depuis que Michelle avait évoqué son septième anniversaire. Elle semblait sombre, toute passion consumée. Il y avait autre chose dans son comportement, aussi, quelque chose que Michelle ne parvenait pas à déchiffrer. Du regret, peut-être, ce même sentiment de perte qu'elle avait ressenti en songeant aux amies qu'elles avaient été autrefois, et particulièrement au jour où elles avaient partagé ce secret.

C'était une chose idiote. Cela avait signifié beaucoup lorsque Meg, sa tante, lui avait confié non seulement la poupée, mais le nom de la poupée. Meg l'avait inventé quand elle était petite, combinant le prénom de ses propres tantes. Elle lui avait dit que cela signifiait qu'aucune autre poupée au monde ne pourrait porter le même.

Le fait d'en faire un secret l'avait rapprochée de Meg, car elles partageaient une chose spéciale connue d'elles seules. C'est pourquoi, quand elle avait ressenti une telle proximité avec Helena le jour de ses sept ans, elle avait eu envie de créer ce même lien avec elle. Elle lui avait donc révélé ce nom inventé qu'elle n'avait jusqu'à ce jour jamais écrit ni jamais dit à personne.

J'utilisais un mot de passe unique.

Vous voulez dire unique dans le sens où ce n'était pas un mot ou une phrase facilement reconnaissable, ou unique dans le sens où vous ne l'utilisiez jamais ailleurs ?

Les deux.

Tout à coup, elle comprit. Elle comprenait à présent l'expression d'Helena. Du regret, oui. Et de l'inquiétude.

De la culpabilité.

– Carriamolina, dit Michelle.

Helena leva les yeux. Ceux-ci se remplirent de larmes mais pas avant que Michelle y ait vu une honte qui ne laissait absolument plus aucune place au doute.

Elle eut l'impression de revivre entièrement le moment où elle avait appris que sa sextape avait fuité, sauf que cette fois-ci la violation n'était rien comparée à la trahison.

Avant que l'une ou l'autre n'ait pu dire quoi que ce soit, elle entendit des pas pressés crisser sur les galets. Quand elle se retourna, elle vit une silhouette en treillis noir et passe-montagne assorti se précipiter vers elles.

Ni Jen ni elle n'avaient prononcé un mot pendant tout le reste de la descente, le silence encore plus chargé que pendant la montée. Beattie avait cru qu'elle se sentirait légitimée maintenant que son intuition avait été avérée, mais c'était cette même intuition qui lui avait dit qu'elle pouvait faire confiance à Jen pour l'aider à traverser la corniche. Au lieu de lui apporter un sentiment de clarté, l'image lui semblait plus trouble que jamais.

Elle s'en voulait, mais elle commençait à entrevoir des fragments du passé comme si elle les voyait depuis l'extérieur d'elle-même. Des moments avec Jason et les enfants qui lui semblaient à présent différents : à quel point ils étaient bien élevés, à quel point ils étaient calmes et timides, si différents de leur père. Les tics nerveux que Callum avait parfois.

C'est maman la plus vilaine.

Elle revit des images de Jen à ce barbecue, soi-disant avec la gueule de bois, qui marchait à pas délicats et prudents. Son calme déconcertant après l'incident de la brique. Et maintenant elle entrevoyait une horrible possibilité. Si Jen s'était montrée aussi calme, c'est parce que ce n'était pas la pire chose qui lui soit arrivée. Ni la plus effrayante.

Elle ne pouvait se résoudre à croire ce que disait Jen. Mais elle ne pouvait pas non plus se résoudre à ne pas y croire.

L'avantage, c'était qu'elle n'avait pas à se décider tout de suite. Ce qu'elle avait sur son téléphone signifiait qu'en temps voulu, toutes les preuves seraient révélées.

C'était ce qu'elle avait toujours désiré, après tout : qu'il y ait une véritable enquête. Un procès pour meurtre. Mais le plus important pour elle, pour ses sœurs, pour sa mère, c'était qu'il y aurait un corps à inhumer.

Elle parvint enfin à se décider à parler.

– Il est où ? demanda-t-elle. Tu me dois bien ça. À nous toutes. On mérite de le savoir.

– C'est vrai, concéda Jen. Et je te le dirai. Mais ce n'est pas le moment.

Elles avaient franchi le dernier virage en épingle à cheveux et se trouvaient maintenant en bas de la pente, dans une zone boisée et abritée de la colline. Protégée du vent, l'herbe était ici plus haute. C'est seulement en l'absence de celui-ci que Beattie se rendit compte qu'elle s'était habituée à entendre son gémissement.

S'il y avait eu un bruit de moteur, elles n'auraient pas pu le manquer. Au lieu de cela, il n'y avait que le silence. Elles progressaient à un rythme prudent, scrutant à travers le feuillage des signes de tout ce qui aurait pu les inciter à s'arrêter et à faire profil bas. Malgré leurs efforts pour rester discrètes, elles arrivèrent sur place avant de s'en rendre compte. Ce n'était pas une grotte mais, comme Lauren l'avait décrit, des parois rocheuses nues, des affleurements et des surplombs.

Il n'y avait pas de quad, pas d'homme en noir, et pas de Samira.

Jen sortit son téléphone et regarda à nouveau la vidéo.

– La roche paraît similaire. Le lichen et la mousse. Elle se trouve dans un endroit semblable, mais… – Elle soupira. – Ça pourrait être n'importe quel morceau de roche sédimentaire. On est passées devant des portions plus petites qui ressemblaient à ça en descendant.

La radio de Jen se déclencha à nouveau. Ce fut un soulagement d'entendre leurs voix, mais ce qui suivit quelques instants plus tard lui rappela qu'il n'y avait aucun réconfort à espérer sur cette île.

– La glace est en train de fondre, annonça Kennedy. Je ne sais pas combien de temps on a. Je crois que vous devriez toutes revenir ici. On doit prendre une décision.

Le pire, c'est que cela semblait inévitable.

Jen regarda Beattie en rangeant l'appareil.

– Il faut qu'on se bouge.

Beattie se sentit soulagée de ne pas avoir à affronter qui que ce soit, mais personne n'avait rien trouvé et leur temps était compté. Elle se raccrocha au récit qu'elle était en train de reconstituer dans l'espoir que cela restaure en elle un sentiment de contrôle.

– Le type sur le quad. Je pense que ça pourrait être Sammy Finnegan. C'est pour ça qu'il portait une cagoule : pas parce qu'on risquait de l'identifier plus tard, mais parce que tu sais déjà à quoi il ressemble.

– Pourquoi est-ce que ce serait Sammy Finnegan ? demanda Jen.

– Parce qu'il croit que tu lui as pris ses montres.

– Si Sammy Finnegan avait vraiment cru que j'avais ses montres, il n'aurait pas attendu dix ans pour agir et il n'aurait pas fait ça de manière détournée. Je te l'ai dit : ça n'a rien à voir avec moi et ça n'a rien à voir avec Jason.

Tout avait paru tellement logique dans sa tête, mais à mesure que Jen parlait, Beattie se rendait compte à quel point son raisonnement était fragile. Les paroles de Jen devant le glissement de terrain résonnèrent dans son esprit.

Il y a une différence entre ce que tu crois réellement et ce que tu aimerais *croire.*

Le procès de Darren Kyle avait eu lieu peu de temps après l'accident. Beattie ne pouvait dire avec certitude lequel des deux avait exacerbé ses sentiments envers Jen, mais elle savait que, lorsqu'on en vient à se détester, la seule façon de se sentir mieux est de trouver quelqu'un à détester encore plus.

– Alors peut-être que ça a quelque chose à voir avec moi, dit-elle. Ou, plutôt, avec l'homme que j'ai renversé.

– Comment ça?

– Comme tu l'as dit, sa famille a des relations.

– C'était juste pour riposter, Beattie. Je ne voulais pas dire…

– Tu avais raison, n'empêche. L'histoire ne s'arrête pas là.

Jen inclina la tête, curieuse mais méfiante.

– Et elle va jusqu'où?

Beattie poussa un long soupir. Elle n'était pas sûre de devoir le dire, mais elle était absolument certaine d'en avoir besoin. Contrairement aux apparences, Jen était la seule personne à qui elle pouvait parler. Notamment parce que ce qu'elle avait dans sa poche lui fournissait une assurance.

– Le petit Xander était énervé. On l'avait pour la nuit parce que Kathleen et Michael étaient à l'hôtel pour leur anniversaire de mariage. Il ne voulait pas dormir et, surtout, il n'arrêtait pas de pleurer. Tu sais comment c'est: trop fatigué et complètement surexcité, le visage écarlate, et il criait tellement qu'on avait peur qu'il oublie de respirer.

– Je connais, confirma Jen en hochant la tête.

– Je crois qu'il faisait ses dents. Je m'en rends compte maintenant. Mais, sur le moment, tu n'arrives plus à réfléchir, non? Du coup, je l'ai mis dans son siège auto et je l'ai emmené faire une balade à onze heures du soir.

– Je connais aussi, compatit Jen. Les voitures avaient un effet soporifique sur Ailsa.

– Carrément, hein? En temps normal, Xander se serait endormi au bout de cinq minutes, mais après avoir roulé presque trois fois plus longtemps je me suis retrouvée sur l'autoroute de Clydeside et il hurlait toujours. Là, il s'est mis à réclamer une chanson qu'on lui met sur l'autoradio, la comptine de l'épouvantail qui fait '*Dingle dangle*'. Il hurlait ça. '*Dingle dangle*, mamie! *Dingle dangle!*'

“J’essayais de la trouver sur le petit écran tactile, mais je suis nulle avec ces trucs-là, même en temps normal, et quand tu es sous pression, tu appuies sur les mauvais boutons. Comme il était tard, il n’y avait presque pas de circulation et absolument aucun piéton. Mais je regardais l’écran, pas la route.”

Beattie avala sa salive, rassemblant son courage pour revivre l’impact. C’était le souvenir le plus douloureux.

– Quand j’ai levé les yeux, je l’ai vu descendre de l’accotement et poser le pied sur l’asphalte juste devant moi. Je n’ai pas eu le temps de freiner ou de donner un coup de volant.

Elle déglutit à nouveau, mais c’était trop. Les larmes jaillirent.

– Il avait une femme, dit-elle d’une voix étouffée. Elle l’avait vue en photo. Elle s’était forcée à la chercher sur Facebook, afin d’affronter la réalité de ce qu’elle avait fait. Les vies qu’elle avait brisées.

– Je sais, dit Jen. Je sais aussi qu’il était bourré de coke, d’ecstasy et d’alcool. Il n’avait pas dessoûlé depuis deux jours. Tu l’as dit toi-même, tu l’as vu descendre de l’accotement. Ce n’est pas comme s’il avait déjà été sur la route quand tu as levé les yeux. – Sa voix s’adoucit. – Mais peut-être que si ?

Beattie secoua la tête. Elle avait un souvenir très net de son incrédulité quand elle l’avait vu franchir la barrière et obliquer vers la route, mais son esprit avait réécrit ce moment tant de fois qu’elle n’était pas certaine de ce dont elle se souvenait vraiment. Une chose était sûre, cependant.

– Si je n’avais pas eu les yeux sur l’écran, je l’aurais vu plus tôt. J’aurais peut-être remarqué quelque chose le concernant qui m’aurait mise sur mes gardes, avertie de ralentir.

– Et il est tout aussi probable que tu n’aurais rien remarqué, rétorqua Jen d’un ton ferme, presque sévère.

Tu cherches une raison de t'en vouloir. C'est une forme de culpabilité du survivant. Comme penser à quel point ça aurait été pire si tu avais heurté une voiture alors que tu regardais l'écran tactile, avec Xander sur le siège passager.

Les larmes coulaient désormais, car c'était exactement ce qu'elle s'était dit. Pendant un instant, elle s'imagina que Jen allait faire un pas vers elle pour la prendre dans ses bras. Elle ne pouvait même pas affirmer qu'elle n'en avait pas envie. Jen ne flancha pas mais lui offrit un mouchoir en papier.

– Alors, quel est le rapport avec sa famille ?

Beattie s'essuya les joues et le nez.

– J'ai peur qu'ils sachent quelque chose. Ou que quelqu'un sache quelque chose. Il n'y avait pas de témoins, pas de caméras de surveillance. Mais, dans la voiture, tout est informatisé. Tout est enregistré. La police a vérifié les données de mon portable pour s'assurer que je n'étais pas au téléphone au moment de l'accident, mais si quelqu'un d'autre vérifiait les données de la voiture et que celles-ci montraient ce que j'étais en train de faire à ce moment-là ?

– Je crois qu'ils ont besoin de motifs valables pour demander ce genre d'informations au fabricant de la voiture. Et si ça avait dû se produire, ça se serait déjà produit.

– Mais qu'est-ce qui se passerait si quelqu'un mettait la main dessus de façon indépendante et que c'est de ça qu'il s'agit : me faire chanter avec cette histoire ?

– Alors, il te ferait juste chanter. Il ne ferait pas ça. Et puis, les données ne prouveraient rien. Si seulement la voiture enregistre ce genre d'informations, ça montrerait que la dernière fois que tu as appuyé sur l'écran, c'était avant que la voiture s'arrête brusquement, avant qu'il ait quitté l'accotement. En plus, si jamais il devait y avoir un procès, il suffirait qu'on fasse asseoir chaque membre du jury dans une voiture avec un môme qui hurle sans arrêt depuis deux heures. On verra ce qu'il en est de leur capacité de jugement à ce moment-là.

Beattie se remit à pleurer, cette fois-ci d'un soulagement inattendu. Elle voyait les choses clairement pour la première fois, et c'était grâce à Jen. Le plus difficile, c'était de savoir sur combien d'autres choses elle pouvait tolérer que Jen ait raison.

– Donc, ça n'a rien à voir avec moi, dit-elle, cherchant confirmation.

– Non, répondit Jen. Comme Zaki n'arrête pas de me le dire, tout le monde ne joue pas un rôle tout le temps. Ça n'a rien à voir avec toi, et ça n'a rien à voir avec moi non plus.

– Alors, ça concerne *qui* ?

À l'instant où elle entendit ce mot, Helena sut qu'elle était fichue. Ce n'était pas seulement le fait que sa trahison honteuse ait été découverte ; c'était comme si des décennies de certitudes s'étaient effondrées, ses illusions égoïstes tombant en poussière et révélant les tristes vérités qui se trouvaient derrière.

Elle l'avait fait peu de temps après avoir appris que Neil la quittait. Elle pouvait supporter qu'il ait une liaison, mais pas qu'il s'en aille, pas qu'il soit le genre de type qui quitte *réellement* sa femme pour sa maîtresse. Mais pourquoi s'en serait-il privé ? Les enfants étaient tous adultes et leur mariage prenait l'eau de toutes parts. Il s'était accroché à un canot de sauvetage. Il s'était accroché à une nouvelle vie.

Michelle avait raison sur la façon dont Cassidy avait fini. Elle avait trouvé ça excitant au début, mais cette aventure avait commencé à lui sembler trop grande, trop effrayante, et elle n'avait pas assumé. Tout à coup, elle n'avait plus eu envie de faire partie d'un groupe ; elle avait eu envie de retourner jouer les pop stars dans la chambre de Michelle. Elle n'avait jamais été plus heureuse que lorsqu'elle était petite et qu'elle vivait dans ces rues de banlieue tranquilles. Elle savait qu'elle ne pouvait pas retrouver cela, mais elle savait aussi qu'elle pouvait avoir quelque chose d'approchant.

Elle avait décidé qu'elle voulait une existence normale, tranquille, et s'était donnée à fond dans sa vie d'épouse et de mère. Puis ses enfants avaient grandi, son mari était parti, et elle s'était surprise à se demander : tu as déjà eu l'impression de te faire avoir ? Michelle avait aussi raison sur ce point.

Jen avait partagé un lien qui ouvrait des scans de vieilles photos que Michelle avait dû exhumer. Elle les mettait à l'occasion en copie dans les échanges de mails qu'elle avait avec l'une ou l'autre, une partie de sa stratégie basique à long terme visant à les rabibocher. Cela signifiait qu'Helena avait l'adresse électronique privée de Michelle et le lien de téléchargement lui avait indiqué quel service cloud elle utilisait.

Elle avait essayé ce mot de passe par pure curiosité, mais cela avait fonctionné. Tout à coup, elle était dedans. Elle avait accès à tous les dossiers privés de Michelle.

Les gens disaient qu'ils regardaient ces émissions mettant en vedette des personnalités qu'ils n'aimaient pas juste pour s'amuser à les critiquer. C'était exactement la même chose. Elle avait fait défiler les photos personnelles de Michelle en les critiquant, des images de son incroyable vie parfaite qui semblait voler de succès en succès tandis que la sienne s'effondrait.

Puis elle était arrivée aux trucs explicites. La sextape. Et, dans sa colère et son amertume, elle avait fait quelque chose d'impardonnable.

Elle avait été complètement terrifiée en voyant l'ampleur de cette histoire. Des experts en informatique criminelle s'étaient penchés sur le sujet, lui donnant à penser que c'était seulement une question de temps avant qu'elle ne soit démasquée et que le reste de sa vie ne soit détruit. Mais elle avait eu de la chance. À l'époque, son ordinateur portable était équipé d'un VPN afin d'usurper une adresse IP américaine lui permettant d'avoir accès à Netflix US. Cela n'avait pas été son intention, mais cela signifiait qu'ils ne seraient pas capables de tracer la source du piratage ni son téléchargement de la vidéo sur un site porno.

Elle n'avait tiré ni plaisir ni satisfaction de sa revanche : c'est la triste vérité que ceux qui cherchent à se venger ne découvrent que trop tard. Elle s'était retranchée dans le déni de l'ampleur des dégâts que Michelle avait subis à cause de cette histoire, se disant que celle-ci en faisait tout un drame pour se retrouver au centre de l'attention, comme d'habitude. Elle ne pouvait se permettre d'éprouver de la culpabilité ou de la honte pour ce qu'elle avait fait car, si elle en ressentait ne serait-ce qu'un peu, elle savait que cela ouvrirait les vannes.

Mais, ensuite, Michelle avait prononcé le nom de sa poupée, et c'était à ce moment-là que le barrage avait cédé. L'énormité inéluctable résumée dans ces deux mêmes mots qui avaient jadis changé leurs vies.

She Knows – elle sait.

Helena se sentit soudain faible, craignant de lâcher sa prise et de faire tomber le bateau, mais cela n'avait pas d'importance. Michelle avait déjà les pieds dans l'eau et la proue était à flot.

Puis elle entendit un bruit de pas sourds et, lorsqu'elle vit l'homme leur foncer dessus, elle comprit que Michelle avait également vu juste sur ce point. Avoir le bateau changeait tout, ce qui était la raison pour laquelle il allait les empêcher de le prendre.

Elle s'était trompée sur tellement de choses et, dans sa colère mal placée, elle avait trahi sa meilleure amie. Elle ne pouvait rien arranger, mais il y avait quelque chose qu'elle pouvait encore faire.

Elle se pencha en avant et poussa le bateau jusqu'à ce qu'il soit complètement à flot, faisant basculer Michelle à l'intérieur par-dessus la proue.

– Vas-y! lui intima-t-elle. Puis elle se retourna, saisit le club de golf et se précipita vers le destin qu'elle méritait.

NICOLETTE

Debout à côté de Lauren, Nicolette tremblait encore, regardant vers l'ouest en direction de la lueur sur l'horizon. Elle savait que l'ondulation de la mer était censée être un spectacle apaisant, mais elle se souvenait parfaitement du calme de la surface le matin où sa vie s'était effondrée. Des forces terrifiantes peuvent être à l'œuvre en silence et en toute discrétion, sans jamais s'annoncer sur le moment. Vous ne voyez la dévastation qu'après coup.

La vue du corps de la vieille femme l'avait bouleversée, mais le fait qu'il ait manifestement été là depuis un certain temps était une source de soulagement. Le visage était décharné et décomposé, mais malgré tout moins terrifiant que si elle avait été morte depuis peu.

Ce n'était pas le premier cadavre qu'elle voyait. Quand ils avaient été évacués des Maldives, les autorités s'étaient efforcées de protéger les survivants – en particulier ceux qui avaient perdu des proches – de certaines images susceptibles de les bouleverser davantage, mais ils avaient tous entrevu des choses. Lorsque la mort est si répandue, il est impossible de la cacher.

Nicolette comprenait maintenant que son problème n'était pas seulement qu'elle avait été traumatisée en 2004. C'est qu'elle était restée comme engourdie depuis.

Le fait que Lauren ait dit "Je te pardonne" avait semblé réactiver ses sentiments.

La perte de Ryan l'avait empêchée d'apprécier ce qui avait véritablement de la valeur dans sa vie, la laissant indifférente face à la possibilité de perdre cela aussi. Son mari avait une liaison et elle avait agi comme si cela n'avait été qu'une raison de plus d'être déçue par son conjoint alors qu'il s'agissait en fait d'une menace bien plus grande. Que pensait-elle qu'il allait se passer s'il la quittait ? Que quelqu'un de mieux allait débarquer dans sa vie ?

Honteusement, au fond d'elle, oui. Cela avait toujours été son illusion. Qu'un jour, elle trouverait mieux. C'était pathétique. Franchement, qui allait vouloir d'elle ? Elle n'était qu'une simple vendeuse approchant de l'âge mûr.

Elle avait menti sur son métier parce qu'elle ne se sentait pas à la hauteur. Jen était venue une fois au magasin et elle avait été étrangement gênée, alors elle lui avait dit qu'elle n'était là que pour une visite de reconnaissance et avait inventé une histoire disant qu'elle travaillait dans le marketing. C'était sorti tout seul et, depuis, elle était coincée.

Pendant des années, Paul lui avait suggéré de passer un diplôme. Design, marketing, peu importe. Il semblait croire qu'elle était capable d'affronter n'importe quoi. Elle se disait qu'elle n'était pas assez intelligente mais, à vrai dire, elle manquait de motivation. Elle n'éprouvait pas le désir de tout faire pour être heureuse parce qu'elle pensait qu'il lui était impossible *d'être* heureuse. Elle pensait qu'il n'y avait qu'un modèle de bonheur, et qu'une fois celui-ci emporté par le tsunami, tout le reste n'était qu'un lot de consolation.

Paul l'avait aimée : elle se disait le contraire uniquement pour mieux accepter le fait qu'elle ne l'appréciait pas. Elle se disait qu'il ne l'aimait pas en raison de l'insécurité qu'il ressentait sachant qu'elle était trop bien pour lui. En réalité, c'était lui qui était trop bien pour elle.

Elle ne s'était jamais autorisée à voir qui il était parce qu'elle s'était toujours dit qu'elle méritait quelqu'un de mieux. Mais c'était Paul qui méritait quelqu'un de mieux. Et si elle parvenait à quitter cette île, elle allait lui donner quelqu'un de mieux.

Lauren semblait épuisée, comme si un feu s'était éteint en elle.

– C'est bon, je vais retourner à l'intérieur, lui dit Nicolette. Je vais appeler.

– La ligne a été coupée. C'est ce que le type à la cagoule est venu faire.

Nicolette fut déçue mais pas surprise. Cela n'allait pas être aussi simple. Et même si elles faisaient leur possible pour se convaincre du contraire, elle savait que faire appel aux autorités pourrait condamner Samira. Elle le savait parce qu'elle s'était demandé si elle pourrait vivre avec ça si cela signifiait qu'elle serait sauvée.

Le jury n'avait pas encore tranché.

– Le type à la cagoule, dit Nicolette.

– Eh bien quoi ?

– Faut être un sacré psychopathe pour entrer, couper la ligne téléphonique et repartir sans manifester aucune réaction face à la découverte d'un cadavre dans le salon.

– J'imagine que les cadavres ne sont pas si rares que ça dans sa profession, répondit Lauren d'un ton lugubre. Quand on s'est demandé pourquoi il avait tué le cuisinier, je pense qu'on a négligé l'idée d'un pragmatisme froid et calculateur. Joaquin était quelqu'un de grand et fort qui aurait pu se révéler utile, une variable qu'il voulait ôter de l'équation.

– Mais s'il est ici pour accomplir une tâche particulière, si ça concerne une seule personne, je ne comprends pas pourquoi il tuerait juste le cuisinier. Pourquoi éliminer un risque tout en laissant courir librement les autres.

– Mais à quel point est-ce qu'on a couru librement ? Il nous a amenées là où il voulait. Tu vois, je ne pense pas qu'il s'agisse uniquement d'une vengeance vis-à-vis de quelqu'un qui l'a fait chier. Le message parlait de réparation. Quelle que soit sa façon de présenter les choses, pour finir ce sera une question d'argent. Quelqu'un ici va être mis dans l'obligation de payer, et *tout le monde* est retenu en guise de garantie, pas juste Samira.

Nicolette ne pouvait contester cela. Elle avait entretenu des pensées paranoïaques sur la possibilité que le Faucheur soit l'une de ses nombreuses cibles de trolling voulant la forcer à assumer ses conneries mais, très franchement, elle n'était pas quelqu'un d'assez important. Il y avait trois personnes ici qui pouvaient l'être, mais l'une d'elles n'avait aucun lien avec les autres. Et, aussi horrible que soit cette éventualité, si Lauren avait été la cible, le Faucheur serait venu quand sa fille était là, pas sept inconnues.

– Ça concerne forcément Michelle ou Jen, déclara Nicolette.

– Je ne vois pas qui d'autre pourrait coller, à moins que l'une de nous soit beaucoup plus riche qu'elle ne le laisse entendre.

Quelque chose dans la remarque de Lauren la titilla. C'était une idée, une association qui lui échappait : vive mais fugace, entrevue puis envolée.

– Le message disait qu'elle n'est pas la personne que l'on croit, poursuivit Lauren. Ça pourrait être un écran de fumée pour entretenir notre paranoïa et notre méfiance les unes envers les autres, mais si on part de cette supposition, que te dit ton intuition ?

– Mon intuition vaut que dalle, répondit Nicolette. Je connais Helena depuis près de dix ans et je ne savais même pas qu'elle avait fait partie de Cassidy. Quant aux autres – Jen, Michelle, Helena, Beattie –, elles se connaissent toutes depuis les années 1990, 1980 même. Les seules personnes qu'aucune de nous ne connaissaient vraiment, c'était toi et Samira.

– Depuis combien de temps vous connaissez Kennedy ?

– Six, sept mois. Mais si c'est une histoire d'argent, ça ne peut pas être elle. Pas avec ce qu'elle gagne au club.

Alors qu'elle disait cela, Nicolette eut à nouveau ce sentiment tenace, comme une image floue entrevue, aussi alléchante qu'évasive. Cela concernait Kennedy, cependant. Elle avait tenté de faire des recherches sur elle, d'en savoir plus sur l'époque où elle participait à des tournois de tennis. Cela avait été en partie par curiosité et en partie pour l'embarrasser avec une vieille photo pendant leur week-end entre filles. Sans nom de famille sur lequel s'appuyer, elle avait passé des heures à explorer des images datant du début des années 2000 dans les archives des sites Internet concernant les circuits de tennis. Elle n'en avait trouvé qu'une seule. Même après l'avoir repérée, lorsqu'elle avait cherché Kat Boniface, cette photo était la seule qu'elle avait pu trouver.

Quand elle la lui avait montrée, Kennedy avait prétendu que ce n'était pas la bonne légende, ce qui expliquait le problème. Mais cela étant, n'aurait-elle pas trouvé plus de photos de la vraie Kat Boniface ?

Elle pensa à ce portrait au grain épais, incontestablement le jeune visage de Kennedy fixant l'objectif. Puis elle comprit : ce détail qu'elle avait entrevu, la raison pour laquelle il était à la fois frappant et fugace.

Nicolette sortit son téléphone. Lauren la regarda d'un air perplexe, pensant peut-être qu'elle avait brièvement oublié qu'il n'y avait pas de réseau.

Elle ouvrit sa galerie de photos. Elle fit défiler à l'envers des clichés de la maison, de la piscine, de sa chambre, des panoramas, des meubles, de l'aéroport de Barra, de la plage sur laquelle elles avaient atterri, de l'avion qu'elles avaient pris. Elle s'arrêta et zooma sur le selfie de groupe, celui où elles levaient leurs verres, pris dans la salle d'embarquement à Glasgow. Il était difficile de croire que cela avait eu lieu seulement douze heures plus tôt, alors qu'elles ignoraient totalement ce qui les attendait. Elles avaient toutes l'air parfaitement heureuses, souriantes et les yeux grand ouverts alors qu'elles regardaient l'objectif. Toutes sauf Kennedy. Son visage était caché derrière son verre.

C'était ce détail qui l'avait travaillée. Il y avait quelque chose de familier dans cette image, ou cette absence d'image.

Nicolette ouvrit Facebook mais la page bloqua sur le téléchargement, attendant un signal qui ne venait pas. Elle retourna dans sa galerie, se souvenant que celle-ci stockait automatiquement toutes les photos partagées sur WhatsApp. Elle fit défiler l'interminable grille d'images, zoomant lorsqu'elle tombait sur une occasion particulière – une soirée pour l'anniversaire d'Helena ; un selfie de groupe pris sur les cours de tennis extérieurs quand ils avaient rouvert après l'hiver –, remontant jusqu'à la fête de Noël, où Kennedy les avait rencontrées après avoir intégré le club.

Sur absolument toutes les photos, le visage de Kennedy était dissimulé. Elle portait une casquette de base-ball, tête baissée. Elle s'était écartée du champ au dernier moment. Son visage était caché derrière le bras tendu de quelqu'un.

Nicolette leva les yeux de son écran et croisa le regard de Lauren, lui confirmant que celle-ci avait remarqué la même chose.

– Bon, c'est peut-être juste qu'elle n'aime pas être prise en photo, mais…

– Non, déclara Lauren. Cette fille se cache de quelqu'un.

La charge soudaine d'Helena poussa le Zodiac contre les genoux de Michelle, la faisant basculer en avant dans le bateau. Celui-ci était désormais complètement à flot et avançait sous l'effet de son élan. Elle se retourna et vit Helena patauger en direction de la silhouette qui se ruait sur elles. Mais qu'est-ce qu'elle fabriquait ? Pourquoi est-ce qu'elle ne sautait pas à bord, elle aussi ? Puis, tandis qu'elle se précipitait vers le moteur, elle comprit que c'était parce que Helena savait qu'elle n'aurait pas le temps. L'homme au passe-montagne aurait été sur elles avant qu'elle ait pu démarrer.

Michelle saisit le bras de commande du moteur d'une main ferme et tira sur le lanceur, bien décidée à le faire démarrer du premier coup. Pendant qu'elle s'activait, elle vit Helena balancer son club de golf devant elle. Aucune de ces deux actions n'obtint de résultat. Le moteur ne démarra pas, et l'homme feinta puis bloqua le swing d'Helena en posant une main sur son poignet. Une seconde plus tard, ils étaient aux prises l'un avec l'autre dans les hauts-fonds.

Michelle s'aperçut qu'elle avait oublié de mettre le moteur au point mort. Elle bascula le levier d'embrayage puis tira à nouveau sur le lanceur. Toujours rien. Elle remarqua ensuite le câble qui pendait et comprit que le coupe-circuit était débranché.

L'homme était à présent sur Helena. Il la maintenait sous l'eau, essayant de la noyer. Elle se débattait, pourtant. Sa tête émergea au moment où Michelle tirait sur le lanceur pour la troisième fois.

Le moteur semblait puissant, les vagues douces. Il y avait encore suffisamment de lumière. Elle pourrait rejoindre le continent à bord de cet engin sans problème. Elle donnerait l'alerte, trouverait de l'aide. En faisant cela, elle pourrait sauver les autres, peut-être même sauver Samira. Mais elle ne sauverait pas Helena. Elle ne sauverait pas la salope qui avait piraté son cloud et diffusé sa sextape. La salope qui avait provoqué toute cette douleur et toute cette angoisse.

La fille à qui elle avait fait confiance parce que c'était sa meilleure amie. La fille sur laquelle elle s'était appuyée quand elle ne se sentait pas assez forte toute seule.

La fille qu'elle avait laissée pour compte.

Car Michelle ne pouvait pas le nier : elle l'avait bel et bien laissée pour compte. Comme avec Cassidy, elle avait eu peur qu'Helena ne sabote inconsciemment leurs chances parce qu'elle était incapable de gérer ce vers quoi cela l'emmenait.

Alors oui, elle avait choisi sa carrière plutôt qu'Helena, elle avait choisi l'opportunité plutôt que l'amitié. Une amitié *unique*, même. Et à vrai dire, elle savait qu'elle le referait.

Mais pas ce soir.

Michelle coupa le moteur et attrapa son arme. Elle escalada l'arrière du Zodiac et avança dans l'eau en direction de l'homme cagoulé, balançant son club de golf devant elle. Il l'entendit arriver mais ça n'avait pas d'importance car il avait lâché Helena et c'était ce qu'elle voulait.

Il se retourna, esquiva le coup. Il était rapide et agile. Entraîné. Elle sentit une explosion dans son flanc quand le poing de l'homme s'enfonça en elle, tandis qu'il la faisait tomber en exécutant une balayette. Elle se retrouva sous la surface, de l'eau salée lui remplissant la bouche, le nez, les yeux. Elle attendit de sentir la main sur sa nuque, la pression implacable venue d'en haut, qu'il lui fasse ce qu'il avait fait à Helena.

Celle-ci ne vint pas.

Michelle se retourna et s'assit dans l'eau en toussotant. Alors qu'elle essuyait les embruns qui lui piquaient les yeux, elle le vit se hisser à bord du Zodiac. Puis elle entendit le vrombissement du moteur, sentit une bouffée de chaleur et une odeur douceâtre d'essence. Il était parti. Le bateau était parti.

Elle se releva. À côté d'elle, dans l'eau, Helena était à genoux, penchée en avant, en train de cracher de l'eau de mer.

Michelle attendit qu'elle ait fini, puis tendit la main pour l'aider à se relever.

Helena regarda d'abord celle-ci avec incrédulité, puis elle la saisit fermement et se releva.

Elles restèrent côte à côte un moment, regardant le Zodiac disparaître derrière le cap.

– Eh bien, tu as fini par obtenir ce que tu voulais, dit Michelle. Cette fois-ci, j'ai bel et bien laissé passer la chance de ma vie, juste pour finir dans la même merde que toi.

– Aucune bonne action ne demeure jamais impunie, répliqua Helena d'une voix blanche.

Michelle la regarda dans les yeux.

– Je suis contente que tu sois là, n'empêche. Ce week-end, je veux dire.

Helena semblait ne pas oser le croire.

– Sincèrement ?

– Sincèrement. Ça m'aurait ennuyée que tu rates ça.

Kennedy s'était hissée jusqu'au deuxième étage, emportant l'ordinateur et la radio avec elle. Aucune des portes n'était verrouillée, de sorte qu'elle était allée dans la chambre de quelqu'un d'autre. Elle ne savait pas trop qui, mais ce qui comptait c'était que celle-ci se trouvait tout en haut et possédait des fenêtres donnant de chaque côté. Ce n'était pas vraiment une tour de guet, mais elle s'était dit que le strict minimum qu'elle puisse faire était d'essayer de voir qui pouvait approcher.

Elle balaya le paysage du regard en quête d'un mouvement, d'ombres, de n'importe quoi. Elle n'était pas seulement à l'affût du danger : ce n'était qu'une partie de l'affaire. Elle était un chien à la fenêtre, surveillant et attendant avec inquiétude le retour des personnes à qui elle tenait.

Kennedy avait été soulagée d'entendre la voix de Jen sur sa radio, puis déconcertée par le peu de réconfort que cela lui avait apporté. Déconcertée aussi par la profondeur de ses sentiments. Elle avait survécu jusqu'ici en ne s'autorisant jamais à trop s'attacher, car très vite les gens finissaient toujours par partir. Ou elle.

Elle se rappela une conversation qu'elles avaient eue dans un café quelques semaines plus tôt. Jen lui avait dit : "Je suis là si tu as besoin de parler", mais Kennedy s'était refusée à y croire.

Jen lui avait donné l'impression de savoir qu'elle portait un masque mais de tenir malgré tout à la personne qui se cachait derrière. Pire encore, la personne qui se cachait derrière ce masque commençait à tenir à Jen.

Kennedy pensait jadis être en sécurité là où personne ne savait qui elle était. La vie lors du Junior Tour l'avait préparée à l'existence nomade qui avait suivi. Elle se disait qu'elle était heureuse d'être toujours par monts et par vaux, qu'elle aimait être seule et qu'elle n'avait pas besoin d'avoir de racines quelque part.

Alors pourquoi avait-elle l'impression d'avoir fui la moitié de sa vie ?

Elle jeta un coup d'œil à son ordinateur portable, se souvenant des endroits où elle l'avait emporté et, plus important encore, des endroits où celui-ci l'avait conduite. Elle se demanda ce que les autres penseraient de son incapacité à franchir le pare-feu du Faucheur si elles connaissaient certains de ses exploits passés ; exploits étant le mot clé, comme dans code d'exploitation. Mais bien sûr, si le Faucheur s'en prenait à une pirate informatique, il était logique qu'il veille à l'affaiblir.

Kennedy était douée pour aller de l'avant sans rien laisser derrière elle. Mais pour avoir un jour piraté une base de données ADN, elle savait mieux que quiconque que personne ne peut échapper totalement à son passé.

Elle n'arrêtait pas de se dire que ce n'était pas elle qui les avait mises dans cette situation. Le problème, c'était que cela n'avait aucune importance. Il suffisait d'aller demander à Samira.

Cette seconde vidéo était bien pire. Au moins, dans la première, Samira était avachie de sorte qu'on ne voyait pas entièrement son visage. Le fait de voir sa tête redressée par la corde alors que celle-ci commençait à se tendre lui avait donné l'impression qu'elle allait vomir. Mais c'était devenu une impression familière ces derniers temps.

En voyant l'obscurité gagner du terrain à l'extérieur, il était clair que, malgré la hauteur à laquelle elle se trouvait, elle ne verrait pas venir le danger. Personne n'allait le voir venir. Et plus il faisait sombre, plus il devenait difficile de se dire que tout allait bien se passer.

On est une tout autre personne quand on a peur, se dit-elle. Toutes vos croyances les plus réconfortantes s'effondrent. Comme l'idée que rien de terrible ne va vous arriver parce que vous n'avez jamais fait quelque chose d'aussi effroyable.

Savoir qu'il y avait six autres femmes qui devaient ressentir la même chose ne lui apportait aucun sentiment de solidarité. Pas plus que savoir qu'elle n'était sans doute pas la seule à se poser des questions délicates sur la façon dont elle avait traité certaines personnes – et sur celles à qui elle avait choisi de faire confiance.

JEN

Jen se retourna vers Beattie pour s'assurer qu'elle ne restait pas à la traîne. La lumière déclinait rapidement désormais et son instinct lui disait d'accélérer le rythme. Ce n'était pas comme s'il y avait eu des réverbères pour les guider, et elle ne voulait pas avoir à compter sur des téléphones et des lampes de poche pour naviguer sur ce genre de terrain.

Beattie parvenait tant bien que mal à suivre le rythme, mais cela semblait lui coûter. Elle avait retiré sa veste et l'avait mise sur son épaule, gardant son club de golf serré dans sa main gauche. Sa veste était un genre de K-Way, légère mais imperméable, sans doute pour le bateau. Jen aurait parié que son mari Richard en possédait une identique. C'était ce genre de couple. Ce week-end, il participait à une conférence médicale à Zurich. On le collait toujours dans un avion pour l'envoyer parler quelque part.

Beattie ne disait rien depuis un moment. Ce n'était pas bon signe. Tous ces doutes sur la véritable personnalité de Jason devaient s'estomper à chaque pas qu'elle faisait pour remonter la colline. La version des événements qu'elle avait toujours choisie de croire serait bientôt rétablie, sauf qu'à présent elle avait une preuve.

Lorsque Beattie se décida enfin à parler, ce ne fut pas à ce sujet, mais Jen était encore certaine que celui-ci étayait son point de vue.

– Je n'arrête pas de retourner la question dans ma tête pour savoir qui ça concerne, dit-elle. Et sans vouloir t'offenser, Jen, si ça avait malgré tout un rapport avec toi ? Je ne parle pas de Jason, de Finnegan ni de tout ça, mais tu as eu une sacrée couverture médiatique, les gens savent que tu as de l'argent, maintenant. Personne ne réussit dans le business sans se faire d'ennemis.

– Je vends des petits gâteaux, Beattie. Pas de la drogue ou des armes. Mais je partage ton point de vue. Les gens peuvent être jaloux, ou penser qu'ils méritent une part de ce que tu as.

– Il n'y a personne que tu soupçonnes de façon intuitive, personne qui te vienne spontanément à l'esprit ?

– Non, répondit-elle. Pour connaître mes projets concernant ce week-end et pour mettre au point un truc pareil, il faudrait que ce soit quelqu'un qui m'espionne de façon obsessionnelle. J'aime à croire que je le remarquerais.

– Tu en es sûre ? Tu es bien placée pour savoir avec quel soin les gens peuvent cacher leurs intentions.

La pique de Beattie concernait ce qu'elle avait fait à Jason, mais ce ne fut pas le visage du père de ses enfants qui s'imposa dans son esprit. Jen revit brièvement le tiroir de sa table de chevet, quand elle avait eu la conviction que Zaki avait fouillé à l'intérieur. Lorsqu'elle avait vu le premier message du Faucheur, elle avait tout de suite pensé que Samira n'avait pas été choisie au hasard, que cela avait en quelque sorte un rapport avec son frère. Et maintenant une autre idée, une idée terrible, commençait à germer dans son esprit.

Tout le monde ne joue pas un rôle tout le temps.

Le message du Faucheur était destiné à les monter les unes contre les autres, à détourner leur attention de ce qui pourrait autrement leur paraître évident. Jen connaissait Helena, Michelle et Beattie depuis des dizaines d'années mais il suffisait de leur dire *l'une de vous n'est pas la personne que vous croyez* pour que tout le monde se mette à évoquer des raisons de soupçonner les autres. Kennedy était suspecte parce qu'elles ne la connaissaient que depuis sept mois ; Lauren l'était d'autant plus, car elles ne l'avaient rencontrée que quelques heures plus tôt. Elles ne connaissaient pas Samira depuis plus longtemps, mais personne n'avait songé à elle parce qu'elle était l'otage.

Mais si elle ne l'était pas ?

Une voix plus calme lui fit remarquer que Samira avait passé ces derniers mois prisonnière de sa propre maison, débordée par sa nouvelle vie de maman. Elle n'était guère la candidate idéale pour être le partenaire dormant dans une escroquerie à long terme. Mais ensuite Jen se dit qu'elle n'avait jamais vu les jumeaux en chair et en os, seulement en photo sur le téléphone de Zaki. Serait-il vraiment difficile de poser pour quelques photos avec les bébés de quelqu'un d'autre ?

Jen connaissait Zaki depuis presque deux ans, mais elle n'avait pas rencontré sa sœur avant aujourd'hui. Même avec la pandémie, n'était-ce pas un peu étrange ? Comment pouvait-elle être sûre que Samira était même la sœur de Zaki ?

C'est sans doute parce que tous les gens basanés se ressemblent, avait dit Samira à Michelle. C'était pour la taquiner, mais la véritable blague ne l'aurait-elle pas plutôt visée, elle ? Un visage basané lambda était-il suffisant pour convaincre une femme blanche ignorante ?

La voix plus calme lui rappela que Samira n'avait pas été en état de prendre part à une conspiration ce soir. Elle était complètement torchée.

Ou avait fait semblant de l'être.

Ne laisse pas trop boire Samira. Déjà en temps normal ça ne lui réussit pas, et ce sera la première fois qu'elle pourra se lâcher depuis une éternité.

Quand Zaki lui avait dit cela, elle avait simplement trouvé ennuyeux qu'il lui confie la tâche de surveiller la consommation d'alcool de sa sœur pendant son propre enterrement de vie de jeune fille. Mais si le but de cette demande avait été de la mettre en condition pour cette mascarade en attirant son attention sur ce point ?

Jen songea à la remarque que Samira avait faite à Michelle et Helena.

Mon préféré, c'est Presque célèbre. *Toute cette tension entre le chanteur et le guitariste pour savoir lequel des deux est la vedette.*

Sans parler de la façon dont elle s'était comportée avec Nicolette.

Heureusement que tu n'as pas d'enfants alors, parce qu'ils n'auraient aucune chance s'ils étaient élevés par une pauvre conne.

Elle mettait les gens à cran. Insufflant de l'animosité, les préparant à se soupçonner mutuellement.

Non, insista la voix plus calme : c'est de la folie. Et là, elle comprit à qui était cette voix : c'était celle de Zaki. C'était justement la paranoïa et la suspicion dont il essayait de la guérir. L'héritage des années qu'elle avait passées avec Jason, comme s'il contre-attaquait depuis la tombe en empoisonnant sa relation et en l'empêchant de trouver le bonheur avec quelqu'un d'autre.

Sauf qu'il n'y avait pas de tombe, une pensée qui la ramena à l'autre grande menace qui planait sur son futur bonheur : celle qui marchait trois ou quatre mètres derrière elle et qui détenait ses aveux enregistrés.

Lorsqu'elle se retourna, elle remarqua que la veste de Beattie se balançait au rythme de son pas. Le mouvement indiquait la présence d'un poids dans une des poches latérales. Ce devait être son téléphone. Ce n'était pas comme si elle avait pris son porte-monnaie au cas où elles seraient passées devant une boutique, encore que si quelqu'un l'avait fait, ç'aurait été Beattie.

Jen s'arrêta et se pencha pour refaire les lacets de ses baskets. Ils n'étaient pas desserrés : c'était pour que Beattie la dépasse et qu'elle puisse marcher derrière elle un moment.

Ce fut encore mieux qu'elle ne l'avait espéré. Il y avait bien quelque chose dans la poche et le rabat était à l'intérieur au lieu de la recouvrir, ce qui signifiait qu'elle bâillait et n'était pas fermée.

Jen ne la quittait pas des yeux alors que la veste se balançait, se rapprochant peu à peu. Puis elle le vit : un éclair gris métallique.

Elle aurait meilleur compte à faire cela discrètement. Si elle ne le remarquait pas, Beattie pourrait présumer que son téléphone était tombé à un moment donné. Mais cela importait peu. L'essentiel était de s'en emparer et de s'assurer que cet enregistrement audio disparaisse à jamais.

Jen accéléra le pas à l'approche d'un autre virage en épingle à cheveux. Elle fit en sorte que cela semble naturel alors qu'elle était en train de doubler Beattie. Elle glissa la main dans la poche et saisit le téléphone. Elle ne le tenait qu'entre l'index et le majeur, son pouce s'étant accroché au rabat. Le mouvement lui fit lâcher l'appareil au moment où elle le sortait de la poche et il tomba à ses pieds sur le chemin.

Jen fondit dessus tel un faucon, glissant rapidement l'appareil dans la poche avant de son jean, mais la main n'est jamais aussi rapide que l'œil.

– Qu'est-ce que tu fais avec ça ? demanda Beattie d'un ton sec. Tu l'as pris dans mon K-Way ? – Elle attrapa son imperméable, tapotant la poche. – Tu l'as pris ! Qu'est-ce que tu fais avec ?

– Il y a quelque chose dessus qui m'appartient, lui dit Jen en reculant pour se mettre à distance. C'est illégal d'enregistrer quelqu'un sans son consentement, Beattie.

Beattie se redressa, menton en avant.

– Il n'est pas non plus légal de tuer son mari.

– C'était de la légitime défense. Tu le sais, au fond de toi.

Mais, à son expression, Jen voyait que Beattie était déjà à nouveau dans le déni.

– Tu dis que tu dors bien et que tu as la conscience tranquille. Si tu es capable de le justifier à toi-même, tu devrais être capable de le justifier devant un tribunal.

– Ouais, parce que les autorités se montrent toujours très compréhensives envers les femmes quand il s'agit de ce genre de chose. Surtout quand un policier est impliqué. Je ne vais pas aller en prison pour ce salaud. Il m'a retenue prisonnière assez longtemps.

Jen saisit l'appareil et se prépara à le lancer le plus loin possible en bas de la colline.

– Attends! l'exhorta Beattie, les mains tendues paumes vers l'avant. Avant de faire ça, il y a quelque chose que tu dois savoir.

– Quoi?

– Ce n'est pas mon téléphone.

Avant même que Jen ait pu se demander si elle bluffait, Beattie sortit un second appareil équipé d'une coque antichoc bleu marine. Le genre de coque qu'elle aurait mise sur son téléphone.

Jen regarda celui qu'elle avait dans la main, un Samsung à l'écran fissuré.

– À qui est celui-ci?

– À Samira. Je l'ai trouvé quand Nicolette et moi, on est parties à sa recherche. Il était posé sur le bord du lavabo dans sa chambre, même pas en charge. Elle a dû aller aux toilettes et l'oublier là-bas.

Au moins, cela réglait une question: Samira ne pouvait participer à cette machination si elle était partie sans son téléphone. Encore que… Le laisser fournirait une preuve supplémentaire de son apparent enlèvement. Et puis il n'y avait pas de réseau, donc si Samira était mêlée à tout ça, elle ne communiquerait pas par téléphone, de toute façon. Pas ce soir en tout cas. Mais il y aurait forcément eu des échanges antérieurs. Comme le genre de mails que vous effaceriez si vous étiez celui qui fait semblant de partager un ordinateur portable avec le pigeon d'une arnaque à long terme.

Jen appuya sur le bouton pour l'allumer. Il était verrouillé.

C'est n'importe quoi, disait la voix calme. La voix de Zaki. *On dirait une cinglée.*

Elle pensa à la première fois qu'elle l'avait vu à ce salon professionnel. C'est elle qui s'était avancée vers lui. Mais s'était-il subtilement mis sur son chemin ? Et combien de fois avait-il pu faire cela, attendant qu'elle tombe sur lui par hasard ? C'était comme ça que fonctionnaient les arnaques à long terme. L'escroc s'arrangeait toujours pour vous faire croire que c'était vous qui bougiez vos pions pendant que lui faisait figure de joueur passif.

Elle fit glisser son pouce pour rallumer l'écran. Celuici ne lui demanda pas un code pin mais un motif.

Ce n'était pas possible, si ?

Elle dessina un Z.

Le téléphone se déverrouilla.

Son cœur fit un bond.

Elle alla directement sur la boîte mail. Le compte principal contenait surtout des achats et des trucs administratifs. Rien ne remontait à plus de sept jours, les messages se supprimant automatiquement passé ce délai. Un second compte était lié au travail. Il n'y avait rien dessus, ce qui collait puisque Samira n'avait certainement pas travaillé depuis des mois.

Jen descendit encore et là, tout en bas, se trouvait le nom du compte qui fit cesser de battre son cœur.

grimpox02@vapourmail.com.

Helena ressentit une vague de soulagement lorsqu'elle aperçut une trouée entre les arbres et reconnut le sentier principal qui traversait le bois. Il restait tout juste assez de lumière pour y voir quelque chose, mais il faisait plus sombre sous la canopée et, même avec leur lampe électrique, elle craignait qu'il ne soit qu'une question de temps avant que l'une d'elles ne se prenne une gamelle.

Elles étaient toutes les deux trempées de la tête aux pieds et commençaient à sentir le froid, mais elle savait que cela aurait pu être bien pire. Malgré son soulagement, quelque chose à propos de leur rencontre sur la plage continuait de la travailler.

– Il aurait pu me tuer, dit-elle.

– C'est ce que j'ai vu. C'est pour ça que j'ai généreusement laissé passer ma chance de m'échapper pour voler à ton secours, tu te rappelles ?

– Non, ce que je dis, c'est que même si je me suis débattue, il était beaucoup plus fort que moi. Il m'a *laissée* remonter à la surface. Il voulait que tu sortes du bateau. Il savait que tu reviendrais m'aider s'il donnait l'impression d'être en train de me noyer.

– Je ne suis pas sûre qu'on puisse en déduire ça. Ne le prends pas mal, mais au début, même moi je n'étais pas sûre de revenir t'aider.

– Ce que je veux dire, c'est que c'était surtout le bateau qui l'intéressait, ou empêcher quiconque de s'enfuir à son bord. Parce qu'une fois que tu es descendue, il aurait pu te tuer s'il avait voulu, il aurait pu nous tuer toutes les deux.

– Tu n'as pas tort, répondit Michelle. Malgré toutes les menaces et les messages pour nous dicter ses règles, le fin mot de l'histoire, c'est qu'il veut qu'on soit coincées ici, en vie.

Malgré le froid, le trajet du retour lui sembla plus court, peut-être parce qu'elles parlaient plus. Cela lui paraissait plus facile, quoique triste, mais la tristesse valait mieux que la haine.

– Je ne crois pas qu'il y ait un moyen de me racheter pour ce que j'ai fait, dit Helena. Mais si tu as une idée, tu me diras.

– On devrait peut-être estimer qu'on est quittes et passer à autre chose. D'ailleurs, il n'y a rien d'assez terrible pour ne pas pouvoir en faire une chanson.

– Tu as écrit une chanson sur ta sextape ?

– Ouais. Elle s'appelle "*Jerk-Offs*" – Connards. Elle parle des petits jaloux minables, du fait qu'ils pensent m'avoir rabaissée parce qu'ils m'ont regardée baiser, alors que ce sont littéralement juste des branleurs.

Cette remarque prit Helena aux tripes lorsqu'elle songea à toutes les implications qu'elle avait refusé de voir. Michelle avait l'air sincère quant à la proposition de tourner la page, mais elle-même mettrait beaucoup plus de temps à se pardonner.

– Mes filles sont toutes les deux de grandes fans, admit-elle. Elles se sont sans doute senties déloyales au début. Je tournais autour du pot et elles ont toujours su que tu étais un point sensible, mais elles achetaient quand même tes disques.

– Je regrette de ne pas avoir eu l'occasion de les voir grandir. J'aurais bien aimé, mais tu sais…

– Je pense qu'on sait toutes les deux que je n'aurais pas bien réagi si tu m'avais contactée.

Michelle secoua la tête.

– Je ne me le serais jamais avoué, mais il a dû y avoir un millier de fois en tournée ou en studio où je me suis dit que ce serait plus simple si tu étais là ; que tu obtenais instantanément ce que j'essayais de faire avec un son ou une mélodie. Tu m'as manqué. Voilà, c'est dit. Tu m'as manqué.

– Tu m'as manqué aussi, répondit Helena qui dut déglutir pour que les mots parviennent à sortir. Les moments comme la naissance de mes filles, toutes les étapes importantes. Je ne me le suis jamais avoué, mais une partie de moi aurait voulu que tu sois là pour les partager.

– Il n'est pas trop tard, lui répondit Michelle. On a juste gâché quelques années, c'est tout. On n'est pas encore mortes.

– Pourvu que ça dure.

Lorsqu'elles approchèrent de la maison, la piste poussiéreuse et trouée d'ornières se transforma en une allée de gravier bien ratissé, la bruyère et les ajoncs en pelouses soigneusement entretenues. En remarquant le soin et l'attention prodigués au terrain, Helena se souvint que l'équipe d'entretien de Lauren devait revenir lundi. Ce n'était pas tout de suite mais ce n'était pas non plus dans une éternité.

Elle entendit son téléphone sonner alors qu'elles approchaient de la maison, son appareil se reconnectant au wi-fi et recevant un nouveau message sur l'application du Faucheur. C'était la vidéo dont Kennedy leur avait parlé, lui rappelant que la seule durée qui comptait était le temps que la glace mettrait à fondre.

– Ne la regarde pas, lui conseilla Michelle. On sait toutes ce qu'elle contient.

Kennedy sortit du salon en boitillant lorsqu'elle entendit Helena et Michelle entrer dans le hall du rez-de-chaussée.

– Dieu merci, vous allez bien toutes les deux.

La pauvre fille n'était allée nulle part et, pourtant, elle paraissait épuisée. Helena se rendit compte tardivement que le fait d'être laissée seule ici avait peut-être été une tâche plus effrayante que celles que les autres s'étaient vu confier.

– Tout est relatif, marmonna Michelle tandis qu'Helena et elle se précipitaient à l'étage pour enlever leurs vêtements mouillés.

Helena se déshabilla et se tamponna avec une serviette de toilette de la tête aux pieds. Elle avait rarement autant apprécié le contact du coton sur sa peau, mais cela ne faisait que souligner à quel point les choses avaient changé en l'espace de quelques heures. Le luxe n'avait plus de sens. Tout était désormais réduit au fonctionnel, à la survie.

Elle entendit d'autres voix au moment où elle ressortait de sa chambre, Michelle sortant de la sienne au même moment. Elle aperçut Nicolette et Lauren dans le hall d'entrée. Tout le monde demandait si les autres allaient bien, mais personne n'avait de nouvelles n'ayant pas déjà été relayées par radio.

– En fait, je suis morte de faim, déclara Michelle, comme surprise par cette révélation. Je n'ai pas mangé depuis la fin de la matinée et là, je le sens d'un coup.

Helena s'aperçut qu'elle ressentait la même chose, qu'elle avait faim depuis longtemps mais avait été trop distraite pour y prêter vraiment attention.

Kennedy grimaça, indiquant la porte fermée de la cuisine.

– Je m'en fiche, déclara Michelle en passant à grands pas devant elle pour s'engager dans le couloir. Je commence à avoir des tremblements, je suis en hypoglycémie. J'ai juste besoin d'un morceau de pain, n'importe quoi. Je l'ai vu mort une fois. Il ne va pas être plus effrayant qu'avant.

Helena détourna les yeux lorsque Michelle arriva devant la porte. Elle ne voulait pas revoir le corps.

– Putain !

Michelle cria sous le choc. Elle s'était à nouveau arrêtée sur le pas de la porte, donnant une impression de déjà-vu.

Le cœur d'Helena s'emballa alors qu'elle levait les yeux, craignant qu'il n'y ait un autre mort. Au lieu de cela, elle vit que le nombre de victimes avait été altéré dans le sens inverse.

Le chef cuisinier avait disparu.

– Mais nom d'un chien, comment est-ce qu'il a pu disparaître ? demanda Nicolette. Elle se surprit à avancer dans le couloir malgré la peur que lui inspirait la cuisine. Comme le corps lui-même, elle devait voir l'absence de celui-ci de ses propres yeux pour y croire. Le cadavre du chef cuisinier avait pris une telle importance dans sa tête qu'il lui semblait impossible que celui-ci ait pu disparaître.

Michelle avait raison, pourtant. Il restait les flaques de sang autour et sur l'îlot de cuisine, mais le cuisinier n'était plus là.

– Vous croyez qu'il n'était pas mort ? demanda Michelle. Je suis sûre d'avoir vu sa poitrine bouger quand je l'ai trouvé.

– Il était mort, répondit Kennedy d'un ton brusque. On lui avait tranché la gorge. Il ne suffit pas de rester allongé une minute pour que ça passe.

Nicolette s'aventura quelques pas plus loin dans la cuisine pour rejoindre Michelle. Elle ressentait toujours une certaine aversion malgré l'absence du cadavre, comme si l'endroit avait été imprégné d'une menace en raison de ce qui s'y était passé.

Derrière l'îlot, elle voyait des traînées de sang qui partaient en direction de la porte de derrière.

– Quelqu'un l'a traîné hors d'ici, dit Michelle.

– Tu n'as rien entendu ? demanda Nicolette à Kennedy.

– Non. Les murs sont très épais, se défendit-elle. Et j'étais en haut... pour essayer de faire le guet.

Lauren et Nicolette échangèrent un regard. Elles avaient émis l'hypothèse selon laquelle Kennedy se cachait de quelqu'un. C'était elle qui était restée toute seule ici avec le corps du cuisinier, et c'était peut-être elle qui avait des raisons de dissimuler ce qui lui était arrivé. Joaquin leur avait été imposé en secret, Jen et Lauren supposant chacune que c'était à la demande de l'autre. Kennedy l'avait-elle reconnu ? L'avait-elle tué parce qu'elle savait ce qu'il était venu faire ici ?

Tous les regards se détournèrent de la cuisine pour se porter à l'autre extrémité du couloir lorsqu'elles entendirent la porte d'entrée s'ouvrir. Nicolette songea brusquement qu'il y avait des tueurs en liberté mais que, pour autant, personne n'avait pris de mesures pour sécuriser un minimum l'endroit où elles se terraient. Heureusement, il ne s'agissait que de Jen et Beattie.

Une énergie particulière se dégageait du visage de Jen. Alors que les autres semblaient épuisées et désemparées, elle paraissait sur le point de laisser exploser sa colère.

Jen vit l'attroupement devant la porte de la cuisine.

– Qu'est-ce qu'on a manqué ?

– Le corps de Joaquin a disparu, lui répondit Michelle. On vient de le découvrir.

– Pourquoi est-ce que le Faucheur ferait ça ?

– Pour se préparer à couvrir ses traces, peut-être ? répondit Michelle. Il y a sept témoins pouvant attester du fait que le cuistot était allongé juste là.

– À ce stade, je ne vois pas en quoi ça changerait quoi que ce soit, intervint Nicolette. Le fait est qu'on est revenues à la case départ. Littéralement. On n'a pas contacté les autorités, on n'a pas de bateau, et les heures de Samira sont comptées. – Elle regarda Kennedy dans les yeux. – Quelqu'un a envie de révéler un secret ?

Kennedy croisa son regard, mais il y avait une timidité inhabituelle dans son expression et elle ne répondit pas.

Jen, oui, en revanche.

– Bon, je n'aime pas parler au nom de quelqu'un d'autre, mais j'ai trouvé que Samira avait eu un comportement bizarre.

Il y eut un moment de silence pendant que les autres réfléchissaient à sa remarque, se débattant avec les implications possibles et n'arrivant à rien.

Jen leur montra un portable.

– C'est le téléphone de Samira. Il se déverrouille en dessinant un Z. Z comme Zaki. Toutes ces conneries sur le fait que l'une de nous n'est pas celle qu'on pense, toute cette histoire absurde de "secrets et de confessions", c'est juste destiné à nous détourner des deux personnes qui ne sont assurément pas celles qu'on pense. Mon soi-disant fiancé et sa petite sœur – si c'est bien sa sœur – sont tous les deux impliqués là-dedans. On se fiche de nous. Les vidéos de l'otage sont des leurres.

– *Zaki*? s'étonna Helena d'un ton suggérant que Jen était peut-être en train de perdre la tête. Elle n'était pas la seule à le penser. Nicolette se disait que Samira était venue pour les surveiller, mais elle ne la voyait que comme un mouchard hypocrite. Quant à Zaki, c'était impensable. Elle le trouvait un peu superficiel, mais Jen et lui paraissaient très épris l'un de l'autre.

– J'avais peur qu'il soit trop bien pour être vrai, qu'il se soit rapproché de moi parce qu'il en avait après mon argent. Il s'avère que j'avais vu juste.

Elle leur montra à toutes un mail que Zaki avait envoyé à Samira.

– "Objet: Notre petit secret", lut Jen. "Message: Tous les voyants sont au vert. Elle ne se doute de rien." Il était en train d'effacer des messages hier soir. On s'est disputés à ce propos.

– Putain de merde! s'exclama Lauren.

– Ce n'est pas tout. Il travaille là-dessus depuis un moment. Il m'a fait tout un plat comme quoi il n'avait pas de mot de passe sur son ordinateur, pour me faire croire qu'il n'avait aucun secret pour moi. C'était du bluff, pour que je ne le soupçonne pas d'avoir le *mien* et de fouiller dans mes comptes. Je parie qu'il s'est servi de mes réseaux sociaux pour voir qui allait être ici. Et, histoire d'enfoncer le clou, il a insisté pour que j'invite Samira, alors que je ne l'avais jamais rencontrée.

– Putain, Jen, dit Helena en posant une main réconfortante sur son épaule. Il veut quoi, à ton avis ? Et pourquoi est-ce qu'il aurait tué le cuisinier ?

– De l'argent. Toute cette merde n'est qu'une question d'argent. Je ne sais pas quel est son prochain coup, mais ce que je sais, c'est que le jeu a changé. Des gens doivent revenir ici lundi : du personnel, le bateau qui doit remmener Michelle à Rùm, notre hélicoptère. On peut barricader cet endroit, attendre patiemment. Maintenant qu'on sait ce qu'il en est vraiment, le temps joue en notre faveur.

Kennedy affichait une expression étrange. Nicolette était sur le point de lui demander ce qu'elle avait quand les sonneries des sept téléphones résonnèrent dans le couloir. Nicolette prit son appareil. Celui-ci montrait l'image de prévisualisation d'une troisième vidéo.

Jen y jeta un coup d'œil, arborant un air de légitimation sinistre.

– Et on peut être quasi sûres qu'ils nous ont mises sur écoute, ajouta-t-elle. Ils surenchérissent parce que je les ai grillés ? Eh bien, je ne céderai pas à leur chantage.

Nicolette passa la vidéo. La glace avait encore fondu et la corde se resserrait. Samira avait toujours les yeux fermés, mais elle semblait commencer à réagir.

– Je ne céderai pas à votre chantage, bande de sombres abrutis, cria Jen, sa fureur se répercutant sur les murs. Elle ne semblait pas elle-même. Elle avait toujours été un peu paranoïaque et ce mail de Zaki était incontestablement suspect, mais pas assez pour parier la vie de Samira dessus.

Nicolette devait dire quelque chose. Elle tendit le téléphone.

– Regarde-la, Jen. Tu es en train de dire qu'elle joue la comédie ?

– Je suis en train de vous dire que Zaki joue la comédie depuis le début.

– En faisant semblant de t'aimer ? Depuis deux ans ?

– C'est comme ça que fonctionnent les arnaques à long terme, Nicolette.

– Et si jamais tu te trompes ? Comment est-ce que tu vas dire à Zaki que tu as laissé mourir sa sœur parce que tu l'as pris pour un escroc ?

Cela eut au moins le mérite de faire réfléchir Jen, mais Samira n'avait pas de temps pour l'introspection. Nicolette regarda les autres. Tout le monde semblait paralysé. Tous les yeux étaient rivés sur Jen, qui leur avait apporté une explication qu'il était tentant de croire, mais il s'agissait d'un genre d'espoir très dangereux.

Tous les yeux, enfin, à l'exception de ceux de Kennedy. Les siens étaient rivés au sol, qu'ils n'avaient pas quitté depuis un moment. Elle n'avait pas prononcé un mot depuis qu'elle avait prétendu ne rien avoir entendu pendant que quelqu'un entrait dans la cuisine et emportait le corps du cuisinier.

Nicolette avait dit que son intuition valait que dalle, mais celle-ci ne l'avait pas trompée en lui soufflant que Lauren avait des intentions cachées concernant la ferme. Et maintenant son intuition lui criait que Kennedy dissimulait quelque chose.

Elle brandit son écran sous les yeux de la jeune femme.

– Je répète, tu as envie de nous dire quelque chose, Kennedy ? Fiona ? Kat ? Ou quel que soit ton vrai nom ? Peut-être quelque chose qui expliquerait que ton visage n'apparaît jamais sur aucune photo ? Parce que c'est le moment ou jamais. Ou tu te fiches de savoir qui peut être blessé tant que ça préserve ton secret ?

Le regard de Kennedy croisa le sien pendant une fraction de seconde, mais suffisamment longtemps pour que cette dernière y voie de la peur, de la honte et un aveu de défaite. Des larmes montèrent aux yeux de la jeune femme.

– Je ne peux plus faire ça, dit-elle d'une voix brisée. Je ne peux plus, putain…

Elle se laissa glisser le long du mur et termina accroupie contre la plinthe, où elle se mit à pianoter sur son téléphone avec la dextérité frénétique propre à la génération Y.

Un instant plus tard, six téléphones sonnèrent à nouveau.

Kennedy : Je vais vous donner ce que vous voulez. Je vais tout avouer. Mais libérez-la.

Tandis que Jen regardait le message, cette brève et difficile annonce d'une confession, sa première réaction fut de se demander ce que Zaki et Samira voulaient à Kennedy, ce qui avait pu les amener à se réunir dans cette conspiration. Puis elle finit par comprendre à quel point elle s'était enfoncée dans ce labyrinthe : croire que son fiancé la manipulait depuis des années ; assister à la souffrance de Samira et considérer celle-ci comme une comédie.

Tout le monde ne joue pas un rôle.

La source de sa paranoïa était son incapacité à accepter l'idée que quelqu'un comme Zaki avait envie de vivre avec elle, qu'elle était assez bien pour lui et qu'elle méritait d'être heureuse.

Son téléphone sonnait encore et encore. Il y avait sept personnes dans le couloir, aucune ne parlait, toutes regardaient leur écran, toutes traversaient une crise, une présence lointaine distillant du poison parmi elles.

C'était vraiment un portrait de l'époque.

Les échos lui firent prendre conscience qu'il n'y avait plus de musique, et qu'il n'y en avait pas eu depuis leur retour. Elle s'était trompée sur Zaki mais soupçonnait qu'elle avait raison en disant qu'elles étaient sur écoute. Le moment où le Faucheur avait envoyé la dernière vidéo était une trop grande coïncidence. Il l'avait envoyée en réponse à ce qui se disait.

Kennedy : Que voulez-vous ?

Le Faucheur : Que tu dises à tout le monde ce que tu as fait.

Kennedy : Libérez-la d'abord. Vous avez encore votre otage.

Il y eut une pause.

Le Faucheur : Tape plus vite.

Kennedy leva les yeux du sol puis reporta son attention sur son téléphone.

Kennedy : Je suis une criminelle. Un maître chanteur. Maintenant, détachez-la.

Le Faucheur : Pas avant d'avoir obtenu réparation.

Kennedy : Que voulez-vous ?

Le Faucheur : Ce que tu as pris.

Jen sentit monter sa fureur. Elle tapa sur son propre écran.

Jen : Tu ne peux la tuer qu'une seule fois, connard. Une fois qu'elle sera morte, tu n'auras plus de moyen de pression. Détache-la.

Le cœur de Jen s'emballa alors qu'elle attendait une réponse. Elle avait l'impression qu'il battait assez fort pour qu'on l'entende dans le silence. Dix secondes devinrent trente, devinrent une minute.

Deux minutes.

Elle commençait à craindre de l'avoir poussé à lui prouver qu'elle avait tort, qu'il pouvait tuer Samira et ensuite prendre un nouvel otage.

Puis le Faucheur répondit enfin, sous la forme d'une autre vidéo. Celle-ci durait à peine une seconde, juste assez pour montrer que, si Samira était encore ligotée à la chaise, le nœud coulant avait été desserré. C'était pour leur indiquer qu'il leur accordait plus de temps mais rien d'autre.

– Tu es un maître chanteur ? demanda Nicolette.

Kennedy se mordit la lèvre et leva les yeux, toujours accroupie contre la plinthe. Elle fit oui de la tête. L'espace d'un instant, elle sembla ne pas vouloir développer, mais elle redressa ensuite son dos et se décida à parler.

– Disons juste que quand il est devenu évident que je n'allais pas réussir dans le circuit professionnel, j'ai eu du mal à m'adapter. J'ai voyagé en Europe pendant un moment, où j'ai travaillé principalement dans des bars et comme coach à l'occasion. J'étais paumée et en colère, et je pensais que le monde me devait quelque chose de mieux. En deux mots, je suis devenue assez douée en usurpation d'identité.

"Il y a quelques années, j'ai réussi à chourer un identifiant pour accéder à une base de données ADN. Il s'agissait d'une brèche très subtile, ce qui voulait dire que je pouvais y retourner pour piocher d'autres d'informations."

– De quoi faire chanter des gens, dit Jen.

– Tu peux te faire beaucoup d'argent quand tu sais qui est le vrai père de quelqu'un, répondit Kennedy. Parfois, il est moins cher de payer que d'être responsable d'une paternité. Mais il peut y avoir d'autres raisons pour lesquelles un homme ne veut pas que le monde sache qu'il est le père de quelqu'un.

– De qui on parle, là ? demanda Jen. Qui est le Faucheur ?

– Il s'appelle Jordi Cabrera. Comme dans le scandale Cabrera.

Elles échangèrent des regards vides. Kennedy fronça les sourcils.

– Ça a fait beaucoup de bruit en Espagne. Apparemment pas tant que ça ailleurs. Les Cabrera sont – étaient – une dynastie politique en Catalogne. Ils avaient des intérêts partout jusqu'à ce qu'il apparaisse qu'ils touchaient des pots-de-vin à une échelle faramineuse.

Jen se souvint du reportage qu'elle avait entrevu à la télé le matin même dans la salle d'embarquement. Les Kardashian catalans.

– Ils entretenaient aussi des liens importants avec le crime organisé, poursuivit Kennedy, dont Francisco Aguilar. C'est un joueur de premier plan, originaire de Mexico, avec précisément ce que vous pensez que ça implique.

– C'est eux qui s'en prennent à toi ? demanda Helena avec un mélange d'horreur et d'incrédulité. Les cartels ?

– Non. Ça, c'est ce que j'exploitais. J'avais la preuve ADN que Jordi Cabrera était le père biologique de la fille cadette de Francisco Aguilar. Il se tapait la femme d'Aguilar. Je lui extorqué de l'argent en échange de mon silence.

– C'était quand ? voulut savoir Michelle.

– Il y a environ cinq ans.

– Pourquoi est-ce qu'il se manifeste maintenant ?

– Il a fait trois ans de prison à cause de ce scandale. À sa sortie, il devait être en colère, fauché et désespéré. Je pensais avoir mieux couvert mes arrières, mais on laisse toujours des traces. Il a dû découvrir qui j'étais. Comme je l'ai dit, l'usurpation d'identité, c'est mon truc, alors je suis en cavale depuis des années. Je m'étais dit que le South Lanarkshire serait suffisamment discret.

Jen avala sa salive. Elle osait à peine demander, mais il le fallait.

– Combien ?

– Autour de deux millions d'euros.

– Tu as deux millions d'euros de côté ? demanda Nicolette. D'après le ton qu'elle avait employé, Jen imaginait que son mépris pour les choix vestimentaires de Kennedy s'était considérablement approfondi.

– J'ai seulement deux raquettes de tennis et un ordinateur portable de côté. Je loue un F2 dans Hamilton. Je possède ce que j'ai sur le dos et quelques centaines de livres en liquide au cas où je serais à nouveau obligée de fuir.

– Qu'est devenu le reste ?

– Disons juste que j'ai passé quelques bonnes années. Ça a peut-être contribué à leur faire comprendre qui j'étais. J'ai claqué quasiment deux cent cinquante mille livres. Le reste s'est évaporé.

– Comment ça ?

– Je m'étais fait payer en bitcoins. Intraçable. Mais le monde de la crypto, c'était le Far West à l'époque. L'arnaqueuse s'est fait arnaquer. Quelqu'un a vidé mon compte.

– Et maintenant Cabrera veut récupérer ses deux millions, conclut Jen.

– Non, répondit Kennedy. Il a dit qu'il voulait ce que j'avais pris. Il veut dire qu'il exige la somme que vaudrait ces bitcoins aujourd'hui.

– Ce qui ferait combien ?

La voix de Kennedy se brisa. Elle déglutit.

– À moins que la bulle ait fini par éclater depuis la dernière fois que j'ai regardé, environ sept millions d'euros.

– Sept millions ? hoqueta Helena. Il ne peut pas croire que tu possèdes une somme pareille.

– Si, s'il présume que j'ai continué le même genre d'arnaques durant toutes ces années.

– C'est l'autre raison pour laquelle il n'a pas complètement coupé Internet, observa Lauren. C'est indispensable pour les transferts d'argent.

– Tu le savais depuis le début, hein ? dit Nicolette en peinant à ne pas laisser la colère transparaître dans sa voix. Quand on a reçu le message du Faucheur, tu savais tout. Tu nous as toutes envoyées dehors, en espérant qu'on trouverait Samira et que ça te laisserait le temps de t'enfuir. Mais il a fait ça ici, sur cette île, pour que tu n'aies nulle part où aller.

Kennedy hocha la tête.

– Quand j'ai vu le message, j'ai eu peur qu'il me concerne mais j'espérais encore qu'il concernerait quelqu'un d'autre. Enfin, comme tout le monde, non ?

Puis les sept téléphones sonnèrent à nouveau.

Le Faucheur: Juste pour être clair, Kennedy, si je n'obtiens pas ce qui me revient, je ne tuerai pas seulement Samira. Je te tuerai aussi. Pas ici, et pas ce soir, mais bientôt. Tu ne sauras ni le jour ni l'heure. Et si ce doit être le seul plaisir que j'obtiendrai de toi, je ferai en sorte de le faire durer.

Kennedy ferma les yeux, et une larme laissa une trace sur sa joue. Elle était recroquevillée sur le sol, les bras autour des genoux, son pied gauche gainé dans son attelle. Elle paraissait si fragile, si brisée, rien à voir avec le personnage indomptable qui avait apporté tant de lumière dans la vie de Jen. Elle donnait l'impression qu'on pouvait la casser comme une brindille: elle était apeurée, vulnérable et, Jen en était sûre, enceinte.

Elle songea à sa confession enregistrée sur le portable de Beattie. Il s'avérait que c'était le crime de Kennedy qui était dans la balance avec la vie de Samira, mais cela aurait tout aussi bien pu être le sien. Combien aurait-elle donné pour s'assurer que son secret reste englouti sous les eaux sombres de la Clyde? Combien aurait-elle donné pour se racheter auprès de ceux à qui elle avait causé tant de souffrance?

– Dis-lui que tu vas payer, déclara-t-elle.

Kennedy leva les yeux, sans comprendre.

– Ce sera douloureux, reprit Jen. Mais pas autant que de perdre Samira ou de te perdre toi. Enfin, je n'ai pas sept millions d'euros, mais j'ai de l'argent.

Elle jeta un coup d'œil à Michelle, qui la dévisagea un instant avant de hocher la tête, de façon discrète mais résolue.

– Moi aussi, dit-elle. De combien tu disposes en liquidités?

Jen se livra à un rapide calcul.

– Je peux transférer peut-être un million deux cent cinquante mille ce soir, au mieux. Et toi?

– Deux virgule cinq. J'ai déjà ça en bitcoins.

– Non. Ce n'est pas juste, protesta Kennedy. Je ne peux pas…

– Mais si, répondit Jen. Parce que, comme tu l'as dit toi-même, ça aurait pu être n'importe laquelle d'entre nous.

Elle regarda Beattie.

– Je sais ce que c'est d'avoir fait une chose terrible, d'avoir fait du mal à quelqu'un. Je sais ce que c'est de devoir faire pénitence.

Les yeux de Beattie papillonnèrent, une brèche dans le mur permanent de froide neutralité qu'elle lui réservait.

– Moi aussi, j'ai fait du mal à quelqu'un, avoua Michelle. J'ai laissé tomber ma meilleure amie dans l'intérêt de ma carrière.

Tout le monde regarda Helena en réaction à cet aveu.

– C'est moi qui ai fait fuiter la sextape de Michelle, reconnut celle-ci.

C'était le clou de la soirée.

Michelle tendit le bras et prit la main d'Helena. La pressa. Elles avaient déjà réglé le problème.

– Je suis un troll, reconnut Nicolette. J'ai envoyé des injures et des menaces de mort à Lauren. À elle et à une centaine d'autres personnes.

De toute évidence, ce n'était pas une surprise pour Lauren et elle n'allait pas lui jeter la première pierre.

– J'ai fait fortune en exploitant des gens criblés de dettes, confessa la propriétaire des lieux. Je suis passée pro dans l'art d'entuber les plus vulnérables.

Beattie avala sa salive.

– J'étais distraite quand j'ai renversé cet ivrogne. Je ne l'aurais peut-être pas tué si j'avais fait plus attention.

Jen se demanda pourquoi Beattie y croyait encore, puis elle comprit qu'elle n'y croyait sans doute pas. Il y avait une autre raison à sa confession. Tout le monde regardait Jen, la seule à ne pas avoir révélé son secret.

Elle s'éclaircit la gorge.

– Jason nous a terrorisés, mes enfants et moi, pendant des années, et quand j'ai menacé de le quitter, il a dit qu'il tuerait les enfants et qu'il me ferait porter le chapeau.

Elles la regardaient toutes dans l'expectative, conscientes qu'il ne s'agissait pas d'une confession.

– Je l'ai tué, lâcha-t-elle. Je l'ai drogué et noyé dans la Clyde. J'ai laissé Beattie et sa famille avec la douleur de ne pas savoir.

Personne ne dit rien. Même Kennedy paraissait abasourdie, de sorte que Jen ne pouvait avoir aucun doute sur qui avait remporté le trophée de la plus grande Pécheresse. Cela dit, Kennedy avait eu l'air plus choquée par ce que Jason avait menacé de faire que par ce qu'elle avait fait en retour, ce qui lui mit un peu de baume au cœur.

Son regard croisa à nouveau celui de Beattie. Celle-ci lui adressa un bref signe de tête en guise de reconnaissance : pas vraiment un merci, mais elle pouvait difficilement s'attendre à cela.

Jen regarda Kennedy.

– Au bout du compte, on a toutes quelque chose à expier. Alors, ce n'est peut-être que justice.

MICHELLE

Il y avait peu de choses que Michelle aurait cru capables de la distraire de la perspective de remettre deux millions et demi d'euros à un extorqueur psychotique. Apprendre que l'une de ses plus vieilles amies avait assassiné son mari en faisait partie. Elle n'avait guère de temps pour digérer cette information, mais cela lui fit comprendre qu'en exposant ce qu'elles avaient chacune à expier, elle-même n'avait pas révélé son plus grand péché.

Jen ne lui avait jamais dit ouvertement comment était la vie avec Jason, mais Michelle en savait assez pour l'imaginer. Elle savait aussi pourquoi Jen n'avait pas voulu lui en parler, n'avait pas voulu en parler à qui que ce soit. La honte. Le déni. L'auto-récrimination.

Il lui avait fallu des années pour comprendre que ce que Jason lui avait infligé était en fait un viol. Elle avait eu la même vision erronée que les autres : ça avait été consensuel, les garçons étaient toujours ceux qui insistaient quand il était question de sexe. Maintenant qu'elle était adulte, elle voyait que, même s'il n'y avait pas eu de violence à l'époque, ni même de menace explicite, cela ne signifiait pas que celle-ci n'avait pas été présente en permanence. Elle avait eu une peur constante de ce qui pourrait se passer si elle ne se pliait pas aux volontés de Jason, et aussi de ce qui se passerait si elle n'acceptait pas de feindre que c'était ce qu'elle voulait. C'est ce qu'on appelle le contrôle coercitif.

Michelle ne voulait pas penser à quel point la situation avait dû empirer avant que Jen ne fasse ce qu'elle avait fait. Elle n'était pas certaine que Beattie verrait les choses de la même façon, cependant. Beattie était au courant : cela avait été clair au vu de son absence de réaction face à cette révélation. Jen avait déjà dû le lui dire. Il y avait eu entre elles une tension encore plus palpable que d'habitude lorsqu'elles étaient revenues de la grotte. Ce n'était pas le genre de chose sur lequel on passe comme ça.

– J'ai vendu une propriété récemment, dit Lauren. Je peux transférer environ huit cent mille.

– Et toi, Nicolette ? demanda Jen.

Nicolette regarda le tapis un moment.

– J'ai à peu près six cents, dit-elle.

– Mille ? clarifia Jen.

– Livres. – Les joues de Nicolette s'empourprèrent. – Une confession de plus. Je ne suis pas cadre de haute volée chez Reiss. J'ai inventé ça parce que, quand je vous ai rencontrées, les filles, vous me sembliez toutes tellement unies et impressionnantes… Je suis vendeuse aux Buchanan Galleries. Je suis désolée. Pour tout.

– Est-ce que tu pourras au moins nous faire une réduc la prochaine fois qu'on y va ? demanda Jen.

Les yeux de Nicolette se remplirent de larmes à cette question. Seule Jen était capable de mettre quelqu'un à l'aise de cette façon, même dans les pires circonstances.

– Je n'ai pas grand-chose non plus, avoua Helena. Mais je tiens à contribuer. Je pourrai vous rembourser plus tard. J'ai des choses que je peux vendre. J'ai une Gibson Les Paul 1965 qui vaut près de trente mille.

Pour Michelle, les quelques dernières heures avaient été un exercice salutaire pour comprendre ce qu'elle était prête à perdre ou pas. D'une certaine façon, c'était un soulagement d'apprendre que le prix à payer n'était qu'une somme d'argent. Elle avait vu une personne morte ce soir, et depuis elle avait passé la majeure partie de son temps à craindre que ce ne soit pas la dernière.

Quand elle avait vu ce salaud maintenir Helena sous l'eau, cela avait effacé toutes les conneries qu'il y avait entre elles. Elle avait sauté du bateau sans réfléchir aux conséquences pour elle-même. Bien sûr, cela avait changé au moment où elle avait senti les mains de l'homme sur elle, mais pendant ce bref instant tout ce dont elle s'était souciée était que son amie avait besoin d'aide.

– Il n'en est pas question, insista-t-elle. Tu gardes la Les Paul.

– Mais ce n'est pas juste que tu…

– Ne transformons pas ça en une version extrême de qui va payer le café, leur dit Jen.

Michelle s'était souvent interrogée sur les compromis qu'elle faisait dans la vie, se demandant si elle serait plus heureuse avec moins si cela pouvait rattraper certaines choses. Mais la vie ne fonctionnait pas comme ça.

– On sait toutes que le monde n'est pas équitable, dit-elle. Certains sont trop récompensés pour leur succès, d'autres trop punis pour leurs erreurs. Mais ce qu'on va donner ce soir, on va le donner à titre collectif. Peu importe qui paie quoi. Et c'est le prix de l'absolution pour tout le monde, non ?

– Oui, répondirent-elles en chœur.

Toutes, sauf Beattie dont les yeux se tournèrent vers son téléphone même s'il n'y avait pas eu de nouveau message.

– D'après mes calculs, je pense qu'on peut réunir environ cinq millions d'euros, dit Jen. Dis-lui que c'est notre première et dernière offre, car on ne peut pas faire mieux ce soir.

Kennedy envoya le message et elles attendirent à nouveau.

Moins d'une minute plus tard, le Faucheur répondit par une page remplie de charabia : des chiffres et des codes.

Jen regarda Kennedy.

– Tu sais ce que c'est ?

Kennedy hocha solennellement la tête, l'air penaud.

– C'est pour un transfert de bitcoins, pour que l'argent ne puisse pas être tracé.

Il y avait aussi une nouvelle vidéo. Le nœud autour du cou de Samira avait été resserré. Il avait remis le chronomètre en marche.

Le Faucheur : D'après mes estimations, vous avez une demi-heure pour effectuer le transfert.

– J'ai besoin de mon ordinateur, dit Kennedy. Elle se releva maladroitement et elles la suivirent toutes dans le salon.

– Cet enfoiré n'a pas cherché à marchander, observa Michelle. – Elle ne s'en plaignait pas, mais elle était surprise qu'il n'ait pas tenté d'obtenir plus. Kennedy avait dit qu'il était désespéré. – Bon, maintenant qu'on sait qui c'est, on va pouvoir retrouver ce salaud.

Jen agita frénétiquement les bras, puis posa un doigt sur ses lèvres.

– Quoi ? demanda Michelle.

– Je pense qu'il nous entend.

– Merde.

Quelques secondes plus tard, elle en eut la confirmation.

Le Faucheur : J'ai le corps de votre cuisinier. J'ai aussi l'arme du crime, avec les empreintes de l'une d'entre vous transférées dessus. Voyez ça comme un genre de roulette russe. Si l'une de vous va voir les autorités, vous ne saurez jamais si c'est vos empreintes qui seront retrouvées sur le cutter. Enfin, si vous n'êtes pas suffisamment motivées par le fait que, bien sûr, je tuerai aussi mon maître chanteur.

Un silence chargé d'attente régnait dans la pièce pendant que Kennedy travaillait sur son ordinateur.

Michelle et Jen avaient fourni les informations nécessaires, écrites sur un bloc-notes. Michelle avait envie de vomir en la voyant pianoter, même si elle savait qu'elle faisait ce qu'il fallait, mais il serait temps de laisser libre cours à sa colère quand tout le monde serait en sécurité. À commencer par Samira.

Jetant un coup d'œil aux verres vides de ce qui avait été censé être des cocktails apéritifs, Michelle s'aperçut qu'une partie de son malaise était dû à la faim. Elle était allée se chercher un truc à manger quand elle avait découvert que le cuisinier avait disparu.

– Je meurs de faim, annonça-t-elle. Je vais à la cuisine.

– Je viens avec toi, dit Jen. On rapportera quelque chose pour tout le monde.

En approchant de la porte de la cuisine, elles s'arrêtèrent, échangeant un bref regard avant de se tomber dans les bras.

– Je suis vraiment désolée, dit Michelle.

– Pour quoi ?

– Jason. Ce que tu as enduré. Ce que tu as dû faire. Je savais comment il était et je ne t'ai pas prévenue.

– Ne dis pas de bêtises. Comment est-ce que tu aurais pu le savoir ? Tu avais quoi, quinze ans ?

– Il y avait des signes.

– Allez, Shell. S'il y a une leçon à retenir de cette soirée, c'est qu'on doit apprendre à se pardonner à soi-même. De toute façon, c'est moi qui devrais m'excuser. Tu as fait l'effort de venir ici pour mon enterrement de vie de jeune fille et tu vas repartir avec deux millions et demi de moins.

– J'ai gagné presque autant en investissant dans ton entreprise, lui rappela Michelle. De toute façon, l'argent, ça se remplace. Pas les gens. Ni l'amitié. Je pense qu'on a recollé les morceaux avec Helena, c'est déjà pas mal. Pour tout dire, je pense qu'on les avait recollés avant de devoir passer à la caisse, mais parfois il faut que ça fasse mal pour retenir la leçon. Cela dit, j'aurais bien besoin d'un verre. Et il *faut* que je mange quelque chose.

Elles entrèrent dans la cuisine, où une odeur désagréable flottait dans l'air ; pas envahissante, mais perceptible. C'était le sang. Cela rappela à Michelle un marché qu'elle avait visité à Bangkok, où une chèvre récemment abattue avait été dépecée devant elle. Ce spectacle avait galvanisé son végétarisme récent.

Ce relent était mélangé à quelque chose d'autre, sans doute les cailles en crapaudine posées sur l'îlot de la cuisine et sur lesquelles le sang s'était répandu.

Prenant soin de ne pas marcher dans les flaques et les traînées d'hémoglobine qui maculaient le sol, Michelle ouvrit un placard, espérant y trouver une miche de pain. Il n'y avait pas de pain, et pas grand-chose d'autre non plus, juste un paquet de pâtes et une boîte de flocons d'avoine.

Les placards qu'elle ouvrit ensuite ne contenaient que de la vaisselle, mais de l'autre côté de la pièce Jen eut un peu plus de chance. Elle ouvrit une porte et tomba sur un tas de boîtes de conserve : tomates en morceaux, pois chiches, haricots blancs, lait de coco. Mais toujours pas de pain.

– Il n'y a que des aliments de base qu'on trouve dans un garde-manger, remarqua Jen avec plus de perplexité que de déception. Cela faisait longtemps que Michelle n'avait pas eu à se préoccuper de sa propre restauration, de sorte qu'elle ne voyait pas le problème.

– Je me contenterais de pois chiches froids, là, dit-elle. Et je les mangerais à même la boîte.

Mais Jen avait enjambé une flaque de sang pour ouvrir le frigo. Il y avait quelques légumes, de quoi improviser une salade potable – si le plan de travail n'avait pas été couvert de sang.

Jen recula mais la porte du frigo resta ouverte. Elle paraissait dubitative.

– Qu'est-ce qu'il y a ?

– On dirait des trucs laissés par les occupants précédents.

Michelle ne comprenait toujours pas.

– Et alors ? L'économie protège du besoin, suggéra-t-elle.

– On avait signé pour trois jours de repas raffinés, et on est sept. Où sont tous les ingrédients ?

Jen ouvrit d'autres placards, ne révélant que des verres, des tasses et une petite réserve de produits de base pour la pâtisserie.

– Ça doit bien être quelque part, répondit Michelle. Ce n'est pas comme si le cuisinier s'était dit : bon, pas la peine d'apporter ce qu'il faut pour trois jours si je dois me faire tuer le vendredi soir.

– Oui, confirma Jen en la regardant attentivement. C'est exactement ça. Il n'a apporté que de quoi faire un repas. Ou peut-être seulement ce qu'il fallait pour faire semblant de préparer un repas.

– Allons, Jen. Qu'est-ce que tu racontes ? Qu'il était dans le coup ? Il était étendu par terre avec la gorge tranchée.

– Il n'est plus étendu par terre, si ?

Michelle se souvint du moment où elle avait ouvert la porte et l'avait trouvé là, l'horrible conviction d'avoir vu sa poitrine se soulever, puis de l'avoir vu rendre son dernier soupir.

Jen lui rappela ce qui s'était passé ensuite.

– Kennedy a pris son pouls. C'est elle qui nous a dit qu'il était mort.

– Oui, répondit Michelle, et elle s'est montrée catégorique et agressive quand on s'est aperçu que le corps avait disparu.

Jen s'appuya contre l'égouttoir, le rouge lui montant aux joues. Sang. Énergie. Colère.

– Je me suis déjà convaincue d'un truc honteusement dingue au cours de la dernière heure, dit-elle. Je veux que tu passes ça en revue avec moi. Est-ce que cette histoire de politiciens espagnols corrompus et de gangsters mexicains n'était qu'un tissu de conneries ? Est-ce que mon amie Kennedy, cette Kennedy au bord des larmes et effrayée, est en train de nous voler cinq millions d'euros dans le salon en ce moment même ?

– Je ne sais pas, reconnut Michelle. N'oublie pas que toute cette théorie s'effondre si on s'aperçoit qu'on est passées à côté d'un autre frigo ou d'une caisse remplie de provisions posée à côté de la porte de derrière.

Mais l'image de Kennedy en train de pianoter sur son ordinateur, prête à transférer tous ses bitcoins, mit quelque chose en évidence.

– Usurpation d'identité, réfléchit Michelle. C'est comme si elle nous avait avoué qu'elle était une arnaqueuse. Mais elle est plus que ça : c'est une putain de hackeuse. C'est évident. Que son histoire soit des conneries ou pas, tu ne "chourres" pas comme ça un identifiant pour entrer dans une base de données ADN. Elle a employé un autre mot parce qu'elle ne voulait pas que tu fasses le lien avec le fait que tes mails et ceux de Lauren avaient été piratés.

– Ce qui a été fait pour nous imposer Joaquin, répondit Jen. Son complice. Merde, je viens de me rappeler. L'ancien prof de tennis s'était fait virer pour utilisation inappropriée d'un ordinateur.

– Laissant un poste vacant qui a rapidement été occupé par Kennedy ?

Jen hocha solennellement la tête, comme si elle avait tenté de se maîtriser.

– Kennedy, qui s'est blessée comme par hasard il y a quelques jours, ce qui signifiait qu'elle pouvait rester ici pendant qu'elle nous envoyait toutes à la chasse au dahu. En nous mettant en équipe avec des gens contre lesquels on avait de la rancune pour augmenter notre sentiment de paranoïa et d'animosité.

– Comment est-ce qu'elle le savait ?

– Elle s'est rapprochée de nous au cours de ces sept derniers mois. J'ai dû dire que les choses étaient tendues avec Beattie. Et la moitié du monde est au courant pour Helena et toi.

– Mais comment est-ce qu'elle a pu savoir pour nos... tu sais... nos secrets ?

– Tout le monde a un secret, Michelle, quelque chose qu'il regrette, quelque chose qui le mortifierait si quelqu'un le savait. Alors elle nous a mises dans une situation où on est toutes obligées d'affronter notre culpabilité, à tel point qu'on a décidé de l'aider à payer pour ses péchés afin d'expier les nôtres.

– Merde.

– Alors, je suis folle ? Qu'est-ce que tu en dis ?

– Je dis qu'on doit éteindre ce putain d'ordinateur. Le seul problème, c'est qu'on a aucune preuve de tout ça. Comment est-ce qu'on va convaincre les autres ?

Jen avait un regard menaçant.

– Laisse-moi faire, dit-elle. Je sais comment leur présenter la chose.

Kennedy était perchée sur le canapé du milieu, penchée sur la table basse alors qu'elle tapait sur son clavier. Elle était tellement concentrée sur son écran qu'elle avait peu de chances d'avoir remarqué que Michelle était restée sur le seuil, bloquant toute tentative de sortie.

Tous les téléphones sonnèrent, incitant tout le monde à répondre ; tout le monde sauf Jen et Michelle. Jen vit Kennedy prendre son portable et le déverrouiller à l'aide de son empreinte. C'est à ce moment-là qu'elle le lui arracha d'une main, refermant l'ordinateur portable de l'autre.

– Putain, mais qu'est-ce… ?

Jen posa un doigt sur ses lèvres.

– Il nous écoute, tu te rappelles ? dit-elle dans un murmure. Attends, je vais couvrir nos voix avec un peu de musique.

Elle bascula entre les applications ouvertes sur le téléphone de Kennedy tout en s'éloignant, ce qui poussa la jeune femme à se lever.

Jen s'immobilisa, momentanément pétrifiée par ce qu'elle venait de découvrir, puis elle appuya sur *Play* sur le site de streaming musical.

Une intro planante familière sortit des haut-parleurs.

– "*She Knows*", dit Michelle en lançant un regard triomphant à Kennedy.

– Mais qu'est-ce qui se passe, bon sang ? demanda Helena.

– On a une bonne et une mauvaise nouvelle, répondit Jen. La bonne, c'est que le cuistot n'est pas mort.

– *Quoi ?*

– La mauvaise, c'est que c'est lui qui se balade partout là-dehors avec un passe-montagne, pour qu'on ne le reconnaisse pas. Il est de mèche avec Kennedy dans l'enlèvement de Samira pour nous extorquer de l'argent. C'est elle qui l'a déclaré mort, vous vous rappelez ?

Jen vit le moment précis où ce qu'elle venait de dire fit mouche, car c'est à ce moment-là que les autres se tournèrent toutes vers la prof de tennis.

Kennedy leva les mains dans un geste d'exaspération et laissa échapper un ricanement sans joie. Son regard se tourna vers la porte, cependant, où Michelle se tenait, un club de golf à la main.

– C'est dingue. Enfin, Jen, je comprends qu'on soit toutes hyper stressées, que la paranoïa nous fasse péter les plombs, mais quand même. Il y a une demi-heure, tu étais convaincue que le Faucheur était ton propre fiancé.

Jen passa au morceau d'après, "*Tsunami*" des Manic Street Preachers. Elle le laissa défiler le temps de quelques mesures puis passa aux suivants. "*Secret*", d'OMD. "*Celebrity Skin*", de Hole. "*Crash*", des Primitives.

– La playlist qu'on n'arrivait pas à changer, dit-elle. Elle la contrôlait depuis son téléphone. Mais ce n'est pas tout ce qu'elle contrôle.

Jen bascula sur l'application qu'elle avait trouvée quelques instants plus tôt. Parmi les champs actifs, il y avait "Puissance du signal", "Distance de l'émetteur", "Fréquence du canal" et "Mode silencieux".

Elle appuya sur ce dernier et leva l'écran pour le montrer aux autres.

– Je vous avais dit qu'il nous écoutait. Eh bien, voilà comment. Elle a une appli qui relaie nos conversations vers une radio quelque part, pour pouvoir rester en contact.

Kennedy balaya la pièce du regard, évaluant les réactions. Jen faisait la même chose. Le jury n'avait pas eu besoin de délibérer : après avoir entendu la musique, personne n'avait plus de doutes. Helena paraissait blessée. Nicolette vindicative. Lauren furieuse. Seule Beattie semblait imperturbable, comme si le fait de savoir qui faisait cela n'avait aucune importance, car rien n'en avait autant que ce que Jen avait fait à son frère.

Jen ne pouvait se permettre de penser à cela, cependant.

– Tu es grillée, Kennedy. Tu vas tomber pour fraude, extorsion et kidnapping. Le mieux, c'est que tu fasses ce qu'il faut. Où est Samira ?

Lorsqu'elle répondit, la voix de Kennedy était différente, vidée de son habituelle énergie pétillante. Elle sembla aussitôt plus âgée, plus sombre.

– Le savoir ne vous aidera pas, dit-elle.

– Alors tu n'as aucune raison de ne pas nous le dire.

Kennedy réfléchit puis sembla prendre une décision. Elle se rassit.

– Elle est sur le bateau.

– Comment est-ce qu'elle peut être sur le bateau ? demanda Helena. Elle se trouve dans un endroit rocheux et cette dernière vidéo a été postée il y a seulement dix minutes.

– Elle est sur le bateau, répéta Kennedy. Devant une toile verte. Il n'y a ni roche ni glace. Tout est ajouté par ordinateur. Il suffit d'ajuster la longueur du nœud coulant.

Tout le monde regarda à nouveau les photos, mais Jen garda un œil sur la jeune femme au cas où elle profiterait de ce moment de distraction pour entreprendre quelque chose de radical. Elle n'irait pas loin avec son attelle, toutefois. Jen doutait que sa blessure soit réelle, mais Kennedy avait été confondue avant d'avoir eu l'occasion de l'enlever.

Jen comprenait désormais pourquoi l'image était en aussi basse résolution, aussi sombre et granuleuse. C'était pour que personne ne remarque les effets spéciaux, même si elles avaient pu se résoudre à la regarder assez longtemps.

– C'est qui, le cuistot ? demanda Lauren.

Kennedy secoua la tête.

– Moins tu en sais, mieux ça vaut.

– Mais il n'y a pas que le cuisinier, si ? dit Michelle. Je l'ai trouvé étendu sur le sol juste avant que Samira disparaisse. Quelqu'un d'autre a dû l'emmener jusqu'au bateau. Ce qui veut dire que vous êtes trois.

Kennedy tenta de ne pas paraître perturbée par cette déduction, mais Jen vit qu'elle était ébranlée. Le fait qu'il y ait un troisième larron n'avait rien d'une révélation stupéfiante, mais cela signifiait qu'il y avait quelque chose concernant cette tierce personne que Kennedy ne voulait pas qu'on découvre.

– C'était quoi, le plan, une fois que vous auriez eu l'argent ? demanda Jen. Une fois revenues sur le continent, tu misais vraiment sur le fait qu'on n'irait rien dire aux flics à cause du cuisinier mort ? Il y aurait eu les témoignages concordants de sept personnes sur ce qui s'est réellement passé, du coup la première chose que les flics auraient faite, c'est de se pencher sur toi et tes activités présumées de chantage.

"Tu allais disparaître, c'est ça ? On ne t'aurait jamais revue. On se serait peut-être dit que tu fuyais Cabrera, ou bien on aurait deviné ton véritable rôle une fois qu'il aurait été trop tard. Tu aurais disparu parce que tu es le visage de cette opération et que ça fait de toi son plus gros point faible. Tu pourrais donner le nom de tes deux complices."

Jen réactiva le son sur l'application relais du téléphone de Kennedy.

– Écoute, enfoiré. Oui, c'est à toi que je parle, le connard qui détient Samira. La partie est terminée. On sait que Kennedy est dans le coup, ce qui signifie qu'elle peut t'identifier. Alors voilà ce qui va se passer.

Tu ramènes Samira et on l'échange contre elle. Tu as toujours le bateau, alors tu auras une longueur d'avance avant qu'on puisse alerter les autorités. Ça laissera à Kennedy tout le temps de faire ses valises et de disparaître.

Jen attendit une réponse mais n'obtint que le silence.

– Arrête les frais, dit-elle. Si les flics ne la trouvent pas, ils ne pourront pas te trouver.

Elle n'entendait toujours rien. Puis tous les téléphones sonnèrent.

Le Faucheur : L'argent d'abord.

– Merde, marmonna Jen.

Il savait que, tant qu'il détenait Samira, il pouvait encore dicter ses conditions. Et Samira était tout ce qui comptait.

– Pourquoi est-ce qu'il ne parle pas ? demanda Nicolette. Pourquoi est-ce qu'il continue à nous envoyer des messages écrits ?

– Il ne veut pas qu'on entende sa voix, répondit Michelle. Rien qui puisse nous aider à l'identifier plus tard.

– Termine le transfert, ordonna Jen à Kennedy.

Kennedy rouvrit l'ordinateur et reprit ce qu'elle était en train de faire.

Nicolette prenait des photos d'elle, vraisemblablement pour les donner aux flics. En la voyant, Jen se souvint que ce ne serait pas le seul téléphone porteur de preuves incriminantes, mais Beattie n'était désormais plus la seule à avoir entendu sa confession. Son monde s'écroulait à cause de cette personne qui était d'une façon ou d'une autre parvenue à se glisser sous ses défenses paranoïaques.

– Pourquoi est-ce que tu pleurais au juste, dans ce café ? lui demanda-t-elle. Est-ce que ça faisait partie de ton petit numéro ?

Kennedy garda les yeux rivés sur l'ordinateur et ne répondit pas. Mais sa lèvre trembla.

– Ça a marché, reprit Jen. J'ai vraiment eu de la peine pour toi. J'ai même pensé que tu étais enceinte. J'ai cru que c'était pour ça que tu ne buvais pas à mon enterrement de vie de jeune fille. Mais c'était parce que tu étais en service. J'imagine que le Faucheur ne plaisantait pas quand il disait qu'on n'avait aucune idée de ce dont tu étais capable.

Jen s'accroupit devant elle, la forçant à établir un contact visuel.

– Pourquoi moi ? demanda-t-elle d'un ton péremptoire. Tu ne crois pas que je mérite d'en savoir plus ?

Kennedy croisa son regard, sa voix réduite à un murmure étranglé.

– Parce que tu as de l'argent. Ça n'a rien de personnel.

– Ça me paraît très personnel, Kennedy. Quand ça exige d'être aussi proche pendant aussi longtemps, c'est un engagement. Comment ça marche ? Tu vas dans un club de remise en forme et tu cherches un pigeon plein aux as ? Ou est-ce que j'ai toujours été la cible, depuis que tu savais que j'avais vendu mon entreprise ?

Les yeux de Kennedy papillonnèrent brièvement en direction de Michelle.

Elle s'était trahie toute seule. Jen songea à quel point la jeune femme avait insisté pour qu'elle invite Michelle à ce voyage, à quel point elle avait été impatiente que celle-ci confirme sa venue. Puis elle se rappela combien Kennedy avait été bizarre en sa présence, au début.

– C'était Michelle, la cible, et tu t'es servie de moi pour l'atteindre ?

Kennedy avait les larmes aux yeux. Elle les essuya pour pouvoir se concentrer sur l'écran. Ses doigts glissaient rapidement sur les touches, entrant des codes. Un son sortit de son téléphone, un carillon différent.

Double authentification pour un compte. Jen tendit le combiné pour lui permettre de voir le code.

Kennedy le saisit puis appuya sur *Enter*.

C'était fait.

Puis elle craqua.

– Si c'est pour nous apitoyer, dit Michelle, laisse-moi te mettre en garde contre la loi des rendements décroissants. On t'a déjà vue pleurer comme une madeleine.

Kennedy s'essuya à nouveau les yeux et adressa à Michelle un sourire amer.

– Peut-être que je pleure de joie.

Ça n'en avait pas l'air. Il y avait en elle une intensité déconcertante : elle était épuisée, à bout de nerfs, ne tenant plus qu'à un fil. Il s'agissait moins d'un moment de triomphe que d'un moment d'effondrement.

Jen tenta de prendre le ton le plus doux que la colère le lui permettait.

– Qu'est-ce qu'il y a, Kennedy ? Tu as eu ce que tu voulais.

Kennedy enleva son attelle et se leva. Elle marcha vers la cheminée de façon à faire face à la pièce. Jen remarqua la théâtralité de son geste, se méfiant de ce qui les attendait.

Michelle ne bougea pas, bloquant toujours la porte.

– L'histoire de Cabrera, c'étaient des conneries, avoua Kennedy. Mais je n'ai pas menti quand j'ai dit que j'avais piraté une base de données ADN. C'est incroyable les choses qu'on peut découvrir sur ces sites. Comme, par exemple, le fait qu'Helena Eckhart n'ait pas été la première personne que Michelle Cassidy a abandonnée pour protéger son avenir.

– Putain, mais de quoi tu parles ? demanda Michelle.

– Je parle de la véritable raison pour laquelle ta famille a déménagé quand tu avais quinze ans.

Michelle paraissait inquiète à présent.

– Elle était enceinte, lâcha Kennedy. Elle portait l'enfant de Jason.

La réaction de Michelle indiqua que Kennedy ne mentait pas. Jen et Helena échangèrent un regard tandis qu'une pièce manquante de leur histoire commune se mettait en place.

– Être mère à cet âge aurait gâché sa vie, alors une fois qu'elle a eu ce bébé, une petite fille, elle l'a fait adopter, puis elle a repris ses études.

Jen parvenait à peine à respirer. Michelle semblait pétrifiée, effarée.

– Ça a plutôt bien marché, en apparence. La petite fille a été adoptée par des parents très riches. Mais, à vrai dire, elle n'était qu'un jouet de plus dont ils se sont lassés. Alors ils l'ont envoyée en pension, encore une fois abandonnée. Elle avait du mal à suivre, malgré les cours particuliers hors de prix. Elle était assez brillante, mais paumée à bien d'autres égards. Côté positif, il s'est avéré qu'elle était plutôt bonne au tennis.

Quelques semaines plus tôt, Michelle avait rendu visite à Brendan, son conseiller financier passionné de haute technologie. Il avait sous son bureau un PC monstrueux dont le ventilateur intérieur luisant tournait comme un moteur à réaction pendant qu'il extrayait de la cryptomonnaie. C'est l'effet que lui faisait sa tête à ce moment-là, alors qu'elle intégrait ce que Kennedy venait de dire. Qu'elle en comprenait les implications, les terrifiantes implications.

Elle récoltait le fruit de décennies de culpabilité, de mensonges et de méfaits. Jen lui avait pardonné, mais cela lui avait en quelque sorte semblé trop facile. Michelle avait calculé le véritable prix à payer, et elle savait qu'un simple pardon n'allait pas la sauver. Cela n'allait sauver aucune d'elles, surtout pas Kennedy.

Elles avaient toutes cru que le danger serait écarté maintenant que l'argent avait changé de main, la "réparation" ayant eu lieu. En vérité, le danger n'était même pas encore arrivé et la réparation ne s'effectuerait pas en bitcoins.

Kennedy regardait Jen dans les yeux.

– Je suis désolée pour ce que j'ai dû te faire. Je pleurais dans ce café parce que je n'étais pas sûre de pouvoir aller jusqu'au bout. Je m'étais trop rapprochée de toi. Je t'aime beaucoup, Jen. Tu as été gentille avec moi et tu ne mérites pas ça. Mais quant à ce que je lui prends à elle ? À ma mère biologique ? Elle me doit chaque centime.

Le silence s'accrut dans la pièce, tout le monde regardant Michelle dans l'attente d'une réponse. Celle-ci n'allait pas être celle que les autres attendaient.

Kennedy se trompait presque sur toute la ligne. Et le pire, c'est qu'elle se trompait sur la personne en qui elle avait placé sa confiance.

– On est en danger, déclara Michelle en s'efforçant de garder une voix ferme. Pire que ce qu'aucune d'entre nous n'a imaginé. Toi y compris, Kennedy. Surtout toi.

– Mais qu'est-ce que tu racontes, bon sang ? Tu te retrouves enfin face à la fille que tu as abandonnée et tu racontes n'importe quoi.

Michelle n'avait pas le temps de le lui annoncer en douceur.

– Tu n'es pas ma fille, lui répondit-elle. C'est vrai que je suis tombée enceinte quand j'avais quinze ans, après que Jason m'a violée. C'est pour ça qu'on a déménagé. Mais je n'ai jamais eu ce bébé. Je me suis fait avorter.

– Tu mens.

– Non. Tu n'as pas trouvé mon ADN dans une base de données parce que mon ADN ne se trouve dans aucune base de données. Mais je sais qui ment, et il se trouve sur ce bateau où il retient Samira en otage. À part mes parents, il n'y avait qu'une seule autre personne à savoir que j'étais enceinte. Une personne capable d'inventer une histoire que tu avais désespérément envie de croire et qui a dû s'en servir pour te manipuler depuis.

– Je ne comprends pas, dit Nicolette. Pourquoi est-ce qu'on est en danger ?

– Parce que Jason n'est pas mort. C'est Jason, le Faucheur.

À peine quelques instants plus tôt, Kennedy planifiait son évasion. Sans son attelle, elle savait à quelle vitesse elle pourrait couvrir la distance jusqu'à la porte et calculait comment utiliser la prise que Michelle avait sur le club de golf pour s'en servir contre elle, comment déplacer son poids pour l'écarter de son chemin. Elle pensait peu probable que Michelle la frappe avec le club. Peu de gens avaient vraiment cela en eux, surtout quand ils venaient d'apprendre que vous étiez leur fille. Mais Michelle l'avait frappée avec quelque chose de beaucoup plus dur qu'un fer numéro neuf.

Les personnes brisées peuvent passer leur vie entière à tenter de recoller les morceaux. Kennedy avait au contraire commencé à chercher un moyen d'accepter le fait d'être morcelée. Elle prenait des personnalités en constante évolution, incarnant puis délaissant des identités construites sans la faiblesse des engagements. Cela devait être son moment de triomphe. Elle allait remporter une victoire lucrative sur la mère qui l'avait rejetée et sur la femme qui avait tenté d'assassiner son vrai père. Mais, en un clic de souris, elle était passée de morcelée à brisée, puis la révélation de Michelle avait réduit ces éclats en poussière.

Quelle idiote elle avait été ! Mais comme elle le savait parfaitement, les mensonges les plus savoureux contenaient juste assez de vérité pour vous les faire avaler. Jason avait bien été le petit ami de Michelle au lycée. Et parmi ces mensonges mâtinés de vérité, les plus tentants restaient ceux auxquels on voulait désespérément croire. Adolescente, elle avait d'abord aimé Cassidy puis Mica, ressentant un lien particulier avec la femme qui figurait sur les pochettes de ces albums et sur les posters ornant les murs de sa chambre. Quel enfant perdu adopté puis abandonné aurait refusé de croire que sa vraie mère était une superstar ?

Ce soir, Kennedy avait mêlé ses propres mensonges à la vérité. Elle était effectivement une arnaqueuse spécialisée dans l'usurpation d'identité. Toujours sur la route, opérant dans des clubs de remise en forme à travers l'Europe. C'était un bon moyen de trouver des cibles. Elle avait bel et bien piraté une base de données ADN, une brèche discrète qui lui permettait d'y retourner pour récolter d'autres informations. Comme elle l'avait dit, elle s'était fait de l'argent grâce aux extorsions qui en avaient résulté. Elle avait en effet fait chanter des coureurs de jupons qui ne tenaient pas à ce que certaines personnes découvrent qui avait baisé avec leur femme.

Puis, poussée par la curiosité d'une enfant adoptée, elle avait elle-même fait un test ADN, juste au cas où il y aurait eu des membres de sa famille dans le système. À sa surprise et non sans une certaine inquiétude, elle avait découvert une correspondance très proche. Elle avait retrouvé l'homme en question, l'observant discrètement avant de se manifester.

Court-circuitant la question de l'inné et de l'acquis, il s'était avéré qu'il était lui aussi un voleur et un escroc : il se déplaçait sans cesse, exerçant dans des stations balnéaires du sud de l'Europe parce qu'il aimait un certain style de vie.

Son ADN était enregistré sous le nom de Sonny Rico parce qu'il avait utilisé cette identité un jour qu'il avait été arrêté et forcé d'en donner un échantillon pour être exclu d'une enquête. Lorsqu'elle l'avait confronté, il se faisait appeler Don Thomas, mais elle allait vite apprendre que ce n'était pas son vrai nom non plus.

Il lui avait fait avaler un énorme mensonge puis l'avait convaincue de participer à une arnaque au long cours. Celle-ci valait la peine de s'investir en partie à cause du potentiel, mais surtout parce que c'était pour elle le seul moyen d'obtenir quelque chose de cette mère qui l'avait rejetée. Cette mère qui, lui avait assuré Jason, niait son existence même.

Il avait fallu beaucoup d'organisation, des mois de préparation avant qu'elle ne reprenne ce poste de coach commodément vacant. Puis, une fois arrivée à Hamilton, il lui avait suffi de faire ce qu'elle faisait de mieux : gagner la confiance des gens, recueillir les moindres détails sur eux et improviser si nécessaire.

C'était Nicolette qui avait été la plus facile à pirater. Elle était très négligente avec ce qu'elle partageait en ligne, comme si elle avait voulu convaincre tout le monde qu'elle menait un style de vie enviable. Cependant, elle avait également tous ces comptes secrets sur les réseaux sociaux, où elle libérait le côté sombre de cette ambition sociale. C'est comme ça que Kennedy était tombée sur Lauren Combe et son incroyable maison à Clachan Geal. C'était l'endroit parfait pour mener à bien cette opération.

Le plan initial avait été de manipuler Jen en douceur pour la convaincre d'aller passer un week-end entre filles là-bas, mais quand Kennedy avait appris qu'elle s'était fiancée, ça lui avait fourni le prétexte idéal.

Elle était fière de ses petites fioritures, telles que la playlist, destinée à déstabiliser les filles et à laisser leur subconscient puiser dans leurs sentiments de culpabilité et de paranoïa. Elle avait demandé à Jason quelques suggestions car il connaissait mieux leurs cadres de référence. Une partie était basée sur des connaissances spécifiques, une autre sur le jeu des pourcentages et le reste sur de la pure malice. Elle savait que Beattie avait été impliquée dans un accident mortel, d'où "*Drive*" et

"*Crash*". Elle avait ajouté "*Celebrity Skin*" pour narguer Michelle à propos de sa sextape. Elle n'avait pas du tout prévu que ça ferait aussi chier Helena.

Elle se sentait mal à propos de "*Tsunami*" mais étant donné les spams de merde que Nicolette avait envoyés, celle-ci l'avait plus que mérité.

Kennedy savait que Jen avait vendu sa société pour plusieurs millions et que Michelle valait beaucoup plus. Cela ne signifiait pas que tout se ferait en liquide, mais une partie le serait. Au minimum, elle le savait grâce à une interview récente, Michelle disposait de quelques millions de dollars en bitcoins. Le plan était de dire qu'ils en voulaient sept, et que si Michelle et Jen pouvaient en déplacer plus, le Faucheur reverrait le prix à la hausse. Le profit de ce soir se situait à l'extrémité inférieure de ce qu'ils avaient convenu d'accepter, mais cela restait malgré tout un bon butin, même partagé en trois.

Un bon butin qui lui avait paru sans aucune valeur avant même d'avoir appris que Michelle n'était pas sa mère.

Elle avait cru Jason. C'était son père biologique, après tout, et il l'avait prise sous son aile. Mais cela ne voulait pas dire qu'elle lui faisait confiance. Il n'y a pas d'honneur chez les voleurs, seulement un intérêt mutuel et de la suspicion déguisée en respect. Et plus elle connaissait Jen, plus elle avait commencé à croire à sa version concernant Jason plutôt qu'à la version de Jason la concernant.

À une époque où nous laissons des traces numériques partout, Kennedy était devenue experte dans l'art de tout effacer de sa vie quand elle passait à autre chose. Ce qu'elle n'avait pas prévu, c'était le danger d'ajouter quelque chose dans sa vie et de ne pas vouloir le perdre. La version de Jen que Jason lui avait fait avaler ne correspondait pas à la femme qu'elle avait appris à connaître, mais c'était la version d'elle-même qu'elle était devenue en la côtoyant qui rendait les choses encore plus difficiles.

Jen ne faisait confiance à personne, mais Kennedy avait confiance en elle, et deux des choses qu'elle avait dites ce soir l'avaient profondément troublée.

La première, c'est qu'elle était l'image publique de cette opération, alors que les autres étaient restés dans l'ombre. Approcher la cible de l'intérieur avait été sa mission. Les tirer d'affaire était celle de Jason. Lorsqu'il lui avait présenté Carlos, la troisième personne qu'il envisageait de mettre dans le coup, elle l'avait trouvé trop séduisant et donc marquant, facile à décrire. "Ne t'inquiète pas, l'avait rassurée Jason. On va faire en sorte qu'elles ne soient pas tentées de parler de lui. Et puis elles décriraient un type qu'elles croient mort et dont le corps a disparu, pas un suspect."

Ça, c'était la théorie. Mais à présent, les cibles de leur escroquerie avaient non seulement pigé pour elle, mais elles avaient également pigé le rôle de Carlos. Et grâce à son appli relais, Jason le savait. Cela signifiait qu'elle était désormais son plus gros handicap, ce qui l'amenait à la seconde chose troublante que Jen avait dite, à savoir que Jason avait menacé un jour de tuer ses propres enfants.

Jen l'avait cru. Et maintenant Kennedy le croyait aussi.

Michelle rompit le silence qui avait suivi sa révélation.

– Je suis désolée, Jen, dit-elle. Tu ne pouvais pas le savoir, mais je pense que tu as merdé quand tu as dit qu'on avait démasqué Kennedy. Maintenant, Jason et son camarade mort-vivant n'ont plus qu'une seule façon d'être sûrs de s'en sortir sans être poursuivis : ne laisser aucun témoin. Et dans ton cas, Kennedy, ils ne se débarrasseraient pas seulement d'un handicap, ils augmenteraient aussi leur part du gâteau.

C'était l'idée qui venait juste de lui traverser l'esprit. Kennedy pensait s'être prémunie contre le risque de se faire elle-même priver de sa part, mais Michelle lui avait présenté un scénario auquel elle n'avait pas songé. À l'exception du fait qu'elle avait mis un sédatif dans le verre de Samira, il n'avait pas été question de recourir à la violence. Mais comme tout ce que Jason avait utilisé pour lui faire gober cette histoire était un mensonge, pourquoi cette partie-là aurait-elle été différente ?

– Tu es sérieuse ? demanda Nicolette. Bon, je n'ai pas connu ce type et, d'après le procès et le reste, j'ai bien compris que c'était une vraie calamité, mais ce que tu dis là…

Nicolette regarda Beattie en quête de soutien, mais celle-ci avait la tête baissée. Elle n'avait pas prononcé un mot depuis qu'elle avait appris que son frère n'était pas mort. Elle se contentait de fixer le vide avec cette expression neutre et légèrement désapprobatrice qu'elle affichait en permanence, même s'il y avait derrière celle-ci quelque chose de plus sinistre que ce que Kennedy avait vu jusque-là. On aurait dit qu'elle était en train de calculer, d'évaluer. Peut-être se refusait-elle à y croire avant d'avoir Jason en face d'elle. Mais, à ce moment-là, il serait trop tard pour elles toutes.

– Tu sais ce que c'est, la longueur de Planck ? demanda Jen à Nicolette.

– Non, répondit celle-ci, perplexe.

– C'est la plus petite distance mesurable dans l'univers. Ce terme décrit aussi parfaitement l'étendue des remords qu'éprouverait Jason s'il devait toutes nous tuer. Il a assassiné Ronnie Bryceland juste pour couvrir le fait qu'il avait volé les montres de Sammy Finnegan. Jason est un sociopathe narcissique. Et ce n'est pas qu'une question d'argent, c'est une question de vengeance.

Pendant ce temps, Kennedy aperçut une lueur à travers les fenêtres. Michelle la remarqua aussi, car elles seules étaient tournées dans la bonne direction.

– Oh, merde ! s'exclama-t-elle.

Toutes les têtes se tournèrent pour voir les lumières sur l'eau. Un bateau qui se dirigeait vers la jetée.

– Il faut qu'on se barricade, dit Jen. Lauren, comment est-ce qu'on verrouille cette maison ?

La réponse était qu'elles ne pouvaient pas. Mais avant que Lauren ait pu répondre, Michelle fut projetée au sol quand la porte s'ouvrit brutalement. Une fraction de seconde plus tard, Carlos – alias Joaquin – entra, un pistolet à la main.

BEATTIE

Si elle n'avait jamais vu de films, Beattie n'aurait jamais cru qu'un si petit objet puisse figer une pièce remplie de personnes, sous l'emprise de la dévastation qu'il pourrait provoquer. Bien que l'homme cagoulé ait été grand et musclé, ce fut le minuscule objet qu'il tenait dans sa main droite qui poussa les sept personnes présentes à obéir à ses ordres, et ces ordres étaient de simplement s'asseoir et attendre.

Le temps lui avait paru s'écouler lentement à maintes reprises au cours de cette soirée traumatisante, mais jamais de façon aussi prononcée qu'à ce moment-là. Cela n'était pas dû à la peur mais à son impatience de voir si l'impossible était vrai. Beattie n'avait rien dit et elle ne s'était pas non plus autorisée à ressentir quoi que ce soit quand Michelle avait prétendu que Jason n'était pas mort. Elle savait qu'il ne s'agissait que d'une déduction, d'une supposition.

Sans corps à enterrer, elle avait passé des années dans ces limbes angoissantes. Comme dit le proverbe, c'est l'espoir qui tue. Et il avait tué encore et encore. Elle avait eu beau se conseiller de ne pas y céder, elle ne pouvait pas s'en empêcher : de temps en temps survenait un événement qui la poussait à laisser l'espoir s'installer, quelqu'un en vacances qui prétendait avoir vu Jason par exemple, et c'était comme si elle l'avait perdu à nouveau.

Même quand Kennedy l'avait confirmé et alors que quelque chose s'emballait en elle, une autre partie d'elle-même déclenchait un mécanisme de défense impliquant la prudence et la retenue. Cette soirée avait été riche en chocs et en révélations, mais cela avait également été une soirée d'illusions et de tromperies. Par-dessus tout, celle-ci avait démontré les risques de croire à certaines choses simplement parce qu'on souhaite qu'elles soient vraies.

Alors qu'elle était assise et les écoutait expliquer de quoi Jason était capable, le traiter de sociopathe, elle comprit qu'accepter cela signifierait le perdre une fois de plus. Définitivement.

Lorsqu'elle l'aperçut par la fenêtre, la seule raison qui l'empêcha de sauter littéralement de joie était qu'elle ne voulait pas risquer de surprendre l'homme au pistolet.

Jason marchait d'un pas décidé mais sans se presser vers la maison, éclairé par les lampes qui bordaient le chemin. Il paraissait différent mais c'était indubitablement lui. Il avait toujours été blond, mais ses cheveux étaient désormais teints en gris argenté : une concession au vieillissement, ou peut-être un moyen de le rendre moins immédiatement reconnaissable. C'était un miracle ambulant. L'être cher revenu d'entre les morts.

Une petite voix lui dit que, d'après les superstitions, les revenants n'étaient jamais les mêmes et qu'il fallait s'en méfier. Elle refusa de l'entendre.

Quelques secondes plus tard, il entra à grands pas dans la pièce.

– Surprise ! dit-il avec un geste théâtral sans conviction.

De plus près et avec plus de lumière, elle voyait que son nez était différent. Il avait eu recours à la chirurgie. Rien de radical, mais suffisant pour que, si quelqu'un l'ayant connu autrefois l'avait aperçu en passant, celui-ci pense qu'il s'agissait seulement d'un homme qui lui en rappelait un autre mort depuis longtemps.

Bien qu'il se soit écoulé presque dix ans, il paraissait encore plus jeune que dans ses souvenirs : l'œuvre du Botox, du comblement de surface, des produits raffermissants et de la chirurgie plastique. Néanmoins, cela lui fit du bien de voir qu'il avait pris soin de lui. L'apparence avait toujours beaucoup compté pour Jason. Certains le trouvaient vaniteux, mais c'est ce que disent les envieux quand quelqu'un de mieux loti affiche sa fierté sans complexe.

Il portait un gilet militaire. Zips, poches, fourreau contenant un couteau. Pistolet dans un holster. Un homme en mission.

Beattie se souvint du passe-montagne qu'avait porté le cuisinier pour ne pas être reconnu et comprit tardivement la signification du fait que Jason n'en porte *pas*.

L'appli relais du téléphone de Kennedy avait été mise sur silencieux. Jason ne savait pas qu'elles avaient compris qui il était avant qu'il ne ramène le bateau. Il était déjà en route, avec l'intention de révéler son identité. Elle comprit que cela avait toujours été son plan. Et qu'elle avait toujours fait partie de ce plan.

Jason regarda d'abord Michelle, puis Jen, une expression de calme et de satisfaction sur le visage.

– Je t'ai manqué ? demanda-t-il à Jen.

Elle ne répondit pas.

– En fait, c'est plutôt *toi* qui m'as manqué. Comme disait Machiavel, ne faites jamais à un ennemi une petite blessure. Le Rohypnol est un truc puissant, mais laisse-moi te dire une chose : être jeté dans la Clyde en novembre peut te réveiller *pronto*.

Lorsqu'il regarda enfin Beattie, il arborait une expression différente, principalement parce qu'elle était la seule à lui sourire. Ils semblaient s'être vus à peine quelques jours plus tôt. Il lui adressa ce sourire espiègle qu'il affichait enfant, celui qu'il avait quand il s'attendait à s'en tirer à bon compte parce que ses grandes sœurs ne lui refusaient jamais rien.

Elle avait entendu beaucoup de choses ce soir sur la question de savoir qui étaient vraiment les gens, mais à ce moment-là elle s'aperçut qu'elle seule savait véritablement qui était Jason.

Elle courut vers lui et le prit dans ses bras, un geste de Jason rassurant le cuisinier. Il la serra fort pendant quelques secondes, puis ils se dévisagèrent.

– Je n'ai jamais cru aucun des mensonges qu'elle a racontés sur toi, dit Beattie. Et je sais ce qu'elle a essayé de te faire. Ce qu'elle a fait à toute notre famille. Lui prendre son argent n'est que justice.

– Tu veux une part du gâteau, Beattie ? lui demanda-t-il, les yeux pétillants.

– Tu m'as déjà donné quelque chose d'inestimable, ce soir. Je n'ai besoin de rien d'autre.

– Tu me fais confiance ? demanda-t-il.

– Je t'ai toujours fait confiance.

Il ouvrit le zip d'une poche et en sortit un paquet de colliers de serrage en plastique : des liens pour les poignets. Jason en remit trois à Beattie et trois au cuisinier, puis il dégaina son arme et la promena dans la pièce.

– Allez, vous toutes, à genoux, mains derrière le dos. Attachez-leur les poignets.

– Jason, ce n'était pas le plan, intervint Kennedy.

– Elle aussi, ordonna-t-il.

Jason pointa son pistolet sur la jeune femme pour souligner son propos. Elle s'exécuta, tombant à genoux. Le cuisinier rengaina son propre pistolet, ayant besoin de ses deux mains pour serrer les liens.

– Tu as merdé, Kennedy, lui dit Jason. Je vais devoir différer le virement par ta faute. J'ai besoin que tu restes dans les parages au cas où quelqu'un devrait porter le chapeau. Tu auras ta part si tu arrives à la boucler. Mais bien sûr, si tu décides de cracher le morceau, je suis sûr que les flics croiront totalement ton histoire disant que ta mère est une star de la chanson et que le type qu'ils devraient rechercher est un homme mort depuis dix ans.

– Qui est sa mère, alors ? demanda Michelle.

Jason s'accroupit de façon à ce que sa tête soit au même niveau que la sienne pendant que le cuisinier lui liait les poignets.

– Aucune idée, répondit-il doucement. Pour être honnête, ça pourrait être une de mes nombreuses conquêtes. Je me débrouillais pas mal pour un type de mon âge, à l'époque.

– Elles aussi, tu les as forcées ?

– Ne fais pas comme si tu n'en avais pas eu envie. Et, d'après cette vidéo, tu n'as pas changé.

– Va te faire foutre. Tu n'es qu'un minable.

– Silence, l'avertit-il en pointant son arme sur son visage. – Jason se releva et s'adressa à l'ensemble de la pièce. – On va aller faire un petit tour en bateau. Comme Jen l'a suggéré tout à l'heure, je vais vous emmener quelque part pour être sûr d'avoir une longueur d'avance. Mais je sais que vous n'irez pas parler de cette soirée à mes anciens employeurs, parce que si jamais ils me rattrapent, je serai obligé de leur dire que Jen a tenté de m'assassiner. Est-ce que tu crois que nos enfants aimeraient savoir ça ?

Jen ne répondit toujours pas.

– Beattie, tu ne diras rien à propos de tout ça pour maintenir la paix, hein ? demanda-t-il.

– Si ça peut t'aider, répondit-elle. Ce n'était pas comme si ça comptait, à présent.

– Tu vois, voilà. Tout le monde est gagnant. Maintenant, attache-la.

Beattie s'agenouilla derrière Jen et glissa les boucles des colliers de serrage autour de ses poignets.

– Il va nous tuer, lui dit Jen. Tu ne comprends pas ? Il va toutes nous tuer.

Beattie soupira en serrant les liens.

– Je n'ai jamais cru les conneries que tu racontais sur Jason quand je le croyais mort et je ne vais certainement pas commencer à les croire aujourd'hui. – Elle lui donna une petite tape sur la main. – On n'a pas tous une vision des choses aussi cynique que toi. Comme Zaki te l'a dit, tout le monde ne joue pas un rôle.

Elle attacha ensuite Helena, dont les mains tremblaient quand elle lui saisit les poignets. Beattie songea à la première fois qu'elle l'avait vue, à l'âge de cinq ou six ans, en train d'aller chez Michelle. Des temps plus heureux.

Le cuisinier avait travaillé plus vite. Il était en train d'attacher la dernière, Lauren, au moment où Beattie se relevait.

Jason la regarda d'un air songeur pendant un moment.

– Tu sais toujours piloter un bateau ? lui demanda-t-il.

– Mieux que jamais.

– Dans ce cas, j'ai un travail pour toi.

– C'était pas censé être le mien ? demanda le cuisinier, une pointe d'agressivité dans la voix.

– J'ai une nouvelle mission pour toi.

– Laquelle ?

– Mettre les flics sur une fausse piste, répondit Jason avant de lui tirer une balle en plein cœur.

L'air se remplit de cris stridents tandis que le coup de feu se répercutait encore, le bruit incroyablement fort secouant les filles avant même qu'elles n'en aient saisi l'impact sanglant. Le cuisinier fut propulsé en arrière, sa tête produisit un craquement sinistre contre le bord du buffet, mais il n'émit aucun son et n'eut aucune réaction physique. Il était mort sur le coup.

Jason balaya la pièce de son arme pour rétablir l'ordre. Jen n'aurait pu décrire ce geste comme apaisant, mais il eut l'effet escompté. Elles se turent, sachant ce qu'il pourrait faire ensuite.

Jason retourna le corps et retira le pistolet du cuisinier de son holster. Il sortit ensuite un chiffon d'une poche et l'utilisa pour essuyer le sien, celui avec lequel il avait tiré. Le tenant par le canon, il passa derrière Lauren et plaça l'arme dans la paume de sa main droite, refermant brièvement ses doigts autour de la crosse. Puis il glissa le pistolet dans un sachet en plastique transparent avant de le mettre en sécurité dans une autre poche de son gilet.

Jen ne l'avait pas vu depuis presque dix ans mais elle reconnaissait sa froideur, son détachement. C'était ce qui l'avait toujours glacée. Jason n'avait pas besoin d'être en colère pour faire quelque chose de terrifiant. C'est lorsqu'il était parfaitement calme qu'il était le plus effrayant.

– Inutile de paniquer, dit-il. Juste une petite révision du système de participation aux bénéfices de ma société, ainsi qu'une police d'assurance supplémentaire. Vous voyez, si tout le monde la ferme à propos de ce qui s'est passé ici, il n'y aura aucun intérêt à ce que l'arme du crime réapparaisse.

Jen savait que c'étaient des conneries, chaque mot qui sortait de sa bouche. Il faisait ce qu'il avait toujours fait : il leur servait un mensonge auquel elles avaient envie de croire, surtout Beattie. Elle avait été aussi secouée que les autres quand il avait abattu le cuisinier, mais elle s'était remise plus rapidement, intégrant cet événement dans le récit qu'elle s'était créé pour excuser son frère. Elle avait fait ça toute sa vie, alors pourquoi cesser maintenant, alors qu'il lui avait été rendu ?

Jason tendit à sa sœur une fine lampe torche tirée de sa ceinture.

– Allez, on se casse.

Ils descendirent la pente en silence, Beattie devant, Jen et Michelle plus proches de Jason, à l'arrière. Les nuages s'étaient dissipés et une lune dans son dernier croissant brillait, sa lumière doublée par son reflet sur l'eau.

Lorsque la jetée apparut, Jen vit que Jason avait attaché le Zodiac à la poupe du Sealine de Lauren. L'espoir la titilla. Cela signifiait qu'il était sérieux quand il avait parlé de longueur d'avance. Il pouvait couper le moteur du bateau, prendre les clés et les laisser dériver pendant qu'il rejoignait la côte à bord du Zodiac.

Mais pourquoi ne pas les laisser simplement sur l'île, dans ce cas ?

– Je veux que tu le saches, tu es pathétique, lui dit Michelle. – Elle était effrayée mais le défiait, et Jen se disait qu'elle savait qu'elle n'avait plus rien à perdre. – Ça a dû vraiment te faire mal de voir Jen et moi réussir notre vie dès que tu n'en as plus fait partie.

– Je suis sincèrement content pour vous deux, répondit-il. D'autant que je partage votre réussite. – Puis il baissa la voix suffisamment pour que seules Michelle et

Jen puissent l'entendre. – Et moi je veux que *toi*, tu saches que dès l'ouverture de la Bourse demain, j'utiliserai cet argent pour prendre des positions courtes sur ton promoteur de concerts et j'achèterai des actions dans ta maison de disques. Ces dernières ne vont pas tarder à grimper, et les premières à chuter. Voyons si tu arrives à deviner pourquoi.

Depuis l'arrivée de Jason, Jen se demandait pourquoi il s'était donné tout ce mal. S'il avait prévu de les tuer quoi qu'il arrive, pourquoi ne les avait-il pas prises en otages depuis le début et exigé qu'elles lui transfèrent de l'argent sous la menace de son arme ? En entendant la jubilation dans sa voix, elle eut sa réponse. C'était parce que Jason avait toujours été comme ça. Il aimait faire peur aux gens. Il voulait qu'elle et Michelle passent leurs dernières heures dans la peur, torturées par les regrets à propos de toutes les mauvaises actions qu'elles avaient commises dans leur vie.

Alors qu'il approchait du Sealine, Jason leur ordonna de s'asseoir sur les bancs installés de part et d'autre du pont arrière pendant que Beattie montait sur la passerelle supérieure.

En descendant de la jetée, Jen remarqua une caisse de poids de plongée à côté de l'escalier menant au pont. C'est alors qu'elle comprit à quel point Jason avait soigneusement préparé sa vengeance. Il allait lui faire ce qu'elle lui avait fait, mais sans avoir la clémence de la droguer. Il allait leur faire à toutes la même chose. Des liens pour qu'elles ne puissent pas nager, des poids attachés à ces liens pour maintenir leurs corps au fond de l'eau. Il fallait créer un scénario digne de la *Mary Celeste*, laissant le cadavre du cuisinier sur l'île et l'arme qui l'avait tué sur le bateau abandonné. Les gens se perdraient en conjectures pendant des années.

Jen se retrouva assise entre Nicolette et Michelle ; Lauren, Helena et Kennedy étaient en face. Kennedy n'arrivait pas à la regarder, pas plus que les autres n'arrivaient à regarder la jeune femme. Malgré ce qu'elle avait fait, Jen avait envie de la réconforter. Elle avait toujours eu cette envie, et elle comprenait enfin pourquoi : Kennedy était la demi-sœur de ses propres enfants. Elle avait dû inconsciemment reconnaître des traits qui lui rappelaient Calum et Ailsa. C'était peut-être pour ça qu'elle avait réussi à passer ses défenses, qu'elle avait été la seule personne au monde dont elle ne s'était pas instinctivement méfiée.

Comme le moteur démarrait, Jason prit position sur la passerelle supérieure, d'où il avait une vue plongeante sur elles six tout en gardant un œil sur Beattie à la barre.

Personne ne parlait. Elles semblaient sonnées. Jen se demanda si quelqu'un d'autre avait remarqué les poids de plongée.

– On doit faire quelque chose, les exhorta-t-elle.

Jason tira un coup de feu au-dessus de leurs têtes, les faisant toutes frissonner.

– Silence ! cria-t-il. Je veux pas entendre un seul putain de mot d'aucune d'entre vous.

Beattie éloigna le bateau de la jetée. Elle décrivit un grand arc de cercle dans la baie avant de mettre cap au large. Jen se demanda à quelle distance il déciderait que ce serait suffisant. Combien de minutes il lui restait à vivre.

Puis Kennedy leva la tête et cria à Jason.

– Je sais que tu as dit de ne pas parler mais il y a quelque chose que tu dois savoir, à propos de l'argent.

– Qu'est-ce qu'il y a ? demanda-t-il.

– Il n'est pas là où tu crois. Ne fais jamais confiance à un hacker, *papa*.

– N'importe quoi ! Mon Toughbook affichait le même écran que toi et j'ai vu le fric aller sur mon compte en temps réel.

– Et mon écran montrait une animation d'un faux transfert. Mais il y a pire. L'accès est verrouillé pendant un certain temps. On ne pourra retirer l'argent qu'au bout de quarante-huit heures, et il faudra le déverrouiller avec des données biométriques. Donc, si tu fais du mal à l'une d'entre nous, et particulièrement à moi, tu ne verras jamais la couleur de cet argent.

Des regards furent échangés, titillés par l'espoir.

– Bon sang, on dirait que je me suis vraiment fait avoir, répondit platement Jason. C'est une sacrée stratégie infaillible que tu viens à l'instant même de sortir de ton cul.

– Je ne plaisante pas, insista Kennedy. Regarde ton ordinateur.

– Peut-être plus tard, dit-il.

Elle lança à Jen un regard désespéré. Il ne s'était pas laissé avoir et elle n'avait rien d'autre.

Le regard de Kennedy se porta sur la caisse près de l'escalier. Oui, elle aussi savait.

Ils se trouvaient à un quart d'heure du rivage, dans les eaux les plus profondes, quand Jason ordonna :

– Beattie, j'ai besoin que tu t'arrêtes un moment.

– Qu'est-ce qu'il y a ?

– Rien. Je dois juste régler quelque chose.

Jen sentit le bateau commencer à ralentir, entendit le changement de ton du moteur. C'était le moment. Elle avait envie de hurler après Beattie, même si elle savait que c'était inutile. Celle-ci était peut-être la seule à ne pas avoir les mains attachées, mais elle était sous l'emprise de liens beaucoup plus forts.

Beattie était la personne la plus droite que Jen ait jamais connue : consciencieuse, attentionnée et dévouée à l'excès, surtout quand il s'agissait de la famille. C'est pour ça qu'elle avait toujours été complètement aveugle vis-à-vis de Jason. Elle se tenait toute raide à côté de son frère qui venait de prouver à quel point il était véreux, alors même qu'il avait abattu quelqu'un juste devant elle. Elle continuait de lui dire qu'elle se trompait sur les intentions de Jason. Comment pouvait-elle croire une chose pareille ?

Jen la revit lui tapoter la main après avoir serré le Serflex.

On n'a pas tous une vision des choses aussi cynique que toi. Comme Zaki te l'a dit, tout le monde ne joue pas un rôle.

Puis elle percuta : Beattie lui disait en fait qu'*elle* jouait un rôle. Elle se présentait comme quelqu'un en qui Jason pouvait avoir confiance ; ou, du moins, comme une personne dont il pourrait croire qu'elle lui faisait confiance. C'est pour cette raison qu'elle s'était reprise plus rapidement quand Jason avait abattu le cuisinier : elle collait à la peau de son personnage.

Malheureusement elle prenait tout son temps pour agir, mais peut-être que l'occasion ne s'était pas encore présentée. Jason avait gardé un œil sur elle pendant tout ce temps. Il croyait peut-être qu'elle lui faisait confiance, mais cela ne voulait pas dire que *lui* avait confiance en elle.

– Il faut faire diversion, dit Jen de façon à ce que sa voix soit couverte par le bruit du moteur, la tête baissée pour que Jason ne voie pas ses lèvres bouger.

– Qu'est-ce que tu vas faire ? demanda Nicolette.

– Fais-moi confiance, lui répondit-elle. La seule chose que Jennifer Dunne n'accepterait jamais de faire pour personne. Et même pas “Fais confiance à mes intentions”. Mais “Fais confiance à mon intuition désespérée”.

Helena ne posa pas de questions, cependant elle n'avait pas besoin de détails. Elle leva la tête et parla bien fort, s'adressant à Nicolette assise en face d'elle.

– J'ai une dernière confession à faire ce soir. Je tiens à soulager ma conscience.

– À propos de quoi ?
– C'est moi qui ai une liaison avec ton mari.
– Toi ? demanda Nicolette.
– Moi, répondit Helena d'un ton de défi.
– Et tu me dis ça maintenant parce que je suis attachée et que tu penses que je ne peux rien faire ? Tu crois que je ne vais pas me battre pour le garder ?
Nicolette se leva et chargea en direction d'Helena, laquelle se levait déjà pour faire la même chose. Elles se rejoignirent au milieu du pont, leurs visages à quelques centimètres l'un de l'autre, les mains attachées dans le dos, se hurlant des insultes à peine cohérentes.
Jen leva les yeux. Jason les observa avec un amusement ironique pendant un moment puis tira un autre coup de feu en l'air.
– Silence ! cria-t-il. On dirait deux mouettes dans une décharge. Retournez à vos places.
Elles battirent toutes les deux en retraite, Nicolette lançant à Jen un regard qui signifiait "C'est quoi, ce bordel ?" Ça n'avait pas marché. Il ne s'était rien passé.
Puis elle entendit Beattie pousser un cri d'alarme.
– Jason, attention !
Alors qu'il se retournait en réaction à son cri, Jen vit fugitivement que Beattie tenait à la main un tube duquel jaillit quelque chose qui le frappa au visage. C'était une fusée éclairante, et de la fumée orange sortait de son extrémité tandis que Jason reculait en agitant les bras et dégringolait de la passerelle supérieure.
Il atterrit avec fracas, s'écrasant sur le pont arrière juste à leurs pieds pendant que la fusée éclairante continuait de zigzaguer dans le ciel nocturne. Il avait le visage brûlé, les mains vides. Il avait perdu son arme.
Ce fut Kennedy qui réagit la première en se jetant sur lui. Jen l'imita et, tout à coup, elles se retrouvèrent toutes en train d'essayer de le clouer au sol grâce au poids de leurs corps. Il demeura étourdi un instant puis

se débattit comme un fou, donnant des coups de pied, de poing, de coude. Jen sentit sa tête heurter celle de quelqu'un d'autre, sentit un autre coup exploser dans ses côtes, vit le monde tournoyer lorsqu'elle fut projetée en arrière. Elle se redressa à temps pour s'apercevoir que Jason était parvenu à libérer ses deux mains.

Il n'était pas en train de les frapper ou de se battre avec, cependant. Au lieu de cela, il ouvrait en urgence la fermeture éclair d'une des poches de son gilet. C'est à ce moment-là que Jen se souvint qu'il y avait rangé l'autre pistolet.

Il tira sur le zip de la main gauche et plongea la droite dans la poche. Jen se jeta à nouveau sur lui mais il lui décocha un coup de poing, l'aveuglant dans un éclair de lumière et de douleur. Elle retrouva la vue juste à temps pour le voir brandir son arme. Celle-ci était encore enveloppée dans le sachet en plastique que ses doigts cherchaient à déchirer.

Sa main droite se referma sur la crosse et il écarta le bras pour braquer son pistolet sur elle.

C'est à ce moment-là que Beattie lui tira une balle dans la tête.

JEN

Jason bascula en arrière par-dessus l'arcasse, puis Jen entendit deux autres coups de feu. Elle leva les yeux et vit Beattie debout au bord de la passerelle supérieure, son pistolet pointé vers le bas à l'endroit où le corps de Jason gisait sans vie dans le Zodiac.

Beattie descendit l'escalier, une expression hébétée sur le visage et un petit objet noir serré dans sa main gauche. Dans la pénombre, Jen crut qu'il s'agissait du pistolet, puis elle vit que c'était une paire de pinces.

Elle passa derrière Jen et lui prit la main, la serrant doucement un instant, un écho du signal qu'elle lui avait envoyé dans le salon. Puis elle coupa le Serflex qu'elle lui avait passé autour des poignets à peine une demi-heure plus tôt.

Dès qu'elle eut les mains libres, Jen descendit dans la cuisine pendant que Beattie faisait le tour des autres. Elle trouva Samira assise devant un tissu vert, toujours inconsciente. Le nœud coulant était attaché à un support en plastique fixé au plafond, hors cadre. Comme Kennedy l'avait dit, il n'y avait pas de plaque de glace.

Jen retira délicatement le nœud coulant et Michelle la rejoignit alors qu'elle commençait à détacher les cordes qui retenaient Samira à la chaise. Michelle avait la lèvre fendue et celle-ci commençait déjà à enfler. Ensemble, elles portèrent Samira jusqu'au coin salle à manger, où il y avait un banc sur lequel elles purent l'allonger.

Kennedy apparut ensuite, se dirigeant tout droit vers l'ordinateur portable posé sur la table de la cuisine. Sa webcam était tournée vers la chaise et le tissu vert. Jason avait appelé ça un Toughbook, et on aurait dit du matériel militaire. Le genre d'appareil qui ne dépendait pas du wi-fi ou d'un réseau mobile douteux.

– Tu peux accéder à ses comptes ? demanda Michelle.

– C'est inutile. Je ne lui ai pas envoyé l'argent. Comme j'avais peur qu'il cherche à m'entuber, j'avais prévu un plan B.

– Je croyais que c'était juste du bluff.

– J'ai menti sur le verrouillage et les données biométriques. Pas sur le faux transfert. Je pensais qu'il risquait de m'arnaquer… je ne pensais pas qu'il prévoyait de me tuer.

– Est-ce qu'on peut récupérer l'argent ? demanda Jen.

Kennedy tourna le portable vers elles pour leur permettre de voir l'écran. Elle était en train d'opérer un transfert de bitcoins depuis son propre compte sur celui de Michelle.

– C'est en cours. Tu veux regarder ?

– Je te fais confiance.

Kennedy tourna à nouveau le portable vers elle et continua de pianoter sur le clavier.

– Qu'est-ce qu'on va faire d'elle ? demanda Michelle sans chercher à parler à voix basse.

Kennedy leva les yeux, aussitôt angoissée et repentante, avec l'air de quelqu'un qui sait que rendre l'argent sera loin de suffire pour arranger les choses.

– Je n'en sais rien du tout, reconnut Jen. – Ces fameux sentiments protecteurs remontaient une fois de plus à la surface. D'une certaine façon, Kennedy avait été celle qui avait le plus souffert dans cette histoire. L'idée qu'elle aille en prison la faisait frémir, ce qui lui rappela qu'elle courait le même danger. – On a deux corps et un tas d'explications gênantes à donner, ajouta-t-elle.

– Deux morts qui voyageaient sous de fausses identités, lui dit Kennedy. Dont l'un était déjà légalement décédé.

– Une personne disparue dont personne ne regrettera la disparition, intervint Michelle. Je pense qu'il serait préférable pour tout le monde que cette histoire tombe dans l'oubli.

Mais Jason avait bel et bien manqué à quelqu'un.

– Je pense que c'est à Beattie de décider, dit Jen.

Elle retourna sur le pont mais Beattie n'était nulle part. Lauren, Nicolette et Helena étaient assises sur les bancs, affichant toutes un air groggy et abattu. Lauren avait la tête penchée en arrière, tenant un mouchoir sous son nez pour arrêter le saignement. C'était sans doute sa tête que Jen avait cognée dans la lutte. Helena avait un début d'œil au beurre noir.

Derrière elles, elle voyait le Zodiac, le corps de Jason affalé entre deux bancs, son visage par chance tourné de l'autre côté.

– Ça va les filles ? demanda-t-elle.

– Grâce à Beattie, répondit Helena.

– Ouais, convint Nicolette. Même si elle ne nous a pas laissé beaucoup de marge.

– Tout était une question d'opportunité. C'est pour ça que je vous ai demandé de faire diversion. D'ailleurs, je vous remercie. Ça a été un travail inspiré.

– C'est Nicolette qui a apporté toute l'énergie, déclara Helena avec un peu plus d'insistance qu'il ne paraissait approprié.

– Oui, c'était de la méthodologie appliquée, répondit Nicolette. Comment est-ce que tu as su que Paul me trompait ?

Il y eut une pause, à peine un instant trop longue.

– Euh, je ne le savais pas. J'ai juste sorti ça comme ça en espérant que tu mordrais à l'hameçon. Tu veux dire que c'est vrai ?

– Je n'ai pas envie d'en parler pour le moment.

– Comment est-ce que tu as su que Beattie était de notre côté ? demanda Lauren.

Ce n'était pas une question facile.

– Je savais qu'elle jouait un rôle, répondit Jen.

Zaki avait en partie raison. Tout le monde ne jouait pas un rôle *tout* le temps. Mais parfois, quand quelqu'un le faisait, c'était pour la bonne cause.

Jen monta l'escalier jusqu'à la passerelle supérieure. Beattie était tournée vers l'avant, agrippant la barre comme si elle s'y accrochait, même si le moteur tournait encore au ralenti. Peut-être avait-elle choisi cet endroit parce que, de là, elle ne voyait pas le Zodiac.

Elle se retourna en l'entendant approcher.

Jen ne dit rien. Avant tout, elle voulait que Beattie sache qu'elle était là pour elle.

Elles gardèrent le silence quelques instants, puis Beattie se décida à parler. Sa voix semblait venir du plus profond d'elle-même, étrangement calme en dépit de ce qu'elle venait de traverser. De ce qu'elle venait de faire.

– Il y a des superstitions sur les êtres chers qui reviennent d'entre les morts, dit-elle. On les appelle les revenants. On dit qu'on doit s'en méfier parce que, même si les revenants ressemblent aux personnes qu'on a perdues, ils ne sont plus les mêmes. Mais le fait est que Jason était bien le même. Il a fallu qu'il revienne pour que je voie ce qu'il avait toujours été.

Beattie jeta un œil vers le bord de la passerelle, prenant conscience de ce qu'il y avait derrière, même si depuis la barre elle ne voyait pas ce qui se trouvait en contrebas.

– Je te dois la vie, lui dit Jen. On te la doit toutes.

– Je n'irais pas jusque-là. On a toutes joué un rôle, et tu comprendras que je n'ai pas envie de m'étendre sur le mien. Mais tu me dois un téléphone.

– Comment ça ?

Beattie sortit son portable de sa poche et l'alluma. Elle tapota sur l'écran, puis sa voix sortit des haut-parleurs.

– *Mais tu l'as tué, hein ? C'est ce qui lui est arrivé ? Tu l'avoues ?*

– *Oui, je l'ai tué.*

Beattie arrêta l'enregistrement. Puis elle jeta le téléphone par-dessus bord.

– C'est quand il est entré sans porter de masque, dit-elle. C'est là que j'ai compris. Il ne savait pas que tu avais deviné à ce moment-là : il était déjà en route pour venir te montrer son visage. Il voulait que tu saches que c'était lui. Il avait *besoin* que tu saches que c'était lui. Et ça voulait dire qu'il avait toujours prévu de tuer tout le monde. Moi y compris.

Beattie regarda brièvement le banc sur lequel l'arme était posée.

– Je sais maintenant que tu as fait ce que tu devais faire. Tu n'as pas eu le choix. Je suis désolée de la façon dont je t'ai traitée.

– Et je suis désolée pour ce que je t'ai fait subir, répondit Jen. Mais, en fin de compte, ce n'était ni ta faute ni la mienne. C'était la sienne.

Le regard de Beattie s'égara à nouveau en direction du bord de la passerelle.

– Je n'étais pas la seule à continuer de croire à quelque chose parce que c'était préférable, dit-elle. On connaît toutes les deux des personnes qui seraient blessées si elles apprenaient la vérité et qui souffriraient encore plus en sachant ce qui s'est passé ce soir.

Jen lui prit la main et la serra. Elle regarda Beattie dans les yeux.

– Personne n'a besoin de le savoir. Personne n'aura jamais besoin de le savoir.

– Je ne veux pas le voir, répondit Beattie en essuyant une larme. Tu comprends ?

Jen hocha la tête. Elle retourna sur le pont inférieur et expliqua le plan aux autres. Il n'y eut pas de contestataires.

Michelle se porta volontaire pour l'aider. Elles descendirent avec précaution dans le Zodiac où Helena leur fit passer plusieurs poids de plongée.

– Pas tous, dit Jen. On va en avoir besoin pour l'autre, aussi.

Jen mit les poids dans les poches du gilet de Jason, puis, ensemble, Michelle et elle le firent basculer par-dessus bord. Il y eut un gros bruit d'éclaboussures, qui résonna dans son esprit comme un écho venu de dix ans plus tôt.

Cette fois-ci, Jason ne reviendrait pas.

Helena et Nicolette attendaient pour les hisser à nouveau sur le pont. Michelle passa la première pendant que Jen laissait traîner sa main par-dessus le bord du Zodiac, la plongeant dans l'eau froide. Elle avait un truc collant dessus et voulait s'en débarrasser.

Helena se baissait pour l'aider quand elles furent toutes les deux surprises par un bruit sourd.

Elles se retournèrent précipitamment juste à temps pour voir une petite silhouette tituber d'un air hébété en franchissant le seuil de la cuisine.

Samira regarda autour d'elle, fronçant les sourcils sous l'effet de la confusion et de l'incrédulité en découvrant ce qui l'entourait. Elle regarda les femmes qui la dévisageaient : lèvres entaillées, yeux au beurre noir, vêtements déchirés et couverts de sang.

– Putain de merde. Qu'est-ce que j'ai manqué ?

KENNEDY

Kennedy hésita dans l'escalier, ayant aperçu Helena en train de suivre Michelle en direction de la cuisine, une serpillière et un seau à la main. Elle se déplaçait dans la maison tel un fantôme, tentant de se faire oublier. Elle ne pensait pas pouvoir se résoudre à croiser le regard de qui que ce soit, mais cela n'avait aucune importance car personne ne semblait particulièrement désireux de croiser le sien. Le résultat, c'était qu'elle se sentait à la fois invisible et au centre de l'attention.

Elle n'était pas en droit de s'attendre à autre chose. Ces personnes ne pouvaient pas, ne devaient pas lui pardonner, et elle savait qu'elle n'aurait pas bénéficié d'autant de clémence si leurs intérêts n'avaient pas été aussi intriqués. Le fait qu'elles aient choisi de fermer les yeux était uniquement dans l'intérêt de Jen et de Beattie, même si celles-ci n'étaient pas les seules à avoir des secrets qu'elles auraient préféré ne pas voir quitter cette île. C'était une conspiration mutuelle pour garder le silence, dont Kennedy était une indigne bénéficiaire.

Le plan visant à couvrir leurs traces avait été adopté pendant le retour jusqu'à la côte, son succès dépendant au fond de la coopération de Samira. Jen lui avait fait un résumé particulièrement sélectif de ce qui s'était passé, les détails étant délibérément clairsemés et flous à certains endroits. Elle lui avait dit que Beattie avait abattu le méchant, mais elle s'était montrée beaucoup plus évasive à propos des événements lui ayant permis de s'emparer de son arme. De manière plus significative, il n'y eut aucune mention du fait qu'il s'agissait du frère de Beattie, du père de Kennedy et de l'ex-mari de Jen, qui n'était finalement pas si mort que ça.

Il devint rapidement évident que Samira voulait en savoir le moins possible. Elle avait un véritable instinct d'avocate concernant la valeur du déni plausible.

– On ne peut pas te forcer à accepter quelque chose si tu ne veux pas, avait dit Jen. De nombreux crimes ont été commis ici ce soir, dont plusieurs contre toi.

– Je suis prête à prendre la position d'"absence de dégât vaut absence de faute" pour le bien commun, avait répondu Samira. Et là, je serais prête à signer un accord de confidentialité pour n'importe quoi en échange de deux paracétamols et d'une canette d'Irn-Bru.

– Mais on t'a droguée et prise en otage, avait insisté Jen. Il n'y a pas eu d'"absence de dégât".

– Peut-être de ton point de vue. Pour être honnête, c'est le plus grand nombre d'heures consécutives de sommeil que j'ai eu depuis environ six mois.

Kennedy entendit la voix de Lauren dans le salon alors qu'elle arrivait en bas de l'escalier.

– Je suis heureuse d'avoir résisté à la tentation de moquetter cette pièce, disait-elle.

– Le bois ciré est très joli, en tout cas.

C'était Nicolette.

– Je sais, mais quand j'ai choisi la déco, je n'ai jamais envisagé de mettre "nettoyage facile des taches de sang" dans la colonne des avantages.

– Qui est de corvée d'enlèvement des déchets pour celui-ci ?

– Je veux bien me porter volontaire. Ce serait un retour de karma vis-à-vis du corps dont je ne suis *pas* responsable.

– Je trouve ça normal que Kennedy nous donne un coup de main. Enfin, c'est le moins qu'elle puisse faire.

– Je suis d'accord, dit Lauren, mais je préférerais vraiment que ce soit n'importe qui d'autre. Je ne suis pas sûre de pouvoir me retenir de la jeter à l'eau. En plus, je crois qu'elle est occupée à débloquer Internet.

– Très bien. Je t'accompagne, alors. Comment est-ce qu'on va s'y prendre pour le transporter jusqu'au bateau ?

– Helena a dit qu'elles avaient trouvé mon quad garé derrière la maison.

Kennedy se glissa discrètement dehors par la porte d'entrée, la tirant doucement derrière elle sans la refermer complètement. Les premiers rayons du soleil commençaient à apparaître lorsqu'elle posa le pied dans l'herbe qui étoufferait le bruit de ses pas pendant qu'elle descendrait jusqu'à la jetée.

Il n'avait fait nuit que quelques heures. Elle n'avait pas dormi, mais une autre longue journée l'attendait. Il était temps pour elle de faire ce qu'elle faisait si bien. S'en aller, faire peau neuve. Laisser tout le monde derrière elle. Si elle avait été une super-héroïne, elle se serait appelée Tabula Rasa.

Elle ne savait pas encore où elle irait, mais elle avait le choix. Ce serait douloureux, cette fois-ci beaucoup plus que jamais auparavant. Mais tant pis. Elle méritait cette douleur.

Elle détacha le Zodiac. Elle voyait encore des taches de sang que Jen avait ratées en passant le jet pendant le voyage retour. Malgré le manque de lumière, elle avait tenu à ce que Beattie n'ait pas à voir de traces de ce qu'elle avait fait. C'était Jen tout craché.

Kennedy grimaça en entendant le moteur démarrer. Elle jeta un coup d'œil derrière elle mais la maison n'était pas visible depuis l'endroit où elle se trouvait. Elle ne verrait pas que quelqu'un approchait avant que cette personne ne soit sur le chemin qui menait à la jetée.

Elle laissa le moteur à bas régime, ne prévoyant pas de mettre les gaz avant d'être suffisamment loin du rivage.

D'ici là, elle espérait que les autres seraient toutes trop occupées pour regarder par la fenêtre.

Elle n'avait pas restauré Internet. Elles n'en avaient pas besoin maintenant qu'elles pouvaient rejoindre le continent à bord du bateau de Lauren, et elle voulait se donner autant d'avance que possible avant qu'elles ne découvrent qu'elle n'avait pas non plus restitué l'argent.

Lorsqu'elle leur avait montré le Toughbook, celui-ci affichait une version modifiée du faux écran avec lequel elle avait dupé Jason. Elle doutait même que cela ait été nécessaire. Elles comptaient encore sur elle pour redresser ses torts même après avoir tout découvert.

Et elles ne la poursuivraient pas non plus, car aller trouver la police aurait des implications pour elles toutes. Elle avait réussi son coup, elle était libre comme l'air. Elle repartirait de zéro une fois de plus. Et cinq millions d'euros lui offriraient une nouvelle vie.

Tabula Rasa.

Kennedy se retourna vers l'île, la maison rapetissant tandis que le Zodiac commençait à s'éloigner prudemment. Elle tendit la main vers la commande des gaz, mais une pensée inattendue retint son geste.

Si tu t'enfuis alors que personne ne te poursuit, ça veut dire que c'est toi que tu fuis.

Cinq millions lui permettraient d'avoir une vie très confortable. Mais lui en offriraient-ils une meilleure que celle qu'elle avait menée ces sept derniers mois ? Elle avait un travail qu'elle aimait et pour lequel elle était douée. Elle avait des gens qui l'invitaient à leurs soirées, même à leur mariage. Des personnes qui l'aimaient. Des personnes qu'elle aussi aimait, malgré elle.

Des amies.

Mais elle avait tout fichu en l'air. Elle les avait trahies, les avait exposées à un danger mortel et leur avait montré qu'elle ne voyait en elles qu'une manne financière. Elle avait besoin d'une nouvelle vie parce qu'elle ne pouvait pas reprendre celle-ci. Cette vie-là n'existait plus.

Puis elle entendit l'écho de ses propres mots.

Elles comptaient encore sur elle pour redresser ses torts même après avoir tout découvert.

Cette vie était toujours à sa portée si elle le désirait. Et tout ce que cela lui coûterait, c'étaient cinq millions d'euros.

Kennedy tira sur la barre, fit faire demi-tour au bateau.

Il était temps d'arrêter de fuir.

HELENA

Helena vérifia une dernière fois les réglages à l'écart de la scène, un exercice inutile juste pour rester occupée lors de ces derniers instants précédant le début du concert. Elle s'était sentie moins nerveuse en traversant cette forêt avec Michelle alors qu'elles étaient traquées par Joaquin, Carlos ou quel qu'ait été son véritable nom. Moins vulnérable, aussi.

Elle avait peur de vomir. Comment s'était-elle laissé embarquer dans une situation pareille ? Comment avait-elle pu être aussi téméraire, aussi aveugle ?

Michelle lui avait présenté ça comme un cadeau spécial pour la réception de Jen. C'est ainsi qu'elle s'était retrouvée à passer toute la veille du mariage dans un studio d'enregistrement non loin de Broomielaw, sur les rives de la Clyde. Avant ce week-end d'enterrement de vie de jeune fille, elle aurait préféré se jeter dans le fleuve plutôt que de prendre une guitare pour jouer aux côtés de Michelle, mais brusquement elle était là, prenant part à des retrouvailles improvisées de Cassidy.

Helena avait plaisanté en disant que Jen avait joué les entremetteuses. Mais ce n'était pas vrai, et pas simplement parce que jouer à son mariage avait été l'idée de Michelle, pas celle de Jen. Elle s'était dit qu'elle avait accepté parce qu'elle ne voulait pas dire non à Michelle, laquelle essayait non seulement de faire un beau geste envers Jen, mais pensait sans doute en faire un envers elle aussi. Mais ce n'était pas entièrement vrai non plus. Parce que si Helena avait été honnête, elle aurait reconnu qu'elle le faisait pour elle-même.

Elle avait eu quelques appréhensions à l'idée de se retrouver dans un studio avec Daisy et la terrifiante Madeleine. Bien qu'elle ait joué et enseigné la musique toute sa vie, ces filles-là étaient des professionnelles aguerries et elle n'était pas certaine d'être à la hauteur. En fait, la seule remarque qu'elle avait eue, c'était que son style était un peu plus métal que ce qu'elles recherchaient, mais c'était assez facile à corriger. Elle n'avait pas voulu critiquer ou se rebiffer contre le style de prédilection de Michelle. C'était simplement le genre de musique qu'elle avait joué ces derniers temps.

À la fin de la journée, elles avaient paru assez raccord. Suffisamment raccord pour un orchestre de mariage en tout cas.

La cérémonie avait été belle, vraiment touchante. Helena en avait eu les larmes aux yeux. Jen et Zaki étaient tellement faits l'un pour l'autre, tellement amoureux. D'après ce qu'elle avait senti le matin où elles avaient pris l'avion pour Clachan Geal, elle avait craint que Jen se dégonfle, mais de toute évidence il ne subsistait plus aucun doute dans son esprit.

Elle se demandait ce que Jen avait raconté à Zaki à propos de leur séjour, pour autant qu'elle lui ait dit quoi que ce soit. Elles étaient toutes restées le week-end entier pour faire disparaître les preuves et parce que cela dissiperait les soupçons si l'hélicoptère et le bateau venaient les récupérer comme prévu. Seule Lauren était retournée plus tôt sur le continent pour signaler la mort d'une voisine et chercher du ravitaillement.

Elles avaient passé deux journées potables, compte tenu de la situation. Cela avait été une réunion amicale, au cours de laquelle l'expression "ce qui se passe à Clachan Geal reste à Clachan Geal" avait pris une signification beaucoup plus grande que pour tous les occupants précédents.

La seule personne pour laquelle Helena avait nourri des inquiétudes sur ce point était Samira, qui ne lui semblait pas très fiable. La sœur de Zaki avait eu beau affirmer qu'elle ne voulait pas mêler la police à cette histoire, Helena se demandait si elle parviendrait vraiment à garder cela pour elle. La réponse était devenue évidente lorsque Samira avait refusé de dévoiler quoi que ce soit concernant le mail qu'elles avaient trouvé sur son téléphone. La seule chose qu'elle avait été prête à révéler, c'était que "Grimpox" était le surnom que Zaki lui donnait depuis qu'elle avait eu un cas particulièrement terrible de varicelle à l'âge de sept ans.

Elles avaient fini par découvrir le grand secret au début de la réception, quand Zaki avait surpris Jen en lui annonçant qu'ils n'allaient finalement pas sur l'île de Skye. Il l'avait embrouillée en lui disant qu'il devait rester au travail et s'était discrètement organisé pour que quelqu'un remplace Jen dans ses fonctions. Ils s'envolaient en première classe vers les Caraïbes où une collègue de Samira leur prêtait sa villa pour deux semaines – d'où les mails.

Ils avaient mijoté cela tous les deux car, pour Zaki, payer leur lune de miel n'était pas anodin. Il s'avéra qu'il était un peu obsédé par l'idée que l'on puisse croire qu'il épousait Jen pour son argent, en particulier que Jen puisse le croire.

Après cette nouvelle explosive, ils s'étaient tous assis pour déguster un magnifique repas, préparé par l'entreprise de Zaki. Les plats étaient appétissants et sentaient bon, mais Helena avait à peine été capable d'y toucher tant elle se sentait nerveuse.

Puis le moment était venu : monter sur scène dans une salle de réception ringarde, finalement. Jen avait été ravie en tout cas, pas parce que les membres de Cassidy s'étaient réunis en son honneur, mais parce qu'elles étaient à nouveau Hel et Shell.

Cela s'était passé six semaines plus tôt.

C'est en sortant de scène que Michelle lui avait avoué que la session de la veille n'avait pas tant été une répétition qu'une audition.

– Le guitariste qui devait faire la tournée avec moi s'est cassé trois doigts en jouant au cricket. J'ai besoin de quelqu'un pour le remplacer. Quelqu'un qui peut se mettre au diapason rapidement et qui peut honorer ses engagements. Quelqu'un en qui je peux avoir confiance.

– Tu ne me dois rien, lui avait dit Helena.

– Je crois qu'on se doit ça à toutes les deux.

Ce qui était la façon de Michelle de dire qu'il ne s'agissait pas d'une question.

Et maintenant elle était là, au SSE Hydro, pour le spectacle d'ouverture de la tournée. Ses filles étaient dans le carré VIP avec Jen, Zaki et tous les autres. Kennedy, Lauren et sa fille Darcy, Beattie et Richard.

Nicolette et Paul.

Il s'en était fallu de peu, mais *tous* les secrets n'avaient pas été révélés au cours de ce week-end fatidique. Nicolette s'était ouverte à elle à propos de son mariage. Elle ne savait pas avec qui Paul l'avait trompée et avait prétendu s'en moquer. Mais Nicolette s'en serait moquée beaucoup moins si elle avait découvert que c'était avec elle. Helena savait ce que c'était de perdre une amie et, maintenant qu'elle venait de retrouver Michelle, elle ne voulait pas en perdre une autre.

Elle avait eu l'intention de dire à Paul qu'elle mettait fin à leur relation. En dehors de tout autre considération, son agenda paraissait bien rempli dans l'immédiat. Mais Paul lui avait coupé l'herbe sous le pied. Il lui avait dit que Nicolette était rentrée transformée de ce week-end entre filles.

– Mais qu'est-ce que vous avez fabriqué là-bas, bon sang, les filles ? avait-il demandé. Pris du peyotl ?

Nicolette allait prendre ce qu'elle appelait son "grand nouveau départ" dans quelques semaines. Elle s'était inscrite en licence de marketing à l'université de Strathclyde, où elle serait sans doute l'étudiante d'âge mûr la plus glamour que l'endroit ait jamais vue.

Le grand nouveau départ d'Helena était sur le point d'avoir lieu.

Les lumières s'éteignirent et un grondement d'impatience secoua la salle. Elles entrèrent sur scène, Helena avec le ventre en vrac.

Michelle s'approcha nonchalamment du micro et prit la parole.

– Mesdames et messieurs, nous avons été engagées pour jouer et vous divertir, ce qui va commencer dans un, deux, trois, quatre…

Alors qu'elles attaquaient le premier morceau et qu'elle plaquait le premier accord, Helena était terrifiée à l'idée de buter sur chaque note. Mais, comme elle se le rappelait de l'époque où elle jouait, une espèce de pilote automatique se mettait en marche quand vous étiez sur scène. Pas seulement une mémoire musculaire, mais un niveau accru de performance qui ne se produisait que devant un public, que ce soit au mariage d'une amie ou en tête d'affiche dans une arène.

Elles enchaînèrent trois des tubes de Mica, passant au morceau suivant sans que Michelle ne s'adresse au public. Puis elle prit un moment, attendant que les applaudissements retombent.

– Glasgow, j'ai une petite annonce à faire.

Michelle adressa à Helena un regard étrange qui signifiait "je t'ai amenée là où je voulais."

Helena jeta un coup d'œil à Daisy, la bassiste, et à Madeleine, penchée sur sa batterie. Elles affichaient toutes les deux un sourire entendu. Des complices qui étaient restées proches de Michelle plus longtemps qu'elle-même ne l'avait jamais été.

Helena sentit quelque chose se figer en elle lorsqu'elle comprit brusquement à quel point elle avait placé sa confiance, son destin, entre les mains de quelqu'un qui avait encore toutes les raisons de se venger de la chose terrible qu'elle lui avait faite. Michelle avait maintenant le pouvoir de dire à seize mille personnes, y compris à ses filles, qu'elle était la salope qui avait trahi sa confiance d'enfant et divulgué sa sextape d'adulte.

Mais ce n'est pas ce qu'elle dit.

– J'ai une nouvelle guitariste. Enfin, une nouvelle ancienne guitariste. Certains d'entre vous se souviennent peut-être d'elle. Helena, tu pourrais peut-être leur rafraîchir un peu la mémoire en jouant quelque chose que je n'ai pas chanté depuis longtemps.

C'était son signal. Les doigts d'Helena formèrent un D et jouèrent le premier arpège, l'intro de "*She Knows*".

La salle devint dingue.

REMERCIEMENTS

Je voudrais adresser mes plus chaleureux remerciements à :

Mon éditeur Ed Wood pour son jugement inestimable et son enthousiasme contagieux, ainsi que Grace Vincent, Richard Beswick, Thalia Proctor et toute l'équipe de Little, ainsi que de Brown, qui soutiennent mon travail depuis maintenant plus d'un quart de siècle. Caroline Dawnay, Sophie Scard, Charles Walker et toute l'équipe de United Agents pour leur soutien et leurs conseils indéfectibles. Marisa et Jack pour avoir fait de notre foyer un refuge accueillant tout au long de ces deux années de pandémie.

Bisous et éternelle harmonie à Mark Billingham, Doug Johnstone, Val McDermid, Stuart Neville et Luca Veste, mes compagnons des Fun Lovin' Crime Writers. Lorsque l'on écrit un roman sur la nature de l'amitié, il est utile d'avoir de si bons exemples dans la vraie vie.

Enfin, je tiens à remercier tout particulièrement Jim Morris et Balaam and the Angel, ainsi que Miles Hunt et the Wonder Stuff, non seulement pour m'avoir donné la permission de reproduire leurs paroles, mais pour plus de trente ans de plaisir et d'inspiration dérivés de l'écoute de leur musique.

Vous pouvez trouver les chansons mentionnées dans ce roman en recherchant "The Clachan Geal Haunted Playlist" – La playlist hantée de Clachan Geal – sur Spotify.

Cet ouvrage a été composé par
Atlant'Communication
au Bernard (Vendée)

N° d'édition : 2554002 – N° d'impression : 072479225
Dépôt légal : mai 2024

Imprimé en France par Présence Graphique à Monts